Histoire d'os

Du même auteur
dans la même collection

Aztèques dansants
Faites-moi confiance

dans la collection Rivages/noir

Drôles de frères (n° 19)
Levine (n° 26)
Un jumeau singulier (n° 168)
Ordo (n° 221)

Sous le pseudonyme de Richard Stark

La Demoiselle (n° 41)
La Dame (n° 170)

Donald Westlake

Histoire d'os

Traduit de l'américain
par Jean Esch

Collection dirigée
par François Guérif

Rivages/Thriller

Titre original : *Don't ask*

106, boulevard Saint-Germain 75006 Paris

ISBN : 2-7436-0136-1
ISSN : 0990-3151

Dédié avec une admiration respectueuse à Robert Redford, George C. Scott, Paul Le Mat et Christophe Lambert : tous des Dortmunder. Qui l'eût crû ?

Chapitre 1

Bloqué dans les embouteillages sur Williamsburg Bridge au sud de Manhattan à bord d'un camion de poissons surgelés volé rempli de poissons surgelés volés, à treize heures trente, par un après-midi ensoleillé de juin, avec devant eux une succession de travaux sur la voie rapide Brooklyn Queens, avec Stan Murch assis à la gauche de Dortmunder et qui se plaignait qu'il n'y avait plus *aucune* route digne de ce nom pour aller d'un endroit à un autre à New York – « Quand y a pas de la neige sur la chaussée, y a des travaux » –, et avec Andy Kelp assis à la droite de Dortmunder qui jacassait joyeusement sur le réchauffement de la planète et expliquait que ce serait vachement plus chouette quand il n'y aurait plus jamais d'hiver, Dortmunder devait *en plus* affronter un système d'air conditionné qui lui gouttait sur les chevilles. Des gouttes *glacées*.

– J'ai les chevilles gelées, déclara-t-il.

Comme si quelqu'un s'en souciait.

– Plus personne n'aura jamais froid, lui répondit Kelp pour le réconforter. Grâce au réchauffement de la planète.

– Je peux pas attendre, dit Dortmunder. Je sens les os de mes chevilles se fendiller. J'ai l'eau glacée de l'air conditionné qui m'asperge les pieds ! Je vais perdre l'usage de mes jambes. Désolé, je peux pas attendre que le globe se réchauffe.

– Le problème quand on est sur un pont, déclara Stan Murch, c'est qu'une fois qu'on est dessus, on est *dessus.* Impossible de changer d'avis sur un pont. Pas moyen de faire demi-tour, de prendre une autre direction, de faire un petit détour. Quand on est sur un pont, on est sur un pont, et c'est comme ça jusqu'à ce qu'on arrive de l'autre côté, et si vous voulez mon avis, les gars, on n'arrivera jamais de l'autre côté.

– Bon, ça suffit comme ça, déclara Dortmunder. Et il se pencha en avant pour examiner le nombre impressionnant de commandes du tableau de bord. Après une fausse manœuvre – le pare-brise avait besoin d'un bon nettoyage de toute façon –, il trouva le bouton marqué « Alim. », et il coupa le jus.

Ce qui ne servit à rien. Apparemment, le système d'air conditionné avait déjà accumulé assez de condensation glacée dans ses entrailles pour continuer à pleuvoir sur les os tarsiens de Dortmunder jusqu'au prochain siècle, ce qui correspondait au temps pendant lequel ils allaient rester coincés sur ce foutu pont, à en croire Stan. Dortmunder pivota sur le côté droit pour cacher ses chevilles derrière celles de Kelp, mais il n'y avait pas suffisamment de place et, de toute façon, Kelp avait la manie de donner des coups de pied, alors, retour au dégel de janvier.

Centimètre par centimètre, ils avancèrent sur le pont, au milieu de tous les autres véhicules fumants, ronflants et puants, mais Dortmunder se réjouissait que l'intérieur du camion demeure assez frais (grâce sans doute à l'eau glacée qui formait un petit lac de montagne à ses pieds), pour que ni Kelp ni Stan n'insistent pour qu'il rebranche l'air climatisé. Imaginez quelle cascade, quel déluge, il pourrait provoquer en restant branché durant tout le voyage ! Heureusement, le soleil se trouvait derrière eux, étant donné qu'ils roulaient vers l'est – ou plutôt, qu'ils étaient tournés vers l'est –, et la cabine était à l'ombre. Un joli petit coin ombragé, avec une cascade.

Le trajet jusqu'à Farport, sur la rive sud de Long Island, aurait dû prendre une heure et demie au maximum, mais la quasi-totalité de la population de l'État de New York ayant reçu pour consignes de revêtir des gilets orange fluorescents et de venir s'installer au milieu de toutes les routes et autoroutes, en donnant l'impression de s'affairer, il fallut presque quatre heures au trio et à leur camion de poissons pour pénétrer enfin dans la cour de l'usine de traitement des Profondeurs marines, où leur chargement serait mélangé à d'autres poissons transportés jusqu'ici de manière plus conventionnelle – c'est-à-dire par bateau, directement de l'océan – et ensuite rapportés à New York à bord d'un camion identique, et livrés peut-être à ce même grossiste en poissons qui attendait son arrivée aujourd'hui.

Eh bien, non. Quand George des Profondeurs marines déverrouilla le loquet et souleva la lourde porte articulée à l'arrière du camion, l'odeur qui s'en échappa fut si forte qu'on aurait pu y planter des haricots.

– Seigneur ! s'exclama George, en rabaissant violemment la porte, mais deux employés non fumeurs qui se trouvaient dans le bureau à l'autre bout de la cour eurent le temps de s'évanouir.

George s'éloigna du camion à reculons, en jetant des regards offusqués et incrédules à ses fournisseurs supposés.

– Vous avez coupé le jus ? dit-il. Avec cette chaleur ?

– Oh ! fit Dortmunder, pendant que de chaque côté des yeux se tournaient vers lui pour le transpercer comme des rayons laser. Voilà pourquoi il faisait frais dans la cabine.

Le trajet du retour à bord du train de Long Island se déroula dans le calme. Ils avaient abandonné le camion à quelques centaines de mètres de la gare et, quand ils s'étaient retournés une dernière fois pour le regarder, le véhicule semblait scintiller dans la lumière, comme s'il allait être téléporté sur une autre planète, ou dans une autre époque. Ce qui ne serait pas une mauvaise idée.

Dortmunder avait trop de dignité pour tenter de se justifier devant ses anciens amis – l'eau glacée, les chevilles gelées, aucune aide de *leur part*, le bouton avec la mention « Alim. » –, et apparemment ni Kelp, ni Stan n'osaient ouvrir la bouche, de peur de ce qu'ils pourraient dire, alors tous les trois demeurèrent assis en silence jusqu'à Penn Station. Dortmunder avait payé les trois billets – il s'y sentait obligé d'une certaine façon –, malgré tout, c'était Kelp qui regardait défiler d'un œil morose les banlieues moroses derrière la vitre, et Stan, avec ses grosses pompes étendues dans l'allée, jetait un regard mauvais à tous les voyageurs qui semblaient tentés de faire une réflexion, tandis que Dortmunder, lui, était assis entre les deux, immobile. Au moins, il n'y avait pas d'eau glacée.

Il était bien plus de sept heures du soir quand Dortmunder déverrouilla enfin la porte de son appartement dans la 19ᵉ Rue et se rendit dans la cuisine, où sa fidèle compagne May dit : « Très bien » et se leva de table, abandonnant la lecture de « Comment gravir rapidement tous les échelons » dans le numéro de *Self* du mois dernier, pour appuyer sur la touche « Marche » du four à micro-ondes que Dortmunder avait rapporté une nuit à la maison, il y a environ deux mois.

– On dîne dans quatre minutes.

– Ne me demande rien surtout.

May n'avait pas l'intention de poser la question. Il lui suffisait de regarder Dortmunder pour comprendre que la journée s'était mal passée.

– Bière ou bourbon ? demanda-t-elle.

– Oh ! bourbon sans hésitation, répondit Dortmunder, et il alla faire sa toilette.

Quand il revint, May lui tendit un verre et dit :

– Tiny a appelé tout à l'heure. Il voudrait que tu le retrouves ce soir chez OJ, à dix heures.

– Il a un truc à me proposer ?

N'importe quoi, songea Dortmunder, pour effacer le souvenir de ces foutus poissons...

– Je suppose. (May semblait dubitative, ou désorientée.) Il a ricané, et il a précisé : « Dis à Dortmunder que c'est un truc exactement fait pour lui. » J'ignore ce que ça signifie.

Rien de bon, présuma Dortmunder. Et la sonnerie du four à micro-ondes retentit pour confirmer.

Chapitre 2

Quand Dortmunder pénétra au OJ Bar & Grill d'Amsterdam Avenue à dix heures ce soir-là, les habitués discutaient afin de savoir pour quelle raison la grande course automobile annuelle baptisée Indy 500 s'appelait justement l'Indy 500.

– C'est parce qu'elle a lieu le jour de la fête de l'Indépendance, déclara un des habitués.

Rollo, le barman, semblait avoir disparu.

– Pas du tout, rétorqua un deuxième habitué. La fête de l'Indépendance, c'est le 4 juillet.

Dortmunder s'approcha du bar pour savoir ce qui était arrivé à Rollo.

Le premier habitué leva les bras au ciel et jeta au deuxième habitué un regard chargé d'une stupéfaction agressive.

– Hé, tu débarques d'où toi ? Le 4 juillet, c'est *le 4 juillet* et rien d'autre !

Les caillebotis derrière le bar étaient soulevés et appuyés contre le mur, la trappe était ouverte. Dortmunder décida d'attendre.

– Oui, et le 4 juillet, c'est le jour de la fête nationale, et la fête nationale, c'est le jour de l'Indépendance, répliqua le deuxième habitué avec le calme et l'assurance de l'étudiant qui a révisé son sujet. La course de l'Indy 500 a lieu le jour du « Memorial Day [1] », si tu veux savoir.

– Dans ce cas, pourquoi ils l'appellent pas les 500 du Souvenir, hein ?

– En fait, la *ville* où se déroule la course... commença un troisième habitué...

Non, erreur. Ce n'était pas un habitué. Jamais il n'aurait permis qu'on lui coupe la parole.

---

1. Memorial Day (ou Decoration Day) : fête nationale pour honorer les soldats morts pour la patrie (le 30 mai). *(N.d.T.)*

Ce que fit le premier habitué, toujours aussi calme et confiant, et qui expliqua :

– *En fait*, si l'Indy s'appelle l'Indy, c'est en l'honneur du type des *Aventuriers de l'arche perdue*. À cause que c'est un as du volant ! Indigo Jones, surnommé Indy.

– En vérité, dit un troisième habitué d'un air songeur, la course elle s'appelle l'Indy 500 uniquement *cette* année. (Oui, c'est bien le troisième habitué qui parle). L'année prochaine, déclara-t-il à l'adresse du monde entier, ça s'appellera l'Indy 501.

Tous les autres prirent le temps de réfléchir.

– La course s'appelle l'Indy parce que..., dit le non-habitué.

– Attends un peu ! s'exclama le premier habitué en s'adressant au troisième habitué. Tu es en train de me dire que l'Indy 500 a commencé au XVIe siècle ? Tu es sûr qu'ils avaient déjà des bagnoles en ce temps-là ?

– Les premières années, ils conduisaient des chars, expliqua le troisième habitué. C'est d'ailleurs de là que vient le film *Ben Hur*. C'est comme le Super Bowl, avec les chiffres romains, XX ceci, XX cela. Sauf qu'ils utilisent des chiffres américains. 500, 501 et ainsi de suite.

– Indianapo..., dit le non-habitué.

– C'est pas Indigo, déclara le deuxième habitué.

Le premier habitué fit volte-face pour affronter ce nouveau défi lancé à son érudition.

– Qu'est-ce qu'est pas Indigo ?

– Le nom du type, dit le deuxième habitué. Un indigo c'est une sorte de fruit, comme une orange ou un coing.

– Exact, confirma le troisième habitué. Ma femme, elle en faisait des tartes.

Le premier habitué exécuta à nouveau un demi-tour sur son tabouret pour observer le troisième habitué en fronçant un sourcil.

– Des tartes à l'indigo ?

– Et des tartes au coing aussi. Et au rubabayga aussi.

Rollo remontait d'un pas pesant l'escalier de la cave, en vissant la capsule d'une bouteille de bourbon pleine, venant de la boutique du coin de la rue. Voyant que Dortmunder l'observait d'en haut, il fit comme s'il n'était pas en train de visser la capsule sur la bouteille, comme si la capsule était restée fermée.

– Ton pote le bourbon m'a prévenu que tu passerais, dit Rollo.

– Andy Kelp est là ?

Il est en train de tout raconter à Tiny, songea Dortmunder, l'histoire des poissons.

– Avec bière et sel, répondit Rollo. Et deux vodkas-vin rouge.

– Deux ?

– Ton ami le colosse est venu accompagné, dit Rollo.

Il déposa la bouteille de liquide brunâtre sur l'étagère derrière le bar, se baissa avec un grognement pour refermer la trappe et remettre en place les caillebotis, avant de faire semblant d'ouvrir une bouteille toute neuve, en utilisant pour la démonstration celle qu'il venait de remonter de la cave. Triomphalement, il déposa la bouteille ouverte et un verre devant Dortmunder, et déclara :

– J'ai dit aux autres que tu leur apporterais toi-même.

– Merci, Rollo.

Les habitués discutaient maintenant pour savoir s'il était possible, oui ou non, à un homme qui n'avait été marié qu'une seule fois, et qui l'était encore, d'employer l'expression « ma première femme ». Les opinions divergeaient sur ce sujet.

– Pas devant elle, conseilla le non-habitué, mais, évidemment, personne ne l'écouta.

Dortmunder prit la bouteille, le verre et les emporta vers l'extrémité du bar, en passant devant les habitués, empruntant ensuite le couloir, et passant devant les portes décorées de silhouettes de chiens en métal noir avec les mentions « pointers » et « setters », et devant la cabine téléphonique avec la ficelle qui pendait sous l'appareil, jusqu'au bout du couloir, où la poignée de la porte verte le décontenança un instant, jusqu'à ce qu'il ait l'idée de coincer le verre avec un doigt de la main qui tenait la bouteille, libérant ainsi l'autre main pour ouvrir la porte.

– ... personne l'a *jamais* entendu appeler à l'aide. Je parie qu'il est toujours là-bas.

En entrant dans l'arrière-salle, Dortmunder salua d'un signe de tête l'homme qui parlait et referma violemment la porte derrière lui avec son postérieur. L'homme qui parlait, et qui ressemblait à une montagne en pâte à modeler animée, était une sorte de monstre humain – ou d'humain monstrueux, au choix – surnommé Tiny [1] Bulcher par quelqu'un qui possédait un goût pour l'humour macabre, ou de bonnes jambes, ou les deux. Au milieu d'êtres humains de taille et d'apparence normales, Tiny Bulcher paraissait... différent. Pour la plupart des gens, il évoquait cette chose qui, croyaient-ils, habitait dans la

1. Tiny : petit, minuscule. *(N.d.T.)*

penderie de leur chambre quand ils étaient tout petits, alors ils se réveillaient, et il faisait très noir dans toute la maison, et ils restaient couchés dans leur lit, en pensant combien ils étaient petits, et la porte de la penderie était la seule chose qu'ils voyaient dans l'univers infini, et ils *savaient* qu'à l'intérieur de cette penderie, *à cet instant même*, posant la main sur la poignée, il y avait... Tiny Bulcher.

– Salut, Tiny, dit Dortmunder.

Et il alla s'asseoir à la table à côté d'un Andy Kelp distant et froid, en déposant la bouteille de bourbon entre eux.

– Salut, Dortmunder, dit Tiny, avec sa voix ressemblant à un moteur d'hydravion victime de problèmes d'étanchéité.

Et il ricana, produisant un bruit semblable à de petits os que l'on broie.

– Il paraît que tu es allé à la pêche ? dit-il. Manque de pot, le poisson était pas frais.

– Ha, ha, fit Dortmunder.

Le décor de ces taquineries bon enfant était une minuscule pièce carrée, avec un sol en béton. Des caisses de bouteilles de bière et d'alcool étaient empilées contre les murs, ménageant au centre un petit espace qui accueillait une vieille table ronde branlante recouverte d'un tapis vert tout taché. Une demi-douzaine de chaises, toutes occupées présentement sauf une, étaient disposées autour de la table, et l'unique lumière provenait d'une ampoule nue sous un réflecteur rond en ferblanc, suspendue à un long fil électrique noir, à la verticale du centre de la table très précisément.

La chaise restée vide tournait le dos à la porte ; cette chaise n'avait jamais beaucoup de succès. À sa droite était assis Dortmunder, et à sa gauche Stan Murch, qui même sans volant entre les mains s'arrangeait toujours pour donner l'impression de conduire. À la droite de Dortmunder, Andy Kelp remplissait son verre de bourbon, sans dire merci, et à côté de lui, face à la chaise vide et à la porte, se dressait Tiny Bulcher, tenant dans son énorme patte un verre minuscule qui semblait contenir du soda à la cerise, mais était en réalité un mélange de vodka et de chianti, que Tiny trouvait fortifiant apparemment. Et à côté de Tiny, entre Tiny et Stan Murch, il y avait la même chose.

Un autre verre qui ne contenait pas du soda à la cerise. Une autre patte énorme. Un autre homme monstrueux. Pas aussi imposant que Tiny peut-être, mais après tout, il existe bien quelques villages là-bas dans l'Ouest qui ne sont pas aussi grands que Tiny. Mais ce type n'en était pas loin.

Plus que tout, c'était son crâne chauve et brillant tout en haut et son épaisse barbe noire en dessous, qui donnaient à son visage l'aspect d'un rocher au sommet d'une montagne. Il portait une chemise noire, avec des boutons noirs, et par-dessus, une sorte de tunique vaguement militaire, cousine homicide de la veste de Nehru, d'un vert olive foncé, la couleur exacte d'une mare d'agrément mal entretenue. Les mains qui émergeaient des manches de sa tunique, brodées de noir, étaient désespérément larges, épaisses et noueuses, avec ici et là quelques bagues incrustées dans les doigts. Tout là-haut, au niveau du rocher, les yeux étaient minuscules, sombres et menaçants, et trop rapprochés, sous un sourcil unique semblable à une chenille noire poilue, posée sur la crête de son front escarpé.

Tiny fit les présentations :

– Dortmunder, voici...

Il se racla la gorge.

Dortmunder se pencha en avant, l'air inquiet.

– Hein ?

– Voici... répéta Tiny, en pointant un doigt épais vers le nouveau venu, mais de nouveau il se racla la gorge.

– C'est son nom, dit Kelp. D'après ce que je comprends, c'est Grijk Krugnk.

– Afec an accent, précisa le nouveau, avec un accent en effet. Sûr le *ccchhh.*

– Oui, d'accord, faut encore que je m'entraîne... Grijk, dit Kelp, avant de s'adresser à Dortmunder. Il est pas de chez nous.

– Tiens, tu m'adresses de nouveau la parole ? fit remarquer Dortmunder.

Kelp haussa les épaules, en souriant.

– Évidemment ! C'est quoi quelques poissons entre amis, hein ?

– Maintenant que tu as raconté l'histoire au monde entier.

– Oh ! allons, John, dit Kelp. Une bonne histoire drôle ne vaut-elle pas mieux qu'un secret amer ?

– J'aurais aimé que tu me laisses le choix.

– Dortmunder, intervint Tiny, d'une voix grave et impatiente, tu nous écoutes oui ou non ?

– Oui, je t'écoute, Tiny.

– Je t'ai présenté mon cousin.

– Oh ! c'est ton cousin ? Grijk Krugnk ?

– Foilà ! s'exclama Grijk Krugnk d'un air triomphant en pointant une saucisse (à moins qu'il s'agisse d'un doigt) vers Dortmunder. *Lui,* il sait le dire !

– C'est vrai ?

– Oui, c'est mon cousin, reprit Tiny. Mon cousin de la mère patrie. Mon cousin oublié, on pourrait dire.

– J'avais décelé un air de famille, dit Dortmunder.

– Beaucoup de gens le remarquent. Enfin bref, ils ont un problème là-bas au pays, alors Grijk est venu me voir.

– Tout jusde.

– Alors, je me suis dit : s'il y a un problème dans cette mère patrie que mes grands-parents ont eu la bonne idée de quitter, faut que je fasse preuve de loyauté. J'ai pas raison ?

Tout le monde était d'accord avec Tiny. (Tout le monde était *toujours* d'accord avec Tiny.)

Tiny hocha la tête, d'accord lui aussi, et se tourna vers Grijk.

– Vas-y, raconte-leur.

Grijk acquiesça, et son crâne chauve envoya des sémaphores.

– Faut redroufer l'os.

Dortmunder, Kelp et Murch restèrent immobiles et muets sur leurs chaises, dans l'attente de la suite. Mais Grijk n'avait rien d'autre à leur offrir. Il hocha la tête avec emphase et avala la moitié de son soda qui n'était pas à la cerise.

Finalement, ce fut Dortmunder qui relança la discussion, en demandant à Tiny :

– Il a bien parlé d'un *os ?*

– Ouais, confirma Tiny. Le fémur de sainte Ferghana.

– C'est un os ça ? demanda Dortmunder.

– C'est une relique, expliqua Tiny. De sainte. C'est un os de sainte, donc c'est une relique. (Il consulta son cousin.) C'est bien ça ?

– Tout jusde, Diny.

– La mère patrie, enchaîna Tiny...

– Excuse-moi, Tiny, dit Dortmunder, mais c'est quoi exactement cette mère patrie dont tu parles ?

– En fait, c'est assez compliqué, Dortmunder. C'est un très vieux pays, mais, d'un autre côté, c'est aussi un pays très jeune.

– Il a un nom ce pays ?

– Depuis peu.

Dortmunder fronça les sourcils.

– Depuipeu ? C'est comme ça qu'il s'appelle ?

– Non, non, dit Tiny. Il faut toujours que tu compliques les choses, Dortmunder. Il s'appelle la Tsergovie.

À ses côtés, son cousin se redressa au garde-à-vous en entendant prononcer les syllabes sacrées.

– La Tsergovie ? dit Dortmunder. Jamais entendu parler.

Il jeta un regard à Kelp, qui secoua la tête, et à Stan, qui déclara :

– Si c'est pas à New York, *moi* j'en ai jamais entendu parler.

Tiny reprit :

– Ce pauvre petit pays, on peut dire qu'il s'est fait avoir de tous les côtés durant des années. Pendant longtemps, il est resté indépendant, à l'époque du Moyen Âge, et, après, il a fait partie de l'Empire austro-hongrois et, à une autre époque, il a presque fait partie de l'Albanie, mais il y avait un problème avec les montagnes et, plus tard, les cocos l'ont réuni avec ce sale pays pourri, le Votskojek...

Grijk grogna.

– ... et ils lui ont donné un nouveau nom, mais maintenant les cocos sont sur la touche, tout le bloc de l'Europe de l'Est s'écroule, et la Tsergovie est en train de retrouver son indépendance.

– Liperté enfin ! s'exclama Grijk.

– Désormais, déclara Tiny, ce pays sera très différent de l'époque où mes grands-parents ont choisi de foutre le camp... (Il plissa le front et se tourna vers son cousin :) Comment s'appelait cet endroit, déjà ?

– Styptia, dit Grijk.

– Oui, c'est ça. Le village natal de mes ancêtres.

– Un choli fillage, précisa Grijk, niché au cœur de la mondagne.

– Un de mes grands-pères était le forgeron du village, expliqua Tiny aux autres, avec dans la voix des accents de fierté filiale. Le deuxième... (Perdu une fois de plus, il se gratta plusieurs hectares de front, avant de demander :) Hé, Grijk ! Il faisait quoi mon autre grand-père ? Tu me l'as jamais dit.

– Oh ! fit Grijk, c'est si loin tout ça.

– Oui, d'accord, mais que faisait-il avant de partir pour les États-Unis ? L'un des deux grands-pères était le forgeron du village, mais l'autre ?

– Euh..., répondit Grijk à contrecœur, c'était l'itiot du fillage.

– Oh !...

– Mais, s'empressa de préciser Grijk, c'était à cause du manque de débouchés dans ce petit fillage. Pas comme ici.

– Oui, c'est vrai, confirma Tiny.

– Mais tout fa changer là-bas maintenant, afec *ton* aide, Diny.
– Je ferai tout ce que je peux, Grijk, tu le sais.
Dortmunder demanda :
– C'est quoi le problème, Tiny ?
– Le problème... Le problème, c'est l'ONU.
Dortmunder assimila cette réponse, puis demanda :
– Et tu veux qu'on déclare la guerre à l'ONU ? À nous cinq ?
– Non, il ne s'agit pas de faire la guerre à l'ONU, répondit Tiny, comme si c'était Dortmunder qui se montrait ridicule. Nous allons déclarer la guerre au Votskojek...
Nouveau grognement de Grijk.
– ... ce qui est bien différent.
– Différent de quoi ? demanda Dortmunder.
– L'os se trouve à l'intérieur de la mission, expliqua Tiny.
– Oui, ça me paraît logique, dit Kelp. Quand on possède une relique religieuse, on la garde dans une mission.
– Non, pas ce genre de mission, dit Tiny.
– C'est en Californie ? interrogea Dortmunder, craignant le pire.
– Non, pas ce genre de mission, non plus, dit Tiny, en haussant le ton. Je parle de la mission diplomatique du Votskojek (Grognement.) aux Nations unies. La future mission du moins, s'ils obtiennent le siège, ce qui n'arrivera pas, car on va récupérer l'os. (Il se tourna vers son cousin :) Pas vrai ?
– Tout jusde.
– Hé, pas si vite, dit Dortmunder. Je commence à y voir plus clair, il me semble. Ou alors, j'ai le cerveau en feu. La Tsergovie est un pays tout neuf, et donc ils n'ont pas encore de siège à l'ONU, et pour entrer aux Nations unies, ils doivent voler l'os de cette sainte à cet autre pays tout neuf. Autrement dit, cet os est un peu leur ticket d'entrée pour l'ONU.
Kelp intervint :
– John, je n'ai jamais rien entendu d'aussi idiot de toute ma vie. Les *Nations unies* te laissent devenir membre si tu possèdes un *os ?* C'est même trop stupide pour faire une phrase cohérente.
– Malgré tout, dit Dortmunder, je parie que c'est bien de ça qu'il s'agit. N'est-ce pas, Tiny ?
– Tu as raison, Dortmunder.
– Hein ? Il a *raison* ! s'exclama Kelp.
– Plus ou moins, dit Tiny. Et si vous acceptez de me filer un coup

de main dans cette histoire, les gars, vous ferez un truc merveilleux pour un petit pays qui n'a jamais fait de mal à personne.

Dortmunder hocha la tête. Et demanda :

– Et ensuite ?

Tiny n'était pas un homme très subtil. On voyait bien qu'il faisait semblant de ne pas comprendre la question de Dortmunder.

– Et ensuite ? répéta-t-il. C'est tout. Quoi d'autre ?

– Tiny, dit Dortmunder, plus attristé que furieux, si on récupère cet os et qu'on le refile à ton cousin ici présent, la Tsergovie entrera à l'ONU, me demande pas pourquoi. Bon. Et *nous* qu'est-ce qu'on gagne là-dedans ?

– Fous serez des héros ! s'exclama Grijk. Avec fotre statue sur la grande place de Osigreb ! fos photos sur des timbres ! Fos noms dans les lifres de classe des enfants !

– C'est un peu... voyant, fit remarquer Dortmunder. Pour un cambriolage, je veux dire. Car en fait, Tiny, il s'agit d'un cambriolage, pas vrai ?

– C'est tout à fait ton rayon, Dortmunder.

– Ce qui me plaît dans un cambriolage, Tiny, dit Dortmunder, sans vouloir vous vexer, toi et la Tsergovie, c'est moins la publicité que les bénefs.

– Notre problème à nous en Tsergovie, avoua Grijk en toute franchise, c'est l'absence de defises fortes.

– Oh ! je connais ça, dit Dortmunder.

– Mais nous poufons fous offrir, ajouta Grijk gaiement, cinquante mille dollars chacun.

– Ah, c'est chouette, dit Stan avec un sourire, imité en cela par Kelp et Dortmunder.

– En Tsergovie, précisa Grijk.

Les sourires disparurent. Kelp demanda :

– Que voulez-vous dire ? Il faudra aller chercher le fric là-bas ?

– En fait, fous serez payés en draffs, expliqua Grijk, pas en dollars. Impossible de les rapporter, car impossible de dépenser les draffs ailleurs qu'en Tsergovie.

– C'est le nom de votre monnaie, je suppose ? dit Dortmunder. Le draff ?

– Daux de change trrrès faforable en ce moment. Je crois qu'il est aujourd'hui de deux mille six cents cinquante draffs.

– Pour un dollar ?

– Pour un penny. Imaginez dout ced argent ! Fous pourrez loger dans les plus grrrands hôtels, manger dans les meilleurs resdaurants, faire du ski à la montagne et du ski aussi sur les lacs, rencondrer les cholies filles du pays...

– Euh, je ne sais pas..., dit Dortmunder en secouant la tête d'un air désolé. À vrai dire, je n'avais pas projeté de partir en voyage pour les vacances. May et moi, on pensait plutôt rester en ville cet été.

Kelp demanda :

– Tiny ? Il n'y a pas un truc qu'on pourrait se foutre dans la poche ? Des objets de valeur qu'on pourrait embarquer pendant qu'on est sur place ? Des couronnes en pierres précieuses ? Des vieilles toiles de maître sur les murs ? Tu vois le genre, un petit quelque chose pour nous dédommager du dérangement ?

– Des pétrodollars ? dit Stan.

– Ils ont deux ou trois machines à écrire électriques à l'intérieur de l'ambassade, je crois, suggéra Tiny d'un air dubitatif. Et... Ah, Andy, toi tu adores les téléphones.

– C'est pas suffisant, Tiny, répondit Dortmunder. Je ne peux pas me prononcer à la place d'Andy et de Stan, mais...

– Oh ! si, tu peux, dit Kelp.

– Vas-y, je t'en prie, renchérit Stan.

– OK, dit Dortmunder. Dans ce cas, Tiny, je dois te dire qu'on ne sent pas le coup. On apprécie énormément ton amitié, et les bonnes relations professionnelles que nous avons eues dans le passé, on espère retravailler avec toi à l'avenir...

– Naturellement, dit Tiny.

– Mais cette fois, je suis désolé de te dire ça, Tiny, mais cette fois, c'est non. Il s'agit d'un vol avec effraction, on risque d'être arrêtés, envoyés en prison...

– Une mission diplomatique par-dessus le marché, dit Stan, il y a certainement des gardes armés.

– Il y en a, confirma Tiny.

– Des assassins ! hurla Grijk en frappant sur la table avec son poing libre. Des crapules !

– C'est donc un risque supplémentaire, reprit Dortmunder. Et tout ça pour quoi ? Pour récupérer l'os d'une gonzesse qu'on connaît même pas...

– Une sainte, rectifia Tiny. Sainte Ferghana est une sainte. Et c'est son fémur, l'os qui va du bassin au genou.

Kelp demanda :

– Quelle jambe ?

Dortmunder regarda son ami en secouant la tête.

– Je pense que ça n'a aucune importance, Andy. Premièrement, elle est morte. Et deuxièmement, pas question d'accepter ce boulot.

– Ouais, c'est juste, concéda Kelp.

Tiny se tourna alors vers son cousin en exécutant un haussement d'épaules gigantesque, comme deux plaques tectoniques qui se déplacent.

– Je suis désolé, Grijk, dit-il, mais c'est fichu. Je t'ai promis de faire tout mon possible, de présenter les choses de la manière la plus alléchante mais, en vérité, si je n'éprouvais pas ces sentiments pour la mère patrie, si c'était juste une question de boulot, je dirais non moi aussi.

Le regard noir perdu dans le vide, Grijk leva son verre qui ne contenait pas du soda à la cerise, le vida d'un trait, et le lança ensuite à l'autre bout de la pièce, où il heurta une caisse de bouteilles vin et se brisa (Rollo ne serait pas content). Il s'écria :

– Il faut condinuer !

– Oui, on continuera, Grijk, répondit Tiny pour le rassurer, toi et moi. Mais ces types-là, ils veulent pas s'en mêler. Et je leur jette pas la pierre.

– Merci, Tiny, dit Kelp.

– Tu comprends, expliqua Dortmunder, je suis obligé de penser à ce qui est écrit en bas de mes armoiries familiales.

Tiny fronça un sourcil ; en fait, la moitié du front.

– Et qu'est-ce qui est écrit, Dortmunder ?

– *« Quid lucrum istic mihi est ? »*

– Ce qui veut dire ?

– « Où est mon intérêt là-dedans ? »

Chapitre 2A [1]

Sainte Ferghana Karanovich (1200 ?-1217) a vu le jour dans une famille d'aubergistes meurtriers et voleurs de Varnic, une étape jadis importante pour les voyageurs se rendant ou s'en revenant de Terre sainte (voir ce mot), obligés de traverser les Carpates entre la Karnolie et la Transylvanie en empruntant le col de Feoda (qui serait par la suite le théâtre d'un très important combat de chars durant la bataille des Crevasses au cours de la Seconde Guerre mondiale (voir ce mot).

Pendant des générations, la famille Karanovich avait tenu une auberge située légèrement à l'écart des sentiers battus, tout en haut de la montagne, au nord de la route principale (le sentier battu en question) qui traversait le col. Les clients de l'auberge étaient rares et peu nombreux, en raison justement de ce mauvais emplacement et, des décennies durant, les Karanovich, rendus méchants, brutaux, et plutôt petits par d'incessantes unions consanguines, avaient augmenté leurs maigres revenus en assassinant et en volant les moins méfiants des voyageurs.

Dès l'âge de onze ans, la jeune Ferghana prit une part active elle aussi dans ces agissements généralement considérés, même d'après les critères communément admis à l'époque (le début du XIIIe siècle) comme inacceptables. N'ayant d'autre vision du monde que celle transmise par ses oncles peu courtois, Ferghana ne pouvait se douter que, dans une société normale, il était jugé malséant pour une jeune fille de son âge de se glisser dans le lit d'un inconnu durant la nuit afin de le distraire pour qu'un oncle puisse ensuite s'introduire subrepticement dans la chambre avec un gourdin. Même si ultérieurement, grâce au temps, à la sagesse et à une éducation patiente, elle finirait par renoncer à ces activités, il est possible de penser que, jusqu'à l'âge de dix-sept ans, elle tint son rôle au sein de l'entreprise familiale avec un zèle authentique.

---

1. Facultatif. Parenthèse historique. *(N.d.A.)*

La métamorphose de Ferghana, complice meurtrière devenue sainte, débuta la jour où l'archevêque Scheissekopf, un prélat d'Ulm se rendant en pèlerinage sur la Terre sainte, choisit de faire une halte dans l'auberge familiale. Malgré leur ignorance, les membres du clan des Karanovich savaient qu'il était vain d'essayer de détrousser et d'assassiner un archevêque en l'entraînant sur la voie de la ruine grâce aux ruses d'une nymphette (voir ce mot) dépravée. Malgré tout, une conversation spontanée et nocturne s'engagea entre la jeune Ferghana et le saint homme, au cours de laquelle les yeux de l'enfant s'ouvrirent enfin pour découvrir les possibilités (et les responsabilités) d'un monde plus vaste.

Quand, le lendemain matin, l'archevêque quitta l'auberge, il était loin de se douter qu'à l'intérieur d'un sac de grosse toile supposé rempli de pommes de terre et attaché à son cheval de bât à l'aide de grosses cordes velues, se cachait en réalité, recroquevillée, la jeune Ferghana. Imaginez la surprise du digne gentleman à la fin de sa première journée de route quand, au lieu des pommes de terre, il vit dégringoler du sac, la fille de l'aubergiste !

Six jours durant, Ferghana voyagea en compagnie de ce formidable ecclésiastique, au cours desquels le bon père fit l'éducation de l'enfant dans divers domaines qui allaient du banal (l'hygiène corporelle) à la morale transcendantale (assassiner des gens, ce n'est pas bien). Frappée par l'extase de la conversion, Ferghana confia au berger de Dieu son rôle inconvenant dans les activités infâmes qui se déroulaient à l'auberge et fit le serment de mener désormais une vie plus saine, dans tous les sens du terme.

Lorsque, au cours de leur sixième journée de voyage dans la jungle, le vénéré patriarche expliqua à l'enfant quelle était la situation des femmes en général – et des filles de son âge en particulier – à cette époque en Terre sainte, Ferghana décida que la meilleure chose à faire était de retourner auprès de sa famille dans le rôle de missionnaire, pour se consacrer corps et âme à la conversion de ses proches, les éloigner de leurs mauvais penchants pour les conduire sur le chemin de la vertu. Rencontrant par hasard une troupe d'acrobates de Klopstockia (voir ce mot) qui faisait route vers le nord, en direction du col de Feoda, Ferghana fit ses touchants adieux au savant révérend et se joignit aux acrobates pour effectuer le voyage du retour, durant lequel elle compléta son éducation et fit de nouvelles découvertes. (Les spécialistes divergent au sujet de la provenance de la bourse en cuir remplie de shekels qu'elle possédait en revenant : s'agissait-il d'un cadeau de l'archevêque Scheissekopf, ou bien l'avait-elle subtilisée, les doigts et le cœur légers, mais de manière inconsciente, au cours d'une résurgence de ses anciens instincts.)

Bien que les conditions exactes du martyre de Ferghana ne puissent être connues avec précision, il semblerait que la jeune future sainte ait perdu une partie de son zèle de missionnaire en se retrouvant face à sa famille et se soit abstenue, au début du moins, de ces plaidoyers passionnés en faveur de la sobriété, du respect des convenances, de la compassion et de la bonté (voir le mot « pureté ») qu'elle avait répétés avec une si grande ferveur en chemin, tandis qu'elle exécutait des pyramides et autres constructions architecturales avec les acrobates. Ce n'est que lorsque la jeune fille refusa d'entrer dans la chambre (et dans le lit) d'un marchand de bœufs musqués nommé Mulmp que sa famille découvrit que l'influence exercée par l'archevêque allait bien au-delà de la bourse en cuir remplie de shekels qu'elle avait évidemment, en fille obéissante, offerte à ses parents dès son retour de voyage.

On sait qu'une tentative de reconversion, d'exorcisme, fut alors entreprise afin de débarrasser la jeune fille des influences néfastes et lui rendre son rôle utile au sein de la famille. Des témoignages familiaux permettent de supposer que cette tentative donna lieu à un enfermement, une privation de nourriture, quelques sévices et autres humiliations. Enfin, si l'on sait que cette tentative s'acheva par un meurtre et, hélas ! par un acte de cannibalisme, c'est uniquement grâce à sa sainteté l'archevêque qui, quelques mois plus tard, de retour de Terre sainte, fit de nouveau halte à l'auberge des Karanovich, et tout naturellement demanda des nouvelles de la belle Ferghana. S'entendant répondre par la mère de la pauvre enfant qu'il n'y avait pas et n'y avait jamais eu ici une personne de ce nom, l'archevêque craignit soudain qu'un mauvais coup du sort se soit abattu sur la jeune fille disparue, et il se rendit en toute hâte au château voisin du baron Lunch (voir ce mot), qui régnait sur les terres où était située l'auberge.

Les intendants du baron, ayant enquêté sur les activités des tenanciers et persuadé, par divers moyens, plusieurs membres de la famille de raconter tout ce qu'ils savaient sur cette affaire, mirent rapidement au jour un certain nombre de corps enterrés dans des tombes improvisées, creusées dans les ravines et les arroyos avoisinants, mais le cadavre de Ferghana demeura introuvable, à l'exception cependant de la partie supérieure de sa jambe gauche, du genou à la hanche, qui, atteinte par la gangrène à la suite de la tentative de désenvoûtement menée par la famille, n'avait pas été mangée. Toutefois, l'archevêque Scheissekopf fut en mesure d'identifier formellement le corps de la jeune fille grâce à un grain de beauté en forme de cœur situé à l'intérieur de la cuisse.

De retour dans sa cathédrale d'Ulm, armé de dépositions arrachées – en même temps que les dents – à plusieurs membres de la famille relatives à la conversion et au martyre de feu Ferghana, l'archevêque Scheissekopf recommanda au Saint-Siège (voir ce mot), au Vatican (voir ce mot), à Rome (voir ce mot), qui n'était pas encore la capitale de l'Italie (voir ce mot), qui n'existait pas encore, la canonisation de la pauvre enfant maltraitée et, finalement, Ferghana fut béatifiée (1489) et enfin sanctifiée (1762).

Les prières adressées à sainte Ferghana se sont, parait-il, révélées efficaces dans un certain nombre de domaines, et plus particulièrement pour ceux qui cherchent à se loger à bon marché. L'aubépine est associée à la sainte, Dieu seul sait pourquoi.

Chapitre 3

Stan Murch prit un taxi pour se rendre de la gare de Long Island au Festival de musique de Westbury, mais il ne se joignit pas aux retardataires qui se précipitaient à l'intérieur de la salle de concert pour aller écouter les superstars qui se produisaient en ce lieu ce soir. Chaque année, au printemps et en été, on peut admirer les superstars – toutes ces grosses vedettes qui se produisent à Las Vegas, à Atlantic City et à l'Opera House de Sydney (Australie), et même à Sun City en Afrique du Sud – lors du Festival de musique de Westbury, à moins d'une heure de voiture à l'est de New York. Tous les plus riches dentistes et experts-comptables de Long Island, les marchands de tapis à poil long, prennent leurs femmes par le bras et se rendent au Festival de musique de Westbury pour se distraire, et certains d'entre eux sont trop radins pour se garer sur le parking du Festival, alors ils laissent leurs voitures dans les rues avoisinantes. À vrai dire, beaucoup font la même chose.

D'une certaine façon, Stan Murch pouvait se comparer à un pêcheur et, à cette époque de l'année, le Festival de musique de Westbury était un de ses coins de pêche favoris. Il se rendait sur place, se promenait un peu dans les parages et, en moins de deux, il ramenait une jolie Rolls, il ferrait une Porsche, il attrapait une Cadillac, parfois même il sortait une Lamborghini. La prise du jour, il l'emporterait ensuite chez Maximilian, vendeur de voitures d'occasion, installé juste derrière la limite du comté de Nassau, où ce vieux grincheux de Max lui offrirait bien moins que le prix réel de la voiture mais, d'un autre côté, bien plus que ce qu'elle avait coûté à Max. Bref, une transaction fort agréable pour toutes les personnes concernées. Enfin presque.

La prise de ce soir était une Mercedes quatre portes flambant neuve, carrosserie vert foncé avec un intérieur tout en cuir couleur fauve. Il fallut à peine quelques secondes à Stan pour s'introduire à bord, se prélasser sur le siège en cuir, découvrir laquelle de ses clés pouvait faire démarrer le moteur, et s'en aller.

Hélas ! il se trouvait déjà sur l'autoroute, et il roulait en direction de l'ouest, vers chez Max, lorsqu'il s'aperçut que quelque chose clochait cette fois-ci. La Mercedes avait été victime sans doute d'un accident, ou un truc comme ça, et on lui avait redonné une belle apparence. La direction tirait méchamment vers la gauche, par exemple ; ce qui n'était pas trop grave sur une autoroute à plusieurs voies comme celle-ci, mais risquait de poser de petits problèmes dans une simple rue à double sens. De plus, dès qu'on accélérait, les vitesses étaient trop longues à s'enclencher, si bien que la moitié du temps le moteur s'emballait et forçait en produisant de forts grincements désagréables. Et, par-dessus le marché, il chauffait.

Quand on vous refile un rossignol, échangez-le. Au lieu de se rendre directement chez Max, qui de toute façon resterait ouvert jusqu'à dix heures ce vendredi soir pour ne pas manquer l'acheteur impulsif qui voulait absolument ce vieux break Dodge de onze ans, retapé, avec les impacts de balles dans les portières soigneusement comblés, polis et repeints, Stan emprunta la direction du Queens, bifurqua vers la voie express Van Wyck et fonça ensuite à l'aéroport Kennedy, où il prit un ticket à l'entrée du parc de stationnement longue durée, pour se remettre en chasse.

Il y avait un tas de belles bagnoles sur le parking de l'aéroport. À vrai dire, Stan aurait aimé y venir plus souvent, mais il y avait quelque chose dans le *nom* de cet endroit – stationnement longue durée – qui ressemblait trop aux paroles prononcées par un juge au moment de la sentence. Et cela lui coupait l'appétit.

Mais en certaines occasions, cette possibilité ne devait pas être négligée, comme aujourd'hui. Roulant au ralenti, Stan passa devant un grand nombre d'excellents véhicules qui auraient fait le bonheur de Max, mais en vérité, Stan avait jeté son dévolu ce soir sur une Mercedes vert foncé avec un intérieur en cuir fauve et... *En voici une !*

Parfaite. La même voiture. Stan arrêta le rossignol, descendit, s'introduisit à bord de la nouvelle Mercedes, sortit en marche arrière de l'emplacement de parking, et gara à la place le rossignol, envisageant un bref instant d'intervertir les plaques. Mais cette opération ne servirait à rien, si ce n'est à provoquer une violente migraine chez un ex-propriétaire de Mercedes perplexe, alors Stan laissa le rossignol intact et se dirigea vers la sortie du parking. En voyant son ticket, le type du guichet lui dit :

– Dites donc, z'êtes pas resté longtemps.

– Finalement, répondit Stan, je me suis rendu compte que je ne voulais plus partir. Je vais rentrer à la maison, et tout raconter à ma petite femme, pour essayer de recoller les pots cassés.

– Ouais, bonne idée, dit le type du guichet.

Il prit l'argent de Stan et, en lui rendant sa monnaie, il lui donna également un conseil :

– Vous savez, z'êtes pas obligé de *tout* lui raconter.

– Oui, vous avez peut-être raison, dit Stan.

Et il conduisit la nouvelle Mercedes – une merveille, un régal – chez Maximilian, dont le parking semblait éclairé par tous les projecteurs de l'ancien stade Wrigley Field, comme pour un match en nocturne. Une petite discussion avec Max déboucha sur un chiffre en dollars susceptible de satisfaire les deux parties, après quoi Stan prit le métro jusqu'à Carnasie, où sa maman, en train de manger une pizza avant de sortir son taxi pour glaner quelques clients de fin de soirée à l'aéroport, lui dit :

– Assis-toi, Stan, et mange une part de pizza. Avec des pepperoni.

– Merci, maman.

Stan prit une assiette en carton sur l'étagère et une bière dans le frigo, et rejoignit sa maman assise à la table de la cuisine.

– Tu rentres tard ce soir ? lui demanda-t-il.

– Non. J'en ai pour deux ou trois heures pas plus. Je fais un saut à Kennedy, je prends une course jusqu'à Manhattan, je traîne un peu autour des hôtels et, dès qu'un client me ramène à l'aéroport, je ferme la boutique.

– Je suis passé à Kennedy tout à l'heure, dit Stan. Ça roulait pas mal. Si tu te fais la 130e, tu peux y être en un clin d'œil.

Il essaya de faire claquer ses doigts, mais ils étaient couverts d'huile à cause de la pizza, et ils glissèrent l'un contre l'autre, sans faire le moindre bruit.

– Merci pour le tuyau, Stan, dit sa maman.

Dans une ambiance détendue, ils mangèrent leur pizza, en buvant de la bière, puis elle dit :

– Oh ! avant que j'oublie. En fait, j'avais déjà oublié, mais je viens de m'en rappeler...

– Quoi ?

– Tiny Bulcher a téléphoné. Il aimerait que vous vous retrouviez ce soir, à minuit.

Stan jeta un coup d'œil à la pendule fixée au mur ; il n'était pas encore dix heures.

– Ça peut se faire. Il t'a dit qui serait là ?

– John, il a dit, et Andy, et aussi un autre type.

– Chez OJ ?

– Non, il paraît que l'autre type en question était saoul la dernière fois après la réunion et qu'il a cassé des trucs chez OJ, et Rollo l'a foutu dehors.

– Il a foutu dehors *Tiny ?*

– Non, l'autre type. J'ai pas bien compris son nom.

– Grijk Krugnk.

Sa maman l'observa d'un air inquiet.

– Tu couves quelque chose ?

– Non, c'est le nom du type. Grijk Krugnk. Mais peut-être que je prononce mal.

– Oh ! c'est pas moi qui te ferai des reproches, dit sa maman. Enfin bref, Tiny a dit que la réunion aurait lieu chez lui.

– Ah bon ? (Stan termina sa pizza et sourit.) Chez Tiny. OK. Ça me fait plaisir de revoir J. C. Taylor.

Chapitre 4

J. C. Taylor se regarda dans le miroir et constata à quel point ses rides de mécontentement portaient atteinte à sa beauté farouche. Et savoir que la colère nuisait à son charme ne fit qu'accroître sa colère. Avec son teint pâle, ses cheveux très bruns, son regard dur et maintenant ces profondes rides de mécontentement, partout, elle commençait à ressembler à la reine dans *Blanche-Neige* quand elle se regarde dans *son* miroir. Cependant, au lieu de demander qui était la plus belle de toutes, J. C. observait d'un œil noir, au-delà du reflet de son épaule, le reflet de Tiny qui se tenait à l'autre bout de la chambre, et elle déclara :

– Une surprise-partie à minuit ! Je ne me suis pas amusée autant depuis l'époque où j'étais la petite amie de Iota Kappa Rho.

– Voyons, Josie...

À cet instant, Tiny ressemblait à un ours déconcerté, dérangé en pleine hibernation par un agent recenseur, désireux de répondre aux questions, mais éprouvant quelques difficultés à saisir la situation. (Il était également la seule personne sur terre à appeler J. C. Taylor, Josie.)

– ... c'est pas une surprise-partie, essaya-t-il d'expliquer. C'est une réunion. Et tu n'as pas besoin d'y assister ; ça ne te concerne pas.

– Oui, évidemment, dit J. C. Tu invites à la maison John, Andy et Stan, toute la bande du coup d'Avalon, et quand ils te demanderont « Au fait, où est J. C. ? », tu leur répondras : « Elle n'avait pas envie de vous voir, les gars ; elle est allée au ciné. »

Tiny haussa les épaules ; un mouvement très impressionnant.

– Très bien, tu n'as qu'à assister à la réunion.

– Dans cette tenue ?

– Tu es splendide, dit Tiny, avec une telle sincérité qu'elle ne put mettre en doute ce compliment, pourtant ridicule. Elle savait très bien de quoi elle avait l'air.

Tiny contourna le lit pour venir se placer derrière elle ; sa tête surmontait maintenant la sienne dans le miroir, et il adressa un grand sourire à son reflet.

– Tu es super, Josie, dit-il dans un grognement, et sa voix semblable à un moteur d'avion s'infléchit en une sorte de gros ronronnement, comme un lion repu.

– Dès que tu entres dans une pièce, ajouta-t-il, le monde t'appartient.

Elle adorait l'entendre parler de cette façon ; malgré tout, elle ne voulait pas renoncer trop rapidement à sa mauvaise humeur.

– Non, pas habillée comme ça, dit-elle, et au même moment, la sonnette de la porte d'entrée retentit à l'autre bout de l'appartement. Va ouvrir, Tiny. Faut que je me change.

– OK.

Il lui donna une petite tape sur la tête et dans le dos – J. C. s'accrocha au miroir – et quitta la chambre.

Tiny l'avait avertie de cette surprise-partie-réunion au dernier moment, évidemment. Elle était encore habillée pour aller au bureau : chemisier blanc strict à manches longues, pantalon noir ample, et bottes noires en cuir souple ; ça ne convenait pas. (Elle avait travaillé tard ce soir, à cause des commandes.)

Bon, voyons voir. Elle se dirigea vers la penderie, ouvrit la porte et resta plantée devant d'un air abattu, comme un adolescent devant un réfrigérateur. Rien à mettre, rien du tout, comme n'importe qui sur terre, à l'exception de Tiny, pourrait s'en apercevoir d'un simple coup d'œil.

Au bout d'un moment, avec une profonde répugnance, J. C. entreprit de fouiller à l'intérieur du réfri... pardon, de la penderie, jetant de vagues possibilités sur le lit. Avant d'en ranger certaines. Pour en sortir d'autres.

Quand, douze minutes plus tard seulement, J. C. fit son entrée dans le salon-living-room – autrefois, c'était son appartement, dans lequel Tiny avait emménagé, plutôt que l'inverse, c'est pourquoi ça ressemblait à un appartement normal dans un immeuble de Riverside Drive, et non à un tronc d'arbre creusé –, elle était vêtue d'un pantalon en soie gris anthracite, d'un chemisier en soie moutarde et de pantoufles en satin noir. En outre, elle avait choisi des boucles d'oreilles plus longues, celles avec les éclats de diamants, et un fin bracelet en argent, et elle avait coiffé ses cheveux différemment, dans un style plus Rita Hayworth. Son maquillage, bien évidemment, avait dû être refait entièrement, en fonction de sa nouvelle tenue. Tout cela, elle le savait au plus profond d'elle-même, pour une bande de ploucs qui n'auraient rien remarqué si elle était arrivée vêtue d'un poncho avec des galoches.

« C'est pour nous que nous le faisons, pas pour eux », se répéta-t-elle, tandis qu'*eux* se levaient, avec des sourires enjoués, en s'écriant :

– Hé, J. C. ! Ça fait un bail !

Bon. John avait toujours son air de chien battu, Andy était toujours aussi joyeux, et Stan aussi ouvertement serviable. Ils buvaient des bières ; Tiny lui en proposa une, qu'elle accepta.

– Dans un verre, s'il te plaît.

On le lui apporta, et elle s'assit dans le fauteuil noir installé dans le coin – Grijk Krugnk s'était assis dans son fauteuil habituel, celui avec le dossier réglable, d'où on avait une vue sur le fleuve et le New Jersey – et elle s'installa pour écouter.

En temps normal, J. C. ne s'occupait pas des affaires de Tiny, et lui ne s'occupait pas des siennes, sauf pour exprimer à voix haute, de temps à autre, son désir de la voir abandonner son affaire la plus lucrative, ce que J. C. n'avait aucune intention de faire. Installée dans un petit local de deux pièces du centre ville, J. C. dirigeait une entreprise de vente par correspondance ; non pas une, mais trois entreprises à vrai dire. Il y avait tout d'abord Super Star Music qui se proposait – en fonction de la demande du client – de mettre de la musique sur vos paroles, ou des paroles sur votre musique, pour un prix très modique, si l'on pense à l'argent que gagnaient des gens comme Mike Jagger ou Carly Simon. Il y avait ensuite les *Cours de formation du commissaire*, un ouvrage qui vous apprenait comment devenir inspecteur de police ; avec chaque commande vous receviez en cadeau une paire de menottes et un insigne. Et enfin, il y avait le *Service de recherches interthérapeutiques*, un manuel de sexualité du couple abondamment illustré, prétendument traduit du danois, mais avec ici et là quelques photos d'une J. C. un peu plus jeune, reconnaissable dans le rôle de « l'épouse ». (Devinez laquelle des trois entreprises, Tiny souhaitait qu'elle abandonne.)

Étant seule pour gérer cette activité commerciale, elle avait grandement de quoi s'occuper l'esprit sans s'intéresser en plus aux activités de Tiny. Mais maintenant qu'elle était là – ou plutôt, qu'*ils* étaient là – autant écouter ce qui se disait. Or, John disait :

– Et tout à coup, vous voilà riches.

Il avait posé la question à Grijk Krugnk, mais ce fut Tiny qui répondit :

– Non, pas tout à coup, Dortmunder. Ça n'a pas été facile pour ce tout petit pays.

– Heureusement que nous afons la reconnaissance des Américains, précisa Grijk, en levant un doigt épais. Trrrès udile.

John se tourna vers lui.

– Pardonnez ma curiosité, dit-il, mais la dernière fois où nous nous sommes parlés, vous étiez fauchés, vous n'aviez pas un kopek ou je ne sais quoi...

– Oui, oui, des defises fortes, confirma Grijk en hochant sa grosse tête chauve.

– C'est ça. Alors, d'où vient cet argent ?

– Nous afons fait un emprunt, répondit Grijk. À la Cidibank.

Cette réponse surprit tout le monde.

– Un prêt bancaire ? s'exclama Andy. Ici à New York ? À la City-bank ?

– Trrrès facile, dit Grijk. Trrrès simple. D'abord, nous afons pensé au Fonds monédaire indernational, mais drop de formulaires à remplir, et des inspecdeurs viennent dans vodre pays pour éplucher les comptes. Tout ça est trrrop compliqué. Alors, merde, on s'est dit, et on est allés à la banque.

– Les banques ne prêtent pas d'argent aux *gens,* déclara Stan, du ton offusqué qu'il réservait habituellement aux embouteillages. Ma maman connaît des chauffeurs de taxi, ils n'arrivent pas obtenir le moindre prêt. Achat d'une nouvelle bagnole, hypothèques, amélioration de l'habitat, rééchelonnement, tout ce que vous voulez, inutile d'insister.

– Oh ! non, non, dit Grijk, pas possible pour un pardiculier. Les pardiculiers, ils ont pas d'argent des banques. Mais si fous êtes un pays, aucun prrroblème.

Tiny reprit la parole :

– Je me suis occupé de cette affaire avec Grijk, et c'est vrai. Il y a certains pays qui ont même pas payé les intérêts de leurs prêts depuis Dieu sait quand, et je parle même pas du capital, et pourtant, les banques continuent à leur prêter du fric.

J. C., plus intéressée par cette conversation qu'elle ne l'aurait imaginé, demanda :

– Comment on fait pour devenir un pays ?

Grijk prit cette question très au sérieux, ayant lui-même fait cette expérience récemment.

– D'abord, déclara-t-il, il faut une guerre.

John, toujours aussi pessimiste, demanda :

– Grijk, vous avez eu l'accord, ou vous avez eu l'argent ?

– L'arrrgent !

– Parfait, dit John. Vous pouvez donc nous payer pour cette opération.

– Dix mille dollars chacun, dit Grijk, en se frappant sur les cuisses, comme s'il venait de raconter une bonne blague.

Les autres échangèrent des regards, et J. C. crut percevoir un certain point de désaccord. John dit :

– Grijk... euh, la dernière fois que nous avons discuté, c'était cinquante mille, vous vous souvenez ?

– Ah ! tout jusde. Mais c'était la somme en draffs, fit remarquer Grijk.

– Peu importe.

– En Tsergovie.

C'était apparemment un argument irréfutable. J. C. observa les troupes qui se consultaient en silence, avec force haussements d'épaules, grimaces et mouvements de sourcils. Après quoi, John se tourna de nouveau vers Grijk et demanda :

– Combien d'avance ?

– Mille dollars, répondit Grijk du tac au tac, comme s'il était fier de ce chiffre. Chacun.

John se tourna vers Tiny.

– Tiny, tu veux bien rencarder ton cousin.

– Je lui ai dit, Dortmunder, mais il n'a pas voulu m'écouter, et je refuse toute responsabilité.

Se tournant vers Grijk, il dit :

– Tu vois ? Je t'avais prévenu. Ils voudront la moitié, je t'ai dit.

Grijk écarta les bras, pour mimer sa stupéfaction.

– Vous donnez à quelqu'un la moidié de l'argent, et il fait rien. Après, il doit dout faire, et il a seulement une audre moitié ? Pourquoi alors il prend pas la moitié de l'argent et il fout pas le camp ?

– Parce que, cher cousin, répondit Tiny sur le ton de quelqu'un qui est au bord d'un conflit de famille, je suis garant d'eux auprès de toi, et je suis garant de toi auprès d'eux. Tu n'as pas confiance dans ma caution ?

Grijk observa son cousin américain. On voyait bien qu'il pesait le pour et le contre de certaines alternatives. Finalement, il dit :

– OK, Diny.

Avec un large sourire adressé aux troupes, qui dévoila plus de vides que de dents – voilà pourquoi il ne souriait pas souvent, comprit J. C., ayant envisagé préalablement d'autres raisons –, il déclara :

– La moidié de l'argent. OK ?

– Parfait, dit John.

Grijk se renversa dans son fauteuil, sans se départir de son sourire, ravi, prêt à continuer, tandis que les troupes l'observaient sans bouger et sans rien dire, et le silence se prolongea. J. C. commençait presque à avoir de la peine pour ce type, jusqu'à ce que Grijk comprenne enfin qu'il restait *encore* un problème et demande :

– OK ? Pas OK ?

– Vous nous versez la moitié, dit John. D'avance.

– Oui, oui, j'ai dit d'accord déjà.

– Quand ?

– Quand quoi ?

– C'est quand « d'avance » ?

Grijk se tourna vers Tiny pour demander conseil.

– Maintenant ? suggéra-t-il.

– Il ne faut jamais remettre au lendemain..., récita Tiny.

C'est alors que J. C. remarqua la grosse sacoche démodée en cuir brun qui était posée à plat par terre près du fauteuil réglable. Grijk souleva l'objet de collection, le déposa sur ses genoux, défit les deux courroies de cuir, actionna le fermoir central en cuivre, ouvrit la gueule béante de la sacoche et laissa ses doigts se promener à l'intérieur pendant quelques instants. Il en ressortit une épaisse enveloppe en papier kraft, l'examina, la rangea, continua à farfouiller l'intérieur et sortit une seconde enveloppe en kraft aussi épaisse (à moins qu'il ne s'agisse de la même, jouant les deux rôles), il déposa celle-ci sur ses genoux et reposa la sacoche ouverte par terre. Il décolla le rabat de l'enveloppe et la secoua pour faire dégringoler sur ses genoux des tas de liasses de billets. Glissant l'enveloppe vide dans l'espace entre sa cuisse et le bras du fauteuil – l'espace *étroit*, même quand il se pencha légèrement en avant –, il brandit une des liasses, entourée d'un bracelet de la Citybank, et déclara :

– Cinquante billets de vingt dollars. Mille dollars. Cinq par personne. OK ?

– C'est parfait, Grijk, dit John.

Grijk lui sourit.

– Fous seul fous safez dire mon nom.

– Ah bon ?

Apparemment, John ne savait pas comment il devait prendre cette déclaration.

– J'en suis ravi, dit-il.

– Alors, j'aboule le fric.

– OK, dit John.

Grijk s'agita désespérément, en remuant des quatre fers, pour s'extraire du fauteuil moelleux, gêné par toutes ces liasses de billets sur ses genoux. Comme il se débattait en vain depuis plusieurs secondes, Andy déclara joyeusement :

– Attendez, je vais vous aider !

Et il jaillit de son siège pour traverser la pièce à grands pas et s'emparer du maximum d'argent.

– Merci, Andy.

Andy se tourna vers Tiny avec l'argent, mais Tiny le repoussa d'un geste, en disant :

– Non, j'ai conclu un autre marché. Pas meilleur, Andy, tu peux me croire. Tu peux me croire.

– Je te crois, Tiny.

Andy distribua les liasses de dollars à John, à Stan et à lui-même, et J. C. fut fascinée par la manière dont tout ce papier sembla se volatiliser. En l'espace de quelques secondes, tous les trois étaient de nouveau assis à leur place, leur bouteille de bière à la main, avec l'air d'attendre quelque chose, et tous les billets avaient disparu.

– Avant de commencer, dit John, je sais bien que ça n'a rien à voir avec le boulot en lui-même, le boulot c'est d'entrer, de piquer l'os, de ressortir et de vous le refiler, mais avant de commencer, il faut quand même que je vous pose une question : Comment est-ce qu'un *os* peut vous permettre d'entrer à l'ONU ?

Grijk aurait répondu volontiers à cette question, mais Tiny l'interrompit en levant la main.

– Laisse-moi leur expliquer, d'accord ? (Il se tourna vers les autres.) Je me posais la même question moi aussi, et je l'ai posée à Grijk, et il m'a répondu. Une heure et demie plus tard, j'ai enfin compris. Alors, vous pouvez écouter sa version, ou bien vous pouvez choisir la mienne qui laisse de côté un tas de merveilleux détails.

– On choisit ta version, dit John, et Stan et Andy confirmèrent d'un hochement de tête.

Grijk, lui, semblait déçu.

– OK. Dans les années 1200 et des poussières, cette fille a été assassinée et mangée par sa famille, entièrement, exceptée la jambe gangrénée. Alors, quand l'église catholique a décidé d'en faire une sainte, cette jambe – ou plutôt cet os, il n'y avait plus qu'un os à cette époque – est devenue une relique.

– Une relique avec la gangrène, dit John.

– Non, plus à cette époque, dit Tiny. Je vous raconte uniquement les événements principaux, Dortmunder.

– OK, Tiny.

– En ce temps-là, reprit Tiny, l'os se trouvait dans la cathédrale d'une ville appelée Novi Glad, qui était la capitale d'une des provinces de l'Empire austro-hongrois. Cette province était partagée entre la Tsergovie et le Votskojek.

Un bruit étrange s'échappa de la gorge de Grijk, comme une sorte de grognement. J. C. tressaillit en entendant ce râle, mais aucun des autres ne sembla y prêter attention.

Tiny enchaîna :

– En ce temps-là également, vous aviez deux religions. D'un côté, il y avait l'église catholique, venue de Rome, qui affirmait au départ que cette jambe était une sainte. Enfin, la *fille* était une sainte, la fille tout entière. Et puis, il y a eu un schisme avec les hétérodoxes orientaux.

Stan intervint :

– Tu veux dire les juifs.

– Non, non, dit Tiny en secouant une grosse main épaisse. Il n'y a aucun juif dans cette histoire.

– Si, il y avait un, déclara Grijk, mais il est pardi à Belgrade. Ou Lvov, peut-être. Quelque part, quoi. Et maintenant, nous sommes obligés de faire faire nos costumes à Honk-Konk. Ah ! c'est pas pareil !

– Ça c'est la version *longue*, Grijk, si tu permets ? déclara Tiny, avant de se retourner vers son auditoire. L'église *catholique* a fait scission, dit-il, comme tous ces petits pays là-bas qui n'arrêtent pas de se scinder.

– La balkanisation, déclara Grijk avec une précision stupéfiante.

– Attention, c'est la version *longue*, déclara Tiny sur un ton de mise en garde. Enfin, bref, là-bas à l'est, vous avez l'église catholique orthodoxe occidentale, un schisme de l'Église catholique traditionnelle et, dans certains coins perdus, vous avez les hétérodoxes orientaux, un schisme des orthodoxes. C'est compris ? On est tous d'accord ?

– Compris, répondit John. J'ai eu ma dose de religion pour un mois.

– Moi aussi, avoua Tiny. Quoi qu'il en soit, quand l'Empire austro-hongrois a été morcelé, cette province constituée de deux pays est devenue *un seul* pays, et les cocos l'ont gardé tel quel, mais maintenant que les cocos ont été éjectés, le pays s'est séparé en deux pays. À l'époque où c'était un seul pays, il était membre de l'ONU, il possédait un siège, et la question maintenant est de savoir *laquelle* des deux moitiés du pays va hériter de *ce* siège, pour des histoires d'ancienneté, d'aide financière déjà en place et ainsi de suite, alors que le perdant devra faire une demande pour devenir membre, et il y a certains pays dans le monde qui voudront peut-être blackbouler le perdant, quel qu'il soit, et donc le plus important pour la Tsergovie et le Votskojek...

Grijk émit le même râle que précédemment.

– ... c'est de récupérer le siège existant. De succéder au pays qui l'occupait avant.

Andy demanda :

– Tiny, j'arrive jamais à me souvenir du nom de ce pays, avant la séparation. Tu nous l'as dit pourtant, il me semble ?

Des nuages noirs traversèrent le visage de Grijk. C'était un spectacle fascinant, comme se trouver à bord d'une voiture et traverser les plaines du Nebraska, en regardant au loin les orages piétiner les champs de blé. L'obscurité, les éclairs, la pluie battante, tout cela balayait le terrain accidenté du visage de Grijk Krugnk. J. C. était à ce point fascinée par ce phénomène visuel qu'elle faillit en oublier d'écouter la réponse de Tiny. La voici :

– Non, je n'ai pas prononcé ce nom, Andy, et je ne le prononcerai pas, et je vais te dire pourquoi. Vous devez vous représenter la Tsergovie et le Votskojek...

Nouveau grognement de Grijk, à travers l'orage.

– ... comme un mariage désastreux, et le jour où ça s'est terminé, le divorce a été aussi désastreux, si bien que maintenant, dans les *deux* pays, il est interdit de prononcer le nom de l'ancien pays qui n'existe plus.

– C'est la peine de mort, déclara Grijk avec un sinistre appétit.

– Si un habitant de ces deux pays, reprit Tiny, *entend* simplement cet ancien nom, il devient fou furieux. Vous voulez que Grijk devienne fou furieux ?

Tout le monde dans la pièce regarda Grijk, qui semblait déjà fou furieux. Et tout le monde dans la pièce parvint à la même conclusion, que formula Andy en leur nom :

– Non, je n'y tiens pas.

– Tant mieux, répondit Tiny. Mais je peux vous dire ceci : dans la liste des cent cinquante-neuf pays qui siègent à l'ONU...

– Tu plaisantes, dit Andy. Il ne peut pas exister *autant* de pays !

– Tu as raison, c'est impossible, confirma Tiny, et pourtant ils existent. Et dans cette liste, sur laquelle figurait cet ancien pays, il y a maintenant un vide entre le Bénin et le Bhoutan.

– Entre quoi et quoi ? demanda Stan.

– Le Bénin et le Bhoutan. Ce sont deux pays.

Cette fois-ci, quand Andy répéta « Tu plaisantes ! », Stan le dit en même temps que lui.

– Non, je suis sérieux, déclara Tiny. En traînant avec Grijk, j'ai appris plein de trucs sur un tas d'endroits. Vous pouvez pas imaginer tous les pays qui existent. Les Comores, ça vous dit quelque chose ?

Andy fut le premier à répondre :

– C'est pas ce qui arrive quand quelqu'un est K.O. ?

– Non. Et le Lesotho, le Vanuatu ?

– On dirait des noms de médicaments, commenta John. Pour calmer les gens nerveux. Les gens comme Grijk, par exemple.

Ce dernier eut un large sourire qui laissa voir quelques dents.

– Incrrroyable ! Parrrfaite prononciation !

– Merci, dit John.

– Tiny ? demanda Andy. Dis-nous encore des noms de pays. T'en as d'autres comme ça ?

– Des tonnes. Tiens... le Cap-Vert, vous connaissez ?

– Je croyais que c'était en Louisiane.

– Erreur. C'est dans l'océan Atlantique, au large de l'Afrique.

– À côté de l'Atlantis, suggéra John.

– Celui-là, je le connais pas, dit Tiny. En revanche, je connais Bahreïn et le Qatar...

– À tes souhaits, dit Andy.

– ... et aussi le Burkina Faso, et l'Arabie Saoudite...

– Aucune idée.

– Moi non plus, dit Tiny. Et Djibouti.

John demanda :

– Comment tu peux dire ça sans claquer des doigts ?

– Quoi ?

– Djibouti, dit John.

Et il claqua les doigts. Ça sonnait beaucoup mieux.

– J'y penserai dorénavant, promit Tiny. Il y a aussi les Maldives. São Tomé et Prīncipe, ça c'est un seul pays.

– Qu'est-ce qui est un seul pays ? demanda Andy.

– São Tomé et Prīncipe. Mais peut-être qu'ils vont se scinder eux aussi, comme les concitoyens de Grijk. Ça vous suffit comme ça ?

Pendant qu'ils confirmaient que ça suffisait comme ça, J. C. s'interrogeait. Elle cherchait un joli nom pour un pays. Jaycenia. Tayloronie. On pouvait trouver mieux.

– Voilà la situation, disait Tiny, pendant que J. C. continuait de réfléchir. La question de savoir qui sera le successeur de ce pays à l'ONU est devenue un tel sac de nœuds politique que plus personne ne veut mettre le nez dedans. Alors, ils ont refilé le dossier à un homme d'église. Un archevêque.

– Ah ! j'ai compris, dit Andy. Il sera du côté de la religion du pays, c'est ça ? La même religion que la sienne, je veux dire.

– Erreur, dit Tiny. Vous avez dans ce pays – ces deux pays – les catholiques et les hétérodoxes orientaux. L'ONU a donc créé une commission et, à la tête de cette commission, ils ont mis cet archevêque orthodoxe de Bulgarie, ou de Pologne, ou de je ne sais où, qui n'est pas systématiquement d'accord avec un des deux camps ; à vrai dire, il est systématiquement en *désaccord* avec tout le monde, et c'est la commission qu'il dirige qui doit décider. Lui autrement dit. Or, on raconte que, l'archevêque étant lui aussi une sorte de fa...

– Un fanatique, suggéra Andy.

– Le monde en est plein, dit John.

– Si on pouvait les récolter, plus personne ne mourrait de faim, confirma Tiny. Quoi qu'il en soit, l'archevêque a décidé que la relique de cette sainte constituait le facteur essentiel. C'est elle qui confère la légitimité au pays, qui établit un lien direct avec la naissance du pays, avant les Austro-hongrois et *tous* les autres, et, par conséquent, celui qui détient cet os doit être déclaré héritier légitime.

– Et il se foutra de savoir, demanda John, que Grijk a *volé* l'os ? Tu en es sûr ?

– C'est pas aussi simple, dit Tiny.

John acquiesça.

– Je m'en doutais.

– En fait, expliqua Tiny, l'os se trouvait dans la cathédrale de Novi Glad, la ville qui est maintenant la capitale du Votskojek, et ce sont donc... Grijk, j'aimerais que tu cesses de faire ce bruit chaque fois que je prononce ce nom, ça me tape sur les nerfs !

– Je fais essayer de me condrôler, promit Grijk.

– Merci. Où j'en étais ?

– À la capitale, dit John.

– Exact. Donc, ce sont eux qui ont l'os, il est là-bas. Mais pour gagner du temps, les Tsergoviens ont dit à l'ONU que c'était pas le véritable os, que c'était un faux, alors, l'os a été envoyé ici à New York pour être authentifié.

John demanda :

– De quelle façon ? On peut quand même pas mettre un vieil os de huit cents ans parmi d'autres pour demander à un témoin de l'identifier formellement ?

– Ils le refilent à des spécialistes, expliqua Tiny. Ils peuvent faire des examens, dire ensuite si c'est un os humain, le bon os de la jambe gauche, s'il est aussi vieux que ça, s'il a été gangréné, et ainsi de suite.

– Conclusion, dit John, Grijk et ses compatriotes l'ont dans l'os, si je peux me permettre.

Grijk hocha tristement la tête.

– À moins, ajouta Tiny, qu'on puisse échanger les os avant la fin des examens, et ils viennent juste de commencer. On aurait pu agir avant, sans ce petit contretemps financier, mais peu importe, ce sont pas vos oignons.

– Exact, dit John.

– Pendant ce temps-là, poursuivit Tiny, la Tsergovie expliquera aux gens de l'ONU que les types d'en face sont des baratineurs, que l'os est un faux et, quand les scientifiques apporteront la preuve que c'est un faux, en effet, la Tsergovie dévoilera le véritable os. L'archevêque sera furieux après le Votskojek et... Hmmmm.

– Pardon, dit Grijk.

– Fais un effort bon sang, lui dit Tiny, avant de s'adresser aux autres. L'archevêque reprochera au Votskojek d'avoir blasphémé la relique, et la commission recommandera que le siège soit attribué à la Tsergovie, et les gentils l'emporteront sur les méchants.

– J'ai des doutes sur ce dernier point, dit John, mais peu importe, j'ai saisi l'idée générale. Alors, où est l'os maintenant, dans un labo quelque part ?

– Oh ! non, répondit Tiny. Les deux pays ont obtenu des missions auprès de l'ONU, mais c'est ce qu'on appelle maintenant des missions d'observation, en attendant qu'ils obtiennent un siège, et le Votskojek a pris... Bravo, Grijk... des mesures de sécurité importantes autour de l'os en le conservant à l'intérieur de leur ambassade et en obligeant les scientifiques à l'analyser sur place.

– Où est cette ambassade ? demanda John.

– À bord d'un bateau, sur l'East River.

– Un bateau ! s'exclama John, et autour de lui les autres paraissaient déconcertés. On devra y aller à la rame, c'est ça ?

– Non, le bateau est amarré à la hauteur de la 20e Rue Est environ, expliqua Tiny, là où autrefois il y avait un ferry qui se rendait à Long Island City, il y a très très longtemps. La municipalité est propriétaire du quai et du vieil embarcadère, et le Votskojek lui loue l'emplacement à l'année pour des clopinettes.

– Aucun doute, nous sommes à New York, commenta John.

– N'oubliez pas, dit Tiny, que ces deux pays sont très pauvres. Leur principal produit d'exportation, c'est la pierre.

J. C. s'était juré de ne pas ouvrir la bouche, car ce n'était pas sa réunion, c'était la leur, malgré tout, cette information ne pouvait la laisser insensible.

– La pierre ! s'exclama-t-elle.

En tant que femme d'affaires, dont les entreprises de vente par correspondance pouvaient être considérées comme une forme d'exportation, elle était curieuse de savoir comment on pouvait gagner de l'argent en exportant de la pierre.

Nul ne sembla s'offusquer de la voir s'immiscer dans la conversation. À vrai dire, les gars semblaient aussi intéressés que J. C. par la réponse, et ils ouvrirent toutes grandes leurs oreilles pour écouter Tiny :

– Certains pays qui possèdent un sol moins dur, du type sol en terre, utilisent la pierre de Tsergovie et du Votskojek quand ils construisent de nouvelles routes.

– La pierre de Tsergovie est bien meilleure, déclara Grijk. Les dests le proufent.

– Sans conteste, dit Tiny. Enfin bref, dit-il aux autres, le fait est que ces deux pays sont pauvres, et ils peuvent pas s'offrir de jolies ambassades dans de jolies maisons dans de jolis quartiers et ainsi de suite. *Vous* le savez bien, ils ont été obligés de demander un prêt pour pouvoir vous payer.

– Ce qui soulève une autre question, Tiny, dit John. Tu as parlé à Grijk du problème des frais ?

– Absolument. Les tickets de métro et les trucs comme ça, c'est à votre charge. Les véritables frais, comme par exemple les pots-de-vin, un véhicule ou une arme, c'est la Tsergovie qui paye.

– D'avance.

– Il a compris, Dortmunder.

– Pas de limousines, déclara Grijk en levant un doigt menaçant.

– Ils ont compris, Grijk.

Andy demanda :

– S'ils sont aussi pauvres que tu le dis, comment ça se fait qu'ils ont un yacht ?

– J'ai parlé d'un yacht, moi ? J'ai employé le mot bateau, non ?

– La première chose à faire donc, dit John, c'est d'aller voir ce bateau.

– Je vous y conduirai pour vous le montrer, dit Tiny, quand vous voudrez.

– Si on y allait maintenant ?

– Bonne idée, dit Tiny.

– Vous venez avec nous, Grijk ? demanda Andy.

– Andy, répondit ce dernier, il faut demander à Chon de fous apprendre à prononcer mon nom. Non, je fiens pas, car si leurs gardes me voient, ils font me tirer dessus.

Andy se tourna vers John en haussant les sourcils.

– Une bande de joyeux drilles.

Ainsi s'acheva la réunion. Tout le monde se leva et tous les hommes serrèrent la main de Grijk, et celui-ci les assura que leurs louanges seraient chantées à tout jamais dans les écoles de Tsergovie, même si c'était de manière anonyme, après quoi J. C. déclara :

– Ça m'a fait plaisir de vous revoir, les gars.

Et les gars répondirent que c'était *super* de la revoir, puis ils sortirent tous en groupe dans le couloir et se dirigèrent vers l'ascenseur, et J. C. se retrouva enfin seule. Elle se rendit dans la cuisine où elle vida sa bière dans l'évier et se versa un bon petit pinot Grigio dans un autre verre, avant de retourner dans le living-room pour ôter ses pantoufles en satin d'un coup de pied, s'asseoir dans *son* fauteuil à dossier réglable, qui lui parut plus large et plus bas qu'avant, et penser à des pays.

Une cacophonie de pays, une multitude, une masse grouillante, une légion de nations. Qui aurait pu imaginer qu'il existait tant de mères patries ? On pouvait aisément se cacher au milieu d'une telle foule.

Et ensuite ?

Chapitre 5

Dortmunder observa le bateau votskojek là-bas, sans être impressionné. Pendant qu'ils traversaient la ville pour se rendre dans le bas de Manhattan, à bord d'une Honda Accord que Stan avait empruntée pour l'occasion, Tiny leur avait expliqué que ce bateau avait été autrefois navire cargo sur la Mer Noire, ou bien le Bosphore, ou un autre endroit du même genre, et qu'il avait eu du mal à traverser l'atlantique l'hiver dernier. Dortmunder le croyait sans peine.

Beaucoup plus petit qu'un yacht de croisière, et beaucoup plus sale également, le bateau était une énorme épave noire, retenue par d'épaisses cordes velues enroulées autour d'étançons en métal de chaque côté du vieil embarcadère du ferry. N'eussent été les quelques lumières à l'intérieur du rafiot, qui dessinaient des cercles et des rectangles de lueur jaunâtre, il aurait ressemblé davantage à une barge chargée de ferraille.

Le point stratégique le plus proche pour observer les futurs lieux du crime était la voie express F. D. Roosevelt, cette autoroute surélevée qui court – qui se traîne, en réalité – sur toute la rive Est de Manhattan. À cette heure tardive, la circulation était modérée sur la voie express – si tant est qu'on puisse appliquer ce terme aux taxis qui fonçaient à tombeau ouvert, les banlieusards ivres et les étrangers en situation irrégulière qui s'enfuyaient après avoir commis leurs larcins –, et Stan avait simplement arrêté la Honda d'emprunt sur la file de droite (il n'y a pas de bas-côté, pas de bande d'arrêt d'urgence, aucun espace pour se garer sur la voie express FDR), et tout le monde descendit de voiture. Stan souleva le capot et resta planté devant la voiture, jetant parfois un regard meurtrier au petit moteur inoffensif, comme si celui-ci lui avait joué un sale tour. Pendant ce temps, dans des conditions difficiles, ils repéraient les lieux.

Rien de réjouissant. Le bateau était ancré à l'intérieur de cet ancien embarcadère de ferry, derrière un bâtiment de briques de trois étages, massif, abandonné, dangereux et inutilisé depuis des années. Sur la poupe arrondie et noire du bateau, qu'on apercevait derrière le bâtiment, on distinguait vaguement le nom *Orgueil du Votskojek*, en lettres blanches sales.

L'accès maintenant. Une route goudronnée creusée de nids-de-poule sortait de sous la voie express FDR pour se diriger vers le bâtiment du ferry, mais avant même d'atteindre la moitié du chemin, elle se heurtait à une clôture grillagée de trois mètres de haut, surmontée de rouleaux de fil de fer barbelé. Les piliers métalliques du grillage plantés dans le béton, en plein milieu de la route, indiquaient clairement que plus aucune voiture ne pourrait jamais emprunter ce chemin. De ce côté-ci du grillage, sur la droite de la route tronquée, un petit parking était éclairé par un unique projecteur ; cinq vieilles bagnoles cabossées y étaient garées, le nez contre la grille, deux d'entre elles arboraient des plaques diplomatiques rouge-blanc-bleu. Non loin des voitures, une étroite porte grillagée se découpait dans la clôture, gardée par deux types trapus en uniforme, avec des armes de poing.

Au-delà du grillage, s'il était possible d'aller au-delà du grillage, se dressait le bâtiment du ferry, aussi sombre et compact qu'un temple maya, et dont les fenêtres du dernier étage, obturées par des planches, se trouvaient à la même hauteur que la voie express FDR, si bien que de l'endroit où ils se trouvaient, ils pourraient voir à l'intérieur, s'il n'y avait pas les planches et s'il y avait de la lumière à l'intérieur, et surtout, si cela les intéressait, ce qui n'était pas le cas. Une vingtaine de mètres les séparait de la façade du bâtiment mort, c'est-à-dire une distance raisonnable, mais quand même trop grande pour poser une planche en équilibre au cas où vous auriez l'idée, par exemple, de ramper d'un côté à l'autre, par-dessus la clôture.

Les deux étages du bâtiment reposaient sur deux grosses jambes qui constituaient le rez-de-chaussée et entre lesquelles les véhicules (voitures ? chariots ? depuis quand était abandonnée cette technologie éminemment sensible ?) accédaient autrefois au ferry. Derrière le bâtiment lui-même – que l'on voyait mieux au nord, sur la voie express FDR, à l'endroit où ils étaient arrêtés, et où Stan faisait des bras d'honneur aux rares petits malins qui klaxonnaient – se trouvait le quai où les ferry-boats s'arrêtaient jadis pour charger et décharger les véhicules et les passagers à pied (éminemment sensibles), et où mouillait maintenant l'*Orgueil du Votskojek*, avec sa poupe arrondie et rouillée pointée vers le bâtiment, tandis que la proue émoussée hochait bêtement la tête en regardant l'eau.

– Les gardes, dit Kelp, ces gardes *armés* en bas, ils voient le parking. Du coin là-bas, où ils sont postés, ils peuvent voir toute la clôture. Ces gardes *armés* là-bas, ils pourraient *nous* voir en levant la tête, et ils pourraient voir toute la voie express aussi. Et on dirait bien des talkie-walkies les trucs qu'ils ont à la ceinture, juste à côté des *flingues*. Alors, à mon avis, je me dis que si on fourre une poignée de somnifères dans un hamburger et qu'on le balance par-dessus la grille, ça marchera pas.

– Je savais qu'ils me feraient monter sur un bateau, commenta Dortmunder.

Il y a peu de temps, il avait été impliqué dans un petit coup un peu compliqué, dans le nord de l'État, où se trouvait également impliqué un réservoir, sous lequel il s'était retrouvé presque en permanence. Depuis, ses sentiments envers les bateaux et les grandes quantités d'eau demeuraient négatifs.

– Eh bien, Dortmunder, dit Tiny, accoudé au muret décrépit de la voie express, je vais te dire ce qu'il faut. C'est un bateau. Ne serait-ce que pour voir la chose de plus près. À la lumière du jour.

– On peut pas espérer de meilleures conditions qu'en pleine nuit, comme maintenant, fit remarquer Dortmunder. Et maintenant, les meilleures conditions c'est avec des gardes armés, des projecteurs, un grillage et du fil de fer barbelé. Et ça, uniquement pour accéder au quai. On ignore quelles réjouissances nous attendent si on essaye de monter *à bord* !

– Selon moi, dit Kelp, il y a d'autres gardes, d'autres lumières, mais plus de barbelés. C'est juste une supposition.

– Je t'en remercie, dit Dortmunder. (Il se tourna vers Tiny.) Ton cousin va devoir faire des frais.

– Tu veux parler d'un bateau ?

– Mieux vaut ne pas s'attarder ici, déclara Stan.

– Attends une minute, Stan, dit Dortmunder, avant de s'adresser de nouveau à Tiny. Un bateau *sûr*. Sans fuites, et avec du carburant, pas de la camelote.

– Ça va sans dire, dit Tiny.

– Ça va mieux en le disant.

Tiny écarta les bras.

– Mais il n'est pas obligé d'acheter ce bateau, hein ? Il peut le louer simplement.

– Oui, répondit Dortmunder, à un loueur qui n'a jamais paumé un bateau en mer.

Kelp ajouta :

– Faut aussi que ça ressemble à un bateau qu'on voit par ici. Un truc qui se remarque pas trop.

– Bien sûr, dit Tiny.

– Et qui ne coule pas, précisa Dortmunder. Un bateau qui soit même pas mouillé à l'intérieur.

– Marché conclu, Dortmunder.

– Ce que je veux, dit Dortmunder, c'est un bateau dans lequel on pourrait faire pousser des cactus !

Chapitre 6

– Nous sommes un pays drès pauvre, dit Grijk.

– Oui, on le sait, dit Tiny. Ces types le savent, et je le sais aussi.

« Et tous ceux qui entrent ici le savent également », aurait-il pu ajouter.

La représentation diplomatique de la Tsergovie auprès des Nations unies n'était pas installée à bord d'un ancien navire cargo amarré sur l'East River. En toute franchise, les Tsergoviens n'avaient pas songé à ce moyen astucieux et original qu'avaient trouvé les Votskojeks pour éviter le prix élevé des loyers new yorkais ; raison de plus, si besoin était, pour que les Tsergoviens se sentent dépités.

Non, ce qu'ils avaient trouvé de mieux, c'était une boutique dans la Seconde Avenue, *en dessous* de la 23e Rue, où sur le plan commercial, les biens immobiliers ont beaucoup moins de valeur que là-haut vers la 40e et après, à proximité de l'ONU, des théâtres et des bons restaurants.

Ils étaient situés du côté est de l'avenue ; en face se trouvait tout un pâté de maisons de « contribuables [1] », si bien que le soleil frappait à travers leurs grandes vitrines tout l'après-midi, les jours où il faisait beau, mais heureusement, ils avaient le store. Avec énormément de réticences, mais aussi une sorte de résignation fataliste finalement, ils avaient conservé le store, sur lequel on pouvait encore lire, en grosses lettres blanches sur la toile verte : BLANCHISSERIE ET PRESSING HAKIM, une inscription parfaitement propre et nette, à l'exception du mot HAKIM,

1. Structure temporaire, généralement d'un seul étage, et abritant des commerces très éphémères. Construite par le propriétaire du terrain quand un délai pouvant durer plusieurs décennies, parfois, est prévu, entre la destruction de l'ancien édifice indésirable et l'apparition d'une nouvelle calamité dans le paysage. On appelle ça un « contribuable » car c'est son rôle : payer des impôts. *

* Vous ne vous attendiez pas à trouver une note dans ce roman, hein ? Une vraie note instructive qui plus est. La persévérance paie. (*N.d.A.*)

qui avait été peint avec maladresse par-dessus le nom IRVING, lui-même cousu de manière absurde par-dessus un autre nom : ZEPPI.

Pourtant, même s'il était clairement inscrit sur la grande vitre de la porte de la boutique :

NATION LIBRE ET DÉMOCRATIQUE DE TSERGOVIE
Ambassade
Consulat
Attaché commercial
Office du tourisme
Bureau des échanges culturels
Attaché militaire
Mission rattachée aux Nations unies (prochainement)

Et même si les deux grandes vitrines étaient décorées de jolies affiches vantant les prétendues attractions touristiques de la Tsergovie, des gens continuaient d'apporter leurs nappes sales après un dîner.

La première salle, la seule pièce où soit entré Tiny, ne ressemblait plus du tout à une blanchisserie. La seule chose qui avait été conservée, c'était le faux plafond avec les rampes de néons grillagées (le changer aurait coûté trop cher). Au sol se trouvait maintenant une ravissante moquette vert pâle, achetée à bas prix dans une vente de liquidation à Long Island, et qui se composait en fait de trois grandes chutes astucieusement assemblées, si bien que les raccords – et la légère différence de couleur – se remarquaient à peine, à moins de les chercher.

Sur ce tableau de Reinhardt à poil long étaient posés trois bureaux, chacun disposant de deux chaises et d'une corbeille à papiers, le tout acheté dans une boutique de matériel professionnel d'occasion dans la 23e Rue. Un de ces bureaux était situé près de la porte, c'était là qu'une jeune Noire américaine nommée Khodeen, l'unique employée qui ne soit pas de nationalité tsergovienne, renvoyait les porteurs de nappes. Les deux autres bureaux, situés au fond de la pièce, dans les coins, formaient un long triangle avec le premier. Celui de gauche constituait la base d'action d'une femme d'un certain âge, corpulente, nommé Drava Votskonia, qui changeait chaque jour de fichu, qui avait sur le visage des verrues qui auraient pu servir à accrocher des tasses, et cumulait les fonctions d'attachée commerciale, de directrice de l'Office du tourisme et de responsable des échanges culturels. L'autre bureau appartenait à Grijk Krugnk, qui lui assumait les responsabilités d'attaché militaire, d'agent de vérification des passeports, et de chef de la sécurité (ainsi que tout le personnel de sécurité) de l'ambassade, du consulat et de la mission (prochainement).

C'était à ce bureau qu'avaient pris place Grijk et Tiny ; chacun ayant posé un avant-bras épais sur le plateau éraflé pendant qu'ils discutaient. Dans l'autre coin, Drava Votskonia était au téléphone, engagée dans sa quête perpétuelle d'un Américain désireux de relancer la folie des pierres domestiques. « Des pierres domestiques *importées* ! » (Après tout, le hula hoop n'avait-il pas connu un renouveau, même bref ?) Et à l'entrée de la boutique, entre deux nappes, Khodeen faisait ses tresses.

– Il s'agit de *louer* un bateau, expliquait Tiny. Pas d'en *acheter* un !

– Ah ! éfidemment ! dit Grijk. Que ferait-on afec un badeau ? Nous sommes un pays sans mer !

– C'est pour ça que nous allons le louer, expliqua Tiny.

Parfois, il devait se montrer très patient avec son cousin, beaucoup plus qu'avec quelqu'un d'autre, dans les veines de qui ne coulait pas le sang familial, au cas où celui-ci viendrait à se répandre.

– Combien pour louer ce bateau ? demanda Grijk.

– Je me suis pas encore renseigné, dit Tiny. Je suis juste venu pour te tenir informé, te prévenir qu'il y aurait des frais.

– Informé ? Comment informé ? Tu ne sais pas *combien* de frais !

– Voici ce qu'on va faire, dit Tiny, en songeant que Grijk était, après tout, un cousin éloigné, un cousin très éloigné, et peut-être qu'il n'était pas obligé de se montrer *aussi* patient, après tout. Si la location du bateau coûte moins de cinq cents dollars, on dit que c'est bon, on paye et tu nous rembourseras plus tard. Si ça dépasse les cinq cents dollars, on t'appelle et c'est toi qui décides.

Grijk réfléchit à cette proposition.

– Je sais pas, dit-il finalement. Je dois parler à mon supérieur. Tu attends une minude ?

– Même deux, proposa Tiny.

– Merci, Diny.

Après avoir vérifié que tous les tiroirs de son bureau étaient verrouillés, Grijk s'empressa de disparaître dans la pièce du fond, dans laquelle Tiny n'était jamais entré, pour s'entretenir avec son « supérieur », que Tiny n'avait jamais vu, et qui était certainement l'ambassadeur, le consul, le chef de la mission (prochainement), et le porte-parole de la Tsergovie aux États-Unis. Un type pas facile, à en juger par la nervosité de Grijk chaque fois qu'il pensait à son « supérieur », ou pire, chaque fois qu'il devait avoir affaire à lui.

Tiny s'étira sur sa chaise, en se demandant si c'était une bonne idée, dès le départ, de s'impliquer avec ces clowns, mère patrie ou pas, et de faire équipe une fois de plus avec Dortmunder et sa bande. Peut-être qu'il ferait mieux de rompre tous les ponts avec le passé et...

– Pffft !

Le bruit du téléphone de Drava Votskonia raccroché violemment arracha Tiny à ses rêveries. Il tourna la tête. La Votskonia semblait d'humeur ombrageuse. Remarquant que Tiny l'observait, elle dirigea son regard meurtrier dans sa direction.

– Vous, vous êtes américain ! dit-elle d'un ton accusateur.

Son accent ressemblait à celui de Grijk, mais beaucoup moins prononcé, une sorte de bourdonnement désagréable autour des mots, plutôt qu'une véritable déformation des mots eux-mêmes.

Tiny réfléchit un instant, avant de hausser les épaules. C'était un aveu qu'il pouvait faire sans trop de danger.

– Exact.

– Expliquez-moi alors. Que font les Américains avec les pierres ?

Ah ! en voilà une question inattendue. La réflexion plissa le front de Tiny. Des pierres ? Que font les Américains avec les pierres ? Et *moi,* se demanda Tiny, qu'est-ce que je fais avec des pierres ? La réponse était : rien.

– Eh bien, dit-il, en réfléchissant aussi vite qu'il le pouvait, dans le temps ils faisaient des murets avec, vous savez, dans les bois et tout ça...

– *Dans le temps !* rugit Mme Votskonia. (De toute évidence, elle était au bout du rouleau, ou pas loin du bout.) Ne me dites pas *dans le temps* ! Dans le temps, ils en faisaient des *animaux domestiques* ! Mais qu'est-ce qu'ils en font *maintenant* ?

Tiny se remit à réfléchir.

– Ils les font chauffer et ils les mettent dans les saunas, proposa-t-il.

Votskonia réfléchit, puis secoua la tête.

– Marché trop restreint.

Tiny se creusait la cervelle.

– Des brise-lames, dit-il. Vous savez, ces murs de pierre qu'on construit sur les plages, et dans l'eau aussi, pour empêcher le sable de foutre le camp.

– Dangereux pour l'écologie, répondit Mme Votskonia. J'ai déjà évoqué le sujet avec plusieurs communautés du bord de mer ; tout le monde est contre.

Tiny sentait naître une petite douleur aiguë entre ses yeux. Que font les Américains avec les pierres ? Des cairns ? Non, plus maintenant.

La porte de la pièce du fond s'ouvrit, et Grijk passa la tête à l'extérieur pour demander :

– Tiny ? Tu peux fenir ici une minude ?

– Oui, je peux, répondit Tiny en se levant aussitôt.

Avec son sourire le plus large et le plus hypocrite, il dit à la furieuse Mme Votskonia :

– Désolé de ne pas pouvoir vous aider davantage.

Sur ce, il franchit d'un pas lourd la porte que lui tenait Grijk pour pénétrer dans un petit bureau où il se retrouva face à une femme à côté de laquelle Mme Votskonia ressemblait à mère Teresa.

Cette femme avait à peu près la taille et la forme d'une boîte aux lettres, avec une tabatière blanche surmontée de poils noirs en guise de tête. Son uniforme ressemblait quasiment à celui de Grijk : tunique vert olive, passepoil noir, pantalon large de couleur sombre, bottes noires ; à vrai dire, elle-même ressemblait beaucoup à Grijk, comme Grijk ressemblait beaucoup à Tiny. Autrement dit, cette femme ressemblait au modèle réduit de Tiny. Et, pour une femme, ce n'était pas l'idéal.

Grijk, aussi nerveux qu'un gamin qui présente son père au proviseur du lycée, dit :

– Tchotchkus Bulcher, voici Zara Kotor, ambassadrice de Tsergovie aux États-Unis.

Quand la situation l'exigeait, Tiny savait se montrer sociable. Il hocha joyeusement la tête et demanda :

– Comment ça va ?

– Je suis extrêmement courroucée.

Zara Kotor semblait coriace, et elle n'avait pas le moindre accent.

Ignorant le sens des mots, pour s'intéresser uniquement à la façon dont ils étaient prononcés, Tiny lui fit un grand sourire et dit :

– Vous parlez bien.

– J'ai fait mes études dans votre pays, répondit-elle d'un air pincé. À Bronx Science.

– Ah ! oui. Paraît que c'est une super-école.

– C'est là que nous avons appris les mathématiques, à Bronx

Science, déclara Zara Kotor avec un froncement de sourcils épais. Et *en aucun cas* cinq cents dollars ne peuvent être la réponse à la question : « Combien ça coûte pour louer un bateau et faire une petite promenade sur la rivière ? »

Tiny sentait naître un très léger sentiment d'agacement. Supporter toutes ces conneries sans espoir de profit, et voir en plus son jugement remis en cause ! Il aurait voulu enrouler cette dame dans sa moquette grande largeur en solde, dans la pièce voisine, et l'emmener pour de bon faire une petite promenade en bateau. Mais il dit :

– S'il s'agissait simplement de s'offrir une journée agréable sur l'eau, on pourrait louer une barque dans Central Park. Le problème, c'est qu'on va passer pas mal de temps sur l'East River, et on ne veut pas que quelqu'un se demande qui on est, et ce qu'on fabrique.

– Et pour ça, vous avez besoin d'un yacht de luxe, rétorqua Zara Kotor. Avec du champagne et des filles en bikini, j'imagine, pour faire encore plus naturel.

– Pour cinq cents dollars ? (Tiny lui sourit, de manière pas du tout amicale.) Topez là !

Elle secoua la tête.

– Je ne vois pas l'utilité de toutes ces dépenses. Vous savez où se trouve l'ambassade du Votskojek et... Grijk, je vous ai déjà dit de ne pas faire ça ! Et vous avez même repéré les lieux. J'ai cru comprendre que vos amis et vous étiez des professionnels.

– Voilà pourquoi nous faisons les choses correctement, dit Tiny. Ou bien nous ne les faisons pas... c'est une autre possibilité.

– Je ne vois toujours pas, dit Zara Kotor, comme si elle était habituée à ce que ses décisions soient sans appel, la nécessité de ces dépenses. Je ne pense pas être en mesure de les approuver.

– Pas de problème, ma petite dame, répondit Tiny. Trouvez-vous un autre descendant, moi je tire ma révérence.

Il s'était retourné et saisissait la poignée de la porte, quand elle s'écria, d'un ton outragé :

– Vous avez accepté notre argent !

– Non, pas moi.

Grijk s'empressa de murmurer quelques mots dans une langue qui ressemblait au bruit d'un ouvre-boîtes qui s'attaque à une boîte rouillée. Zara Kotor haussa un sourcil, d'un air cynique.

– Et je suppose que vos amis ne partageront pas avec vous.

– Ce serait bien la première fois ! répondit Tiny. Je me suis laissé embarquer dans cette histoire parce que Grijk m'a convaincu. Aujourd'hui, vous m'avez convaincu de laisser tomber, et c'est très bien.

De nouveau, il saisit la poignée.

– Non, attendez ! Attendez ! dit Zara Kotor.

Et quand Tiny se retourna, exaspéré, il constata que le doute curieusement avait pénétré la tabatière qui lui servait de tête. Cette fois, il garda la main sur la poignée. À vrai dire, il envisageait d'ôter la poignée de la porte, de soulever le couvercle de la tabatière et de balancer la poignée à l'intérieur. Au lieu de cela, il demanda :

– Quoi encore ? Faut que je me dépêche. Faut que j'aille dire aux gars de ne pas acheter l'écran total en fin de compte.

– Quel genre de bateau, demanda-t-elle, se loue cinq cents dollars par jour ?

– Aucune idée, dit Tiny. À la prochaine.

– Attendez !

– Quoi encore ?

– Très bien ! cria-t-elle, comme si c'était lui qui n'avait cessé de la rudoyer pendant toute la discussion. Très bien. Vous dites que vous agissez pro bono, c'est bien ça ?

Cette fois, ce fut Tiny qui fronça ses sourcils épais. Regardant fixement cette femme, comme s'il s'agissait de l'assistante du procureur, il demanda :

– Vous me faites dire des choses que j'ai pas dites ?

– Pro bono, répéta-t-elle, comme si ces mots pouvaient avoir plus de sens la deuxième fois. Vous... vous ne... vous ne faites pas ça pour l'argent, je veux dire.

– Exact, dit Tiny, et me demandez pas pour quelle raison surtout, alors c'est avec plaisir que je...

– Non, non, attendez, dit-elle en caressant l'air qui les séparait. Nous sommes partis sur de mauvaises bases, voilà tout.

– Ah ?

– Nous sommes un pays très pauvre.

– C'est pas une excuse.

Curieusement, elle acquiesça.

– Vous avez raison, dit-elle. J'ai été trop méfiante. Si on recommençait à zéro, comme deux amis cette fois ? Comme deux patriotes de Tsergovie ?

Tiny réfléchit et haussa les épaules. L'affaire était enclenchée. Et elle ne manquait pas d'intérêt.

– D'accord.

– Vous dépenserez ce qui est nécessaire pour ce bateau, dit-elle.

– Parfait. Et on essaiera de payer le moins cher possible.

– J'en suis convaincue. (Elle lui tendit une main semblable à une assiette de viande froide.) Amis ? Associés ?

Grijk assistait à cette scène, bouche bée.

– Ouais, d'accord, dit Tiny, et il serra la main, qui n'avait pas seulement l'aspect d'une assiette anglaise.

Et, soudain, voilà qu'elle lui faisait de l'œil.

– Je ne veux pas que nous soyons ennemis, dit-elle. Pas avec un joli garçon comme vous.

Tiny prit ses jambes à son cou.

Chapitre 7

– Ce bateau est affreusement petit ! dit Dortmunder.

– Il est bien assez grand, répondit Stan.

En tant que spécialiste des moyens de locomotion au sein de la bande, il s'était chargé de dégoter le bateau et, comme il l'avait assuré à Dortmunder plusieurs fois déjà, il avait conservé présente à l'esprit durant tout le processus de décision la phobie de celui-ci concernant les voyages sur l'eau.

En outre, ce n'était même pas lui qui allait conduire ce bateau, « piloter », disaient-ils, comme s'il s'agissait d'un avion. Stan laisserait ce soin à son propriétaire, le joyeux géant barbu qu'on apercevait là-bas dans le poste de timonerie, et qui regardait de tous les côtés à travers les vitres, en attendant qu'ils embarquent, ce que Tiny et Kelp avaient déjà fait.

Mais pas Dortmunder, qui restait sur le quai, l'air renfrogné.

– Il a l'air tout petit. Pour moi, il a l'air tout petit.

– Dortmunder, dit Stan, qui commençait à perdre patience, c'est un *remorqueur* ! Le bateau le plus sûr dans le port de New York ! Ce bateau que tu vois a imposé sa loi à des *pétroliers*, des paquebots, et de gros cargos du monde entier.

Oui, mais il y a longtemps. Les conflits sociaux, les mutations de l'industrie du transport maritime, la concurrence d'autres ports de la côte Est... à cause de tous ces facteurs, le remorqueur de New York est aujourd'hui une espèce en voie de disparition. La plupart de ces braves petits gars rouge et noir, avec le nez poilu et les vieux pneus de voiture sur les côtés, ont disparu, et les rares qui luttent encore, tels les héros d'un dessin animé de Disney, n'ont guère les moyens de survivre.

Voilà pourquoi Stan n'avait eu aucun mal à trouver un propriétaire de remorqueur – la majorité des bateaux survivants appartiennent encore à des particuliers – heureux de contourner Battery Park jusqu'à l'East River et passer l'après-midi à traînasser au large, sans poser de questions, sans soulever de lourdes charges, en échange de trois cents dollars. (Tiny avait tenu la promesse faite à Zara Kotor. Désormais, il se tiendrait aussi à l'écart.)

Dortmunder, lui, se tenait sur le quai, avec ce remorqueur – le *Margaret C. Moran,* tel était son nom – à ses pieds, et le flot des souvenirs du réservoir de Vilburgtown monta autour de lui et le submergea.

– Il tangue, protesta-t-il, en observant la coque du bateau qui montait et descendait devant le quai.

– Évidemment qu'il tangue, répondit Stan. L'*eau* tangue. Tout le port de New York tangue !

– J'aurais préféré ne pas entendre ça, dit Dortmunder.

– Écoute, John, dit Stan d'une voix douce, avec calme, patience et compassion. Je comprends ce que tu ressens, sincèrement. Mais de deux choses l'une : ou bien on le fait, ou bien on le fait pas, dans un cas comme dans l'autre, il faut que je paye le capitaine Bob. Alors, tu préfères monter sur ce bateau ou rentrer chez toi pour aller chercher trois cents dollars ?

– Tout de suite les grands mots !

– Alors, John, qu'est-ce que tu décides ?

– J'arrive, répondit Dortmunder, en posant le pied sur le garde-fou du remorqueur, qui s'abaissa sous son poids, et il plongea la tête la première à l'intérieur du bateau, où il fut réceptionné comme un ballon de plage par Tiny, qui le remit debout, l'épousseta, et déclara :

– Bienvenue à bord, moussaillon !

– Ouais, c'est ça.

Le fou joyeux qui se trouvait là-haut dans sa cabine leur sourit et lança d'une voix puissante :

– Parés ?

– Parés ! hurla à son tour Stan en sautant à bord d'un pas léger, et esquissant un petit salut, comme entre capitaines.

Dortmunder regarda autour de lui : ce remorqueur était *vraiment* minuscule, nom de Dieu ! Tout l'avant était occupé par le poste de timonerie, un rouf de forme ovale fixé sur le pont, coiffé d'un octogone vitré, à l'intérieur duquel le capitaine Bob maniait son puissant engin en surveillant du regard tout ce qui se passait partout autour de lui. La partie arrière était constituée d'un pont exigu encombré de rouleaux de cordes, de jerricanes de carburant et d'huile, de harpons, de masses et d'un tas de *trucs*. Sous le poste de pilotage du capitaine Bob, une porte conduisait à la partie inférieure du rouf, et, en y jetant un coup d'œil, Dortmunder découvrit un escalier en colimaçon très étroit qui s'enfonçait dans une zone obscure remplie d'un fort vrombissement. Après tout, qu'est-ce qu'un remorqueur ? sinon une infrastructure la plus petite possible autour du plus gros et plus puissant moteur possible.

Kelp s'était installé confortablement sur un rouleau de corde, le dos appuyé contre le garde-fou qui avait trahi Dortmunder au moment où celui-ci basculait à bord. Après avoir rattrapé Dortmunder comme on saisit une passe, Tiny était maintenant assis à l'avant du bateau, apparemment très détendu, bien qu'il se trouve juste au-dessus de l'eau bouillonnante et écumante. Stan, lui, avait choisi de grimper dans le poste de timonerie avec le capitaine Bob, et il chancelait sur le pas de la porte, échangeant des plaisanteries avec le « pilote », en hurlant. Dortmunder regardait tout ça, à la recherche d'un endroit sûr pour se planquer, quand Kelp tapota sur le rouleau de corde à côté de lui.

– Prends donc un siège, proposa-t-il. Et profite du paysage.

Dortmunder prit le siège qu'on lui offrait, ravi de pouvoir transférer de ses pieds à ses fesses la délicate question de l'équilibre, et il profita du paysage, juste au moment où le capitaine Bob faisait vrombir les moteurs, et le bateau s'éloigna du quai en rugissant, pour s'enfoncer dans les eaux grasses, grises et glauques de l'Hudson River.

C'était un sacré paysage, en effet. Ce n'est pas tous les jours qu'on voit un paysage pareil, à moins de posséder soi-même un des derniers remorqueurs en activité dans le port de New York. D'un côté, Manhattan, étroit couloir encombré de stalagmites ayant perdu leur grotte et exposées à l'air libre sans qu'on sache pourquoi, formant un décor aussi excentrique que spectaculaire. Regardez un peu toutes ces fenêtres ! Y a-t-il vraiment des gens derrière *chacune* d'elles ? Vous voyez tous ces immeubles, mais vous ne voyez absolument personne et, pourtant, vous ne pensez qu'à des êtres humains, et à quel point ils doivent être nombreux pour qu'il existe sur terre un tel paysage.

Voilà pour Manhattan. De l'autre côté, c'est le New Jersey... voilà pour le New Jersey. Tout là-haut, très loin, il y a le pont George Washington, comme un grelin reliant Manhattan à l'Amérique (à contrecoeur, d'un côté comme de l'autre), et, tout en bas, il y a la mère du joyeux géant vert, à la recherche d'un bateau honnête.

Ou de n'importe quel bateau. Quelques barges transportant des ordures, le bateau de la Circle Line, le ferry de Staten Island qui se dandine, ici parfois un petit cargo qui semble s'être trompé de direction quelque part ; le port de New York de jadis, débordant d'activité, n'existe plus. Mais alors, pourquoi l'eau est-elle toujours aussi dégoûtante ?

Le capitaine Bob mit le cap au sud, et le *Margaret C. Moran* passa devant le nouvel appontement d'Imperial Ferry, avec son service de liaisons tout récent avec le New Jersey (une technologie éminemment sensée), puis devant Battery Park City, où le World Trade Center (tellement super qu'ils l'ont fait en double !) se dresse tel l'échec ultime de l'architecture ; pas une idée, pas un concept, pas un caprice, pas une note élégante, pas une parcelle d'art ou de passion ne vient froisser ces jambes de pantalon aux plis impeccables.

Puis l'héliport, où un hélicoptère *très bruyant* prit son envol à l'intérieur du crâne de Dortmunder, entrant par l'oreille gauche, et ressortant par la droite, semant la confusion dans son cerveau au passage. Et enfin, à l'extrémité sud de Manhattan, le terminal du ferry de Staten Island, avec les ferry-boats grassouillets, comme un souvenir de conte de fées d'un autre New York.

À cet endroit, à la pointe de l'île, la mer devint un peu plus agitée. Dortmunder s'accrocha à son rouleau de corde des deux mains, et des deux genoux, pendant que le magnifique paysage *montait* et *descendait, montait* et *descendait, se balançait, redescendait*, puis *montait, descendait, se balançait, montait...*

Tiny dut retenir Dortmunder penché au-dessus du garde-fou.

Après cela, il se sentit un peu mieux, mais légèrement vidé. Maintenant, ils se trouvaient sur l'East River, entre Manhattan et Brooklyn, un monde beaucoup plus animé, bien que la surface de l'eau demeure étrangement déserte. Mais vous avez là un *autre* héliport, et ensuite deux ponts successifs, encombrés de voitures – celui de Brooklyn et celui de Manhattan –, et du côté de Brooklyn, vous avez la « Promenade », qui a l'air chouette, avec ces gens un peu partout, figés, comme si l'artiste avait imaginé le futur décor, si l'argent était réuni et le projet achevé.

Droit devant il y avait le pont de Williamsburg. Kelp donna un coup de coude dans le bras de Dortmunder et montra le pont, avec un large sourire ;

– Hé, tu te souviens du camion de poissons ?

– Non, répondit Dortmunder.

À la hauteur de la 23e Rue se trouve un quai pour les hydravions destinés à conduire les gens dans les Hamptons ou sur Fire Island, principalement, voire en Nouvelle-Angleterre. Mais Dortmunder l'ignorait, jusqu'à ce qu'il lève la tête – une des rares fois où il leva la tête – et voit un *avion* foncer droit vers eux ! Sur l'eau !

– Nom de Dieu ! commenta-t-il.

Et il jeta un regard paniqué au capitaine Bob, qui adressait joyeusement – un fou, cet homme était fou assurément – des signes de la main à l'engin qui venait en sens inverse. Et qui, soudain, changea de trajectoire, dans un vrombissement, et s'enfuit vers le nord ; Dortmunder apercevait maintenant les flotteurs, et il comprit que la présence de cet avion ici sur le fleuve était parfaitement normale, et encore plus quand, trente ou quarante blocs plus loin, il s'arracha de la surface de l'eau et vira au-dessus du Queens, emportant à son bord quatre ou cinq leaders d'opinion de la nation pour une petite perm.

– Le voici, dit Kelp, au moment même où le grondement sourd du moteur du *Margaret C. Moran* se modifiait, se faisant plus sourd, plus lent.

Sentant le bateau ralentir sous lui, Dortmunder regarda dans la direction indiquée par Kelp et, après une minute passée à ne pas savoir ce qu'il regardait, il le vit. L'*Orgueil du Votskojek*, tapi derrière son quai, le nez dehors, rapetissé par les couches superposées d'immeubles marron, noirs et gris qui se trouvaient derrière.

Leur embarcation ralentissait, et ralentissait encore, pour quasiment s'immobiliser, autant qu'il soit possible de s'immobiliser sur une surface en perpétuel mouvement comme une immense étendue d'eau. Dortmunder balaya les environs du regard : vers le milieu du fleuve, assez loin d'eux, un autre remorqueur poussait une énorme barge chargée de détritus vers l'aval, en direction de l'océan. À part cela, ils étaient désormais la seule embarcation en vue, exception faite, bien évidemment, de l'énorme carcasse amarrée de l'*Orgueil du Votskojek.*

Stan descendit du poste de timonerie pour annoncer :

– Le 'pitaine Bob va nous approcher encore un peu plus et, ensuite, il jettera l'ancre jusqu'à ce qu'on décide de repartir.

Dortmunder lui lança un regard ahuri.

– Le 'pitaine Bob ?

Stan le regarda de la même façon.

– Eh bien quoi ?

Le *Margaret C. Moran* décrivit une longue et lente boucle jusqu'à ce qu'il se trouve face au courant, et suffisamment proche des berges de Manhattan pour permettre de distinguer des détails de l'*Orgueil du Votskojek*, comme par exemple les hublots en haut, et les traînées de rouille en bas. Assis sur les rouleaux de corde ou sur le garde-fou, tous regardaient ce bateau amarré là-bas, et Tiny déclara :

– Je comprends pas. L'ambassade de Tsergovie est une simple boutique, où n'importe qui peut entrer, sans gardes armés, sans clôtures, sans toutes ces conneries.

– Ce sont les mesures de sécurité pour protéger l'os, dit Stan.

– Non, pas ce grillage, dit Tiny. Et les poteaux plantés dans le béton ? Pour un os qui va rester ici juste un ou deux mois ?

Kelp intervint :

– Tous ces machins existaient déjà avant de toute façon, c'est la municipalité qui les a installés, parce que le bâtiment du ferry est dangereux, et ils voulaient pas que des camés viennent se planquer ici et se fassent mal.

– Pourquoi ? demanda Tiny.

Nul ne put répondre à sa question, alors tout le monde reporta son attention sur l'ambassade du Votskojek qui flottait là-bas un peu plus loin.

À ce moment-là seulement, les remous de la barge atteignirent le *Margaret C. Moran*. Le sillage se composait de longs et lents monticules d'eau, des crêtes liquides, comme du velours côtelé, qui ondulaient de manière régulière et inexorable à la surface du fleuve, telles des vaches qui rentrent à l'étable à la fin de la journée, l'une derrière l'autre, chaque vague faisant se balancer le remorqueur, d'abord de ce *côté-ci*, puis de ce *côté-là*, une accalmie, puis de nouveau de ce *côté-ci*, puis de ce *côté-là*... Et ainsi de suite.

– Bien, déclara Dortmunder.

Kelp lui jeta un regard interrogateur.

– John ?

– Ça suffit comme ça, dit Dortmunder.

– Dortmunder ? demanda Tiny.

Dortmunder se tourna vers Stan.

– Dis à ton 'pitaine que je veux descendre à terre.

Visiblement surpris, Stan demanda :

– Tu en as vu suffisamment ? Tu sais comment faire le coup ?

– Je n'ai rien vu, et je ne sais rien du tout, répondit Dortmunder. Sauf que je veux descendre de ces montagnes russes *immédiatement*. Demande à l'amiral Bob de me débarquer. (Il désigna l'*Orgueil du Votskojek*.) Là-bas, précisa-t-il.

Chapitre 8

De son propre avis, Hradec Kralowc possédait le plus bel appartement de New York, avec la plus belle vue, les plus beaux placards et autres agréments, ainsi qu'un emplacement imbattable. En fait, son appartement occupait les quartiers de l'ancien capitaine à bord de l'ancien *Mstslov Enterprise III*, devenu aujourd'hui l'*Orgueil du Votskojek*, et Hradec Kralowc se prélassait dans ce luxe, loin des splendeurs de pierre du Votskojek, et loin des splendeurs tout aussi rudes de *Mme* Kralowc.

À quarante-sept ans, Hradec Kralowc était l'ambassadeur de son pays flambant neuf aux États-Unis (avec un petit appartement à la résidence Watergate à Washington, où il ne se rendait presque jamais), et, bientôt, il deviendrait également le délégué de son pays auprès des Nations unies, une fois que serait réglée cette histoire grotesque autour de l'authenticité du fémur de sainte Ferghana. En attendant, il était obligé de vivre quasiment dans les conditions d'un assiégé (les mesures de sécurité à cause de l'os), mais pas question de laisser ces désagréments l'empêcher de jouir de sa position dans la vie, à New York et dans son magnifique appartement.

C'était un homme sympathique ce Hradec Kralowc, diplomate dans l'âme, jusqu'au bout des ongles, or il se trouve qu'une des personnes avec qui il avait sympathisé quelques années plus tôt était un magnat de l'hôtellerie nommé Harry Hochman, qui avait nourri l'idée de construire plusieurs de ses Relais du Bonheur, connus dans le monde entier, derrière le Rideau de fer, après que le Rideau de fer eut été démonté et rangé au grenier avec des boules d'antirouille (au cas où il devrait resservir.)

Harry Hochman possédait également ses propres hôtels de grand standing dans les grandes capitales, les stations de ski, aux Caraïbes, et, d'une manière générale, c'était un milliardaire qu'il était bon de connaître. De manière plus spécifique, il avait sous ses ordres une armée de menuisiers, de plombiers et d'électriciens, et quand Hradec avait débarqué à New York l'an dernier à bord de l'*Orgueil du Votskojek*, Harry Hochman avait été heureux de lui fournir toute la main d'œuvre nécessaire pour transformer ce qui était jadis un ensemble de pièces lugubres et fonctionnelles à bord d'un bateau en un rêve de play-boy diplomate. (Précédemment, là-bas à Novi Glad, capitale du Votskojek, Hradec avait eu la possibilité de rendre de menus services à Harry Hochman, veillant à ce que les sacs de nœuds bureaucratiques à l'intérieur desquels se débattaient les représentants du Hilton, du Marriott et du Sheraton se défassent comme par enchantement dès qu'apparaissait le collaborateur de Harry Hochman. Un prêté pour un rendu.)

L'appartement qui avait résulté de cet « échange de services », situé sur le pont supérieur de l'*Orgueil du Votskojek*, était une pure merveille. Le living-room était orienté vers la poupe, avec une immense fenêtre panoramique à travers laquelle, malheureusement, on apercevait la carcasse de l'ancien embarcadère du ferry, mais si on faisait abstraction de ça et qu'on regardait au-delà, par-dessus, alors la silhouette des buildings de Manhattan se découpait devant vos yeux éblouis, magnifique la journée, d'une beauté romantique la nuit.

La chambre, située vers l'avant, était plutôt spacieuse et agréable maintenant qu'avait été abattu le mur qui séparait autrefois deux petites cabines misérables. Là, la vue donnait au sud, en direction de ces colliers qu'étaient les ponts tendus entre Manhattan et Brooklyn.

Tout devant, à l'emplacement de l'ancienne passerelle, se trouvait désormais un salon avec vue, à l'est, sur Brooklyn et le Queens, de l'autre côté du fleuve. Un panorama moins extraordinaire que celui du living-room dans des conditions normales, mais magnifique par temps d'orage. Ah ! le spectacle des éclairs au-dessus de Long Island ! Quand le soleil brillait, Hradec avait tendance à ignorer ce salon et la vue qu'il offrait, mais au moment où il le traversait par hasard aujourd'hui, histoire de vérifier que l'appartement était en ordre, car il espérait bien recevoir une jeune ballerine hongroise ce soir, une fois qu'elle aurait terminé son travail au Lincoln Center, il remarqua la présence du remorqueur là-dehors sur le fleuve.

Ce qui attira son attention tout d'abord, c'était le fait qu'on voyait rarement des remorqueurs, et qu'ils n'étaient jamais seuls. Quand on voyait un remorqueur, il était en train de pousser ou de tracter un autre bateau, plus gros et beaucoup plus disgracieux. Un remorqueur à l'arrêt, ou en pleine activité, constituait toujours un spectacle divertissant.

Et puis, Hradec constata que ce remorqueur-ci n'allait nulle part. Il se contentait de flotter sur l'eau, en demeurant plus ou moins au même endroit, inutilement. Était-il à la dérive, abandonné par ses propriétaires ? Était-il en panne sèche, ou bien avait-il d'autres ennuis ? En tant que marin lui-même – plaisancier plus exactement – ne devrait-il pas téléphoner à quelqu'un, agir d'une manière ou d'une autre ?

Il se demandait encore comment agir, et même s'il devait agir, quand le remorqueur se mit en branle brusquement. Quel soulagement ! inutile d'agir.

Mais bientôt, il devint évident que le remorqueur venait dans cette direction. Il venait *ici,* vers le vieil embarcadère, vers l'ambassade du Votskojek, vers le doux foyer de Hradec Kralowc.

Durant un instant de folie, l'ambassadeur pensa au fémur de sainte Ferghana, enfermé dans le laboratoire improvisé sous ses pieds. S'agissait-il d'une attaque navale menée par ces dépravés de Tsergoviens, dans le but de voler la relique afin de consolider leurs misérables ambitions au niveau des Nations unies ? C'était absurde. Non ?

Toujours est-il que ce remorqueur fonçait dans sa direction, sans le moindre doute. Il y avait au moins une personne en haut dans le poste de timonerie, et quatre autres à l'arrière, sur le pont. Avaient-ils des têtes de Tsergoviens ? En fait, l'un d'eux oui ; gigantesque et massif, comme un baril de pétrole plein.

Devait-il alerter les gardes postés à la grille ? Le talkie-walkie qu'ils lui avaient donné, au cas où une communication instantanée serait nécessaire, se trouvait quelque part dans les parages. Certes, il ne s'en était jamais servi, mais ça ne devait pas être très difficile si les simples d'esprit employés par les services de sécurité étaient capables de les utiliser régulièrement.

N'avait-il pas rangé le talkie-walkie dans cette pièce justement, l'ancienne passerelle, jugée plus philosophiquement correcte qu'aucune des autres pièces à usage non professionnel, situées à l'arrière ? Si, mais l'ex-poste de commande avait subi moins de transformations que le reste de l'appartement, ayant conservé par exemple le gouvernail et tous les équipements nécessaires à la conduite du bateau. (C'était toujours un bateau, capable théoriquement de se déplacer en pleine mer si on le souhaitait, mais de préférence *sans* Hradec Kralowc. Cette traversée de l'atlantique à bord de ce vieux chaland affreux et obèse lui avait suffi, amplement.)

Les tiroirs aussi. Sous les nombreuses fenêtres de l'ancien poste de commandement se trouvaient encore de nombreux tiroirs, contenant Dieu sait quoi. Et quelque part, quelque part parmi toute cette « nauticité » officielle et professionnelle reposait, Hradec en était presque convaincu, le talkie-walkie.

Hé, pas si vite ! Si jamais il retrouvait le talkie-walkie, et si jamais il réussissait à le faire fonctionner, si jamais il appelait les deux gardes postés en permanence à l'entrée, et si jamais ce remorqueur se révélait être *une ruse tsergovienne ?* Et si jamais la véritable attaque ne venait pas de la mer, mais de l'intérieur ?

Que faire ? Que faire ?

Pendant que Hradec tergiversait et n'agissait pas – qualité première et indispensable de tout diplomate professionnel –, le mystérieux remorqueur atteignit l'extrémité de l'embarcadère du ferry, juste sous le nez de Hradec ! Ce dernier appuya son front contre la vitre – froide ! – d'une des anciennes fenêtres de la passerelle de commandement et regarda tout en bas, au-delà de ses pommettes. Que se passait-il donc là-bas ?

Une dispute, de toute évidence. Le géant qui ressemblait beaucoup à un Tsergovien avait saisi dans son énorme poing un poteau métallique en bout de quai, immobilisant ainsi le remorqueur, pendant que les trois autres types se disputaient, et que celui qui était dans le poste de timonerie hurlait de temps à autre pour apporter sa contribution enrichissante au débat.

Finalement, un des types qui se trouvaient à l'arrière, pas l'éventuel Tsergovien, mais un individu aux épaules tombantes et au front plissé, dont les cheveux châtains voletaient autour du crâne comme des roseaux des sables desséchés, escaladait le garde-fou pour quitter le bateau. Debout sur les planches pourries du quai, il continua à se disputer avec les hommes restés à bord ; et finalement, après leur avoir adressé un geste méprisant, il pivota sur ses talons et s'éloigna. Au même moment, le géant qui n'était peut-être pas tsergovien lâcha le poteau, et le remorqueur quitta le quai pour repartir sur le fleuve.

À chaque extrémité de l'ancienne passerelle de commandement une porte s'ouvrait sur le pont. Hradec franchit l'une d'elles, vit l'étranger marcher en titubant vers le rivage, deux étages plus bas, et s'écria :

– Hé, vous là-bas !

L'homme s'arrêta. Il regarda autour de lui. Puis reprit son chemin.

– Hé, vous ! Levez la tête !

L'homme s'arrêta de nouveau. Il renversa la tête de manière horrible et regarda Hradec droit dans les yeux.

Ce fut un moment étrange, pendant lequel les deux individus se dévisagèrent à travers le vide vertical. Homme cultivé et civilisé, Hradec découvrit avec effroi qu'il avait envie de cracher. Réprimant cette pensée indigne, il lança :

– C'est une propriété privée ici !

(Habituellement, c'était la formule magique la plus efficace en Amérique.)

– Je ne fais que passer, répondit l'homme, en désignant la terre ferme. Je cherche un taxi.

– Pourquoi êtes-vous descendu du bateau ? demanda Hradec, par simple curiosité en fait.

– Très peu pour moi, répondit l'homme avec une ferveur lugubre. Pas question de rester sur ce truc. Plus jamais !

Un compagnon de martyre, songea Hradec en repensant, de manière plus vivace encore, à son propre voyage vers le Nouveau Monde à bord de ce rafiot, et un sentiment de camaraderie inattendu l'envahit, une émotion rare dans ce poste éloigné, parmi les indigènes, entouré seulement de quelques serfs parlant sa langue natale (le magyar-croate).

– Attendez ici ! cria-t-il. Je descends ! Ne bougez pas ! Les gardes ne vous laisseront pas sortir sans moi.

Il y avait au milieu du bateau un ascenseur, situé en face de sa chambre, petit, bruyant, peint en gris et empestant l'huile de vidange, mais c'était quand même mieux que l'escalier. Hradec descendit donc à travers les entrailles du navire et déboucha sur ce qui avait été autrefois la cale centrale supérieure, les deux ponts inférieurs du bateau étant jadis consacrés au transport de marchandises, avec d'immenses pièces humides et puantes qu'on appelait des cales ; trois par pont, munies de portes ovales permettant d'y accéder par le flanc du bateau.

Aujourd'hui, cinq de ces six cales étaient tout simplement abandonnées, les Votskojeks n'ayant pas besoin de vastes espaces de stockage moites et caverneux, mais les menuisiers de Harry Hochman, grâce à des lambris et une moquette bon marché, avaient transformé la sixième en une entrée digne d'une ambassade, permettant d'accéder au bateau et à l'ascenseur. Derrière ces murs lisses et ce faux plafond, les autres cales continuaient, sans aucun doute, à résonner et à puer, mais cela ne faisait pas partie des préoccupations de Hradec.

La porte ovale donnant sur le monde extérieur était ouverte, comme toujours quand il faisait beau. Hradec gravit l'unique rampe, redescendit de l'autre côté et déboucha sur le quai. L'étranger se trouvait légèrement sur sa gauche, l'air morose. Hradec s'avança vers lui et, utilisant une de ses aimables manœuvres d'approche, déclara :

– Vous serez certainement surpris d'apprendre que vous n'êtes plus aux États-Unis.

Le visiteur, évidemment, le regarda comme s'il avait affaire à un fou, peut-être dangereux.

– C'est vrai ?

– Tout ce qu'il y a de plus vrai, répondit Hradec avec un sourire discret, mais chaleureux. Les ambassades et les représentations diplomatiques des nations étrangères en territoire américain résident légalement sur leur propre territoire. Ici règnent nos lois et notre drapeau, pas les vôtres. Donc, ce n'est plus l'Amérique.

Avec un large geste englobant tout ce qui l'entourait, il conclut :

– Bienvenue au Votskojek !

– Ah ?

L'homme leva les yeux vers le bateau, visiblement peu impressionné.

– C'est ce qui est écrit à l'arrière de ce machin, dit-il en agitant le pouce dans la direction du bateau. C'est ça votre pays ?

– Non, non, répondit Hradec, ravi de cette réponse, car il pensait déjà à quelques diplomates là-bas à l'ONU à qui il pourrait narrer cette anecdote. Nous sommes la représentation diplomatique auprès des Nations unies, ou du moins nous le serons bientôt, et aussi l'ambassade. (Il se mit au garde-à-vous.) Je suis Hradec Kralowc, l'ambassadeur. (Il tendit la main et demanda :) Et vous... ?

L'homme sembla réfléchir un long moment avant de se souvenir de son nom. Bon sang, il avait *vraiment* mal supporté cette promenade en bateau. Mais soudain, il saisit la main de Hradec et la secoua énergiquement, en disant :

– Diddums.

Hradec le regarda d'un air surpris.

– Diddums ?

Diddums blêmit, avant de se ressaisir.

– C'est du gallois.

– Ah ! fit l'ambassadeur. Et votre pré...

– John. John Diddums.

– Eh bien... John. Vous permettez que je vous appelle John ?

– Je voulais juste prendre un taxi.

– Oui, je comprends, John. Vous n'avez pas beaucoup aimé le tangage de ce petit bateau, hein ?

– Ne m'en parlez pas, dit John Diddums, en plaquant sa main sur son estomac.

– Je sais ce que c'est, dit Hradec. Imaginez un peu que, mais je suis venu d'Odessa jusqu'ici à bord de *ce* machin ! (Mouvement du pouce en direction du bateau.) Et c'était horrible, croyez-moi.

– Oh ! je vous crois, dit John Diddums.

– Durant la traversée, reprit Hradec, j'ai découvert un formidable remède, le truc idéal pour faire disparaître l'inconfort. Vous avez une minute ?

John Diddums parut surpris.

– Vous voulez que je monte sur ce truc ?

– Rassurez-vous, ça ne bouge pas. Pas autant qu'un remorqueur, du moins. Franchement, je n'ai rien à faire en attendant le ballet de ce soir. Venez, je vais vous préparer mon remontant, et vous me parlerez un peu de vous.

– Le ballet ?

Jamais Hradec n'avait entendu autant de soupçons contenus dans un seul petit mot. Afin de régler *ce* problème une bonne fois pour toutes, il expliqua :

– Je dîne ce soir avec une des ballerines de la troupe après le spectacle.

Et, au cas où cette explication ne suffirait pas, il ajouta :

– Les ballerines sont des filles.

– Tout le monde sait ça, dit John Diddums.

Hradec se sentit légèrement agacé, sans trop savoir pourquoi.

– Quoi qu'il en soit, dit-il, bienvenue à bord.

Chapitre 9

Ça ne devait pas se passer aussi facilement. Dortmunder fit le tour du bateau, en tenant à la main le breuvage très sucré que lui avait préparé Hradec afin d'apaiser son estomac, et Hradec lui montra tout. *Absolument tout.* Y compris l'os.

Était-ce déjà arrivé que l'occupant des lieux aide le cambrioleur à préparer son coup ?

La visite guidée débuta dans la cuisine, où Hradec concocta... Non. La visite débuta *réellement* à l'intérieur d'un ascenseur exigu et puant qui les emmena du rez-de-chaussée ressemblant à un hall de motel jusqu'à la cuisine, située sur la droite, au bout d'un long et étroit couloir. C'est là que Hradec sortit un grand verre, un tas de *trucs* et un robot électrique, afin de préparer son élixir magique censé apaiser l'estomac dérangé de Dortmunder. Ce dernier regarda prudemment ailleurs – partout ailleurs – pendant que se déroulait cette alchimie, car il lui semblait qu'un invité bien élevé se devait de boire la chose qu'on lui offrait, quelle qu'elle soit ; voilà pourquoi il préférait ne pas savoir ce qu'il y avait dedans.

Après la cuisine et le verre de remède miracle – qui se révéla étonnamment douceâtre, avec une sorte d'aigreur chinoise en arrière-plan, mais pas mauvais du tout, et peut-être même efficace pour lui remettre l'estomac en place –, Hradec le précéda dans un petit escalier pour le conduire dans ses appartements, dont il semblait très fier.

Ouais, c'était pas mal. Jolie vue. Dortmunder ne voulait pas faire de remarque désobligeante, mais, tout en haut comme ça, on sentait bouger l'*Orgueil du Votskojek*, un léger balancement d'avant en arrière du navire, pour s'adapter en permanence aux mouvements de l'eau et des cordes, une petite houle entre le fleuve et le quai. Mais Dortmunder n'y fit aucune allusion, pas plus que Hradec et, d'ailleurs, le verre de remontant faisait véritablement effet et, de toute façon, ils ne restèrent pas longtemps dans les appartements du haut.

Non. Ils reprirent l'ascenseur pour redescendre de deux niveaux, un étage en dessous de la cuisine, là où se trouvaient les bureaux de l'ambassade. Et l'os.

Mais d'abord l'ambassade. Il y avait un vaste bureau, celui de Hradec, rempli de drapeaux et de photos, de statues et de souvenirs, percé de quelques hublots à travers lesquels on voyait les rives de Manhattan au nord, et même le building des Nations unies lui-même qui se dressait à cet endroit, scintillant comme le miroir de la salle de bains de Davy Crockett dans le soleil de l'après-midi.

Et il y avait un bureau plus petit, sans aucun hublot, mais occupé par deux personnes, un homme et une femme, qui effectuaient réellement tout le travail ici, et parlaient anglais avec un accent épais, comme Grijk.

Hradec fit les présentations.

– Diddums ? dit l'homme, en fronçant les sourcils.

– C'est gallois.

– Ah !

– Si un jour vous décidez de visiter notre beau pays, John, dit Hradec, un de ces employés extrêmement efficaces s'occupera de votre visa, de vos hôtels, de vos moyens de transport à travers le pays, des détaxes et tout le reste.

– Vous n'avez pas dit qu'il y avait des gardes à l'extérieur ? fit remarquer Dortmunder, comme un petit malin.

– Oh ! vous leur expliquerez simplement que vous venez pour demander un visa touristique. Durant les heures normales d'ouverture, évidemment.

Dortmunder savait que, lorsque les gens parlaient d'horaires de travail, ils parlaient des leurs, jamais des siens, aussi se contenta-t-il de hocher la tête, en promettant aux esclaves de Hradec de revenir les voir un de ces jours. L'homme lui fit un sourire crispé, la femme un sourire timide, et tous les deux se remirent au travail.

Vint ensuite l'os.

– Je vais vous montrer maintenant une chose absolument extraordinaire, annonça Hradec alors qu'ils avançaient dans le long couloir central, en s'éloignant des bureaux de l'ambassade. Cette relique que vous allez voir, cet os de sainte, est généralement conservée à l'intérieur de la cathédrale des Rivières de Sang dans notre capitale, Novi Glad – une très belle ville, il faut que vous alliez la visiter un jour –, mais à la suite d'une succession d'événements fantastiques, cette relique est devenue un élément crucial de notre demande d'entrée à l'ONU ; mais c'est une histoire trop longue à raconter.

Dortmunder s'interrogeait : Devrais-je poser la question ? Devrais-je me montrer intéressé ? D'un autre côté, pourrais-je supporter d'entendre encore une fois cette histoire ?

– Ah ! ah ! fit-il.

Hradec parut légèrement surpris par ce manque de curiosité, mais, d'un autre côté, il paraissait aussi soulagé de ne pas être obligé de raconter l'histoire que Dortmunder l'était de ne pas être obligé de l'écouter. Et c'est donc dans une ambiance amicale qu'ils continuèrent d'avancer jusqu'au fond du couloir, où Hradec ouvrit une porte, et ils pénétrèrent dans un laboratoire sorti tout droit des films de Frankenstein.

Non, erreur. Les films de Frankenstein se déroulaient dans un château, et le laboratoire était *gigantesque*, avec un plafond en pierre très très haut, comme dans une église, peut-être comme la cathédrale des Rivières de Sang. Mais ici, il s'agissait d'une pièce au plafond bas, une cabine intérieure de bateau – ou peut-être trois cabines dont on avait abattu les cloisons – encombrée de tables métalliques sur lesquelles étaient étalées dans la plus grande pagaille toutes sortes de bocaux, de cornues, de boîtes en fer, de becs Bunsen, de piles de manuels d'utilisation et de photos, et tout un tas de cochonneries. Devant les tables se trouvaient des tabourets hauts. Sur les murs sans hublots étaient fixés des agrandissements de l'os, des clichés de l'os aux rayons X, un écran lumineux pour examiner les radios, un calendrier montrant deux cerfs en train de brouter dans une clairière – qu'étaient devenus les calendriers avec les filles souriantes qui brandissaient des clés à tubes ? –, un extincteur, et un fanion de MIT.

Aucun garde. Et la porte non verrouillée.

À l'intérieur de cette pièce se trouvaient deux hommes, vêtus l'un et l'autre d'une blouse blanche. (Sur un porte-manteau métallique installé près de la porte étaient accrochées une demi-douzaine d'autres blouses semblables.) Un des deux hommes regardait dans un microscope d'un air morose, pendant que l'autre contemplait l'écran de son ordinateur d'un air concentré, mais tous les deux levèrent la tête, comme les cerfs en train de brouter sur la photo, quand Hradec et Dortmunder entrèrent.

Hradec adressa un sourire à l'homme au microscope, le plus proche.

– Salut, John, je vous présente un autre John. John McIntire de Johns Hopkins, permettez que je vous présente John Diddums.

McIntire, un type à l'air distrait, avec une moustache de morse roux, deux sourcils de morse roux, et une tignasse de cheveux roux sur la tête, lui tendit la main, en plissant le front néanmoins.

– Diddums ?

– C'est gallois.

Entre-temps, Hradec s'était tourné vers le deuxième homme, qui avait quitté son ordinateur et contourné plusieurs tables métalliques pour s'avancer vers eux.

– Il ne me semble pas vous connaître vous, dit Hradec, non pas de manière soupçonneuse, mais plutôt comme l'hôte de nombreux invités.

Voilà à quoi ressemblaient les mesures draconiennes de sécurité par ici.

– Un John de plus, j'en ai peur.

Celui-ci possédait un accent anglais. En tendant la main vers Hradec, il déclara :

– John Mickelmuss, Cambridge. John Fairweather m'a demandé de venir lui donner un coup de main pendant quelques jours.

– Ah ! oui, d'accord. Bien sûr, répondit Hradec, incapable de masquer sa confusion.

– Je suppose que vous êtes monsieur l'ambassadeur Kralowc.

– Oh ! nous ne sommes pas très pointilleux ici, vous savez. Appelez-moi donc Hradec.

Pas très pointilleux ? On peut le dire, songea Dortmunder en regardant au fond de la pièce cette chose qui était certainement la *chose*, la chose *elle-même*. Elle reposait sur un bout de velours noir, sous une lumière bleue, pour une raison inconnue, et elle était plus petite que ne l'avait imaginé Dortmunder, moins d'une trentaine de centimètres. Mais une jeune fille, au Moyen Âge, ce n'était certainement pas très grand. La lumière bleue faisait briller l'os de manière irréelle, et on aurait dit de l'ivoire poli, une défense d'éléphant et non pas la jambe d'une sainte, d'une blancheur stupéfiante, avec un soupçon bleuté sous le blanc, comme une peau extrêmement pâle.

Dortmunder fut arraché à ses fantasmes d'os lorsqu'on le présenta à John Mickelmuss, qui fronça les sourcils lui aussi, et dit :

– Diddums ?

– C'est gallois.

Habituellement, cette réponse mettait fin à la discussion, mais l'autre ajouta :

– J'ai connu un Diddums. De Cardiff, je crois.

Chapitre 10

– C'est vraiment le truc le plus fastoche que j'aie jamais vu ! proclama Dortmunder. C'est presque honteux un coup pareil. On pourrait faire ça par téléphone. Il suffirait d'envoyer un gamin pour aller le chercher. C'est tellement simple que j'arrive pas à y croire.

Ils étaient de nouveau réunis chez Tiny, mais sans J. C. cette fois, car, expliqua Tiny, elle avait décidé qu'elle avait bien besoin de vacances.

– Elle a pris l'avion, et elle a dit : « Je reviendrai quand je reviendrai », raconta Tiny. À moins que ce soit l'inverse.

– Oui, on comprend, dit Dortmunder.

Ils étaient donc assis tous les cinq dans le living-room, avec un boîte de bière à la main, après que la question du débarquement illicite de Dortmunder du *Margaret C. Moran* eut été enterrée, Dortmunder faisant remarquer que *toutes* leurs prédictions au moment où il avait abandonné ce prétendu remorqueur – qui ressemblait davantage, si vous vouliez son avis, et de plus en plus même, rétrospectivement, à une balle de caoutchouc – s'étaient révélées erronées. Non, il n'avait pas été arrêté, leurs plans n'avaient pas été dévoilés, ses liens avec la Tsergovie n'avaient pas été découverts. Non. Et il n'avait pas eu le plaisir d'effectuer en leur compagnie le voyage du retour, agrémenté d'un grain inattendu à la hauteur de Battery Park, que les autres répugnaient à évoquer.

Non, il ne lui était arrivé qu'une seule chose : l'ambassadeur du Votskojek, un homme charmant au demeurant, avait fait visiter le bateau à Dortmunder, *tout* le bateau. Y compris l'os.

– Cet homme est drisdement célèbre, dit Grijk d'un air sombre. Ce Hradec, il assassine les bébés et il les mange.

– En tout cas, il ne l'a pas fait quand j'étais là, dit Dortmunder. Il m'a simplement fait visiter les lieux et, je vous le répète, on peut entrer et sortir de ce bateau comme dans un moulin, et piquer l'os sans aucun problème.

Kelp, Stan, Tiny et Grijk semblaient tous très intéressés.

– Explique-nous comment, demanda Kelp.

Dortmunder leur expliqua.

Chapitre 11

– Le *Pen*-ta-*gone* a in-*for*-mé au-*jour*-d'hui le *Con*-grès, haletait Linda la présentatrice du journal télévisé, avec des gouttes de sueur coulant sur sa poitrine, entre ses seins anormalement fermes, *que* – je - ne-*peux*-plus-*aaaa*-tendre ! *Oooh !*

Allongé sous la présentatrice en alternance, Hradec Kralowc contempla avec un sourire béat son visage enfiévré, alors qu'elle interrompait son récital, mais pas sa gymnastique, pour reprendre son souffle.

– Ah ! j'adore t'écouter parler de politique, dit-il pour l'encourager.

Pendant des années, il s'était demandé pour quelle raison les présentatrices du journal télévisé parlaient toutes sur le même rythme saccadé, indépendamment du sens de leurs paroles ; maintenant il comprenait.

– Encore, ordonna-t-il, en l'encourageant également avec des mouvements rythmés du bassin. Encore ! encore !

– Le *Pré*-si-*dent* a *re*-joint le *som*-met de Ge-*nèèèève* ! *Oooh !*

Hradec venait juste d'arriver à la conclusion qu'une bonne petite douche *à deux* [1] serait préférable à la poursuite de ces activités ici sur le lit, lorsque *le téléphone sonna* ! Nom d'un chien. Lui faisant perdre ses moyens.

Mais pas ceux de Linda. Sa balise rouge était allumée pour de bon, et Linda planait en altitude. Oublions le téléphone, insérons son rythme dans l'insertion. Envole-toi avec moi.

Casse-cou des airs, aile contre aile, virant au milieu des nuages, volant côte à côte pour un atterrissage en douceur, touchant terre en même temps, soupir. Moteurs coupés.

Des mèches de cheveux blonds pendant devant son visage à la beauté anonyme, Linda sourit à son ambassadeur – ambassadeur d'une petite nation d'Europe de l'Est, certes, mais elle-même n'était qu'une

1. En français dans le texte.

petite gloire locale, aussi pouvaient-ils s'estimer heureux l'un et l'autre de cet exploit –, et elle susurra :

– Je reviens après une pause.

Pendant qu'elle descendait du lit et se dirigeait vers la salle de bains sur la pointe des pieds, son ravissant postérieur brillant comme un flambeau d'espoir dans un monde obscur et dangereux, l'ambassadeur roula sur le ventre, décrocha le téléphone d'un geste un peu trop brutal peut-être, et dit :

– Allô ? (En tant que diplomate professionnel, il gardait en lui ses grognements et ses brutalités, sous une façade calme et polie.)

C'était Lusk, de l'ambassade, évidemment.

– Diddums, monsieur l'ambassadeur, sur la une.

Hein ? Quoi ? Quel était ce langage de bébé ?

– Allô, Lusk ? Que dites-vous ?

– John Diddums, monsieur l'ambassadeur. L'homme que vous nous avez présenté l'autre jour.

John Diddums ! Le visiteur surprise venu de la mer. Enfin, du fleuve. « Appelez-moi à tout moment », lui avait dit Hradec, avec ses manières de diplomate, et bon sang, voilà que ce type l'avait fait !

– Ah ! oui, très bien, dit Hradec en se redressant, en écoutant le bruit de la chasse d'eau – peut-être devrait-il demander à Harry Hochman si un des hommes d'entretien de ses hôtels ne pourrait pas lui installer un système moins bruyant – et il enfonça la touche de la ligne un.

– Monsieur Diddums ! Quelle bonne surprise !

– Vous avez dit que je pouvais vous appeler.

– C'est exact, et je suis heureux que vous m'ayez pris au mot.

Le bruit de la douche maintenant, la vision de Linda en train de se savonner. Attends, laisse-moi t'aider... Non, pas encore.

Diddums disait :

– ... La façon dont vous m'avez parlé du... euh, Votskojek, ça m'a mis l'eau à la bouche, je dois l'avouer... et comme j'ai bientôt quelques petites vacances...

– Vraiment ?

– ... je me disais que peut-être, enfin... peut-être que je pourrais venir vous voir, pour en parler, avec vous et les autres, essayer d'établir un...je-sais-plus-quoi.

– Un quoi ?

– Un itinéraire. Oui, c'est ça, un itinéraire.

– Oui, bien sûr, répondit Hradec en restant calme, en chassant l'excitation de sa voix, comme précédemment il avait chassé l'agacement.

Un touriste, au Votskojek ! Un vrai touriste, un vacancier voyageur ! À Novi Glad, dans les montagnes Schtumveldt, dans la rivière Varja...

Euh, non, *sur* la rivière Varja, espérons, ce n'était pas une rivière faite pour le corps humain. Mais inutile d'évoquer cela pour l'instant, alors que surgissait la perspective d'un authentique touriste, volontaire, sur la terre natale de l'ambassadeur !

Un touriste volontaire. Pas un fou meurtrier échappé de Transylvanie, pas un Ukrainien hébété au volant d'une Lada quatre portes ayant commis l'erreur de se fier à ses cartes routières soviétiques, pas un aéronaute français dérouté par le vent, pas un Berlinois plein de bière qui s'est endormi à bord du train direct, pas un lépidoptériste zemblais franchissant inconsciemment la frontière, son filet à papillons à la main pour pourchasser une espèce rare, pas même un Tsergovien venu déposer une bombe à la Chambre des députés, mais un véritable touriste, consentant, désireux de visiter le Votskojek. Un Américain pardessus le marché, avec des dollars !

– Je serais ravi de vous recevoir, monsieur Diddums, répondit Hradec en toute sincérité, afin d'établir avec vous un itinéraire pour votre séjour au Votskojek. À votre convenance. Quand souhaitez-vous venir ?

– Euh... cet après-midi ?

– Ça ne peut pas tomber mieux, répondit Hradec. À quelle heure ?

– Euh... Quatre heures ?

Hradec était légèrement déconcerté par l'apparente impossibilité pour Diddums de répondre aux questions simples sans vérifier au préalable qu'il n'y avait pas de piège ni de traquenard, mais il était à ce point ébloui par les prémisses de l'essor du tourisme votskojek qu'il restait aveugle à tous les signaux de mise en garde que Diddums pouvait lancer devant lui.

– Quatre heures, c'est *absolument* parfait, répondit avec plaisir l'ambassadeur à l'hôte de son pays. Je préviendrai mon personnel de votre visite, et je suis impatient de vous accueillir moi-même.

– Euh... moi aussi, dit Diddums. C'est ça que je veux, qu'on travaille tous ensemble, pour préparer mon voyage.

– Sachez, dit Hradec, en entendant la douche s'arrêter – ah, zut, trop tard – que c'est également mon souhait, monsieur Diddums.

Chapitre 12

Quinze heures cinquante. Dans les bureaux de l'ambassade du Votskojek, à bord de l'*Orgueil du Votskojek*, l'ambassadeur Hradec Kralowc et son personnel – Lusk et Terment – cherchaient en vain des prospectus, des photos, des coupures de presse et autres documents alléchants afin d'étoffer la pochette touristique anémique qu'ils essayaient de rassembler pour John Diddums. (Pendant ce temps, au bout du couloir, John Mickelmuss achevait d'entrer dans son ordinateur les derniers résultats de ses tests, avant de se livrer à une activité beaucoup plus complexe : la préparation du café.) S'il avait eu plus de temps à sa disposition, Hradec aurait demandé l'aide de son ami hôtelier Harry Hochman. Mais bon...

Quinze heures cinquante toujours. Andy Kelp et quatre hommes avec du fard à paupière, portant des sacs à main en toile censés ressembler à des cartouchières, mais ressemblant à des sacs à main, attendaient à bord du canot amarré sur l'East River, à l'extrémité de la 23e Rue Est, là où les hydravions ingèrent et évacuent leurs passagers. D'ailleurs, l'avion arrivait, avançant lourdement vers le rivage, comme un éléphant indien qui patauge sous la mousson. Les quatre hommes ajustèrent leurs entrejambes de pantalon et leurs épaulettes, pendant que Kelp tournait la tête pour observer l'aval du fleuve, en grimaçant.

Quinze heures cinquante toujours. Au volant de son taxi, la maman de Murch passa sans s'arrêter devant quatre clients parfaitement légitimes dans la 3e Avenue, entre les 19e et 20e Rues, alors que tous les quatre faisaient des signes frénétiques – avec la main, une canne, un attaché-case et des dollars (celui-là fut le plus difficile à ignorer) – pour l'obliger finalement à s'immobiliser brutalement devant Dortmunder, qui lui n'avait fait aucun signe. Dortmunder monta à l'arrière du taxi, en lançant :

– Salut !

Et la maman de Murch enclencha aussitôt le compteur, en expliquant :

– J'suis obligée de te faire payer la course, John. Sinon, un de ces emmerdeurs d'inspecteurs risque de me coller une amende.

– Pas de problème, répondit Dortmunder. Je me sens riche aujourd'hui. En plus, c'est tout près d'ici.

Quinze heures cinquante *et une.* Tiny Bulcher traversa d'un pas décidé la 28ᵉ Rue, en direction de l'est, telle la faux du destin, laissant dans son sillage un large vide. Il marchait tout simplement, en balançant ses bras le long de son corps, sans aucune expression particulière sur le visage, malgré tout, les citoyens ordinaires, mais aussi les drogués, les fous remis en liberté, les attardés mentaux abandonnés, et même les mères poussant des enfants dans des landaus, tous s'écartaient en voyant approcher Tiny. Lui ne remarquait rien.

Quinze heures cinquante-deux.

– Voilà, c'est tout ce que nous avons, déclara Hradec, et donc, c'est tout ce que nous avons. (Ça sonnait beaucoup mieux en magyar-croate, la langue qu'il parlait justement). Alors, ajouta-t-il, nous comblerons le vide avec nos commentaires et nos descriptions de notre cher pays natal. Des remarques *positives,* je vous prie.

Lusk et Terment acquiescèrent en prenant un air servile.

Quinze heures cinquante-trois. L'hydravion vint s'arrêter d'un pas lourd devant le quai, éjectant immédiatement son pilote, un type trapu, pieds nus, avec des lunettes d'aviateur à verres argentés (évidemment), un débardeur, un bermuda kaki de l'armée anglaise, qui tenait fermement sa monture par un étançon, pendant que deux femmes, légèrement malades, vêtues de tenues fluorescentes se déversaient hors de l'appareil. Kelp, lui, gardait la tête tournée vers l'aval du fleuve.

Quinze heures cinquante-quatre. Le taxi de la maman de Murch, avec Dortmunder assis à l'arrière, et le compteur qui tournait, demeura coincé dans la file de droite de la 3ᵉ Avenue, juste avant la 23ᵉ Rue, où la maman de Murch voulait tourner à droite, mais où avaient lieu des travaux de construction (ou de démolition), et une pelleteuse ne cessait d'interrompre le flot de la circulation, reculant (bip-bip-bip-bip), puis avançant ( ), reculant (bip-bip-bip-bip), puis avançant ( ).

– Comment ça roule ? demanda Dortmunder, d'un ton innocent.

– Au poil, grogna la maman de Murch.

Quinze heures cinquante-cinq. À cinq blocs plus au nord, Tiny, qui n'était pas encombré d'une voiture, traversa la 3e Avenue au feu vert, sans même se faire klaxonner.

Quinze heures cinquante-six. John Mickelmuss goûta son café ; il ne le trouva pas particulièrement bon, mais correct somme toute. Cette prouesse accomplie, il reporta son attention sur la relique sacrée, le fémur gauche de sainte Ferghana, couché maintenant, telle la plus dénudée des « majas » sur un linge noir, posé sur une table d'examen métallique surélevée, sous un appareil à rayons X.

Le problème avec l'examen de cet os provenait des paramètres d'investigation qui incluaient l'interdiction de porter atteinte à l'intégrité physique de l'objet. En d'autres termes, ce n'était pas du jeu d'en casser de petits morceaux pour les plonger dans des tubes d'acide. Tous les tests devaient être effectués à distance, grâce à la lumière, la température, le poids, et ainsi de suite, ce qui était bien plus long que la technique du petit morceau qu'on casse et qu'on trempe, mais bon...

Quinze heures cinquante-sept (bip-bip-bip-bip-bip-bip-bip).

– Peut-être, suggéra Dortmunder, qu'on devrait prendre un autre chemin ?

– Ah, je croirais entendre mon Stanley, répondit la maman de Murch d'un ton qui n'avait rien de maternel.

Quinze heures cinquante-sept toujours. Les quatre types avec leurs sacs à main achevèrent d'embarquer à bord de l'hydravion qui pataugeait dans l'eau, et le pilote jeta un regard interrogateur à Kelp.

– Alors, vous venez ou pas ?

– Non, répondit Kelp, la tête tournée vers l'aval du fleuve.

Le pilote n'avait pas compris.

– Écoutez, mon gars, moi je m'en vais.

– Salut, dit Kelp.

Le pilote secoua la tête, excédé.

– C'est le quai des hydravions ici, je vous signale. Si vous ne voulez pas prendre l'hydravion, qu'est-ce que vous foutez ici ?

– J'attends la navette.

Constatant que le pilote ne se satisfaisait toujours pas de cette explication et, afin de mettre fin à ce bavardage, Kelp ajouta :

– Vos passagers ne vont pas tarder à vomir.

C'était vrai. Un hydravion arrêté le long d'un quai n'est jamais très stable et, de fait, deux des passagers qui se trouvaient à bord de celui-ci avaient déjà pris la couleur de leur fard à paupières. Voyant cela, le pilote lança un juron, sauta à bord de son fidèle destrier, et s'éloigna au galop.

Quinze heures cinquante-huit. Hradec consulta sa montre, qui indiquait 3 h 56.

– Il ne va pas tarder, déclara-t-il à Lusk et à Terment, qui paraissaient passifs.

Quinze heures cinquante-huit toujours.

– Bon, ça suffit ! s'exclama la maman de Murch, en donnant un violent coup de volant sur la gauche et traversant le carrefour à toute allure, provoquant une collision entre sept voitures, dont la sienne ne faisait pas partie.

– Pas trop tôt, marmonna Dortmunder, un œil sur sa montre, l'autre sur le compteur.

Quinze heures cinquante-neuf. Tiny traversa d'un pas résolu la 1re Avenue ; les voitures attendant qu'il soit passé.

Seize heures pile. Au moment où l'hydravion s'éloignait du quai sur lequel était resté Kelp, unique survivant, un petit hors-bord, aérodynamique, comme ceux dans lesquels James Bond sautait du haut d'un hydravion, fendit les flots vers le nord, en suivant le rivage. Stan Murch se trouvait aux commandes, vêtu d'un ciré et d'un chapeau jaunes, et grâce à quelques manœuvres brusques et audacieuses, à coups d'accélérateur et de gouvernail, il immobilisa la petite embarcation aux pieds de Kelp.

– Ce que j'ai fait, expliqua-t-il, en se penchant pour plaquer sa main sur les planches brutes du ponton afin de stabiliser le canot pendant que Kelp montait à bord, c'est que j'ai contourné Governor's Island du côté de Brooklyn, comme ça, on évite le ferry de la statue de la Liberté, mais après je suis revenu du côté de Manhattan avant de tourner pour Williamsburg Bridge, parce qu'il y a moins de trafic commercial dans ce coin.

– Très bien, dit Kelp. J'ai cru que cet avion ne fouterait jamais le camp d'ici.

– On a le temps, déclara Murch, sans prendre la peine de consulter sa montre.

Seize heures une minute.

– Je n'aime pas faire de remarques..., dit Dortmunder.

– Alors, n'en fais pas, lui conseilla la maman de Murch, en traversant comme un boulet le carrefour de la 26e Rue et de la 2e Avenue en direction de l'est, peu de temps après que le feu fut passé au rouge, faisant hurler son klaxon pour défier les automobilistes de la 2e Avenue qui s'étaient mis en tête de poursuivre leur trajet vers le centre.

Seize heures deux. Tiny avançait à grandes enjambées au milieu des amoncellements de détritus pour pénétrer à l'ombre de la voie express FDR, sans qu'aucun agresseur ne le suive. Devant lui s'étendait la clôture grillagée, et au-delà se dressait le vieil embarcadère délabré du ferry. À sa droite et à sa gauche, sous la voie express, gisaient les carapaces d'anciennes voitures. Mais où donc étaient-ils tous ? se demandait Tiny : Dortmunder, la maman de Murch et le taxi ?

Ils arrivent, ils arrivent. (Seize heures deux toujours.) Un virage sur les chapeaux de roues dans la 1re Avenue, un autre feu rouge grillé dans la 27e Rue, les pneus du taxi qui fument. La maman de Murch agrippée à son volant, l'air mauvais, le menton qui dépasse à peine, tendu vers le pare-brise. À l'arrière, Dortmunder qui s'accroche au cendrier, n'ayant rien trouvé d'autre pour s'accrocher.

Seize heures deux. (Oui, encore seize heures deux.) Kelp sortit la blouse blanche du sac en plastique, tandis que Murch pilotait lentement le petit hors-bord vers le nord, le long de la berge. En défroissant la blouse blanche, empruntée le jour même à une clinique, non loin d'ici, Kelp déclara :

– Faut pas arriver en retard.

– Faut pas non plus arriver trempé de la tête aux pieds, rétorqua Murch, voilà pourquoi j'avance lentement. T'en fais pas, on est dans les temps.

Toujours seize heures deux.

– Il est seize heures, annonça Hradec en consultant sa montre. Je vais descendre pour l'accueillir.

Seize heures trois, enfin. Tiny émergea de sous la voie express FDR ; le grillage était tout proche désormais. Les voitures, dont deux possédaient des plaques diplomatiques, étaient garées devant et sur la droite. La porte gardée se trouvait juste derrière les voitures là-bas, les sentinelles n'avaient pas encore remarqué la présence de Tiny. Mais ça n'allait pas tarder.

C'est alors que surgit le taxi, comète jaune filant sous la voie express FDR, frôlant le coude gauche de Tiny comme un missile sol-sol, et s'immobilisant brutalement *juste* devant la grille. Les deux gardes, légèrement hébétés, regardèrent des décennies de poussière s'élever dans les airs et retomber en douceur sur le taxi et aux alentours.

– Pourquoi on ne défonce pas la grille ? suggéra Dortmunder, assis sur le plancher de la voiture.

– Ça fait trois dollars quatre-vingts, déclara la maman de Murch, en arrêtant le compteur d'une main de fer.

– C'est pas trop tôt, marmonna Tiny dans sa barbe, en ralentissant le pas tandis qu'il approchait du taxi par-derrière.

– Ils sont pas encore là, commenta Kelp en risquant un coup d'œil derrière le mur, au sud de l'embarcadère, pendant que Murch maintenait la stabilité du petit bateau à moteur sur l'eau instable.

– Je t'ai dit qu'on avait le temps, répondit ce dernier.

Dortmunder paya en rouspétant le prix affiché au compteur, avec un pourboire de cinquante cents ;

– Oh ! quelle générosité ! ironisa la maman de Murch.

Sans se départir de sa dignité, Dortmunder descendit de voiture et s'approcha de la grille, pendant que, derrière lui, la maman de Murch allumait son signal de fin de service, ça faisait partie du plan.

– Diddums, annonça Dortmunder.

Comme les deux gardes l'observaient d'un drôle d'air, il précisa :

– L'ambassadeur m'attend.

Un des deux gardes consulta longuement la première feuille fixée sur sa planchette à pince, sur laquelle ne figurait qu'une seule indication : « Diddums : 16 heures. »

– Exact, déclara-t-il enfin, et il ouvrit la porte qui n'était pas verrouillée.

Tiny, lui, ouvrit la portière arrière du taxi.

– Emmenez-moi, s'il vous plaît, beugla-t-il, suffisamment fort pour être entendu par les gardes postés devant la grille. Je vais à la hauteur de la 147e rue.

La maman de Murch jaillit hors de son taxi, au moment où Tiny s'apprêtait à s'y introduire.

– Hé, sortez de là ! hurla-t-elle, *suffisamment* fort pour être entendue par les gardes, les mouettes, et les automobilistes là-haut sur la voie express FDR. Z'avez pas vu le signal ?

Faisant semblant de ne pas entendre ces hurlements dans son dos, Dortmunder franchit la porte de la grille. Devant lui se trouvaient les vieilles planches épaisses de l'embarcadère, le long duquel était amarré le bateau et, tout au bout, la tête de Kelp qui apparaissait subrepticement, dans le coin inférieur droit, tel l'autoportrait de l'artiste sur une peinture murale épique. Et émergeant de l'*Orgueil du Votskojek*, tandis que l'autoportrait s'effaçait modestement, il aperçut Hradec Kralowc, ponctuel.

Avec un intérêt grandissant, les deux gardes regardèrent le colosse à l'air méchant et la petite dame chauffeur de taxi pleine de vivacité se hurler au visage des paroles désobligeantes. Mais, soudain, la petite dame chauffeur de taxi pleine de vivacité gifla les bajoues du colosse à l'air mauvais, et celui-ci répliqua par un crochet du droit qui projeta la petite dame dans la clôture, avec un grand bruit métallique.

– La vache ! s'exclama un des gardes.

Le colosse avançait maintenant vers la petite dame, la tête rentrée dans les épaules.

Tiny avait retenu son coup ; la maman de Murch non.

– Z'avez eu tort de m'frapper ! déclara Tiny.

Et il leva le bras.

– Hé, stop ! Arrêtez ça !

Les deux gardes abandonnèrent leur poste pour voler au secours de la petite dame.

Dortmunder et Hradec se serrèrent la main. Hradec déclara qu'il était heureux que Dortmunder ait pu venir ; Dortmunder le remercia et dit que c'était un plaisir. Hradec leva les yeux vers le ciel et annonça qu'il faisait beau aujourd'hui ; Dortmunder confirma. Hradec avoua qu'il aimait beaucoup New York, finalement ; Dortmunder reconnut que la vieille cité avait encore quelques attraits, si on faisait abstraction de sa population et de l'équipe municipale. Dans le coin inférieur droit du champ de vision de Dortmunder, l'autoportrait réapparut.

– Et si on montait à bord ? proposa Dortmunder.

– Excellente idée, répondit Hradec, et il ouvrit la route, en ajoutant : Nous vous avons préparé de la littérature. Mais pas trop ; nous ne voulons pas vous charger surtout.

Tiny s'empara du garde À et s'en servit pour frapper le garde B.

Kelp grimpa sur le ponton, s'arrêta pour épousseter sa blouse – ah ! le blanc c'est salissant – et fila droit devant, tandis que Murch conduisait le petit bateau à moteur vers l'aval du fleuve, avec l'intention de faire le tour de Roosevelt Island, histoire de rigoler.

Hradec et Dortmunder s'entassèrent dans le minuscule ascenseur qui les emporta.

Kelp s'introduisit sur le bateau en empruntant la porte restée ouverte, trouva l'escalier à l'endroit indiqué par Dortmunder et monta.

– Assez perdu de temps, décréta Tiny. (Laissant retomber les deux gardes, il se retourna vers la maman de Murch et dit :) Conduisez-moi à l'aéroport Kennedy.

– À l'aéroport ! s'exclama la maman de Murch avec une joie hystérique. Pourquoi vous l'avez pas dit plus tôt ? Montez !

Tiny s'exécuta, non sans peine – les gens de taille normale eux-mêmes ont du mal à se glisser dans l'espace alloué au passager dans les taxis new-yorkais – et la maman de Murch s'installa au volant, sans oublier d'ôter le signal de fin de service. Au moment où les deux gardes hébétés se relevaient, bouche bée, le taxi exécuta un demi-tour en marche arrière et repartit.

– Je suis obligé de mettre le compteur, Tiny, déclara la maman de Murch. Sinon, je vais me payer une amende, à coup sûr.

– Pas de problème, répondit Tiny. Vous déduirez ça de la baffe dans la gueule que vous m'avez foutue.

– Oh ! vous avez senti quelque chose ? demanda la maman de Murch d'un air étonné.

– J'ai *entendu*, dit Tiny. C'était suffisant.

Une fois de plus, Hradec présenta Dortmunder à Lusk et à Terment. Dortmunder adressa un signe de tête à la femme et serra la main de l'homme, puis, après réflexion, il serra la main de la femme et décida finalement de faire les choses en grand, et il adressa aussi un signe de tête à l'homme.

En se fiant aux plans et aux tuyaux excellents de Dortmunder, Kelp avança de manière décontractée, mais rapide, dans le couloir, s'éloignant des bureaux de l'ambassade où Dortmunder et les employés de Hradec étaient en train d'inventer une nouvelle danse folklorique, et il ouvrit la bonne porte donnant sur le laboratoire improvisé où devait se trouver le fémur de sainte Ferghana la martyre. Le vrai fémur.

Et où, malheureusement pour les projets de Kelp, le fémur subissait actuellement un examen. John Mickelmuss leva la tête au moment de cette intrusion, vit un homme vêtu d'une blouse blanche, en tira les conclusions naturelles et hocha la tête. Kelp fit de même.

– Mickelmuss, dit Mickelmuss en tendant la main. John Mickelmuss, Cambridge.

– Kelly, dit Kelly. John Kelly, Park Slope.

– Désolé, je ne connais pas cette école.

Kelp ignorait qu'ils parlaient d'écoles.

– Oh ! c'est une toute petite école, expliqua-t-il. Très spécialisée.

– Je connais très mal les écoles américaines, dit Mickelmuss, rejetant poliment la faute sur lui-même. Je prends juste quelques clichés aux rayons X, ajouta-t-il, en désignant l'os et le matériel. Il est à vous dans une seconde.

– Prenez votre temps, répondit Kelp, en souriant pour montrer qu'il était sincère, sans en penser un traître mot.

– Ça ne sera pas long, dit Mickelmuss, en souriant lui aussi, avant de poursuivre ses réglages.

Kelp prit son mal en patience.

Pendant ce temps, Dortmunder, Hradec, Lusk et Terment parlaient visas, hébergement, visites en car, climat, taux de change et gastronomie. On évoqua la question de la taxe de sortie d'aéroport, sans s'y attarder.

Assis au volant de son bateau à moteur qui tournait au ralenti, Stan Murch regardait distraitement les bennes du téléphérique se balancer dans les airs entre Manhattan et Roosevelt Island, des bennes rouges accrochées à des câbles noirs vachement hauts. On aurait dit un machin en Suisse. Jolie vue sur la ville de là-bas. Faudra que j'emmène maman un de ces jours, ça la changera de son taxi.

Tiny et la maman de Murch ayant fini leur journée, cette dernière le déposa devant son domicile vide de Riverside Drive, J. C. n'étant pas encore rentrée de vacances. Il y eut à ce moment-là une brève dispute au sujet du prix de la course, mais la maman de Murch ne perdait *jamais* une dispute au sujet du prix de la course.

John Mickelmuss régla la lumière, la table, et l'angle de prise de vue. L'autre type, Kelly, penché au-dessus de la desserte, parmi les éprouvettes et les becs d'acétylène, les déplaçait dans tous les sens. Si Mickelmuss n'avait pas jugé cette idée absurde, il aurait pensé que ce dénommé Kelly jouait au bonneteau avec du matériel de laboratoire. Il leva la tête et adressa un sourire chaleureux à son collègue, en disant :

– J'en ai pour une minute.

– Pas de problème, répondit Kelly; drôle de type. Tiens, tiens, dit-il, ce truc là-bas ça sent presque le café.

– C'en est, déclara Mickelmuss. Pas excellent, j'en ai peur, mais servez-vous. Ça ne sera plus long maintenant.

Dortmunder posa d'autres questions concernant les visites guidées, les interprètes, les transports en car au départ de la capitale et les excursions sur la rivière Varja. L'idée était d'offrir à Kelp tout le temps nécessaire pour échanger les os, car l'autre idée, derrière celle-là, c'était que les Votskojeks ne devaient pas s'apercevoir de la substitution, ou alors longtemps après leur départ. Voilà pourquoi Tiny et la maman de Murch avaient fait diversion pendant que Kelp s'introduisait à bord, et pourquoi Dortmunder lui aussi ferait diversion au moment de quitter le bateau, afin que Kelp puisse repartir ni vu ni connu, avec le véritable fémur dissimulé sur sa personne.

Mais Kelp lui-même devait se cacher dans l'escalier, tout près de la grande entrée du hall, au moment où Dortmunder redescendrait enfin, sans doute en compagnie de Hradec, et sans doute avec l'ascenseur. Ensuite, Hradec souhaiterait bon vent à Dortmunder et repartirait en s'élevant dans les airs ; Dortmunder, lui, ferait diversion à la grille pour distraire les gardes, et Kelp quitterait alors le navire et foncerait jusqu'au bout de l'embarcadère, où l'attendait Murch avec le hors-bord pour prendre la fuite. Précision. Perfection. Un jeu d'enfant.

– C'est l'affaire d'une seconde maintenant, annonça Mickelmuss, le front plissé et le sourcil froncé, en ajustant le plateau qui, avait-il enfin décidé, devait maintenir le fémur sous l'appareil à rayons X.

Kelp but une gorgée de ce café véritablement infect, en envisageant la possibilité d'assommer tout simplement cet étranger à l'aide d'un des lourds objets à sa disposition dans cette pièce. Certes, ce serait la fin de l'effet de surprise de l'opération, mais d'un autre côté, si ce type ne se dépêchait pas de terminer ses réglages pour prendre ses foutues radios, leur plan tombait à l'eau. (Et Dortmunder n'aimerait pas ça.) Kelp devait être en position, prêt à foutre le camp, au moment où Dortmunder ferait *sa* diversion.

Murch s'étira en bâillant. Il était temps de faire demi-tour, de se mettre en position, pour être prêt à partir sur les chapeaux de roues (façon de parler) au moment où Kelp posait le pied sur le quai, prêt à foncer vers Long Island City où était planquée la voiture.

– Ça y est, j'ai presque terminé, dit Mickelmuss.

– Évidemment, si je partais en *hiver*, disait Dortmunder, qui commençait à partager le désespoir de Hradec, Lusk et Terment, il y aurait certainement des endroits pour faire du ski, je suppose.

L'idée de Dortmunder sur des skis était, à première vue, trop ridicule pour qu'on puisse même l'envisager, mais telle était la tâche que s'étaient fixée Hradec, Lusk et Terment, et ils l'assumèrent de leur mieux. D'ailleurs, les réponses de Hradec gagnaient en assurance à mesure qu'il progressait sur ce chemin ardu.

– Oh ! oui, oui, bien sûr, dit-il, nous avons des montagnes, plein plein de montagnes, et l'hiver, l'hiver, dites-vous ? on peut faire du ski bien entendu, il y a beaucoup beaucoup de neige sur les montagnes, oui, bien sûr, certainement, des possibilités de faire du ski, absolument, aucun problème, je ne vois pas pourquoi pas.

– Bien sûr, renchérit Lusk.

Mais Terment ne put que hocher la tête.

C'était Stan Murch qui faisait l'autoportrait dans le coin de la peinture murale. La voie était libre sur le ponton ; tout au bout près de la grille, les gardes ébouriffés marchaient de long en large la tête haute, essayant de faire comme si rien ne s'était passé tout récemment.

– *Et voilà* ! s'exclama Mickelmuss. ... Oh ! zut, je crois que j'ai tout fait bouger. Il vaut mieux que je recommence.

Dortmunder serra contre sa poitrine la chemise contenant les informations sur le Votskojek, en la tenant dans sa main gauche, tandis qu'il serrait les mains, avec la droite le plus souvent.

– Je vous suis très reconnaissant, leur dit-il. Merci de m'avoir accordé votre temps, j'espère que je ne vous ai pas dérangés dans... dans... dans...

– Non, pas du tout.

– Tout le plaisir était pour nous.

– Nous *espérons* que vous passerez un agréable séjour au Votskojek.

– Oh ! j'en suis sûr, dit Dortmunder.

Et je suis sûr que Kelp a eu le temps de ressortir, songea-t-il. Il le fallait.

– Je vous accompagne jusqu'en bas, déclara Hradec avec un soulagement peut-être trop évident pour un diplomate.

Il faut que Kelp soit ressorti du labo, maintenant, il le *faut.*

Eh bien, non.

– Hmm hmm hmm hmm... fit Mickelmuss, penché au-dessus de l'appareil, pendant que Kelp s'emparait d'un ustensile de la taille d'un poing, couvert de protubérances, posé sur une table à portée de main. Trop c'était trop, dans un sens comme dans l'autre. Kelp souleva l'objet.

– Ça y est ! Je l'ai ! déclara Mickelmuss, et il retourna son visage souriant pour observer l'appareil que Kelp tenait à la main.

– Ah ! s'exclama-t-il d'un air ravi. L'analyse spectropolarique ! *Voilà* qui devrait effacer quelques difficultés.

– Oui, je le pense aussi, dit Kelp.

– Eh bien, je vous le laisse, dit Mickelmuss avec un petit geste nonchalant en direction de l'os, pendant que, de l'autre main, il se massait l'estomac. De vous à moi, ce café semble avoir certaines vertus. Peut-être aurais-je dû vous prévenir. Pardonnez-moi...

Et il quitta la pièce.

Dortmunder et Hradec plongèrent à toute allure dans les entrailles du bateau. Hradec choisit de ne pas sortir de l'ascenseur.

– Vous connaissez le chemin, dit-il avec un sourire vide.

Et il attendit que Dortmunder quitte la cabine. Ce qu'il fit, et la porte de l'ascenseur se referma derrière lui en coulissant. Dortmunder se dirigea alors vers la porte ouverte qui donnait à l'extérieur, en jetant des regards de tous les côtés, avec l'espoir d'apercevoir Kelp caché dans un coin, mais non.

De sous sa blouse blanche, Kelp extirpa la boîte à chaussures contenant le faux fémur, fourni par Grijk Krugnk.

– C'est un os féridable, de féridable jeune-fille de dix-sed ans, lui avait assuré Grijk. Je n'en sais pas plus.

– Je ne veux pas en savoir plus, avait rétorqué Kelp.

La boîte à chaussures, entourée d'un élastique pour maintenir le couvercle dessus et l'os à l'intérieur, était restée pendant tout ce temps fixée grâce à un crochet coincé dans une des extrémités de la boîte et attaché à une boucle déjà existante au milieu du dos de la blouse, à hauteur de la ceinture. Ainsi vêtu de cette blouse ample, avec la boîte accrochée dans le dos, Kelp donnait l'impression d'avoir un sacré gros cul pour un homme par ailleurs aussi mince, mais la science étant une activité plutôt sédentaire, ça pouvait s'expliquer.

Kelp déposa la boîte à chaussures sur la table, à côté du véritable os. Il ôta l'élastique, souleva le couvercle et sortit la copie. À l'œil nu, les deux os présentaient une ressemblance remarquable, si ce n'est que le vrai était légèrement moins brillant et semblait un peu plus foncé au niveau des articulations. En prenant bien soin de garder à l'esprit lequel des deux os était le vrai, Kelp procéda à la substitution, referma la boîte à chaussures, remit l'élastique autour et eut ensuite un mal de chien à essayer de la fixer à cette foutue boucle dans son dos. (C'était Murch qui la lui avait installée à bord du canot.) Et puis zut ! se dit-il finalement, il n'avait qu'à la porter normalement ! Il coinça cette saleté de boîte sous son bras et se dirigea vers la porte du labo.

Deux portes s'ouvrirent simultanément dans ce couloir : celle du labo et celle de l'ascenseur. Kelp et Hradec les franchirent ; Kelp eut l'intelligence de battre en retraite. Hradec tourna dans la direction opposée, au moment où une troisième porte s'ouvrait, derrière l'ascenseur, celle du bureau. Lusk et Terment sortirent précipitamment, en protestant en magyar-croate ; une langue dans laquelle même une déclaration d'amour ressemble à une déclaration de guerre ; et les récriminations sont capables de faire ployer les molécules dans l'air environnant.

Kelp attendit. Pendant que les trois individus dans le couloir taillaient une bavette. Et s'ils étaient encore là quand Mickelmuss revenait ? se demandait Kelp. Que faire de la boîte à chaussures ? Et s'il devait *enlever* la blouse, accrocher la boîte et se débrouiller ensuite pour remettre la blouse, Dieu sait comment, sans faire tomber la...

Non. *Bang*. Les mécontents étaient partis. Kelp sortit alors du labo et fila vers l'escalier, en espérant contre toute logique que Dortmunder n'avait pas commencé son opération de diversion.

Hélas ! si. Pendant que Kelp essayait encore vainement de raccrocher la boîte à chaussures sous sa blouse, Dortmunder avait déjà atteint la grille, où il sortit de sa poche de veste le petit parapluie noir télescopique qui devait lui servir d'accessoire pour l'occasion. Alors qu'un des gardes lui ouvrait la grille, Dortmunder leva les yeux vers le ciel d'un bleu quasiment immaculé et déclara :

– Tiens, on dirait qu'il va pleuvoir.

Les gardes le regardèrent en fronçant les sourcils. Puis ils regardèrent le ciel en fronçant les sourcils. Un des deux répondit :

– On dirait pas.

Dortmunder gardait la tête levée. Il tendit sa main libre et dit :

– Et ce nuage là-bas ? Le tout noir ?

Pendant ce temps, son autre main enfonçait le parapluie toujours fermé, mesurant vingt centimètres de long en état de prostration, à travers un des trous en forme de losange du grillage, juste à côté de la porte.

– *Quel* nuage noir ? demanda le garde.

– Celui-là là-bas, près du grand immeuble, répondit Dortmunder en désignant vaguement le ciel.

– Je le vois pas, dit le garde.

– Moi non plus, ajouta son collègue.

– Moi, je m'occupe pas de ce que disent les autres, rétorqua Dortmunder, les yeux toujours levés. Je préfère ouvrir mon parapluie.

Et il enfonça le bouton situé sur la poignée qui commandait l'ouverture.

Pop. Dortmunder baissa les yeux.

– Oh ! zut ! fit-il.

Les gardes baissèrent les yeux à leur tour.

– Quoi encore ? demanda l'un d'eux.

Réponse : le parapluie coincé dans le grillage. Plus précisément, l'étoffe noire déployée se trouvait d'un côté du grillage, et la poignée se trouvait de l'autre côté, et la tige métallique qui reliait les deux traversait le trou en forme de losange. Évidemment, l'extrémité protectrice du parapluie était *beaucoup* trop large pour ressortir par le trou, et la poignée en J était juste un peu trop grosse pour passer par le trou elle aussi.

Non seulement ça, mais avec le parapluie coincé dans cette position, il n'était plus possible de refermer la porte de la grille.

– Non d'un chien ! dit le deuxième garde. *Comment* vous avez fait ça ?

– Je ne sais pas, répondit Dortmunder, l'air contrit.

En vérité, il savait très bien comment il avait fait ça, s'étant entraîné avec une demi-douzaine de parapluies sur un autre grillage pendant plusieurs heures ce matin même. S'étant entraîné longuement, et ayant dû décoincer le parapluie après chaque essai réussi, Dortmunder connaissait également la manière, relativement simple, mais astucieuse, pour refermer le parapluie et le ressortir par le trou du grillage, mais avant de devenir un spécialiste du sauvetage de parapluies, il avait détruit plusieurs de ces pauvres petites choses innocentes, et avait bien failli, une ou deux fois, perdre son calme. Lors d'une tentative, il s'était même planté, plutôt douloureusement, une baleine dans la paume. L'un dans l'autre, il espérait bien que ce problème allait occuper les deux gardes un long moment.

Suffisamment long en tout cas pour permettre à Kelp de ficher le camp. Subrepticement, en jetant un coup d'œil derrière lui, sous son aisselle, Dortmunder balaya l'embarcadère, désespéré de ne pas voir Andy Kelp dans les parages, fonçant vers le fleuve. Où était-il, bon sang ?

Dans l'escalier, présentement, ayant franchi la porte de l'escalier quelques secondes avant que Hradec Kralowc ne ressorte précipitamment du bureau, en serrant dans sa main une photographie en couleur extrêmement importante de la cathédrale des Rivières de Sang de Novi Glad, que John Diddums avait oubliée par inadvertance. Hradec descendit à toute allure en ascenseur et atteignit le rez-de-chaussée bien avant Kelp.

– Je crois qu'il faudrait une scie à métaux, déclara un des gardes.

– Non, non, je peux le faire, répondit l'autre. Suffit de refermer cette saloperie et de le ressortir en tirant dessus.

– Je me sens ridicule, avoua Dortmunder, en se penchant pour regarder de très près les ennuis dont il était responsable, espérant, par cet empressement maladroit, donner l'impression de vouloir se montrer utile, tout en rendant les choses plus compliquées qu'elles ne l'étaient déjà.

Mais pas autant qu'elles allaient le devenir. Le garde qui pensait savoir comment régler le problème essaya de comprimer le parapluie, tandis que Dortmunder le collait de près, dans son désir manifeste de réparer sa maladresse. Une baleine se planta dans la paume du garde ; celui-ci eut un violent mouvement de recul, et son coude frappa Dortmunder en plein dans l'œil ; Dortmunder s'effondra sur le sol, inconscient.

Hradec sortit à ce moment-là de l'*Orgueil du Votskojek*, découvrant le premier touriste volontaire de son pays en train de se faire tabasser par les vigiles.

– Hé ! hé ! arrêtez ça ! hurla-t-il.

Les deux gardes, qui n'avaient pas particulièrement cherché à faire une victime, se retrouvèrent penchés au-dessus de l'homme évanoui, paraissant et se sentant à la fois maussades et honteux, tandis que Hradec accourait.

Kelp, lui, dévalait l'escalier d'un pas lourd.

Murch risqua encore un coup d'œil par-dessus le bord du ponton, incapable de comprendre la signification de ce qu'il voyait. Était-ce une sorte de procession ?

Les gardes honteux et maussades, obéissant aux ordres enflammés de Hradec, ramenèrent un Dortmunder inconscient vers l'entrée de l'ambassade. Le trajet cahoteux ranima Dortmunder, qui ouvrit son œil valide juste à temps pour voir Kelp jaillir de la grande porte découpée dans le flanc du navire et percuter de plein fouet Hradec. Tous les deux s'envolèrent, ainsi que la boîte à chaussures, qui s'ouvrit, projetant son fémur sur les planches brutes du ponton.

Kelp roula sur lui-même sur les planches, retrouva son équilibre, ainsi que l'os, et s'en saisit, se releva péniblement et découvrit Dortmunder entre les griffes des deux gardes. Ils l'avaient fait prisonnier !

– Sauve-toi, John ! hurla Kelp, et il frappa un des deux gardes sur la tête avec l'os.

– Non, pas avec la relique ! s'écria Hradec, toujours étendu sur la passerelle.

Les deux gardes, déroutés par la plupart des choses de la vie, mais prompts à reconnaître la violence, lâchèrent Dortmunder (ouille !) et se retournèrent pour affronter cette nouvelle menace moins ambiguë. Dortmunder – alias John le borgne – se releva en s'accrochant au dos d'un des gardes, tandis que Kelp ferraillait avec l'os, dont il se servait comme d'un sabre, en hurlant :

– Sauve-toi, John !

Oh ! c'était inutile, et Dortmunder le savait bien, mais il ne put s'empêcher d'essayer une dernière ruse.

Plissant son œil valide, il regarda Kelp et dit :

– Je ne vous connais pas ?

Malheureusement, ça ressemblait davantage à une question, et non pas à la déclaration fracassante qu'il espérait entendre.

Tout le monde se figea. Tout le monde regarda Dortmunder. Pétrifié, Kelp murmura :

– Tu étais pas grillé ?

– Non, jusqu'à maintenant.

– Emparez-vous de lui ! s'écria Hradec en désignant Dortmunder.

– *Sauve-toi,* John ! hurla Kelp, et il donna l'exemple en échappant au petit groupe, détalant ventre à terre en direction de l'extrémité du ponton.

N'ayant pas le temps de réfléchir, alors que déjà les gardes s'apprêtaient à lui sauter dessus, Dortmunder détala lui aussi. Mais pendant qu'il courait en agitant les bras, les jambes tremblotantes, les muscles du visage déformés par une horrible grimace, comme s'il subissait une pression de 3G à bord d'une fusée, il observa le monde qui s'étendait devant lui, les yeux plissés à la manière de Popeye, il vit vers quoi il courait et refusa d'y croire. C'était le fleuve là-bas !

Apercevant enfin son passager, Murch avança lentement avec le hors-bord, et Kelp sauta du bout du quai, atterrissant au fond du bateau, sur les pieds d'abord, les genoux ensuite, puis le coude, l'os et enfin la tête.

Dortmunder suffoquait comme un percolateur lorsqu'il atteignit l'extrémité du quai, où il s'arrêta en trépidant. Il observa cette cible minuscule tout en bas, à des kilomètres, posée sur le fleuve insondable.

Kelp et Murch avaient les yeux levés vers lui ; tous les deux faisaient de grands gestes pour l'encourager.

– Saute, John ! hurla Kelp.

– Vite ! Vite ! brailla Murch.

Dortmunder haletait et hésitait. Il regardait fixement tout en bas, réussissant à voir double avec un seul œil. Il essaya de sauter ; il essaya de faire « vite ! vite ! », véritablement, mais c'était au-dessus de ses forces. Et soudain des mains se refermèrent sur ses coudes, son épaule et sa tête.

Kelp s'était agenouillé au fond du bateau, l'os dans une main, s'accrochant au plat-bord de l'autre, tandis que Murch, au volant, les conduisait rapidement au loin, en direction de Long Island City. Kelp gardait les yeux fixés sur la silhouette de Dortmunder qui s'éloignait, prisonnier de l'étau de la milice.

– Il va rejeter la faute sur *moi*, dit-il. J'en suis sûr.

Dortmunder ferma son seul œil valide.

Chapitre 13

Assis à son bureau, Hradec étudiait la situation. John Diddums, ou quel que soit son véritable nom, était assis face à lui sur une chaise en bois, les mains attachées dans le dos par des menottes, les menottes étant passées autour d'un barreau. Les gardes avaient repris leur faction inutile devant la grille, en emportant une scie à métaux pour décoincer le parapluie, et avec ordre de ne laisser entrer personne, pas même les scientifiques autorisés jusqu'alors à pénétrer à bord de l'ambassade. John Mickelmuss de Cambridge avait été prié, poliment mais fermement, de quitter le navire ; on avait évoqué des problèmes de politique intérieure à Novi Glad. Lusk et Terment étaient présents dans la pièce, l'air inquiets, mais remplis de bonne volonté. Et un os anonyme s'étalait sans pudeur sur le bureau de Hradec.

Ce dernier poussa légèrement cette chose pâle avec la pointe d'un stylo à bille. Rien ne se produisit. Il regarda Diddums en fronçant les sourcils.

– Où ont-ils emporté la véritable relique ?

L'unique œil ouvert de Diddums semblait introspectif, presque méditatif. L'autre noircissait à toute allure ; il aurait un magnifique coquard. Formidable.

Mais il ne répondait pas à la question. Hradec dit :

– Ne m'obligez pas à appeler la police.

Diddums poussa un soupir, mais ce fut tout. Il ne répondit pas, il ne fixa même pas son œil valide sur son interrogateur. Il était aussi bavard que ce faux fémur.

Évidemment, Hradec ne pouvait pas appeler la police, et Diddums le savait aussi bien que Hradec. La stratégie des Tsergoviens depuis le début apparaissait maintenant clairement : prétendre que la vraie relique était fausse, exiger une série d'examens scientifiques de l'objet sacré, attendre le moment favorable, et voler ensuite l'honnête fémur de la sainte pour le remplacer par cette piètre imitation. Pas une imitation d'os, c'était un vrai os, mais une imitation de sainte.

Et qu'allaient donc faire les Tsergoviens, maintenant que leur plan diabolique avait fonctionné ? Allaient-ils annoncer qu'ils possédaient l'authentique relique depuis le début ? La présenter au cours d'une conférence de presse, par exemple, afin que l'archevêque Minkokus, ce vieux gâteux sénile qui détenait leur avenir à tous dans la paume de sa main tremblotante, accepte avec un sourire édenté et baveux *leur* demande d'attribution du siège vacant des Nations unies ?

Non. Hradec Kralowc avait quelques connaissances en stratégie politique, et il savait que la meilleure chose à faire pour les Tsergorviens, à ce stade, c'était de ne rien faire, d'autant plus qu'ils avaient toujours affirmé détenir la véritable relique, refusant de la montrer jusqu'à ce que l'imposteur soit démasqué.

Donc, l'os était en possession de la Tsergovie, mais la balle était dans le camp de Hradec. S'il annonçait subitement que la vraie relique avait été volée par des cambrioleurs inconnus, sans aucun témoin oculaire impartial, les Tsergoviens auraient beau jeu de laisser entendre que cette histoire de vol était fausse elle aussi, inventée par le Votskojek pour masquer la fausseté de leur imitation. Si, d'un autre côté, le Votskojek – c'est-à-dire Hradec en l'occurrence – ne disait rien, il ne faudrait pas longtemps aux scientifiques pour voir clair dans les prétentions pathétiques de *cette* cuisse de poulet rongée.

Leur seul espoir était de découvrir l'endroit où les voleurs avaient emporté la relique, l'endroit où les Tsergoviens projetaient de la cacher jusqu'à l'humiliation totale du Votskojek. Autrement dit, leur seul espoir se nommait Diddums.

En observant cet homme, Hradec découvrait un mur de brique, un mystère enveloppé d'une énigme et entouré d'une devinette. Il y avait dans le fatalisme même de Diddums quelque chose qui faisait de lui une noix impossible à briser.

Pourtant, il fallait que Diddums soit brisé, et vite. En le regardant, en réfléchissant, en envisageant ses options, Hradec commença à élaborer un plan. L'idée était folle, mais ça pouvait marcher. Se tournant vers Lusk, il déclara :

– Je crains que le moment soit venu de téléphoner...

– À la police ?

Lusk ne deviendrait jamais diplomate.

– Non, pas à la police, répondit Hradec. L'heure est aux mesures d'envergure. Je crains que le moment soit venu de téléphoner... au Dr Zorn.

Sous son front plissé, l'œil valide de Diddums s'écarquilla.

Chapitre 14

Tout sembla se dérouler très rapidement. Debout au volant du canot, Stan Murch filait droit devant en fendant les clapotis du fleuve, et la dernière chose que vit Andy Kelp, ce fut son camarade et associé John Dortmunder emmené sur le ponton du ferry, comme un aveugle, par des individus dont le langage corporel indiquait qu'ils n'étaient pas ses amis. Ce qu'il vit juste après, c'est un insigne étincelant que brandissait un gars dont l'expression vestimentaire se traduisait par de grosses chaussures noires, un pantalon bleu marine aux plis tranchants, et un blouson bleu foncé minable, avec une fermeture Éclair, en nylon bleu foncé, et dont l'expression verbale était : « OK on bouge plus. Parfait. Descendez de ce bateau immédiatement. »

Les berges de l'East River du côté Queens-Brooklyn sont très différentes des berges du côté Manhattan, Manhattan étant presque entièrement résidentiel sur cette rive, avec des blocs d'immeubles désordonnés qui promettent une vue sur le fleuve, mais offrent en réalité une vue industrielle sur Brooklyn et le Queens : usines, entrepôts, zones de stockage, décharges, quais pour les péniches, les remorqueurs et les petits cargos, les vastes enfers d'une métropole active agencés comme une illustration dans un livre en relief pour le plaisir esthétique des riches Manhattanites. Évidemment, de nos jours, les riches Manhattanites sont souvent des gens pour qui ce panorama constitue un net progrès par rapport aux raffineries de pétrole et aux déserts de leur pays natal, alors il n'y a pas de problème. C'est à l'intérieur de ce labyrinthe dickensien de crasse fluviale que Stan Murch conduisit leur fidèle petit bateau à moteur, à proximité de l'endroit où il avait planqué la bagnole, au nord de Newtown Creek, ce chenal utile pour l'industrie, et qui forme la frontière entre Brooklyn et le Queens. Ici, ils seraient seuls et tranquilles pour prendre la clé des champs avec l'os.

Pourquoi fallait-il alors que leur point de chute – de grosses planches fendues et de vieilles bittes d'amarrage rouillées qui faisaient face jadis à une usine de boîtes aux lettres rurales, jusqu'à ce que le propriétaire abandonne la ville pour aller vivre dans un coin agréable, sûr, bon marché et ennuyeux du fin fond de la Pennsylvanie – soit envahi de types collets montés habillés tout en bleu, avec des insignes étincelants, des types qui voulaient que Kelp et Murch descendent de ce bateau *immédiatement.*

Les Votskojeks étaient-ils aussi rapides ? Impossible, cinq minutes à peine s'étaient écoulées depuis qu'ils avaient quitté l'embarcadère du ferry, à toute allure. Quoi qu'il en soit, ne voulant pas être obligé d'inventer une réponse à la question : « Que faites-vous avec cet os ? », Kelp balança d'un coup de pied l'objet sacré sous une bâche goudronnée qui pataugeait au fond du bateau, au moment où il grimpait sur le quai.

– Voilà, j'arrive, j'arrive !

Il y eut alors une deuxième surprise ; désagréable, comme la première. Deux des nombreux – très nombreux – types en bleu qui avaient envahi le quai se retournèrent tout à coup, pendant qu'ils s'activaient à leurs activités actives, et en gros caractères blancs imprimés dans le dos de leurs blousons bleu foncé à fermeture Éclair – ils suivaient tous la même mode vestimentaire – apparurent les trois lettres D... E... et A.

Oh ! la vache. Les agents fédéraux. La Drug Enforcement Administration [1]. Murch et Kelp échangèrent un regard, en sachant qu'ils étaient dans une sacrée merde, sans savoir exactement laquelle, et l'un des types en bleu s'avança en disant :

– Lequel de vous deux est Walter « Poivre » LaFontaine ?

– Ni l'un ni l'autre, répondit Kelp.

– C'est le nom du type à qui on a emprunté le bateau, ajouta Murch, ce qui était certainement vrai quand on y réfléchissait, et sacrément astucieux de la part de Murch, tout compte fait.

– Vous lui empruntez souvent son bateau ? demanda le type.

– C'est la première fois, dit Murch. Et si ça se passe comme ça, ce sera aussi la dernière.

– Montrez-moi vos papiers.

Rien de plus facile. Kelp et Murch montrèrent des papiers impeccables, sous forme de véritables permis de conduire, avec leurs véritables photos, leurs véritables noms et adresses dessus, des papiers réservés aux occasions exceptionnelles. Le type examina les permis de

1. DEA : Agence de lutte contre la drogue. *(N.d.T.)*

conduire d'un œil mauvais, comme s'il se méfiait de l'État de New York qui les avait délivrés, puis il refila le tout à quelqu'un d'autre. Plus exactement, il refila les permis de conduire à un des types pour qu'il « vérifie », et il refila Kelp et Murch à un certain nombre d'autres types pour qu'ils « s'en occupent ».

C'est-à-dire qu'on les fit asseoir à l'arrière de deux voitures qu'on appelait dans la profession, de manière risible, des « véhicules banalisés ». (Un petit tuyau : quand vous voyez une voiture américaine, ni trop vieille ni trop récente, gris clair, bleu clair ou beige, l'air un peu fatigué, sans pneus à flancs blancs et sans aucune déco sur la carrosserie, avec deux types costauds assis à l'avant qui ne cessent de regarder de tous les côtés pendant qu'ils roulent, alors il s'agit d'un « véhicule banalisé » de la police, fédérale ou locale.)

Placés dans deux voitures différentes, Kelp et Murch ne pouvaient ainsi se concerter afin de mettre au point leur stratégie, leurs témoignages, ni rien de tout ça, mais aucune importance. Tous les deux étaient des professionnels, et tous les deux connaissaient le code du monde de la pègre : ne jamais vendre ses potes avant d'avoir obtenu un bon prix.

Au bout d'un moment, Kelp et Murch eurent droit individuellement à la visite de jeunes flics sympas qui s'installèrent à l'avant de la voiture, pour bavarder avec eux de la pluie et du beau temps et de sport, leur offrir des cigarettes, et orienter un peu la conversation par ici ou par là. Kelp et Murch savaient l'un et l'autre comment se montrer amical et décontracté, sans leur fournir la moindre information et, au bout d'un moment, les deux flics sympas abandonnèrent, et l'exercice de la loi entra dans la phase deux de la stratégie générale, baptisée « laissons-les mijoter un peu ».

Environ une heure, en fait. Pendant ce temps, les détenus assis sur la banquette arrière des véhicules banalisés purent voir de nombreuses discussions entre les soldats en plastique bleu foncé ; ils purent voir un gros camion reculer (bip-bip-bip-bip) sur le quai et hisser le petit bateau à moteur hors de l'eau et l'emporter ; ils purent voir arriver les voitures de la police municipale et les policiers municipaux déambuler sur les lieux pour être certains de participer à l'opération conjointe ; ils purent voir un type d'un certain âge avec un costume (dans le film, on aurait pris un Noir) débarquer à son tour et leur jeter un regard mauvais à travers les vitres des voitures, sans leur dire un mot ; après quoi, ils eurent droit à leurs propres interrogateurs.

C'étaient des types plus âgés, mais vêtus eux aussi d'un blouson bleu à fermeture Éclair ; on aurait dit les entraîneurs des équipes de base-ball de la police. Ils s'assirent à l'avant des voitures en poussant des grognements, à cause d'un petit problème de poids. Ils posèrent un bras sur le dossier du siège, en s'adossant contre la portière, adressèrent un signe de tête à Kelp et à Murch, et dirent :

– Ça devrait pas être trop long, vous allez bientôt pouvoir repartir. Depuis combien de temps vous connaissez Poivre ?

– Je le connais pas, répondit Kelp, mais mon pote Stan le connaît.

– C'est le cousin de ma femme, dit Murch. On peut pas dire que je le connaisse.

– Pourtant, vous étiez sur son bateau, dirent les interrogateurs.

– Il faisait beau aujourd'hui, répondirent Kelp et Murch.

Mais ensuite leurs réponses prirent des routes séparées. Murch expliqua qu'il savait que le cousin de sa femme possédait un petit bateau, il lui avait demandé s'il pouvait l'emprunter, et Poivre avait répondu « pas de problème ». Kelp raconta que son pote Stan lui avait dit qu'il empruntait pour la première fois le bateau de ce type, Poivre, et est-ce que Kelp avait envie de venir avec lui, et Kelp avait dit « bien sûr ».

Et ainsi de suite. Ils ne savaient rien, ils n'avaient rien fait, et ils étaient enchantés d'apporter toute leur aide, c'est-à-dire aucune. Étaient-ils opposés à une fouille en règle ? Certainement pas.

Tout cela était si bien orchestré que Kelp et Murch sortirent de leurs voitures banalisées quasiment en même temps, prirent la position requise, penchés en avant, jambes écartées, les mains sur le capot, pour être fouillés, sans qu'on trouve quoi que ce soit. Comme ça. Tout simplement.

Après cela, les deux canotiers furent autorisés à se retrouver, pendant qu'un des interrogateurs, celui de Murch, les rejoignait en déclarant :

– Il est possible qu'on ait besoin de vous poser encore quelques questions, les gars, mais, pour l'instant, vous pouvez partir.

Lui-même serait parti, si Murch ne lui avait pas demandé :

– Euh... excusez-moi. Je voudrais pas vous embêter, mais... ma femme voudra savoir ce qui se passe, après tout, c'est son cousin, pas vrai ? Qu'est-ce que je dois lui dire ?

– On est de la brigade des stups, le cousin de votre femme est sous les verrous, et le bateau a été confisqué. Qu'est-ce que ça signifie *à votre avis* ?

– Apparemment, répondit Murch, on dirait que Poivre se servait de ce bateau pour transporter des substances illégales d'un endroit à un autre.

– Excellente déduction ! dit le policier. (Il se dérida légèrement et se rapprocha pour ajouter, sur un ton plus confidentiel :) Entre nous, Poivre prétend qu'il ne vous connaît même pas tous les deux. Il affirme que vous lui avez piqué son bateau.

– Ça alors, quel sale type ! dit Murch. Quand je vais dire ça à ma femme !

– En fait, ajouta le policier, il prétend qu'il n'a jamais touché au trafic ou au commerce de la came, et que vous lui piquez sans cesse son bateau.

Kelp semblait abasourdi.

– On peut pas imaginer qu'il existe des types pareils !

– Si, répondit le policier. Heureusement, on a un tas de preuves contre Poivre, on a un enregistrement vidéo, on a des témoins ; il est cuit. Autrement, je vais être franc avec vous, vous auriez pu passer quelques mauvais moments.

Murch et Kelp se regardèrent.

– Pour une simple balade en bateau, dit Murch.

– Je vais vous refiler un tuyau, dit le policier des stups. Le cousin de votre femme n'est pas nécessairement votre ami.

– Je m'en souviendrai, dit Murch.

– C'est même pas le cousin de ma femme, dit Kelp.

– Bon, vous êtes libres maintenant, dit le policier, et il pivota sur ses talons.

– Euh... fit Kelp.

Le policier se retourna.

– Vous voulez qu'on vous dépose quelque part ? demanda-t-il.

– Non, non, pas la peine. Simplement... euh, j'ai oublié quelques objets personnels dans le bateau.

Le policier semblait perplexe.

– Ah ! désolé, dit-il. Il fallait vérifier que vous ne laissiez rien à bord au moment de débarquer.

– Oui, mais dans la précipitation, l'excitation...

– Je comprends. (Le policier réfléchit.) Voici ce qu'il faut faire, dit-il. Vous viendrez dans nos bureaux, au siège du FBI, et vous remplirez un formulaire, en décrivant les objets qui vous appartiennent. Parce que le bateau et tout ce qui se trouve dedans ont été confisqués.

– Mais si je pouvais simplement récupérer le... machin, dit Kelp, s'imaginant en train d'écrire le mot « os » sur un formulaire, dans les bureaux du FBI.

– Désolé, tout a été envoyé à la fourrière.

– Où ça ?

– À la fourrière.

– Oui, mais *où* ?

Le policer jeta à Kelp un regard un peu moins amical.

– Vous n'avez qu'à venir au siège du FBI, répondit-il d'un ton froid. Ils s'occuperont de votre cas.

J'en suis sûr, songea Kelp.

– Merci, dit-il avec un large sourire, et le policier s'éloigna, à grands pas.

Kelp et Murch contournèrent furtivement l'ancienne fabrique de boîtes aux lettres, longèrent le pâté de maisons, montèrent à bord de la voiture volée et fichèrent le camp d'ici.

Chapitre 15

Quand il se réveilla, Dortmunder était dans un donjon. Son œil tuméfié lui faisait mal, sa tête lui faisait mal, son ventre lui faisait mal, ses omoplates lui faisaient mal... Bref, il avait mal.

Le passé récent défila devant ses yeux, comme la reconstitution d'un crime atroce à la télévision. La diversion, le retard, la capture. L'interrogatoire mené par Hradec Kralowc. « C'est le moment d'appeler le Dr Zorn. »

Quand Kralowc avait prononcé ces mots, Dortmunder avait commencé à s'inquiéter pour de bon. Des idées associées au sérum de vérité tournoyaient dans son esprit. Comment son organisme réagirait-il à ce produit ? Ne serait-ce pas comme si on lui injectait un anticorps ? Ses organes vitaux survivraient-ils à cette invasion ?

Y avait-il des choses qu'il pouvait dire ? Avait-il le temps de passer une couche de fard sur les faits, de se livrer à quelques manipulations avant l'arrivée du docteur ? Il projeta son esprit endolori vers les événements récents, et ce qu'il découvrit l'effraya.

Quelque chose avait retardé Kelp – ça au moins, c'était certain – si bien qu'il n'était pas en position au moment où il aurait dû y être. Si jamais Dortmunder réussissait à mettre la main sur Kelp – ou plutôt, si à l'avenir, on lui offrait la possibilité de pouvoir bavarder calmement avec Kelp –, il apparaîtrait que ce n'était pas la faute de Kelp, et pourtant, comme Dortmunder le savait déjà, sans le moindre doute, au plus profond de lui, à un niveau de vérité absolue (bien supérieur au niveau que pouvait atteindre le sérum de vérité), *c'était la faute de Kelp !*

Pourquoi est-ce que je fais ça ? se demanda Dortmunder, et ce n'était pas la première fois qu'il se le demandait. Pourquoi est-ce que je m'associe avec de mauvais compagnons, et là je parle d'Andrew Octavian Kelp ? Mais de réponse il n'y eut point.

Trop tard pour plaider une erreur d'identité. Assis dans le bureau de Kralowc, à bord de l'*Orgueil du Votskojek*, attaché sur une chaise avec des menottes, Dortmunder examina encore cet instant où il était couché sur le ponton du ferry, tandis que Kelp faisait tournoyer son os en hurlant : « Sauve-toi, John ! » Vint ensuite – *clic-clic,* changement de diapo – le moment où il avait réussi tant bien que mal à se relever, tout le monde n'avait d'yeux que pour lui, et Kelp qui murmure : « Tu étais pas grillé ? »

N'y a-t-il aucun moyen de rattraper le coup ? Voyons voir :

« Je suis un agent de la CIA, j'ai infiltré la police secrète tsergovienne, et... »

« J'étais amnésique ! Attendez une minute, tout mon passé me revient ! Nous sommes en 1977, et je vis à Roslyn, Long Island, avec ma femme adorée, Andreotta, et nos deux charmants enfants... euh... »

« FBI ! Vous êtes tous en état d'arrestation ! »

« Ah ! Dieu soit loué ! vous avez compris les signaux que je vous ai envoyés. Ces crapules assoiffées de sang ont kidnappé ma mère pour m'obliger à les aider dans leur infâme... »

« Hein ? ... Mais... Où suis-je ? Et qui êtes-vous ? »

La dernière tactique méritait presque d'être tentée. Dortmunder essayait encore de trouver l'expression du visage qui convenait le mieux – tout en se demandant où cette ruse risquait de le conduire –, quand le Dr Zorn entra dans le bureau.

Aucun doute. Vous pouviez voir cet individu n'importe où, même au supermarché, vous pensiez aussitôt : « Tiens, voici le Dr Zorn. » Et pas uniquement à cause de la sacoche de médecin en cuir noir, avec les fermoirs en acier, qu'il tenait dans son gros poing aux jointures blanches, velu et récuré. Pas uniquement.

Le plus étrange chez cet homme, c'était qu'il n'avait pas l'air vieux. Du moins, certaines parties de son individu. Il était grand et mince, avec un corps souple et plein de vitalité comme un coureur de fond, mais ce corps était surmonté de la tête typique du Dr Zorn : ronde, chauve, sans sourcils, luisante, avec des oreilles protubérantes, tel un vieux pot de chambre. Les yeux à l'éclat fou scintillaient tout au fond d'épaisses lunettes dotées de spirales hypnotiques gravées dans le verre, des lunettes avec une monture en plastique transparent, reposant sur ses grandes oreilles pâles, si bien qu'il n'y avait plus aucune couleur au-dessus du cou, à l'exception des yeux profondément enfoncés à l'intérieur des verres de lunettes, et qui eux étaient... rouges.

Le Dr Zorn avait-il vingt-cinq ou soixante-cinq ans ? Était-ce vraiment un vieux bonhomme, un savant fou mais brillant qui avait réussi à greffer sa tête sur un corps jeune et viril ? Voilà une opération qui devait valoir le coup d'œil.

Le Dr Zorn et Hradec Kralowc entamèrent une conversation dans une langue qui ressemblait à une joute de criquets en armure, et au cours de laquelle Kralowc semblait expliquer quelque chose, dans le détail, en désignant Dortmunder du doigt, et le Dr Zorn laissait échapper des ricanements de dément, en regardant Dortmunder. Tout cela n'était pas très rassurant.

Pas plus que l'inévitable seringue à l'aspect meurtrier qui surgit de la sacoche noire du Dr Zorn.

– Je suis allergique ! s'écria Dortmunder en découvrant la chose.

Kralowc et le Dr Zorn lui jetèrent un regard surpris. Lusk et Terment eux-mêmes tournèrent la tête vers lui. Le Dr Zorn s'exprima alors en anglais pour la première fois, une sorte d'anglais caoutchouteux et feutré, plus adapté aux appels téléphoniques obscènes.

– Vous êtes allergique ? À quoi ?

– Au sérum de vérité !

Le Dr Zorn le gratifia du petit ricanement condescendant et affecté que le scientifique réserve au profane.

– Ce n'est pas du sérum de vérité, pauvre créature pathétique, dit-il. Le sérum de vérité ne marche pas. (Il se tourna vers Kralowc et son sourire se fit complice.) Nous avons pu nous en rendre compte, n'est-ce pas ?

Kralowc haussa les épaules, mal à l'aise et nerveux.

– Continuons, dit-il.

– Oui, oui, certainement. (Se retournant vers Dortmunder, le Dr Zorn déclara :) Qu'on lui relève sa manche.

Lusk et Terment se précipitèrent comme un seul homme ; leurs quatre mains, telles des araignées courant sur le bras de Dortmunder, s'empêtrèrent, retardant l'exécution de la manœuvre, mais pas indéfiniment, malheureusement.

Pendant ce temps, le Dr Zorn adressait de nouveau son petit sourire à Dortmunder, en disant :

– Certaines personnalités puissantes sont capables de contrer les effets de l'amobarbital ou du thiopental, les supposés sérums de vérité. Et même si je doute que vous possédiez une forte personnalité – ce n'est qu'une première impression, évidemment – les résultats obtenus par cette méthode ne sont pas assez fiables.

– Et le temps presse, ajouta Kralowc, en faisant craquer ses doigts.

Le Dr Zorn leva l'aiguille vers le ciel, avec cette petite pression sur le piston qui chasse les bulles d'air mortelles et fait jaillir une magnifique et brève giclée de sérum dans la lumière. Après quoi il referma sa grosse main autour du bras de Dortmunder et en approcha l'aiguille de la seringue.

– Ne bougez pas.

– C'est quoi alors ce truc ? demanda Dortmunder en essayant de ne pas bouger, sans y parvenir.

– De quoi vous faire perdre connaissance, répondit le Dr Zorn, et vous rendre plus malléable durant le voyage.

– Le voyage ? Pour aller où ?

– Au Votskojek, évidemment. N'est-ce pas là que vous vouliez vous rendre ?

Il sourit et enfonça l'aiguille d'un coup sec.

– Mais..., fit Dortmunder.

Et il se réveilla dans un donjon. Couché sur une couverture rugueuse, sur le sol en béton froid d'une horrible pièce obscure au plafond bas et aux murs de pierre, où se mêlaient les odeurs de paille et de moisissure. Une petite fenêtre, une ouverture rectangulaire creusée dans le mur épais, était obturée à l'extérieur par un gros grillage métallique ; c'était la seule source de lumière. En collant son nez à cette fenêtre, Dortmunder apercevait une petite parcelle de sol en terre battue sous ce qui ressemblait à un ciel nuageux, et en face se dressait un autre mur de pierre. Rien d'autre.

Un donjon. Au Votskojek.

Comment faire pour sortir d'ici ? se demanda Dortmunder et, au même moment, un soldat passa devant la fenêtre, une sentinelle faisant sa ronde, vêtue d'un uniforme informe, d'un bleu-gris à l'aspect particulièrement flétri, et portant des bottes noires d'apparence miteuses. Une mitraillette pendait à son épaule.

Dortmunder s'éloigna brutalement de la fenêtre en apercevant cet homme et, quand il osa risquer un nouveau coup d'œil, le soldat avait disparu. Mais, porté par l'air froid (plus froid qu'à New York, constata-t-il), venu de loin, étouffé, à peine perceptible, mais néanmoins reconnaissable, un hurlement humain entra par la fenêtre.

Oh ! la vache, se dit Dortmunder. Il balaya du regard l'intérieur du donjon ; il n'y avait rien d'autre que cette couverture brune honteusement fine et rêche posée par terre, sur laquelle il s'était réveillé. Il se laissa glisser le long du mur, sous la fenêtre, et s'assit sur le sol froid, le dos appuyé contre la pierre dure, et il se dit encore une fois : la vache.

Il n'existe aucun moyen de sortir d'ici, de ce donjon dans cette prison, ou quel que soit l'endroit où il se trouvait. Et même s'il existait un moyen de sortir ? Et après ? Je me retrouverais au Votskojek, voilà pour après, sans un kopeck en poche. Aucun papier d'identité, aucune histoire plausible à raconter, et même pas de langage pour la raconter.

Peut-être que je pourrais leur échanger l'os contre ma libération, pensa-t-il et, alors même qu'il pensait cela, il pensa également : C'est exactement ce qu'ils veulent que je pense. D'accord, très bien, c'est ce qu'ils veulent que je pense, et moi je le pense. Peut-être que je pourrais leur échanger l'os contre ma libération. Car que pourrais-je faire d'autre ?

Mais pas si vite... S'ils *veulent* que je pense ça, qu'est-ce qu'ils ne *veulent pas* que je pense ?

Eh bien, ils ne veulent pas que je pense qu'il existe un moyen de sortir d'ici. Un point pour eux dans ce cas. Je ne pense *pas* qu'il existe un moyen de sortir d'ici.

J'espère que les gars prennent bien soin de l'os.

Chapitre 16

– Hein ? Vous l'avez perdu ? dit Tiny.

– Et Dortmunder aussi, souligna Kelp. On a aussi perdu Dortmunder.

– Je me contrefous de Dortmunder, répliqua Tiny. C'est pas Dortmunder qui peut faire entrer quelqu'un à l'ONU !

– Sauf s'il s'introduit par effraction, fit remarquer Murch.

– Eh bien, qu'il sorte par effraction, suggéra Tiny, de là où il se trouve ! La question importante c'est : Où est passé ce putain de fémur de sainte Ferghana ?

– Les fédéraux l'ont confisqué, expliqua Kelp, et Grijk Krugnk, assis là-bas dans le fauteuil qui était normalement celui de J. C., mais elle était toujours absente, laissa échapper un petit gémissement.

Ces retrouvailles auraient dû être triomphales, la célébration du succès, la fête de la victoire. Tiny et Grijk attendaient tous les deux ici chez Tiny, impatients que l'opération soit enfin terminée, conclue avec brio, et voilà que Kelp et Murch débarquaient avec de mauvaises nouvelles.

Ce que n'appréciaient pas Tiny, ni Grijk. Tiny devenait plus agressif, plus hostile et, d'une manière générale, plus dangereux, de minute en minute, tandis que Grijk, lui, semblait victime d'une sorte d'attaque, peut-être la chute brutale du haut de ses espérances lui avait-elle donné la maladie des caissons. Toujours est-il qu'il restait affalé dans ce fauteuil à dossier réglable, comme une crème glacée qui fond, et, de temps à autre, il poussait un gémissement, de temps à autre, il marmonnait quelques mots qui étaient peut-être des imprécations, en magyar-croate. En tout cas, ça ressemblait à des imprécations.

Tiny déclara :

– Il faut le récupérer.

– Ah ! je savais que tu réagirais de cette façon, dit Kelp.

– Ils l'ont confisqué, Tiny, dit Murch. Les gars des stups. Quand les stups confisquent un truc, impossible de le récupérer. Tout ce qu'ils confisquent, ils s'en servent ensuite pour leur boulot.

Tiny le regarda d'un drôle d'air.

– Qu'est-ce que les stups pourraient bien foutre d'un *os* ?

– Peut-être qu'ils le donneront à ronger à leurs clébards renifleurs de drogue, suggéra Murch, ce qui manquait de tact en présence de Grijk, qui d'ailleurs le fit remarquer en se levant d'un bond et en lançant plusieurs phrases bien senties en magyar-croate.

Tiny acquiesça. Il ne parlait pas le magyar-croate, mais il comprenait l'idée générale qui se cachait derrière la détresse de Grijk.

– On ne doit pas perdre cet os, déclara-t-il. C'est une relique, une relique catholique sacrée, un.. un....

– Un objet historique ? suggéra Kelp.

– Oui, parfaitement, confirma Tiny. Des deux côtés, ils se le disputent, ils se battent pour l'avoir, c'est une chose, mais, au moins, ils savent qu'il est exposé quelque part, qu'il *existe*. Mais s'il disparaît...

Grijk gémit.

– S'il est détruit...

Grijk gémit plus fort.

– S'il n'existe plus ! hurla Tiny pour couvrir le chant des baleines de Grijk, si *plus personne* ne le possède, le sang va se répandre dans les rues. Ces gens vont s'entre-tuer jusqu'au dernier bébé, croyez-moi. Dans certains domaines, ils manquent d'humour. Vous n'avez qu'à regarder Grijk, vous verrez.

Ce qu'ils firent. Et ils hochèrent la tête. Ils comprirent ce que voulait dire Tiny.

Ce dernier ouvrit ses larges mains.

– Je vous le répète, les gars, et je vous le répète une bonne fois pour toutes. Vous êtes partis chercher cet os. Vous devez revenir avec. Ou sinon vous devrez me rendre des comptes.

– Je savais que tu réagirais de cette façon, répéta Kelp.

Tiny le foudroya du regard.

– Tu le savais, hein ? Alors, qu'est-ce que tu fous ici ?

– Euh, tu sais, ça prend du temps ces choses-là.

Tiny le regarda en fronçant un sourcil.

– Qu'est-ce qui prend du temps ?

– Eh bien... la première question c'est : quand les stups confisquent un truc, qu'est-ce qu'ils en font ? Où est-ce qu'ils le mettent ? Le type sur place a pas voulu me le dire, il faut que je demande à un autre type, alors je l'ai appelé, et on va déjeuner.

Tiny fronça le deuxième sourcil. Maintenant, il ressemblait à un tapis à poil long en colère.

– Vous *allez déjeuner* ? C'est qui ce type ? Il travaille dans le cinéma ou quoi ?

– Non, répondit Kelp. En fait, il est flic.

Chapitre 17

Quand May rentra à la maison en début de soirée, après son travail de caissière au « Safeway », en portant le sac rempli de provisions qu'elle considérait comme des avantages en nature que son employeur n'avait pas songé tout simplement à lui offrir, John n'était pas encore là. Elle savait qu'Andy Kelp, Tiny Bulcher, Stan Murch et lui étaient partis récupérer un truc chez un ami de Tiny dans la journée, et ce genre d'opération de recouvrement durait parfois un peu plus longtemps que prévu ; c'est pourquoi elle ne s'inquiéta pas outre-mesure et décida de prévoir un repas qui utiliserait au maximum le four à micro-ondes une fois que John serait rentré. Grande femme mince aux cheveux bruns légèrement grisonnants, ayant conservé de nombreux tics nerveux du fumeur, bien qu'elle ait renoncé à cette sale manie il y a déjà longtemps, elle emporta ses avantages en nature dans la cuisine, les rangea et s'ouvrit une bière, enfila son cardigan d'intérieur et se rendit ensuite dans le living-room pour se détendre et regarder la télé en attendant l'arrivée de John.

Et aussi pour jeter un coup d'œil au courrier, composé principalement de magazines – May s'abonnait à *tout* –, mais qui s'accompagnait aujourd'hui d'une longue lettre bavarde de sa sœur, qu'elle ne pouvait voir en peinture, et qui vivait à Cleveland. Dieu merci, elle vivait à Cleveland.

May achevait juste de lire la lettre – dans laquelle une grande part était consacrée à l'ablation des amygdales, la grossesse et le deuxième prix d'un concours de nouvelles – quand le téléphone posé à côté d'elle sonna, et elle décrocha.

– Allô ?

– Salut, May. (C'était Andy Kelp, qui paraissait toujours aussi joyeux, avec peut-être une certaine tension inhabituelle.) John est là ?

May comprit alors. Ne lui demandez pas comment elle avait compris, elle avait compris, c'est tout. La littérature regorge de cas similaires, n'importe qui vous le dira. Elle savait. Elle ne savait pas exactement ce qu'elle savait, mais elle savait. Quelque chose dans la voix d'Andy peut-être.

– Non, il n'est pas ici, répondit-elle. Pourquoi ? Il devrait ?

– Euh, écoute, May... il vaut peut-être mieux que je vienne.

Et avant que May n'ait le temps de lui faire remarquer que ce n'était pas une façon de mettre fin à une conversation, Andy avait raccroché.

Vingt minutes plus tard, la sonnette retentit. Pas la sonnette de la porte d'en bas, non, la sonnette du haut, celle de l'appartement. Se pouvait-il que ce soit Andy ? En temps normal, Andy se contentait de crocheter la serrure et d'entrer. Si c'était bien Andy, et s'il prenait la peine de sonner solennellement, après avoir simplement crocheté la serrure de la porte d'en bas, c'était mauvais signe.

May se leva et traversa le couloir pour aller ouvrir la porte ; effectivement, c'était bien Andy, avec un sourire inquiet sur le visage. Bien qu'inquiet, il souriait, mais quand même, il était inquiet.

– Entre, Andy. Pourquoi tu es inquiet ?

– Oh ! j'irais pas jusqu'à dire que je suis inquiet, répondit Andy en fronçant les sourcils. T'as regardé les infos à la télé ?

May referma la porte d'entrée derrière lui et, tandis qu'ils regagnaient ensemble le living-room, elle demanda :

– Pourquoi ? Qu'est-ce qu'il y a à voir ?

– Rien, je suppose. (Ils entrèrent dans la pièce, et Andy désigna le téléviseur.) Tu permets ?

– Oui, bien sûr.

Il alluma le poste, à la recherche des infos du soir, en disant :

– Il n'y avait rien à la radio en tout cas, dans le taxi, mais à la radio, les infos c'est rien que du sport, alors comment savoir ?

Il tomba sur le journal régional du soir, commencé depuis un bon moment. Andy et May observèrent la présentatrice, une femme blonde qui semblait enchantée d'annoncer la mort de quatre enfants en bas-âge dans l'incendie d'un immeuble vétuste, avant de passer la parole à un type trapu, aux cheveux bruns et aux traits saillants qui serrait dans son poing ses feuilles de notes, en débitant les nouvelles comme s'il regrettait de ne pas pouvoir vous coller son poing sur la figure.

– Ah ! c'est Tony Costello, commenta Andy, leur spécialiste des affaires criminelles. Voyons voir...

Tony Costello annonça qu'aujourd'hui encore, au cours d'une opération menée conjointement, des agents fédéraux et des policiers d'État avait procédé à la plus importante saisie de drogue de tous les temps, représentant je ne sais combien de milliards de dollars, sous forme de ceci et cela. La marchandise avait été découverte dans une maison d'apparence banale, au cœur de Long Island. On demandait à quelques personnes obèses vivant dans les parages ce qu'elles pensaient de tout ça, la plupart pensaient qu'elles ignoraient ce qu'elles pensaient, voilà ce qui en ressortait. Retour sur la blonde, débordante de joie de pouvoir annoncer cette fois une collision aérienne.

Andy demanda :

– C'est elle qui récapitule les gros titres ?

– Non. Je crois, répondit May, sans trop de convictions, que c'est plutôt celle qui annonce la suite du programme.

Andy secoua la tête.

– Je suis passé devant l'ambassade, dit-il, il y avait rien du tout, ni bagnoles de police ni rien. En fait, tout avait l'air fermé. J'ai appelé leur numéro, mais ils avaient branché le répondeur, en langue étrangère. Tu te rends compte ? L'ambassade de tout un pays ! Non seulement ils branchent le répondeur, mais ils parlent dans une langue qu'on comprend pas !

– Andy, dit May en éteignant la télé en plein milieu des violences ethniques, si tu continues à ne pas me dire ce qui se passe, tu vas m'obliger à reprendre la cigarette.

– Oh, pardon. Assis-toi, je... Dis, je pourrais pas avoir une bière d'abord ?

– Si, répondit May, d'une patience à toute épreuve. Et apporte m'en une autre. Tu sais où elles sont.

Il savait. Il partit et il revint, et tous les deux s'installèrent dans le living-room, et il raconta :

– Figure-toi que Tiny a un cousin étranger et, pour lui filer un coup de main, on a piqué un truc un peu spécial dans l'ambassade d'un autre pays, qui a ses bureaux sur ce bateau sur l'East River. On a embarqué le truc, pendant un moment du moins, mais John s'est fait choper en quittant le bateau. Je me suis dit, il suffit de savoir où les flics l'ont emmené, et peut-être de le faire évader ou un machin comme ça. Mais il n'y a aucun flic dans les parages, et l'ambassade a mis la clé sous la porte, on dirait, et pas un mot aux infos ; c'est comme s'ils n'avaient pas déclaré le vol. Alors, je suis désolé, May, je déteste être le porteur de mauvaises nouvelles, mais la vérité, c'est qu'on sait pas où est John, au moment où je te parle.

La main gauche de May fouillait dans sa poche de cardigan à la recherche d'un paquet de cigarettes imaginaire.

– Tu veux dire que vous ne savez pas s'il est vivant ou mort ?

– Écoute, May. La dernière fois où je l'ai vu, les espèces de vigiles lui avaient mis le grappin dessus. Il était vivant et sur ses pieds, il ne se débattait pas, et les autres ne le frappaient pas ni rien, et on peut être *sûrs* qu'ils voudront lui faire avouer ce qu'on a fait du truc. Alors, on sait au moins qu'il est toujours vivant. Simplement, on sait pas *où* il est vivant.

Là où il y a de la vie, il y a de l'espoir. May acquiesça, quelque peu rassurée. Elle cessa de déformer son cardigan en tirant dessus. Et elle demanda :

– Cette chose un peu spéciale dont tu parles, c'est quoi ?

Andy but une gorgée de bière. Et il soupira.

– Pour être franc, May, j'espérais que tu me poserais pas la question.

Chapitre 18

Journal d'un prisonnier – premier jour

Rien à manger, aucun contact avec quiconque. Juste au moment où tombait l'obscurité s'alluma de manière soudaine et saisissante une violente lumière au néon, encastrée dans le faux plafond et protégée par une grosse grille. Elle projetait une lueur blanche sur le sol au centre de la pièce, laissant tout autour une zone de semi-obscurité remplie d'ombres, qui toutes ressemblaient à des rats.

Et puis, plus rien ne se produisit pendant un très long moment – le prisonnier ne possédait pas de montre –, jusqu'à ce que, tout à coup, un tintement de chaînes et un cliquetis de clés gigantesques ne l'arrachent à une sorte de somnolence. La lourde et vieille porte en bois du donjon s'ouvrit en grinçant, et quatre hommes entrèrent. Deux d'entre eux étaient décharnés, mal rasés, des individus au regard effrayé, vêtus de chemises blanches sales, pieds nus ; ils portaient une table en bois carrée et massive sur laquelle étaient posés un bol et une tasse. Les deux autres étaient des soldats, portant des uniformes bleu biliaire, la mitraillette au poing.

Les soldats aboyèrent des ordres aux deux hommes en blanc, qui déposèrent la table près de la porte et reculèrent ensuite jusqu'au mur de pierre, en gardant les yeux baissés. Après quoi, les soldats crièrent un tas de trucs au prisonnier, qui pendant ce temps était resté assis par terre, adossé au mur, sous l'unique fenêtre, ressassant des pensées aussi noires que le paysage au-dehors. Ces cris, accompagnés il est vrai d'un tas de gestes méchants et menaçants avec les mitraillettes, lui firent comprendre, malgré l'absence de langue commune, qu'il devait se lever, ce qu'il fit ; qu'il devait s'approcher de la table, rapidement, ce qu'il fit, et qu'il devait manger.

– Y a pas de chaise ? demanda le prisonnier.

Les soldats ne comprirent pas la question, ou bien ils la jugèrent trop puérile pour mériter qu'on y réponde. Quoi qu'il en soit, ils continuèrent à pointer leurs armes sur le bol – c'était moins dangereux que sur le prisonnier – et à hurler les mêmes phrases brèves et sèches.

Le prisonnier examina son repas. Le bol contenait une épaisse bouillie verte, la tasse un liquide incolore. À gauche du bol était posé un petit bout de pain noir arraché à une miche, et à droite une grosse cuillère en métal. Le prisonnier passa en revue ses choix – son choix. Il prit la cuillère, préleva un peu de bouillie verte, approcha la cuillère de ses lèvres, la rabaissa, reversa un peu de bouillie dans le bol, la souleva de nouveau, en faisant la grimace comme un enfant à qui on donne un médicament, et introduisit la cuillère dans sa bouche.

Et il sourit. Il sourit sans enlever la cuillère. Il ôta la cuillère de sa bouche et continua de sourire.

– On dirait un curry, dit-il aux deux soldats.

Ceux-ci partirent d'un grand éclat de rire en se donnant des coups de coude dans les côtes, accompagnés de commentaires rauques.

Mieux valait continuer à se persuader que c'était du curry. Le prisonnier avala une autre cuillerée, goûta le pain qui était frais et goûteux, il goûta le contenu de la tasse et découvrit que c'était de l'eau, pas très fraîche, et avec un arrière-goût métallique, comme si elle était restée trop longtemps dans les canalisations, mais de l'eau quand même.

Le prisonnier était véritablement affamé. Il ignorait depuis combien de temps il était retenu prisonnier, combien de temps il était demeuré inconscient – le temps au moins d'un long trajet en avion entre New York et cet endroit effroyable –, en tout cas, il n'avait pas eu l'occasion de manger depuis qu'il avait déjeuné chez lui avant de monter à bord de l'*Orgueil du Votskojek*, une embarcation qu'il commençait à regretter, et il avait faim. Il finit son bol, allant même jusqu'à lécher le dos de la cuillère, qu'il reposa pour pouvoir racler avec ses doigts les restes de vase au goût de curry sur le bord du bol. Puis, naturellement, il dit aux soldats :

– Il faut que j'aille aux toilettes.

Ils ne comprirent pas. Apparemment, ils ne parlaient pas un seul mot d'anglais, pas plus que les hommes en blanc – prisonniers eux aussi, certainement –, et le prisonnier fut donc obligé d'avoir recours à des gestes grossiers, le plus universel de tous les langages universels. Les soldats s'esclaffèrent de manière si franchement désagréable comme ils savaient si bien le faire, avant de repousser le prisonnier vers le centre de la pièce, en désignant un petit trou creusé dans le sol à cet endroit.

– Là ? dit le prisonnier. Vous plaisantez, les gars !

Les gars ne plaisantaient pas. Ces gars-là ne connaissaient pas la plaisanterie. Ils reprirent de plus belle leur rire joyeux et obscène, avant de redevenir brutaux et nerveux tout à coup, aboyant une nouvelle série d'ordres aux deux hommes en blanc, qui s'avancèrent rapidement, les yeux toujours baissés, pour prendre la table et la remporter avec peine. Les soldats leur emboîtèrent le pas en roulant des épaules, et tous les deux s'arrêtèrent délibérément afin de lâcher un pet dans l'espace vital du prisonnier, avant de ressortir en claquant la porte et en refaisant du vacarme avec les chaînes et les serrures.

Le silence. La mine sombre, le prisonnier s'accroupit au-dessus du petit trou creusé dans le sol. Et il songea : Comment je vais pouvoir sortir d'ici ? Il leva les yeux vers la lumière et songea : Je parie qu'ils ne l'éteignent jamais. Il se roula dans la couverture fine et rugueuse posée à même le sol, en songeant : Je leur dirais tout ce que je sais, s'il y avait ici quelqu'un qui parle anglais.

Ainsi s'acheva la première journée.

Chapitre 19

Andy Kelp était un individu à l'instinct grégaire. Il s'entendait bien avec tous les gens, même les gens de la police de New York. Pas *tous* les gens de la police de New York, évidemment. Pas même *énormément* de gens de la police de New York. *Un seul* gars de la police de New York en réalité, mais c'était déjà beaucoup.

Lorsque Andy appela le commissariat la première fois et demanda à parler à Bernard Klematsky, la voix au bout du fil lui répondit : « Il est de repos », mais la seconde fois, la voix lui dit : « Quittez pas », puis la voix fut celle de Bernard en personne, déclarant d'un ton très officiel :

– Klematsky, j'écoute.

– Salut, Bernard, dit Kelp. C'est moi, Andy Kelp.

– Tiens, salut, Andy. Je pensais justement à toi.

– J'ai rien fait ! répliqua aussitôt Andy. Je me tiens à carreau.

– Ça te dirait de passer ici ? Je pourrais te faire signer un truc.

– Euh, peut-être pas maintenant, dit Kelp. Je me disais... je me disais que je pourrais peut-être t'offrir un verre après le boulot.

– Toi, tu veux quelque chose, devina Bernard.

– Bien sûr que je veux quelque chose, dit Kelp. Tout le monde veut quelque chose !

– Et moi, j'ai envie de dîner, dit Bernard. Quand j'ai fini le boulot, j'ai toujours envie de dîner.

– Restau italien, c'est ça ? Spaghettis aux fruits de mer ?

– Ah ! c'est très tentant, avoua Bernard, mais j'ai découvert récemment une nouvelle cuisine que j'adore.

– Une cuisine qui coûte cher, Bernard ?

– Non. Rien de ce qui est asiatique ne coûte cher.

– Ah ! tu veux parler d'un restau chinois.

– Non, répondit Bernard. Thaï.

– Quoi ?

– Thaïlandais, expliqua Bernard. Ce qu'ils bouffent en Thaïlande. Et tu sais ce qui est génial dans la nourriture thaïlandaise ?

– Non.
– Ils foutent du beurre de cacahouète dans tout.
– Et tu trouves ça génial ?
– Attends de goûter. Chez Toon, dans Bleecker Street. Dix heures et demie ?
– J'y serai, dit Kelp.

Et en effet, il y était. Un petit restaurant sombre, qui dégageait de bonnes odeurs pour un endroit où on mettait du beurre de cacahouète dans tous les plats. Évidemment, Bernard était en retard.

Mais il arriva enfin, à onze heures moins le quart, avec un sourire jusqu'aux oreilles et se frottant les mains.
– C'est toujours un plaisir de te voir, Andy.
– Toi aussi, Bernard.

Bernard Klematsky symbolisait le type moyen par excellence : la trentaine passée, avec d'épais cheveux noirs, un long nez charnu, un costume gris froissé, une cravate bleue froissée, et pas du tout l'air d'un flic. À vrai dire, on le prendrait plutôt pour un prof de maths, à la fac. Sympa avec les étudiants.

S'asseyant en face de Kelp à la petite table, sans se soucier de tourner le dos à la vitre, Bernard dit :
– Tu bois de la bière à ce que je vois.
– T'en veux ?
– Je ne bois plus que du vin blanc désormais, déclara Bernard en se tapant sur le ventre avec le plat de la main, ce qui produisit une sorte de bruit creux, comme un gong dans un temple, adapté au décor. Faut que je fasse gaffe à mon poids. Je passe trop de temps derrière mon bureau.
– Donc, tu veux un verre de vin blanc ? dit Kelp, plein d'espoir.
– Je pensais plutôt à une bouteille. On pourra la partager. Mais tu n'es pas obligé d'en boire si tu n'en veux pas.
– Merci, Bernard.

Le serveur vint à leur table, l'air vif. Il était si typiquement asiatique qu'il était aussi grand debout qu'eux assis, ce qui facilitait la conversation.
– Eh bien, Andy, dit Bernard, tu as eu le temps de regarder le menu ?
– Largement, répondit Kelp, mais Bernard ignora cette remarque. D'après ce que je vois, il n'y a pas du beurre de cacahouète dans tous les plats.

– Faut choisir ceux où il y en a, expliqua Bernard.

Ce qu'il fit, composant son repas sans même consulter le menu. Kelp, quant à lui, commanda des choses où ne figurait pas la mention beurre de cacahouète, et Bernard déclara :

– Tu sais pas ce qui est bon.

– Ça me convient.

– Oh ! et une bouteille de pinot Grigio, ajouta Bernard avant que le serveur s'éloigne.

Kelp demanda :

– Tu as des actions dans ce restau ?

– Peut-être que je devrais, hein ?

Kelp sirota sa bière, en rassemblant ses pensées. Bernard lui sourit.

– Tu m'as l'air en pleine forme, Andy. La vie honnête, hein ?

– Tu le sais bien.

– La dernière fois où on s'est parlé comme ça, dit Bernard, tu voulais des renseignements sur un type. Tu t'en souviens ?

– Leo Zane, dit Kelp en hochant la tête.

– Un très vilain client, commenta Bernard. Pas du tout ton genre. Un tueur à gages, si je ne m'abuse ? Et un cousin à toi était dans son collimateur, hein ?

– Exact, dit Kelp, et il cligna des yeux.

Bernard sourit.

– Tu as toujours ce tic, Andy. Tu clignes des yeux quand tu mens.

– Tout le monde cligne des yeux, répondit Kelp, sans cligner des yeux.

– Oui, bien sûr. Quoi qu'il en soit, tu m'avais promis qu'il n'arriverait rien de grave à ce Zane si je réussissais à te le retrouver, et quelques mois plus tard, qu'est-ce que j'apprends ?

– Quoi ?

– Zane a été arrêté. En Écosse, par-dessus le marché !

– Ah bon ? fit Kelp, en clignant des yeux.

– Évidemment, tu n'étais pas au courant ?

– Bien sûr que non.

Clignotements de paupières.

– Le plus drôle, ajouta Bernard, c'est qu'il a été arrêté pour cambriolage, tentative de fuite, après avoir provoqué un accident, et deux ou trois autres bricoles, mais rien à voir avec ses activités habituelles.

– Ah..., fit Kelp en maîtrisant les mouvements de ses paupières grâce à un terrible effort de volonté.

– Il est toujours en taule là-bas, dit Bernard, avec un grand sourire, en secouant la tête. Ton cousin, ce n'est pas n'importe qui, hein ?

– Oh ! non, non, dit Kelp en se massant le front avec une main qui masquait en partie ses yeux.

Le serveur revint avec le vin, offrant un instant de répit aux paupières de Kelp. Bernard sacrifia au rituel de la dégustation, jugea le vin correct, et demanda :

– Andy ? Tu en veux ?

– Oh, pourquoi pas, dit Kelp, puisque après tout c'était lui qui payait.

Il termina sa bière, le serveur remplit son verre de vin et repartit.

– Alors, demanda Bernard. Ton cousin a de nouveau un problème ?

– En fait, répondit Kelp, en levant son verre de vin dans la lumière pour masquer ses clignements d'yeux, c'est exactement ça. Cette fois, il est allé faire une balade sur le bateau d'un type. Un petit canot à moteur. Et, en partant, il a oublié ses lunettes à bord.

– Détends-toi, Andy. Tu as raison, tout le monde cligne des yeux.

Soulagé, Kelp reposa son verre, cligna furieusement des paupières en regardant Bernard et enchaîna :

– Juste après la balade, la brigade des stups a confisqué le bateau. Attention, hein, mon cousin n'a rien à voir avec ces histoires de drogue, c'est bien compris ?

Sans cligner une seule fois des paupières, il ajouta :

– Et ce que je te demande n'a rien à voir avec la drogue.

– Tant mieux.

– Mais ce qui se passe, c'est que mon cousin a peur d'aller à la brigade des stups pour récupérer ses lunettes, parce que peut-être qu'ils vont penser qu'il trempe dans cette histoire de drogue, vu qu'il est monté dans ce bateau une fois. Lui, il veut juste aller récupérer ses lunettes, pour pouvoir lire le *Racing Form*, un point c'est tout.

– OK, dit Bernard.

– Le problème, expliqua Kelp, tandis qu'une forte odeur de beurre de cacahouète flottait jusqu'à lui, c'est qu'il sait pas où les stups gardent les bateaux confisqués.

Et le serveur déposa devant eux un tas de petites assiettes, remplies d'aliments mystérieux. De délicieux arômes émanaient des plats disposés devant Kelp. Une telle odeur de beurre de cacahouète s'échappait du côté de Bernard qu'automatiquement vous cherchiez les pancakes et la confiture.

– Mangeons, déclara Bernard, nous parlerons après.

– D'accord, Bernard.

Alors ils mangèrent, pendant un certain temps. Kelp reconnut des morceaux de poulet, des crevettes, quelques légumes et deux ou trois autres choses, pas moyen en revanche de deviner le traitement qu'on leur avait fait subir. C'était bon, et totalement sans beurre de cacahouète.

– Ah ! fit Bernard en se tapant de nouveau sur le ventre, produisant cette fois une sorte de bruit étouffé. Un petit cognac par là-dessus, et la vie est belle !

Il agita la main en l'air, en regardant par-dessus l'épaule de Kelp. Voilà pourquoi il se fichait de tourner le dos à la vitre ; assis à cette place, il se trouvait face au serveur.

Qui accourut aussitôt, à côté de Kelp, l'air aussi réjoui que Bernard.

– Un petit digestif ?

– Cet excellent Hennessy que vous planquez là-bas dans le fond, répondit Bernard, avant d'interroger Andy du regard. Et toi, Andy ?

– Non merci. Je fais gaffe à ma ligne.

– Ah ! toujours la vie saine et honnête, dit Bernard avec un large sourire, tandis que le serveur repartait, en emportant les assiettes vides.

Bernard posa alors ses avant-bras sur le plateau en verre de la table, à l'endroit où se trouvaient les plats quelques secondes auparavant, regarda Kelp en hochant la tête d'un air songeur et dit :

– Donc, ton cousin – disons que c'est ton cousin –, ton cousin a laissé quelque chose dans un bateau confisqué par la brigade des stups.

– Oui, ses lunettes.

– Laissons tomber les détails, dit Bernard. Il s'agit d'un objet, et cet objet en question se trouve dans un bateau, et les stups ont confisqué ce bateau, ce qui signifie que le bateau est impliqué dans un trafic de drogue, mais ton cousin, lui, n'est *pas* impliqué dans le trafic de drogue. Non, ne t'inquiète pas, je te crois sur ce point. On résume uniquement les choses que je crois.

– Tu es cruel, Bernard.

– Mais non, répondit ce dernier, à l'aise dans son rôle. Bref, cet objet dans le bateau ne permet pas à ton cousin d'aller à la brigade des stups et de leur dire : « Excusez-moi, j'ai laissé mes lunettes dans ce bateau là-bas, pourrais-je les récupérer, je vous prie ? » Donc...

– Parce que mon cousin, répondit patiemment Kelp, ne veut pas que les stups pensent qu'il a quelque chose à voir avec ce bateau.

– Oui, évidemment. Normal. Donc, ton cousin veut savoir où les stups ont mis le bateau. Ça s'est passé quand... hier dans la journée, je suppose, c'est à ce moment-là que tu m'as appelé la première fois.

– Hmm.

– Donc, ton cousin a l'intention d'escalader un grillage, de forcer une porte, de passer sous un mur ou je ne sais quoi, afin de récupérer ses précieuses lunettes. Autrement dit, Andy, tu me demandes de t'indiquer l'endroit où doit avoir lieu le cambriolage. C'est bien cela ?

– Oh ! non, non, répondit Kelp dont les battements de paupières auraient pu éteindre les bougies. Personne ne va cambrioler quoi que ce soit.

– Ce ne serait pourtant pas la première que tu ferais ce genre de choses, il me semble, fit remarquer Bernard.

– C'était avant que je choisisse une vie honnête. Mon cousin pense qu'il y aura une sorte de magasinier, un truc comme ça, et qu'il pourra lui refiler un billet en douce, par exemple, ou bien l'inviter à dîner, lui payer une bouteille de vin...

Le serveur apporta le cognac, le déposa devant Bernard et repartit.

– ... ou un verre de cognac, reprit Kelp, un machin dans ce genre, juste pour qu'il aille chercher les lunettes, qu'il voie bien qu'elles n'ont rien à voir avec des histoires de drogue ou des crimes comme ça, et qu'il les lui refile. Tu comprends ?

Bernard acquiesça ; il réfléchissait.

– Je n'ai pas pu m'empêcher de regarder tes yeux, Andy. Je te prie de m'excuser. Je sais que c'est injuste, mais c'était plus fort que moi, et tout ce que tu viens de me raconter est un tel mélange abracadabrant de vérités et de mensonges, que je ne sais plus du tout où j'en suis, nom d'un chien.

– Oh ! allons, Bernard !

– Andy, toi et moi, on a toujours eu des bons rapports, hein ?

– Oui.

– Je refuse d'aider ou d'encourager un crime, Andy, et tu sais bien que tu ne peux pas me demander ça à *moi* . Du moins, j'espère que tu le sais.

– OK, Bernard, dit Kelp, et ses yeux cessèrent de cligner. Ce que mon cousin veut récupérer, c'est un objet qu'il estime pouvoir revendiquer, et que les stups ont récupéré sans le savoir, et ça n'a rien à voir avec leur enquête, ni tout ça, mais si mon cousin ne le récupère pas rapidement, ça pourrait lui causer des ennuis. Si les lunettes ont échoué dans ce bateau, c'est à cause d'une gaffe au départ. Maintenant, s'il se trouve que, attention je dis pas que c'est forcément le cas, mais s'il se trouve que mon cousin est obligé de s'introduire en douce quelque part et de piquer un truc discrètement et de ressortir sans se faire voir, il prendra *uniquement* ce qu'il a laissé dans le bateau, et qui lui appartient de toute façon. Est-ce un crime ? Oui, je sais, je sais, techniquement c'est un crime, mais techniquement tout est un crime, mais est-ce un crime ?

Bernard réfléchit à cette question un *long* moment, pour finalement déclarer.

– Je vais voir ce que je peux faire pour t'aider, Andy.

– Merci.

– Je le fais parce que je crois plus ou moins ce que tu m'as dit la dernière fois, mais je le fais à une seule condition.

– Je t'écoute.

– Un jour, dit Bernard, quand il y aura prescription, tu me raconteras toute l'histoire.

– Promis, dit Kelp.

– OK. Les stups ont confisqué le bateau dans New York ?

– Euh... non, sur l'eau.

– Oui, mais cette eau, elle est dans New York ?

– Oh ! oui, oui.

– OK. Je vais passer un coup de fil.

Il se leva

– Tu veux autre chose ? proposa Kelp.

– C'est très gentil à toi, Andy. Mais je préfère ne pas abuser. Je ne voudrais pas te ruiner et te pousser à renoncer à la vie honnête.

Sur ce, Bernard partit téléphoner, et Kelp fit signe au serveur de lui apporter l'addition, qui n'était pas aussi élevée qu'il le craignait, mais quand même plus qu'il ne l'espérait. Bernard revint au bout d'un moment et se rassit à table

– Governor's Island.

– C'est quelque part dans le port, devina Kelp.

– Il y a un poste de gardes-côtes à cet endroit, expliqua Bernard. C'est là que les fédéraux ont leur marina, et c'est là qu'ils conserveront le bateau confisqué, jusqu'à ce qu'il soit vendu ou qu'une agence fédérale le réquisitionne pour son propre usage.

– Ah ! fit Kelp, effondré.

Bernard sourit, non sans une certaine compassion.

– Je sais ce que tu penses, Andy. Les gardes-côtes, un corps armé des États-Unis. Une île fortifiée au cœur de la baie de New York. Tu te dis que ton cousin ferait peut-être mieux de s'acheter une nouvelle paire de lunettes.

Chapitre 20

Quand Tiny pénétra dans la boutique de l'ambassade de Tsergovie le lendemain matin à dix heures trente, Khodeen, la réceptionniste, un casque de Walkman sur la tête et buvant à la paille une substance blanche, sucrée, épaisse et morte, provenant d'une boutique de cochonneries, toute proche, tournait les pages d'une bande dessinée narrant les aventures d'une astronaute noire qui sauve la forêt équatoriale. Cette débauche d'activités ne lui permettait pas de saluer l'arrivée de Tiny, et celui-là passa devant elle sans s'arrêter, pour se diriger vers Grijk Krugnk, affalé de manière pathétique derrière son bureau, l'air aussi triste qu'un basset sous-alimenté.

Cette atmosphère lugubre était contagieuse, à vrai dire, sauf pour Khodeen la mécréante. Drava Votksonia, l'attachée commerciale, était assise à son bureau dans un nuage de désespoir, se tamponnant les yeux avec un mouchoir, n'essayant même pas de vendre des pierres de Tsergovie à qui que ce soit.

Grijk Krugnk souffrait encore du tour malheureux pris par les événements dernièrement, mais au moins avait-il cessé d'imiter la corne de brume. En voyant approcher Tiny, il se redressa sur son siège et, avec un regard dépourvu d'espoir, il demanda :

– Alors, fous l'afez redroufé ?

– On sait où il est, répondit Tiny. On *pense* savoir où il est. S'ils l'ont pas balancé, on sait où il est.

Le désespoir de Grijk se teinta de perplexité.

– Balancé ?

– Oui. S'ils ont fouillé le bateau, et s'ils ont découvert le fémur, ne sachant pas ce que c'était, peut-être qu'ils l'ont balancé.

– Comment c'est possible de se balancer avec un fémur ?

– Non, non, dit Tiny. (C'est curieux comme les étrangers sont incapables de piger les trucs les plus simples de l'anglais.) Balancer, dans le sens de foutre en l'air.

Grijk gémit.

– Ah ! je préférais ne pas comprendre. (Avec un soupir pareil à une roue à aube qui se purge, il se leva.) Zara Kotor veut de parler.

– Je lui dois bien ça, je crois, dit Tiny. Mais ne me laisse pas seul avec elle.

Voyant l'air hébété de Grijk – un de ses avis préférés – Tiny ajouta :

– Ne cherche pas à comprendre, reste avec moi.

– OK, Diny.

Grijk franchit le premier la porte située à l'arrière de la boutique et qui donnait sur le bureau du fond, aujourd'hui vide. Il se dirigea alors vers une porte découpée dans le mur latéral et l'ouvrit en expliquant :

– Nous avons aussi un appardement au-dessus.

– Ah ! c'est pratique, dit Tiny.

– Et pas cher.

La porte s'ouvrait sur un escalier étroit et raide. Ils le gravirent et débouchèrent au sommet dans un couloir long et étroit. Tiny suivit Grijk vers le devant de l'immeuble, où il frappa à une porte qu'il ouvrit lorsqu'un aboiement lui répondit. Tiny et lui entrèrent.

C'était un living-room des classes aisées tsergoviennes, transporté intact sur cette terre païenne. Le bois sombre dominait, au milieu d'une profusion de mohair. Une étagère étroite, fixée à mi-hauteur tout autour de la pièce, supportait une collection d'assiettes commémoratives, dont beaucoup avaient été fendues ou cassées, et réparées avec de la colle ayant jauni au fil du temps. Toutes les lampes étaient dotées d'abat-jour roses ou couleur ambre, dégoulinant de billes et de glands. Les fenêtres étaient masquées par des rideaux de brocart noir. Sur le sol, les tapis recouvraient les tapis. Sur les murs, d'énormes cadres surchargés de dorures montraient de petites scènes de nuit, sombres, derrière des vitres sales, mais au moins servaient-ils à cacher le papier tontisse lie-de-vin. Si les ours possédaient des grottes aménagées pour hiberner, elles devaient ressembler à cette pièce. Zara Kotor était vêtue du même uniforme que la première fois où ils s'étaient rencontrés, mais il y avait en elle une sorte de différence indicible, que Tiny ne put identifier tout d'abord. Mais soudain, il eut la réponse : un halo de parfum enveloppait Zara Kotor, comme une poussière de roses aspergée dans l'air. Oh ! oh !...

D'un autre côté, l'expression de son visage était la réfutation de ce soupçon de parfum. Elle affichait une mine aussi renfrognée que cet ours qui hiberne et qu'on réveille en janvier.

– Tchotchkus, déclara-t-il, j'ai beaucoup de mal à croire ce que me dit Grijk.

– Tout le monde m'appelle Tiny, répondit Tiny.

– Non, pas tout le monde, Tchotchkus. Alors comme ça, vous avez perdu la relique ?

– Pas exactement.

Elle hocha la tête, de manière emphatique ; ses soupçons les plus noirs se confirmaient.

– Non, pas exactement, oui, je vois, évidemment, comme je le supposais, il est toujours possible, j'espérais malgré tout, contre toute logique, mais on ne prend pas les mouches avec du vinaigre, la vraie nature revient...

Elle aurait continué à parler seule indéfiniment, comme une héroïne de roman russe, mais Tiny interrompit ces foutaises, en disant :

– Pourquoi faire tant d'histoires ? On l'a oubliée en route, on va retourner la chercher, voilà tout.

– Oui, bien sûr, répondit-elle, et elle aurait plissé les yeux si la rondeur de son visage le lui avait permis. Et combien ça va nous coûter encore ?

– Oh ! c'est ça votre problème ? dit Tiny.

– Oui, dit Zara Kotor. Je ne suis pas née de la dernière pluie.

– C'est nous qui avons déconné, dit Tiny. Les gars sont tous d'accord là-dessus. C'est notre faute, et on va réparer les pots cassés gratis. Offert par la maison.

Le soleil se leva tout à coup sur ce visage assombri par l'orage ; Zara ressemblait maintenant à une icône à la feuille d'or dans une église russe.

– C'est vrai, Tiny ? Vous n'allez pas encore nous soutirer de l'argent ?

– Non.

– Ah ! voilà une formidable nouvelle, dit-elle, mais soudain, le soleil disparut de nouveau derrière les nuages, aussi vite qu'il était apparu. Ça signifie aussi, dit-elle lentement, que la relique est vraiment perdue. S'il ne s'agit pas d'une ruse, c'est que vous avez merdé pour de bon.

– Déconné, rectifia Tiny. Ce sont des choses qui arrivent. On a également perdu un gars de l'équipe, et là, on a *aucune* idée de l'endroit où *il* se trouve. Au moins, pour ce qui est du fémur, on croit savoir où on peut mettre la main dessus.

– Une main respectueuse, j'espère.

– Oh ! bien sûr, dit Tiny.

Le soleil fit une percée à travers les nuages, et elle demanda :

– Vous croyez vraiment que vous pourrez le récupérer ?

– On va essayer, promit Tiny. C'est un endroit plutôt délicat, là où on pense qu'il se trouve, mais les gars sont en train de préparer le coup, et on va tout essayer.

Il remarqua qu'elle ne s'intéressait même pas au sort du membre de l'équipe qui avait disparu ; *sic transit gloria* Dortmunder.

Elle sourit ; presque un sourire de fillette.

– Vous restez pour déjeuner, dit-elle. Vous me raconterez tout ça.

Chapitre 21

– Je suis désolée, May, dit la maman de Murch, mais je suis obligée de te mettre le compteur. Sinon, je vais récolter une amende, sûr que je vais encore avoir droit à une saloperie de suspension.

– Oh ! tu peux brancher le compteur si tu veux, répondit May, ça veut pas forcément dire que je te paierai, pas vrai ?

La main de la maman de Murch se figea alors qu'elle allait éteindre son signal lumineux. Elle observa sa passagère dans le rétroviseur.

– Hein ? dit-elle. Et pourquoi ça ?

– C'est pas très loin, en fait, répondit May. On pourrait y aller à pied.

À contrecoeur, mais reconnaissant sa défaite, la maman de Murch laissa retomber sa main.

– OK, dit-elle, héroïque, je vais tenter le coup, et elle conduisit May jusqu'à l'ambassade du Votskojek, aux frais de la maison.

Il n'y avait qu'une seule voiture garée devant la grille, et les plaques d'immatriculation n'étaient pas rouge-bleu-blanc, aussi appartenait-elle certainement aux deux vigiles d'une compagnie privée, en uniforme, qui montaient la garde derrière la porte comme deux immigrés clandestins capturés. La maman de Murch se gara juste à côté, et May descendit du taxi, pendant que la maman de Murch restait au volant, en laissant tourner le moteur, prête à réagir en fonction de la situation.

May marcha vers la porte. Les deux gardes la regardaient à travers le grillage comme des vaches.

– C'est bien l'ambassade du Votskojek ici ? demanda-t-elle.

Les deux types se regardèrent. Ou bien ils n'en savaient rien, ou bien ils ne savaient pas s'ils devaient le dire, mais finalement, l'un des deux se retourna vers May, hocha la tête et déclara :

– C'est fermé.

– Je viens demander un visa, expliqua May.

– C'est fermé.

– Où je peux avoir mon visa ?

– C'est fermé.

– Il faut bien que je voie *quelqu'un* pour avoir mon visa.

– C'est fermé.

May se tourna vers l'autre garde.

– Dites, vous devriez peut-être emmener votre ami chez le médecin, vous ne croyez pas ? Il est bloqué ou je ne sais quoi.

– Madame, répondit le garde numéro deux, dont le message enregistré était déjà plus élaboré, il vous a expliqué. Cet endroit est fermé.

– Comment une *ambassade* peut-elle être fermée ?

– Comme ça, répondit le garde, avec un grand geste circulaire.

– Il n'y a même pas *quelqu'un* à l'intérieur ?

– Non, répondit le garde, celui qui était en état de marche. Ils sont tous partis. Ils sont montés dans leurs voitures diplomatiques qu'étaient garées juste là, toute la bande, ils ont dit de laisser entrer personne, et ils sont partis.

– Pour combien de temps ?

– Ils l'ont pas dit.

Le numéro un se réactiva :

– C'est fermé.

– Oui, très bien, lui dit May. Vous avez rempli votre rôle. Ne dites plus rien. (Elle se retourna vers le garde doué de facultés cognitives.) Est-ce qu'ils ont emmené quelqu'un avec eux ?

– Quel genre ?

– Je ne sais pas. Quelqu'un qui n'était pas comme eux. Qui ressemblait pas un Votskojalien, ou je sais pas comment on les appelle.

– Des Votskojeks, répondit le gardien numéro deux. C'est comme ça qu'ils s'appellent, et pour être franc, ma petite dame, ils se ressemblent tous pour moi. Tout ce que je sais, c'est qu'ils sont sortis d'ici avec leurs uniformes sur le dos et leurs valises à la main, ils ont dit de laisser entrer personne et ils ont foutu le camp. Mon collègue et moi, on vient juste de commencer ce boulot, mais je crois savoir qu'il y a eu quelques embrouilles avant qu'on arrive. Les types qu'étaient là avant nous, ils ont rien voulu dire. Peut-être qu'ils ont touché du pognon pour la boucler, les veinards. Enfin, j'en sais rien.

– Inconscient, dit le garde inconscient.

– Oui, c'est juste, dit son collègue plus vivace. Peut-être bien que c'est une maladie contagieuse ou un truc comme ça. Ils avaient un docteur avec eux aussi ; en tout cas, il ressemblait à un docteur qu'on voit dans les vieux films, ou du moins...

– Vous avez dit inconscient, l'interrompit May.

Ça, songea-t-elle, ça pouvait ressembler à John.

– Oui. Il était en uniforme comme les autres, avec la casquette enfoncée sur le crâne, mais il était complètement dans les vapes. Deux types le portaient, en le tenant de chaque côté pour faire croire qu'il marchait, vous voyez, mais il marchait pas en fait. Ils sont passés devant moi, et je peux vous dire qu'il marchait pas. Il ronflait.

Il est toujours en vie ! songea May.

– Mais *où* sont-ils allés ? demanda-t-elle.

– Aucune idée, répondit le garde. Tout ce que je sais, c'est qu'on reste ici pour le temps qu'ils nous ont payés. Moi, je m'occupe pas de tous ces types de l'ONU. C'est ça le problème avec l'ONU, si vous voulez mon avis, ça amène un tas d'étrangers, et ce machin-là, ça se dégrade, c'est comme le quartier. On sait *jamais* ce qu'ils fabriquent. Je me souviens d'une bande de types, dans une ambassade que je surveillais, il y a quatre ou cinq ans de ça, ils ont *tous* fait leurs valises et ils ont foutu le camp ; en fait, y avait eu un coup d'État chez eux là-bas dans leur pays, alors ils ont pris le premier avion pour la Suisse, ils ont récupéré le fric qu'était planqué à la banque, et ils ont disparu dans la nature. Voilà le genre d'individus que ça nous amène l'ONU. Si vous voulez mon avis, ils devraient prendre ce machin, cette saloperie de building de verre à la con, et expédier tout ça à Washington. Là-bas, ils sont *habitués* à ce genre de zigotos. C'est comme ça Washington. Des types qui jouent au foot *avec les pieds* !

Face à un tel mépris, il n'y avait quasiment rien à dire. May avait appris à la fois beaucoup plus et beaucoup moins qu'elle ne l'espérait. Mais avant que cette corne d'abondance en uniforme ne puisse donner son opinion sur les ovnis, l'amiante ou le système des primaires de l'élection présidentielle, ou tout autre sujet programmé pour remonter à la surface ensuite, il était temps de prendre congé.

– Merci, dit May. Merci à tous les deux. Je reviendrai un autre jour.

– Je vous le répète, dit le garde numéro un, c'est fermé.

– Oui, c'est vrai, vous me l'avez dit. Je m'en souviens.

Elle regagna le taxi et s'installa à l'arrière.

– Ils l'ont emmené, dit-elle. Vivant mais inconscient.

La maman de Murch avait la main qui la démangeait, mais elle s'abstint de la gratter sur le compteur.

– Inconscient ? dit-elle.

– Il ronflait, dit May. Et tant qu'il y a du ronflement, il y a de l'espoir.

Chapitre 22

Journal d'un prisonnier – deuxième journée

Le prisonnier passa une nuit agitée, ponctuée de hurlements lointains. Il essaya de se convaincre qu'une église se trouvait à proximité, et que le son des cloches ressemblait à des cris humains. Sa théorie ne résista pas aux faits.

La lumière au plafond resta allumée. Comme il s'agissait d'un tube fluorescent, il y avait peu de chance qu'il finisse par brûler, et en effet cela ne se produisit pas.

Juste avant l'aube, le prisonnier sombra enfin dans un profond sommeil, épuisé, d'où il fut arraché presque aussitôt par un grand vacarme de serrures et de chaînes qui s'entrechoquent, suivi par l'entrée des quatre personnages beckettiens de la veille. Pendant que les deux prisonniers aux yeux baissés, vêtus de blanc sale, déposaient la table au même endroit que la veille, les soldats s'avancèrent à grands pas pour réveiller le prisonnier à coups de pied. Maladroitement, il roula sur lui-même pour se protéger, empêtré dans cette misérable couverture qui n'avait pas réussi à le réchauffer durant la nuit – il avait fait très froid ici –, ni à lui épargner la dureté du sol. Et *maintenant*, voilà qu'elle le faisait trébucher, volontairement.

Il parvint malgré tout à se mettre debout, regarda autour de lui, et déclara :

– Il faut absolument que je me brosse les dents... *major.*

La petite bande n'avait accompli aucun progrès linguistique durant la nuit. Les mêmes regards ahuris, hostiles et hébétés, répondirent à ses tentatives de communication. Secouant sa tête ébouriffée, le prisonnier s'approcha d'un pas mal assuré de la table, sur laquelle se trouvaient des vivres identiques à ceux de la veille : vase verte et liquide incolore. Il prit la tasse de liquide incolore, supposant que c'était de l'eau comme la veille, et se dirigea vers le petit trou creusé dans le sol. Tout d'abord, il plongea son index dans le liquide, puis il frotta de son mieux, avec son doigt, ses dents couvertes de mousse.

Évidemment, les doigts n'ont pas de poils au bout, et la méthode de brossage ne fut pas aussi efficace qu'elle aurait pu l'être, mais tant pis.

Le prisonnier avala ensuite une gorgée d'eau, qu'il fit tournoyer dans bouche, tournoyer, tournoyer, tournoyer, tournoyer, tournoyer...

Un des soldats s'avança, l'air furieux, et appuya le canon de sa mitraillette sur le ventre du prisonnier.

... et tournoyer dans sa bouche, avant de la cracher dans le petit trou et (délibérément) sur les bottes lustrées du soldat. Il retourna ensuite vers la table, se planta devant, et mangea de bon cœur. Dès qu'il eut terminé – ce ne fut pas long – les soldats hurlèrent des ordres aux deux prisonniers, qui se précipitèrent, prirent la table et l'emportèrent au petit trot, comme un couple de coureurs de pousse-pousse sacrément désorientés, suivis par les soldats.

Le prisonnier se retrouva seul alors, quelques instants seulement, tandis que la cour de la prison, derrière sa fenêtre, pâlissait, en passant par toute une nuance de gris. Les hurlements avaient cessé, et c'était une bonne chose.

Mais soudain, le fracas des chaînes résonna de nouveau. Déjà l'heure du déjeuner ? Ce sont des techniques de lavage de cerveau, se dit le prisonnier. Ils essayent de bousiller mes repères temporels. (Quant à savoir pourquoi quelqu'un voulait bousiller ses repères temporels, c'était une autre question.)

En fait, non. Cette fois-ci quand les soldats pénétrèrent dans le donjon en faisant du tapage et du vacarme, ils étaient seuls, et ce qu'ils voulaient, comme ils le faisaient comprendre de manière on ne peut plus claire avec leurs bottes, leurs poings et les canons de leurs mitraillettes, c'était que le prisonnier vienne avec eux. OK. OK.

Ce dernier se sentait sale. Pas rasé, pas lavé, avec les mêmes vêtements misérables qu'il portait à bord de l'*Orgueil du Votskojek*, ses cheveux emmêlés et plaqués sur son crâne, une sensation de crasse formant une croûte autour des yeux et des démangeaisons partout. Ce n'était pas la première fois que le prisonnier était prisonnier, loin s'en faut, mais c'était sans aucun doute la première fois qu'il était prisonnier de personnes qui prenaient leurs responsabilités avec autant de légèreté.

Derrière la porte du donjon s'étendait un couloir au plafond bas, avec un mur de pierre d'un côté et de vieilles planches de bois de l'autre, qui sentait l'animal, les chevaux peut-être, ou les vaches. Le prisonnier dut le parcourir au pas de course, pendant qu'on le poussait dans le dos, jusqu'à une autre porte située tout au bout et qui donnait sur une pièce sans fenêtre et sans meuble où un petit homme obèse avec une épaisse barbe noire, sanglé dans son uniforme, le gifla et lui demanda :

– Où est cachée la relique ?

C'est drôle. Hier soir, le prisonnier aurait dit n'importe quoi à n'importe qui sur n'importe quoi. Mais à un moment donné durant ces dernières heures écoulées, alors que ses vêtements durcissaient sous l'effet de la sueur séchée, que sa peau durcissait sous l'effet des coups, et que sa barbe naissante commençait vraiment à le démanger sous le menton, une transformation s'était opérée à l'intérieur du prisonnier et maintenant, il savait, il *savait* qu'il ne dirait rien du tout, que dalle, à ces minables soldats d'opérette. Qu'ils aillent se faire foutre. Tous autant qu'ils étaient. Et donc :

– Pas parler anglais, déclara le prisonnier.

L'obèse eut un mouvement de recul, comme si c'était le prisonnier qui l'avait frappé ; ce qui n'était pas une mauvaise idée finalement, quand on y réfléchit.

– À quoi jouez-vous ? s'écria l'obèse. Évidemment que vous parlez l'anglais ! Vous êtes américain !

– Frangipani accalac, dit le prisonnier.

L'obèse prit un air sévère.

– Nous avons les moyens de vous faire parler.

– Banana afghanistana, répondit le prisonnier.

L'obèse se tourna vers les soldats et leur désigna le prisonnier.

– Frappez-le !

Les soldats levèrent leurs mitraillettes, la crosse en avant. Le prisonnier observa l'obèse, avec un petit sourire glacial.

– *Eux,* ils ne parlent pas anglais, dit-il.

L'obèse semblait extrêmement déconcerté. Les deux soldats s'immobilisèrent, ne sachant que faire, tournés vers l'obèse, leurs mitraillettes levées, prêtes à frapper. Pendant un long moment, rien ne se produisit, puis la porte dans le dos du prisonnier s'ouvrit et Hradec Kralowc fit son entrée, vêtu d'un costume drôlement chic, avec une chemise blanche et sa vieille cravate d'université (noire, violette et bleu foncé : Polythec. d'Osigreb) Avec un sourire empreint de modestie excessive, il dit :

– Eh bien, Diddums, ainsi vous avez percé à jour notre petite ruse. Eh oui, *évidemment,* nous vous avons assigné des gardes parlant anglais, dans l'espoir que vous laisseriez échapper un renseignement, persuadé que personne ne vous comprenait. En vérité, ce genre de petite astuce fonctionne rarement.

La pièce exiguë était déjà surpeuplée, et voilà que le Dr Zorn entra à son tour, avec ses lunettes en spirale qui faisaient tournoyer les reflets de la lumière, et sa bouche cruelle déformée par un sourire. Aussitôt, le prisonnier croisa ses bras sur sa poitrine en les cachant avec ses mains.

Kralowc ricana.

– Non, non, monsieur Diddums, on ne vous fera pas d'autres piqûres. Du moins, pas pour l'instant.

– C'est un excellent sujet, déclara le Dr Zorn avec convoitise, pour l'apprentissage de l'aversion.

– Pas maintenant, docteur, dit Kralowc, avant de se tourner vers l'obèse en uniforme.

Il s'adressa à lui d'un ton plutôt agréable, aussi agréable du moins que le permettait leur langue, mais son interlocuteur clignait des paupières, semblait penaud, et dansait d'un pied sur l'autre en répondant par monosyllabes tremblantes. Le prisonnier, qui avait vu de meilleurs numéros de gentil flic/méchant flic, profita de cet intermède pour observer la porte et décider finalement qu'il ne servirait à rien d'essayer de se sauver en courant.

Ayant fini de fustiger apparemment l'obèse en uniforme, Kralowc s'adressa ensuite, d'un ton plutôt agréable, à un des soldats qui, obéissant, posa sa mitraillette contre le mur pour sortir de sa poche de veste un mouchoir pas très propre, tandis que Kralowc disait au prisonnier, d'un ton plutôt agréable également :

– Je crains que nous soyons obligés de vous bander les yeux, le temps de vous conduire dans un autre endroit. Il y a certaines installations militaires que vous ne devez pas voir, d'autant que nous connaissons vos sympathies pour les Tsergoviens. Si par malheur vous voyez ces choses, j'ai bien peur que notre commandement militaire insiste pour que vous soyez éliminé. Vous le comprenez bien.

– Oh ! oui, évidemment, répondit le prisonnier, et on lui attacha le mouchoir autour de la tête, lui masquant la vue, à l'exception d'une minuscule bande tout en bas, qui lui permettait de voir le devant de son corps, mais rien d'autre.

Des mains se refermèrent sur ses bras et le poussèrent vers l'avant. Le devant de son corps, et sans doute le reste, franchit la porte, tourna à gauche (dans la direction opposée du donjon, youpee !) et continua d'avancer sur un sol en béton, trébucha soudain sur une sorte de seuil, puis marcha pendant un instant sur du gravier qui crissait sous ses pieds.

– Nous allons monter en voiture, déclara la voix de Kralowc tout près de lui.

Des mains obligèrent le prisonnier à se pencher, dans un sens et dans l'autre, le poussèrent à coups de coude, et bientôt il se retrouva à bord d'une voiture, comme promis. Assis sur la banquette arrière à en juger par le contact d'une surface plate et lisse qui appuyait contre ses genoux.

D'autres personnes montèrent à bord, de chaque côté du prisonnier, le comprimant. Il croisa ses bras sur sa poitrine à cause du manque de place et resta assis dans cette position, la tête baissée, à regarder ses bras et ses genoux, pendant un certain temps.

Le coffre de la voiture se referma violemment. Un silence. Des portières de voiture claquèrent, quatre. Un moteur de voiture démarra ; il semblait avoir besoin d'un réglage. Le véhicule fit un bond en avant, les pneus crissèrent sur le gravier. Puis ils atteignirent une surface plus lisse, la route, et prirent de la vitesse ; la voiture ressemblait moins à une machine à laver détraquée.

Quelqu'un dans la voiture sentait *très* mauvais. Cette odeur incommodait le prisonnier, jusqu'à ce qu'il s'aperçoive que c'était *lui* qui empoisonnait l'habitacle, et il s'en réjouit. Les vengeances les plus infectes sont les plus douces.

Après cinq ou dix minutes de trajet, sur une route étonnamment lisse, Kralowc, installé à l'avant apparemment, reprit la parole :

– Franchement, Diddums, ça me chagrine de vous voir dans cette situation. Après nos deux rencontres, j'avais fini par vous considérer comme un individu sympathique, et je prenais plaisir à bavarder avec vous de choses et d'autres. Or je découvre que vous vous êtes rangé du côté des Tsergoviens, c'est vraiment dommage. Je peux uniquement espérer que vous ne connaissez pas véritablement ces individus, que vous avez acceptez ce travail pour de l'argent, ou bien que vous avez été victime d'une gigantesque campagne de désinformation.

Le silence qui suivit cette réflexion réclamait une réponse, mais le prisonnier ne trouvait rien de particulier à dire, alors le silence s'étira, s'étira, jusqu'à se briser, et Kralowc dit :

– Essayons de replacer les choses dans leur contexte, monsieur

Diddums. En notre qualité de gardiens et protecteurs du fémur de sainte Ferghana, et, si je peux me permettre, de gardiens respectueux et humbles de cette relique sacrée, nous méritons non seulement toutes les récompenses qu'une telle dévotion désintéressée peut nous procurer, mais la survie de notre hégémonie est elle aussi en jeu. Et pas seulement la nôtre. Je peux vous dire, monsieur Diddums, sans aucune exagération, que la santé et le bien-être de chaque homme, chaque femme, chaque enfant de toute la région des Carpates dépendent de la sauvegarde de l'indépendance et de la sécurité intérieure du Votskojek.

Quelques murmures d'approbation entourèrent le prisonnier à la fin de ce discours, dont chaque phrase s'était contentée d'effleurer son esprit avant de s'envoler par la fenêtre qui, pour une raison ou une autre, était ouverte.

Il y eut un autre silence bref. Un soupir sonore de la part de Kralowc, puis sa voix de nouveau :

– Je regrette que vous refusiez tout compromis, Diddums, dit-il.

(Il serait intéressant de savoir quel processus mental l'incitait à employer parfois « Diddums » et parfois « monsieur Diddums ». Non ?)

Voyant que cette dernière remarque ne provoquait toujours pas de réaction, Kralowc lança un ordre guttural, adressé au chauffeur apparemment, car aussitôt, la voiture accéléra, tourna brutalement à droite, peu de temps après, et se mit à gravir une pente.

Kralowc reprit la parole.

– Je veux vous montrer quelque chose, Diddums. Voilà pourquoi nous faisons un petit détour. Je refuse de croire qu'un homme tel que vous peut demeurer indifférent à l'honnêteté et à la sincérité. Vous souhaitez *forcément,* comme nous tous, le bonheur de l'humanité. Nous avons fait connaissance, vous et moi, nous avons discuté ; il est impossible que je me trompe à ce point sur la nature humaine.

Bah, peut-être que si.

Ils continuèrent de grimper. Le Votskojek était, paraît-il, un pays montagneux, le prisonnier en avait la preuve. Enfin, la voiture ralentit, le gravier crissa encore une fois, et la voiture s'arrêta. Des portières s'ouvrirent.

– Ah ! nous sommes arrivés, déclara Kralowc, comme s'il avait existé un doute.

De nombreuses paires de mains s'activèrent pour extirper le prisonnier de la voiture, puis pour le remettre debout et l'épousseter. Puis, enfin, on lui ôta son bandeau sur les yeux et alors... quelle vue ! La vache ! si seulement il avait eu un appareil photo !

Ils s'étaient arrêtés sur un dégagement dans un virage au bord d'une route à deux voies, tout en haut d'une montagne, avec un violent à-pic juste derrière l'étendue de graviers. Mais ce n'était pas le paysage de montagne escarpé et rocailleux que s'attendait à découvrir le prisonnier ; cette montagne était aussi verte qu'une liasse de dollars, avec des sapins et de l'herbe, des fleurs des champs sur le bas-côté de la route, et pas une seule construction humaine à l'horizon.

Excepté, au loin, au sud... non, à l'est... non, euh...

C'est le matin, et le soleil chaud du printemps est *là-bas,* donc ça c'est l'est, et donc c'est plus ou moins au sud-ouest. OK. Excepté donc, au loin, au sud-ouest, où se dressaient deux gigantesques moulins à poivre et à sel, deux tours rondes en béton, évasées au niveau du sol, s'affinant vers le milieu puis s'élargissant de nouveau au sommet. De la fumée ou de la vapeur blanche s'échappait de celle de gauche, il devait s'agir du sel. Personne n'utilisait le poivre.

Mais, à cette exception près, la voiture qui les avait conduits jusqu'ici était le seul objet industriel visible. Le véhicule en question était de taille moyenne, ainsi qu'avait déjà pu s'en rendre compte le prisonnier, noire et de marque étrangère – Lada, pouvait-on lire sur le côté, en toutes petites lettres chromées –, et la plaque d'immatriculation était noire, avec l'inscription V 27 dessus, argentée.

De même, les personnes rassemblées autour de la voiture étaient les seuls êtres humains visibles. Le groupe se composait du prisonnier et de Hradec Kralowc, des deux soldats du donjon, ainsi que de Terment, employé de l'ambassade, qui faisait office de chauffeur et qui, en fait, restait dans la voiture, pendant que les autres descendaient pour se dérouiller les jambes.

Mais peu importe les personnages, regardez plutôt le paysage. Devant eux, la montagne plongeait brutalement, couverte de sapins, de buissons et de fleurs. En face se dressaient d'autres montagnes, et le prisonnier remarqua que deux d'entre elles avaient de larges bandes vertes sur les flancs, là où les arbres avaient été coupés pour former des prés. De longs rubans d'herbe s'étendaient du haut en bas de la montagne.

Hradec Kralowc prit le bras du prisonnier et le pointa vers les moulins à sel et à poivre.

– Vous voyez ça ? dit-il. C'est la Tsergovie.

Le prisonnier sentit ses espoirs renaître. La Tsergovie. Ce n'était pas si loin, en fait. S'il parvenait à s'y rendre, s'il parvenait à atteindre la Tsergovie, il pourrait indiquer des noms aux gens qu'il rencontrait – une chance qu'il soit passé maître dans l'art de prononcer le nom de Grijk Krugnk ; finalement, cela se révélerait plus utile qu'il ne le pensait –, et on le conduirait auprès des autorités, il serait sauvé. S'il parvenait jusque là-bas.

Au moins, il savait où ça se trouvait maintenant. Au sud-ouest d'ici.

– Et ceci, disait Kralowc, comme si le prisonnier pouvait s'intéresser à autre chose qu'à l'emplacement de la Tsergovie, c'est le Votskojek. (Et d'un large geste, il désigna la montagne et le paysage verdoyant qui les entourait.) Vous comprenez maintenant, Diddums ?

Non. Le prisonnier formula sa réponse à voix haute :

– Non.

– Vous ignorez donc ce que sont ces tours ? Pardonnez-moi, je pensais que tout le monde le savait. Ce sont les cheminées de refroidissement d'une centrale nucléaire. Toute la Tsergovie a été vendue au complexe militaro-industriel.

Ils payent bien, songea le prisonnier.

– La maladie fait des ravages en Tsergovie, reprit Kralowc. Cancers, leucémies, malformations à la naissance, tout le terrible héritage des centrales nucléaires dirigées par des bureaucrates négligents, insouciants et incapables. La pollution de l'air, la mort des lacs et des rivières, les récoltes tardives, la disparition de la vie sauvage. Voilà ce qu'a choisi la Tsergovie, et voilà ce qu'ils veulent nous imposer. Ne commettez pas d'erreur, Diddums, si leurs méthodes sournoises employées dans cette histoire d'ONU venaient à l'emporter, nous serions impuissants. Réduits à la pauvreté, oubliés de tous, à la merci de nos ennemis ancestraux. Tout ce que vous voyez ici, tout ce que nous habitants du Votskojek nous chérissons, foulé au pied sous les bottes cloutées des Tsergoviens. Voilà pourquoi nous combattons, Diddums. La vérité, la justice et le mode de vie à la Votskojek !

– Ah ! fit le prisonnier, impressionné non pas par l'argument, mais par le ton passionné du discours.

Kralowc l'observa.

– Vous êtes un homme d'honneur, dit-il (commettant une nouvelle erreur). Je sais que vous ne renoncerez pas facilement à votre allégeance. Malgré tout, je veux dévoiler devant vous les mensonges et la propagande de la Tsergovie, je veux que vous voyiez tout ce que *vous* allez détruire si vous refusez de nous aider dans un moment difficile. Je vais vous montrer un village votskojek. Je vais vous montrer cette vie que les Tsergoviens cherchent à détruire.

Parfait. Plus la visite guidée se prolongeait, plus le prisonnier se réjouissait, car il devinait qu'au bout du chemin attendait le Dr Zorn.

– Avec plaisir, dit-il.

– Nous avons évoqué, dit Kralowc, à l'époque où nous pensions naïvement que vous étiez un véritable touriste, nous avons évoqué le charmant village de Schtum, dans les montagnes Schtumveldt.

– Oui, je m'en souviens.

– Eh bien, dit Kralowc, avec un large geste du bras, vous avez devant vous les montagnes Schtumveldt, et vous allez découvrir Schtum !

– Je suis impatient, dit le prisonnier.

Kralowc posa une main pleine de commisération sur l'avant-bras du prisonnier. Et d'un ton compatissant, il dit :

– Je suis désolé, mais nous allons devoir vous bander les yeux encore une fois, pendant une partie du voyage. À cause de nos défenses militaires, vous comprenez.

– Oh ! oui. Bien sûr.

Alors ils lui bandèrent les yeux et le repoussèrent à l'intérieur de la voiture, comme on fourre un piment trop mûr dans une olive, puis le coincèrent des deux côtés, et bientôt la voiture redémarra.

Montées, descentes, routes sinueuses ; conduite rapide, conduite lente, imprécations lancées par Kralowc au chauffeur – ça ressemblait à des imprécations –, puis un ordre aboyé par le même Kralowc vers l'arrière de la voiture, et le bandeau fut retiré une fois de plus ; le prisonnier cligna des yeux et regarda par la vitre.

Cette fois, ils ne s'arrêtèrent pas, se contentant de traverser la ville au ralenti. Un joli petit endroit, une sorte de village de montagne avec les maisons aux toits pentus, les corniches tarabiscotées et les beaux volets en bois de chaque côté des fenêtres. C'était la rue commerçante du village, bordée de boutiques proposant de la viande, du pain et des fleurs à leurs étalages, avec les grandes montagnes vertes en toile de fond.

La rue étroite était envahie de piétons. Tous portaient le costume traditionnel : de larges jupes et des chemisiers blancs décolletés pour les femmes ; de grandes chemises aux couleurs éclatantes et des knickerbockers noirs resserrés par un élastique sous le genou, pour les hommes. Presque tous avaient des souliers à boucles, et un grand nombre de femmes arboraient des capelines à l'ancienne mode. La plupart d'entre elles étaient jeunes et sacrément jolies. La majorité des gens faisaient de grands sourires et des gestes amicaux de la main lorsque la voiture passait à leur hauteur.

– Seuls les véhicules officiels sont autorisés à rouler dans le centre ville, expliqua Kralowc. Les habitants et les visiteurs doivent laisser leurs automobiles sur les parkings situés à la sortie du village et emprunter des carrioles tirées par des poneys.

Au moment même où il disait cela, une carriole passa, transportant des gens joyeux, qui tous leur adressèrent de grands signes lorsqu'ils passèrent. Le poney, trop concentré pour saluer, se contenta de hocher la tête.

– Voilà notre politique dans tout le pays, reprit Kralowc. Des espaces vivables pour les êtres humains. Nous refusons d'être les esclaves de la machine. Contrairement à vos amis tsergoviens. Oh ! j'aimerais *tellement* vous montrer une de leurs villes. Le ciel rouge sang, l'eau verdâtre des égouts qui coule dans les caniveaux, la crasse et la poussière sur les visages de ceux qui restent dehors plus de cinq minutes, les statues de pierre rongées par les pluies acides, les regards désespérés des passants, les dos voûtés des enfants... (Kralowc s'interrompit, vaincu par sa propre éloquence.) Et dire, parvint-il à ajouter, qu'ils projettent le même avenir pour tous *ces* gens.

Terment, qui tenait le volant, prononça quelques mots, rapidement et à voix basse, et Kralowc réagit aussitôt.

– Oui, oui, vous avez absolument raison. (Il se retourna vers le prisonnier.) Nous sommes obligés de vous remettre le bandeau. Je suis désolé...

Tout redevint noir pour le prisonnier.

– ... pour ce désagrément.

– Ce n'est rien.

– Merci, Diddums.

Bientôt, la voiture prit de la vitesse, et elle roula ainsi pendant une bonne demi-heure. De temps à autre, Kralowc se lançait dans une nouvelle tirade, mais le prisonnier ne l'écoutait pas. (C'est facile d'ignorer les gens quand vous avez les yeux bandés, sans qu'ils puissent s'en apercevoir.) Pendant que Kralowc montrait avec fierté et prédisait avec angoisse, le prisonnier concentrait ses pensées sur une seule question, celle de savoir dans quelle direction ils allaient. Le sud-ouest ? Lorsqu'ils arriveraient à l'endroit où ils se rendaient, quand il aurait la possibilité de s'enfuir, apercevrait-il ces moulins à poivre et à sel ? Ils constituaient ses seuls points de repère, ses phares ; grâce à eux, il pourrait quitter le Votskojek, pour rejoindre la Tsergovie et la sécurité.

Au bout d'un moment, le silence se fit dans la voiture lancée à toute vitesse ; apparemment, Kralowc lui-même était fatigué de toute cette guimauve politique. Les corps massifs et bosselés des soldats qui flanquaient le prisonnier étaient chauds, le frottement des pneus sur la route était soporifique, il n'avait pas beaucoup dormi la nuit dernière...

Le prisonnier fut réveillé en sursaut par un sursaut brutal de la voiture, qui se cabra comme un cheval sauvage, suivi par une série d'imprécations – aucun doute, c'étaient *bien* des imprécations – lancées par Kralowc, entrecoupées de gémissements plaintifs de la part de Terment. La voiture continua de se cabrer, avant de toussoter, pour finalement se retrouver réduite au silence. Roulant toujours, mais sans bruit.

Ils étaient tombés en panne d'essence ! Le prisonnier n'arrivait pas à y croire. Comment était-ce possible ? Qu'est-ce qui l'attendait maintenant ?

Une longue marche certainement, avec les yeux bandés.

La voiture roulait toujours. Le prisonnier sentit qu'elle ralentissait, il sentit le *ba-doum* lorsqu'elle quitta la chaussée, il entendit le *scrinch-crounch* des pneus qui écrasaient les mauvaises herbes, il sentit le léger bégaiement de leur progression, tandis que Terment tapotait timidement la pédale de frein, et, finalement, il sentit que la voiture s'arrêtait. Le bruit de Terment tirant le frein à main ressemblait à une blague de mauvais goût.

Mais toutes les blagues sont de mauvais goût, n'est-ce pas ? Ne sont-elle pas faites pour ça ?

– Hélas ! Diddums, dit Kralowc dans le nouveau silence, il semblerait que cet imbécile nous ait permis de tomber en panne d'essence.

Nouveaux gémissements de la part de Terment. Sans y prêter attention, Kralowc ajouta :

– Heureusement, nous ne sommes plus très loin de notre destination. Nous pouvons continuer à pied.

Oh ! vraiment ?

– C'est vous le patron, dit le prisonnier.

– En effet. Et je pense, dit Kralowc, avec une fureur à peine contenue, que nous devrions commencer par *descendre de voiture* !

Cette dernière phrase n'était pas destinée au prisonnier. Kralowc ne s'adressait à celui-ci que d'un ton mielleux. Le bruit des portières qui s'ouvrent brutalement s'accompagna aussitôt de la descente de ces deux corps chauds et réconfortants qui soutenaient le prisonnier, puis de la descente du prisonnier lui-même, de la manière habituelle : des mains s'emparèrent de diverses parties de son anatomie et tirèrent brutalement.

Cette fois-ci, le processus fut un peu plus douloureux, car les soldats déversèrent sur lui leur sentiment d'injustice, comme le font tous les soldats.

Enfin, on le remit debout. Et on le laissa seul un court instant. La tête renversée pour tenter de voir plus loin que son ventre, il aperçut de l'herbe autour de ses pieds, de la bonne et de la mauvaise. La main tendue, il caressa le flanc de la voiture et fit un pas dans cette direction pour s'y appuyer.

Pendant ce temps, ses ravisseurs complotaient avec animation dans leur langue natale et, à la fin des débats, Kralowc revint à l'anglais pour déclarer :

– Vous n'avez plus besoin de ce bandeau, Diddums. Nous pouvons désormais emprunter un chemin situé à l'écart de toute installation militaire. Et nous ne voulons pas que vous risquiez de tomber et de vous faire mal.

– Bonne idée, dit le prisonnier, et on lui arracha de nouveau le bandeau, qui retrouva aussitôt sa fonction de mouchoir sale dans la poche de treillis de son propriétaire.

Le prisonnier regarda autour de lui. Ils étaient arrêtés près d'un gros arbre feuillu. Les traces de pneus dans l'herbe écrasée remontaient autour de l'arbre et jusqu'à la route à deux voies, en décrivant un long virage. Au-delà de la route, on apercevait encore les montagnes Schtumveldt, avec là encore un de ces immenses prés taillés dans le flanc. Une exploitation forestière peut-être. Malheureusement, les moulins à poivre et à sel avaient disparu. Mais dans le ciel, le soleil était toujours là, et donc là-bas... non, là-bas, se trouvait le sud-ouest. La Tsergovie.

Sur ce versant, un simple chemin de pierre partant de la route contournait l'arbre, de l'autre côté, et grimpait vers la forêt de sapins. Sans doute allaient-ils partir dans cette direction.

Mais pas tout de suite. D'abord, Kralowc dut désigner le chemin et donner une succession d'ordres brefs à Terment, qui acquiesça, acquiesça et acquiesça, et pivota sur ses talons pour s'éloigner au petit trot sur le chemin, avant de disparaître rapidement.

Un des soldats fit une remarque, une sorte de mise en garde assurément, avec un geste en direction de la route, et Kralowc répondit :

– Oui, bien sûr. Venez, Diddums.

Le prisonnier les suivit. Pendant un moment, ils gravirent simplement le chemin, d'un pas pesant, au milieu des sapins, écoutant le chant des oiseaux et chassant les pucerons. De sales pucerons, qui vous arrachaient des morceaux de peau. Kralowc marchait en tête, venaient ensuite un des soldats, le prisonnier, et le deuxième soldat. Ils continuaient de grimper, leurs pieds martelaient le sol compact, et le prisonnier se réjouissait de constater, en entendant le halètement des soldats, que ces derniers étaient encore moins en forme que lui.

Au bout de cinq minutes de marche environ, ils débouchèrent de la forêt, dans une vaste prairie en pente douce, au bout de laquelle, au loin, on voyait ballotter la silhouette de Terment. Au-delà de la prairie, d'autres arbres recouvraient une nouvelle pente raide et, au sommet de cette colline abrupte, il y avait... le château.

Oh ! la vache ! Noir sur le fond bleu du ciel, en pierre, avec des tours, il se dressait tout là-haut, au sommet de la montagne. Par réflexe, le prisonnier se figea en le voyant, et le soldat qui marchait juste derrière lui émit un « Oups ! » en percutant les coudes saillants du prisonnier.

Kralowc se retourna, découvrit l'effet produit par la vision du château et revint sur ses pas en disant :

– Oui, Diddums, c'est là que nous allons.

– Je m'en doutais, répondit le prisonnier, en essayant de rester cool.

Kralowc se tenait à ses côtés, et ensemble ils contemplaient le château.

– Rares sont ceux qui entrent ici, dit Kralowc, et qui en ressortent.

– Hmm... (Le prisonnier déglutit et se racla la gorge.) Je suppose que le Dr Zorn s'y trouve déjà.

– Il vous attend. Ainsi que le général Kliebkrecht.

– Hmm...

– Vous savez, Diddums, ils ont les moyens de faire parler les gens.

– Hmm...

– Je ne veux pas que vous subissiez cela, Diddums. Vous et moi, on se comprend, nous sommes tous les deux des gentlemen ; nous ne voulons pas avoir affaire à des brutes.

– Hmm...

– J'espérais, en vous montrant le village paisible et heureux de Schtum, que vous comprendriez. Allons, dites-moi où est la relique, ne m'obligez pas à demander au Dr Zorn de vous poser la question.

Le prisonnier passa sa langue sur ses lèvres. Il observa le château. Et il répondit :

– Faut que je fasse pipi.

– Oui, bien sûr, dit Kralowc, car nous étions entre gentlemen. Profitez-en pour réfléchir.

– Hmm...

Le prisonnier redescendit sur le chemin pour s'enfoncer dans les bois, suivi par un des soldats. En tandem, ils s'éloignèrent de la route, jusqu'à ce que le prisonnier s'arrête, en disant :

– Bon, laissez-moi un peu d'intimité, d'accord ? Vous attendez de ce côté, moi je vais derrière.

En guise de réponse, le soldat – qui continuait plus ou moins à faire semblant de ne pas parler anglais – resta où il était, en pointant sa mitraillette sur le prisonnier, qui dit :

– Oui, c'est très bien comme ça.

Et il fit le tour d'un énorme sapin.

Il avait véritablement envie de faire pipi et, comme il l'avait promis à Kralowc, il réfléchit à la situation pendant qu'il se soulageait. Mais avant même qu'il ait terminé, voilà le soldat qui rappliqua, juste pour vérifier.

– Un peu de décence, voyons ! dit le prisonnier et, au moment où il baissait la tête, il ouvrit de grands yeux horrifiés, et s'écria : Un serpent ! Tuez-le, nom de Dieu !

Le soldat s'approcha, la tête baissée pour examiner se sol. De sa main libre et tremblante, le prisonnier désignait quelque chose sous les branches basses de l'arbre. Le soldat se pencha pour enfoncer le canon de son arme dans la masse d'aiguilles de pin et d'humus, et le prisonnier, en mettant tout son poids dans son poing, envoya le type au tapis avec un magnifique droit en plein dans cette mâchoire carrée.

Le soldat tomba au pied du sapin comme une balle de coton jetée du « River Queen », et le prisonnier s'enfuit à toutes jambes dans les profondeurs de la forêt.

Dix minutes plus tard (extrêmement douloureuses), comme il ne percevait plus les bruits de ses poursuivants, l'ex-prisonnier s'arrêta le temps de remonter sa braguette. Puis il leva les yeux vers le ciel, calcula la direction du sud-ouest et se remit en route à grands pas. Prochain arrêt, la Tsergovie.

Chapitre 22A [1]

À cinq cents mètres seulement au sud de l'île de MANHATTAN (voir ce mot), et encore plus près de la cité, autrefois si fière, de BROOKLYN (voir ce mot), de l'autre côté du Buttermilk Channel, mais considérée néanmoins sur le plan administratif comme faisant partie du district de Manhattan, se trouve une adorable petite île que les Indiens appelaient Pagganck, ce qui peut sembler méchant, mais c'est comme ça.

En l'an 1637, quelques Hollandais à l'esprit entreprenant achetèrent l'île aux Indiens Manhatas (voilà donc la raison !) pour deux haches et une poignée de clous et de perles, et la rebaptisèrent Nutten, ce qui n'était guère mieux. Malgré tout, ils étaient quand même plus malins que ces autres Hollandais qui achetèrent l'île de Manhattan elle-même aux Indiens Canarsies qui n'en étaient pas propriétaires, mais qui passaient par-là à ce moment-là et savaient reconnaître un pigeon quand ils en voyaient un.

Les Hollandais conservèrent Nutten pendant vingt-sept ans seulement, avant que les Anglais l'adoptent, sans verser un sou à qui que ce soit, et la baptisent Governor's Island, car le gouverneur de la colonie de New York devait s'y installer. Ce qu'il fit. Le premier, lord Cornbury, fut prié de céder la place lorsqu'il insista pour se promener habillé en femme et institua un impôt pour les célibataires, mais la plupart de ses successeurs surent rester discrets, et sans doute seraient-ils fiers aujourd'hui d'apprendre qu'on les a totalement oubliés.

Très rapidement, les colons de l'est de l'Amérique se déclarèrent prêts à assumer leur indépendance politique et, en 1797, ils construisirent sur Governor's Island le fort Jay afin de dissuader quiconque souhaitait contester ce point. Il se trouve que les Anglais le contestèrent, mais les cent gros canons de John Jay les dissuadèrent de semer la pagaille à New York, alors ils s'en allèrent semer la pagaille à Washington, D.C., à la place, et que Dieu les bénisse.

1. Facultatif. Parenthèse historique. *(N.d.A.)*

Durant la guerre de Sécession, une de ces affreuses prisons pour insurgés fut bâtie sur Governor's Island, d'où un seul prisonnier confédéré parvint jamais à s'échapper. Il s'agissait du capitaine William Webb, et il ne s'enfuit pas vers Manhattan, ni Brooklyn, malgré la proximité de l'un et l'autre. En véritable sudiste, il s'échappa en nageant vers le sud. Trente kilomètres plus loin, il accosta dans le New Jersey, une raison suffisante pour l'inciter à poursuivre vers le sud et, après la guerre, il devint sénateur du TENNESSEE (voir ce mot).

Vers le début du siècle, deux nouveaux moyens de transport venus d'ailleurs empiétèrent sur Governor's Island. Le premier des deux était la ligne de métro de Lexington Avenue, et toute la terre excavée pour creuser le tunnel servit à étendre la superficie de l'île, qui passa de cinquante à quatre-vingts acres, tous adorables. Et le second, le souterrain Brooklyn-Battery, quatre voies de circulation automobile entre Manhattan et Brooklyn, passant directement sous l'île sans s'arrêter.

Au cours de la Première Guerre mondiale, le général John J. Pershing (voir ce mot), commandant les Forces expéditionnaires américaines (FEA) en FRANCE (voir ce mot), vécut dans une de ces charmantes et anciennes maisons coloniales bâties sur Governor's Island, ce qui peut sembler un peu éloigné du front, mais tant pis. Durant la Seconde Guerre mondiale, l'île servit de quartier général à la Ire Armée, mais ce n'était pas facile de s'y rendre au pas, alors en 1966, l'armée la céda aux gardes-côtes, qui eux ont bien l'intention de la garder. Ils s'y plaisent.

Et pourquoi pas ? On y trouve le seul parcours de golf de Manhattan, le seul Burger King qui sert de la bière (il est situé à l'intérieur du bowling, et comme l'a expliqué le commandant Richard R. Bock au *New York Times* (voir ce mot) : « On n'a jamais vu un bowling sans bière. C'est anti-américain. ») Et, surtout, personne d'autre ne peut s'y rendre sans l'accord des gardes-côtes.

Les cinq mille habitants de l'île – dont quatre mille gardes-côtes, hommes et femmes, principalement sédentaires, et leurs familles – possèdent un service régulier de bacs pour se rendre à l'embarcadère de Battery Park à Manhattan, juste à côté du ferry de Staten Island, mais ils l'empruntent très rarement, à moins d'y être contraints. Car ce sont de vrais Américains, ce qui signifie qu'ils ont peur de New York. Ils préfèrent rester sur leur petite île bien propre, jouer au golf dans la journée, au bowling le soir ou regarder la télévision, et se coucher tôt, car le clairon sonne à sept heures cinquante-cinq chaque matin, et tout le monde sur l'île doit être debout, au garde-à-vous, l'œil vif, le teint frais, aussi alerte mentalement et physiquement que le permet la bière du Burger King, à huit heures tapantes, quand les haut-parleurs disséminés dans l'île, comme dans une scène tirée de *1984*, entonnent en chœur le « STAR-SPANGLED BANNER » (voir ce mot).

Les rives de Governor's Island sont bordées d'installations nautiques. C'est là que mouille la vedette des garde-côtes *Gallatin* quand elle n'est pas occupée à repousser les indésirables dans la mer des Caraïbes ou d'autres océans à l'est ; il y a également une marina où différents services fédéraux – parmi lesquels la brigade des stups – amarrent parfois leurs bateaux, sans oublier bien entendu l'embarcadère du ferry à destination de cette vieille ville terrifiante de New York.

On trouve aussi une petite structure située à la droite de l'île, comme une épaulette, et contrôlée par les gardes-côtes, sans être véritablement de leur ressort. Cette construction ronde et revêtue de briques se dresse hors de l'eau comme un bout de cheminée. Reliée à l'île par une digue étroite, cette tour sert de conduit d'aération pour le tunnel entre Brooklyn et Battery, juste en dessous.

Chapitre 23

La tête d'Andy Kelp apparut par-dessus le bord de la colonne de ventilation. Des yeux de renard sur une tête de renard scrutèrent l'obscurité. Il était deux heures du matin et, pendant que le cambrioleur malhonnête dans la colonne de ventilation inspectait les lieux, les bourgeois honnêtes de Governor's Island dormaient tranquillement dans leurs lits, en rêvant de « strikes » et de « spares ». (Certains faisaient des cauchemars remplis de « splits. »)

La tête de renard disparut. Le clic-clic des pinces coupantes résonna faiblement dans l'air, semblable au chant d'un cricket androïde. Se détacha alors, en se repliant sur lui-même, l'épais grillage qui empêchait les enfants de gardes-côtes de tomber dans le conduit d'aération et de dégringoler comme Alice par l'orifice rectangulaire en feuilles de tôle le long des barreaux métalliques de l'échelle d'entretien fixés sur le côté et de traverser la seconde grille au fond. Ouf !

Kelp se hissa à l'extérieur, silhouette svelte et souple, toute de noir vêtue, à l'exception des élans gris sur le passe-montagne qu'il venait d'enfiler, et la corde orange enroulée autour de son épaule. Un gros grappin à quatre branches était attaché à une extrémité de cette corde ; Kelp le fixa au rebord de l'ouverture du puits, balança la corde de l'autre côté et se laissa glisser ensuite jusqu'à l'étroit anneau de bois qui faisait le tour du conduit, juste au-dessus de l'eau.

Une fois en bas, et avant de traverser la digue à découvert conduisant à l'île, Kelp ôta brièvement son passe-montagne, renversa la tête en arrière et respira quelques instants. La qualité de l'air à l'intérieur du puits de ventilation, malgré la faible circulation dans le tunnel Brooklyn-Battery à cette heure, laissait à désirer. Heureux de pouvoir respirer un air qui n'avait pas été traité par les constructeurs automobiles américains et japonais, Kelp faisait tourner entre ses doigts le passe-montagne sur lequel paradaient les joyeux élans et se souvint de l'avoir acheté, il y a quelque temps déjà, dans un magasin de sport de Madison Avenue. Il se trouve que Dortmunder et lui avaient besoin à cette époque de passe-montagnes pour une certaine chose qu'ils projetaient de faire, où il n'était pas question de ski. Kelp, lui, avait choisi ces jolis et fringants élans, tandis que Dortmunder s'était retrouvé avec un passe-montagne mauve constellé de gros flocons verts ; ce n'était pas très beau. Kelp n'avait jamais osé l'avouer à son camarade, mais quand il enfilait ce truc, Dortmunder ressemblait à une aubergine malade. Avec deux yeux.

Et où était donc John Dortmunder maintenant ? Certainement pas ici sur Governor's Island, car, sinon, son pote Andy Kelp n'aurait pas hésité à perdre quelques minutes pour voler à son secours, s'il n'y avait pas de danger. Oui, où était donc ce pauvre gars ?

Mais bon, la mission avant tout. Renfilant le passe-montagne sur sa tête, Kelp s'éloigna du mur en brique de la tour. Plié en deux, il traversa en courant la digue à découvert, alors que le port de New York clapotait sous ses pieds, de tous les côtés, et, quelques minutes plus tard, il se retrouva sur un trottoir lisse et sans aucune fissure, sans même un mégot de cigarette.

Personne dans les parages. Jusqu'à présent, tout allait bien. Kelp avançait à grands pas sur ses semelles de crêpe, presque invisible avec sa tenue noire, absolument seul. Les mesures de sécurité théoriquement en vigueur sur cette base militaire étaient quasiment inexistantes à force de relâchements, car la *vraie* surveillance s'exerçait à la frontière du seul accès (normal) de l'île, c'est-à-dire à l'embarcadère du ferry, là-bas à Manhattan.

Kelp continuait de flâner, passant devant des maisons proprettes dans des décors propres, devant lesquelles étaient soigneusement garées des bicyclettes sans antivol, et il comprit pourquoi les habitants de l'île préféraient voir Manhattan – cette grosse chose là-bas, avec plein de lumières – uniquement sur leurs écrans de télévision. Car on sait bien que si l'on maintient longtemps une créature dans un environnement aseptisé, avant de la replonger dans le monde normal, elle tombe malade et meurt immédiatement.

Le repérage de l'île, précédant l'accomplissement du crime lui-même, s'était révélé extrêmement frustrant, consistant en tout et pour tout à longer deux fois la côte ouest à bord du ferry de Staten Island, sans jamais apercevoir le bateau de Poivre LaFontaine, ni même un emplacement susceptible d'héberger cette embarcation.

Kelp pouvait donc garder les alluvions de l'ouest pour la fin. À la place, il pouvait marcher vers le nord – vers cette grosse chose là-bas avec plein de lumières – et longer le rivage, vers l'est d'abord, puis vers le sud. Ce qu'il fit, découvrant un tas d'objets très intéressants, mais passant devant sans s'arrêter, jusqu'à ce que, très à l'est de l'île, près de la pointe sud de Buttermilk Channel,... il le trouve. Il était là, nom d'une pipe, le petit hors-bord de Poivre, ballotté par le courant incessant de la mer, amarré devant et derrière à des étais métalliques qui jaillissaient, telle une plante sauvage en fer, d'un quai en béton, de l'autre côté d'un grillage.

Vous savez à quoi ressemble un grillage ? À une échelle.

Une fois de l'autre côté du grillage, Kelp marcha vers le canot à moteur, une des cinq embarcations de tailles diverses parquées dans cet enclos et, tandis qu'il accélérait le pas, il ne pouvait qu'espérer que l'os était toujours là. Il avait assisté à une fouille rapide du bateau – ce qu'on appelle un « examen superficiel » – de l'intérieur de la voiture banalisée dans laquelle il se trouvait à cet instant précis, là-bas sur le quai devant l'ancienne fabrique de boîtes aux lettres, où la brigade des stups avait effectué une visite surprise et inopportune (un peu à la manière de l'Inquisition espagnole, quand on y réfléchit, sauf qu'ils étaient en bleu et non en rouge), après que le bateau eut été hissé hors de l'eau, mais avant qu'un camion l'emmène, et Kelp n'avait vu personne en sortir quoi que ce soit. Avec un peu de chance, ils s'en étaient tenus à ce bon vieil « examen superficiel », et l'os était encore à bord, caché sous la bâche goudronnée où Kelp l'avait envoyé d'un coup de pied dans l'excitation de l'instant.

Un projecteur puissant perché en haut d'un pylône éclairait le chemin de Kelp et, lorsqu'il arriva au bateau de Poivre, cet éclairage lui fit découvrir un intérieur aussi propre que Governor's Island. Même la bâche goudronnée avait disparu.

Kelp sauta dans le bateau – Oups ! ça tangue – pour en avoir le cœur net, même s'il l'avait déjà. C'était comme si la femme de ménage venait de passer dans cette saloperie. Le bateau était vide, nu, récuré. On aurait pu manger par terre, à condition d'avoir très faim.

Sale coup. Retourner auprès de Tiny, du cousin de Tiny, de tous les compatriotes du cousin de Tiny, sans l'os, constituait une perspective peu réjouissante. Mais que faire d'autre ?

Rien.

À contrecoeur, hésitant encore, examinant une dernière fois cette baignoire luisante de propreté, comme si un os de trente centimètres de long pouvait se cacher dans un coin, Kelp finit par abandonner le navire. Il s'attarda sur le quai, répugnant à s'en aller. La lumière violente au-dessus de sa tête le transformait en ombre de son ombre à l'intérieur du cercle blanc. D'un côté ricanait l'eau remuante contenue dans le U du quai en béton. De l'autre côté se dressait le mur de planches, blanc et immaculé, d'une sorte d'entrepôt qui semblait avoir été peint aujourd'hui même. Derrière, les eaux douteuses de Buttermilk Channel. Devant, le grillage, le départ, la défaite.

Et pourtant, Kelp marcha vers le grillage, en traînant les pieds. Toute cette préparation pour rien. Il avait fallu dénicher le camion adapté pour commencer, un gros engin avec une porte sur le côté. Mettre une nouvelle plaque d'immatriculation et donner un coup de peinture rapide. Verser de petits honoraires à l'employé municipal concerné en échange d'une photocopie des plans correspondant à cette portion du tunnel Brooklyn-Battery où se trouvait le conduit d'aération. Examiner concrètement le tunnel et localiser la porte à côté de la passerelle conduisant à la zone de maintenance située sous la tour. Grimper à l'arrière du camion pendant que Stan Murch, au volant, pénétrait dans le tunnel à une heure suffisamment tardive pour que, par moments, il n'y ait pas d'autre véhicule en vue et que le gardien soit endormi dans sa cabine de verre, pour pouvoir s'arrêter à la hauteur de la porte d'accès, pour que Kelp puisse bondir du camion à la passerelle, sauter par-dessus le garde-fou et pousser la porte, pendant que Murch repartait. Avancer ensuite comme une souris derrière les murs, tandis que Murch faisait le tour de New York au volant du camion, avec pour mission de revenir à ce même endroit dans le tunnel toutes les demi-heures, jusqu'à ce que Kelp ressorte par cette même porte et se glisse, ni vu ni connu, à l'intérieur du camion. Et tout ça pour quoi, hein ?

Une amère déception.

Kelp s'éloigna du bateau mis à nu pour se diriger vers le grillage. Soudain, un détail accrocha son regard sur sa gauche. En virant de bord pour s'en approcher, il découvrit une chose soigneusement pliée et posée sur le sol en béton à côté du bâtiment blanc. Il se pencha et souleva un coin. Une bâche goudronnée, pliée de manière aussi impeccable et compacte que le drapeau américain. *La* bâche ?

À côté de la bâche éventuelle se trouvait une grande poubelle ronde en plastique blanc, avec un couvercle arrondi bleu foncé muni d'une petite porte battante. Une quelconque exhortation était inscrite sur le flanc de la poubelle, comme si de telles exhortations étaient nécessaires dans cet endroit.

Kelp ne pourrait jamais devenir garde-côte, il ne possédait pas en lui cet instinct de propreté. Par exemple, quand il arracha le couvercle bleu de la poubelle, il le jeta n'importe où, n'importe comment. Les papiers d'emballage Burger King et les papiers d'emballage de chewing-gums, les exemplaires du *Reader's Digest* qu'il sortit de la poubelle, il les lança par-dessus son épaule, à droite et à gauche, sans *aucun* respect pour l'ordre et la symétrie. Un vrai fouillis.

Il était au fond de la poubelle. Mais Kelp possédait quand même en lui certaines notions de propreté : ainsi, il essuya les éclaboussures de ketchup sur l'os avec un mouchoir en papier usagé avant de l'embrasser.

Chapitre 24

Journal d'un évadé

Il restait dans les bois, ce qui ralentissait considérablement sa progression. En outre, il n'avait rien d'un homme des bois, c'était davantage un citadin, par habitude, par expérience et par goût, ce qui compliquait quelque peu sa progression. Mais, dans les situations les plus extrêmes, même un gars de la ville sait faire face.

Les descentes, ce n'était pas si mal ; on pouvait toujours dégringoler jusqu'en bas. Il suffisait de se rouler en boule, de respirer lentement et régulièrement, et de prier pour ne rencontrer aucune pierre sur son chemin. Mais il y avait les montées, et inévitablement, après chaque descente, il y avait une montée.

De temps à autre, des routes croisaient le chemin du fugitif, des routes goudronnées avec lesquelles un gars de la ville pouvait s'identifier, qu'il pouvait emprunter et suivre, mais pas dans ces circonstances. Chaque fois qu'il croisait une route, il s'arrêtait un instant dans la forêt profonde, en tendant l'oreille pour s'assurer qu'aucune voiture n'approchait, puis, à toute vitesse, d'une course maladroite et haletante, il traversait l'espace dégagé pour atteindre l'abri des arbres de l'autre côté où, généralement, il s'appuyait quelques instants contre un tronc bienvenu avant de repartir.

Ainsi s'acheminait-il grosso modo vers le sud-ouest. Grosso modo. C'était un chaud après-midi, rempli du chant des oiseaux et du bourdonnement des insectes. Sa fuite était un lent et langoureux cheminement à travers des prairies envahies de fleurs des champs, de forêts de sapins riches en arômes délicieux, et parfois, de très loin, lui parvenait le murmure grêle d'un ruisseau. Le fugitif s'arrêta même une fois pour s'abreuver à l'un de ces ruisseaux, c'était une eau limpide et glacée, délicieuse ; nectar des dieux.

Un peu plus tard, les guibolles un peu tremblantes après avoir traversé au pas de course une autre route et escaladé une autre colline, haute et raide, il déboucha dans une petite clairière où coulait une source. Les rayons du soleil filtrés par le feuillage des arbres projetaient une lumière douce. Le gargouillis de la source produisait une musique cristalline qui se mêlait au gazouillis des oiseaux. Je vais m'asseoir ici une minute, le temps de reprendre mon souffle, songea l'évadé, et quand il rouvrit les yeux, il faisait nuit.

La nuit. Il ne fait pas nuit comme ça en ville. Les étoiles minuscules tout là-haut dans le ciel, plus lointaines même qu'on ne pouvait l'imaginer, constituaient le seul éclairage. Plus de chants d'oiseaux. Les oiseaux étaient tous montés se coucher, tout là-haut dans les branches des arbres, à l'abri des prédateurs nocturnes.

Hmmm. Le fugitif se releva péniblement, avec force grimaces et gémissements en découvrant qu'il était aussi ankylosé que si le Dr Zorn lui avait fait une injection d'amidon dans les veines. Il était enfin reposé – il avait bien besoin d'une petite sieste, en fait, après sa mauvaise nuit de la veille –, mais *ankylosé.*

Et seul dans la forêt. Rien que lui, et les prédateurs nocturnes. Lesquels ? Des ours, peut-être ? Des loups ? Qu'est-ce qu'ils avaient comme prédateurs dans les montagnes du Schtumveldt ? Des lions des montagnes ? Pourquoi pas ? Des orignaux et des élans ? Sont-ce des prédateurs ? Quelle importance ? Avec des animaux de cette taille, peu importe qu'ils vous écrabouillent pour vous manger ou pour s'amuser.

Je me demande si j'ai déjà atteint la Tsergovie ? songea-t-il, avant de se dire : j'ai quand même intérêt à continuer pour ne prendre aucun risque, puis il se dit : Zut ! Plus de soleil C'est par où le sud-ouest quand il fait nuit ?

Une chose était sûre, il ne pouvait pas rester ici. Outre ses muscles ankylosés, les prédateurs nocturnes et la menace de ses poursuivants – les chiens de chasse, voilà un autre facteur à ne pas négliger –, il commençait à ne plus faire très chaud là-haut dans la montagne. À vrai dire, il faisait même *froid.* Il était temps de se remettre en route.

Autant qu'il s'en souvienne, il s'était arrêté à cet endroit pour faire la sieste, juste à l'entrée de la clairière, avec la source située devant lui. Or le seul bruit présentement dans toute cette obscurité montagneuse, c'était le gargouillis de cette rivière – masquant l'approche des prédateurs nocturnes, sans aucun doute –, et le bruit provenait de *là-bas.*Théoriquement, donc, s'il se dirigeait vers *là-bas*, et s'il parvenait à marcher en ligne droite, il continuerait d'avancer vers le sud-ouest. C'était une théorie pour le moins hasardeuse, mais il n'en avait pas d'autre, alors il l'adopta et, immédiatement, il enfonça le pied dans l'eau.

Et merde ! Le pied gauche trempé, faisant des *plocs* dans sa chaussure, les mains tendues devant lui pour repérer les arbres, il continua d'avancer, tandis que s'éloignait, puis disparaissait le bruit de la rivière dans son dos. Devant lui, le sol était en pente. L'évadé progressait péniblement, traversé de pensées plus sombres que la nuit.

Les quinze ou vingt minutes qui suivirent se composèrent uniquement d'effets sonores : bruits sourds, grognements, halètements, craquements de branches, et parfois une explosion de braillements et de jurons chaque fois qu'il tombait entre les mains d'un bosquet aux longs doigts décharnés et griffus.

Puis il se retrouva par hasard sur la route. Il avançait déjà dessus quand il comprit que cette surface lisse et dure sous ses pieds n'était pas le tapis naturel de la forêt. C'était une route. Dans ces conditions, il était peu probable que des arbres, des buissons, des arbustes ou des blocs de bruyère poussent en plein milieu. Il était peu probable également que d'énormes éboulis se cachent à la surface. Pour un usager, et particulièrement un usager citadin, c'était appréciable.

Allez, s'il te plaît, prenons-la, se supplia-t-il, en songeant que s'il suivait cette route vers la gauche, elle conduisait probablement vers le sud-ouest de toute façon. En outre, il avait certainement franchi la frontière de la Tsergovie maintenant, c'était donc une route tsergovienne, et il n'avait rien à craindre. Et, par-dessus le marché, il en avait marre de cette balade de nuit en forêt. Oh ! s'il te plaît !

La décision fut votée à l'unanimité, et l'évadé bifurqua vers la gauche, marchant au milieu de la route en boitant, silhouette grise légèrement plus claire dans l'obscurité globale de la nuit. Il n'avait jamais rien su se refuser.

Des phares. Derrière lui, venant dans sa direction. Un vieux moteur poussif, un tacot.

Le fugitif se traîna vers le bas-coté, songeant automatiquement à se cacher, puis changea d'avis tout à coup. Ça commençait à bien faire. Pivotant sur ses talons, debout dans la lumière tremblante des phares, agitant les bras en l'air, tout en essayant de paraître honnête et de ressembler à un Tsergovien – deux choses impossibles –, l'évadé remit son destin entre les mains des dieux. Ou de quiconque conduisait cette bagnole.

C'était un pick-up. Le véhicule s'arrêta à sa hauteur. Un vieux type costaud, sec, un fermier à en juger par son apparence et son odeur, observa le fugitif et fit :

– Ouais ?

Le souffle coupé, l'évadé demanda :

– Tsergovie ?

– Hein ?

Prêt à faire demi-tour pour se précipiter dans le premier arbre venu au moindre problème, le fugitif demanda :

– Ici, c'est la Tsergovie ou le Votskojek ?

– Jamais entendu parler d'ces deux bleds, répondit le fermier.

L'évadé retint son souffle.

– Hein ? Quoi ?

Le fermier pointa un doigt épais en direction de son pare-brise.

– Par là, dit-il, z'avez Fair Haven.

L'évadé dut se retenir à la porte du pick-up, tandis que tout son univers tournoyait autour de lui.

– Où suis-je ?

Le fermier le regardait comme s'il avait affaire à un fou échappé d'un asile, ce qui était presque le cas.

– Où qu'vous êtes ?

Dortmunder demanda :

– C'est... c'est pas... le Votskojek ?

– Mon vieux, z'êtes sacrément paumé, dit le fermier. Ici, z'êtes dans le Vermont.

Chapitre 25

Que faire d'une station de sports d'hiver en été ? L'objectif de l'ami intime de Hradec Kralowc, l'hôtelier Harry Hochman, était de trouver pour ce foutu endroit – le décor, les employés, les chambres, les équipements de loisirs, les bars, l'infrastructure – un autre emploi. Le mont Kinohaha (ce qui signifie *Cheville brisée* en langue oguinquit) dans le Vermont, où se trouvait la station de sports d'hiver des Relais du Bonheur, accueillait durant les mois sans neige un théâtre estival, une foire artisanale et tout un tas de séminaires et de réunions. Malgré tout, les affaires chutaient de manière si brutale à la fin de la saison de ski que la plupart des boutiques du complexe du « Village alpin » rattaché à la station fermaient leurs portes tout simplement, et leurs gérants partaient vivre d'autres vies ensoleillées sous d'autres cieux. Kinohaha étant un des sept endroits dans le monde où Harry Hochman possédait une résidence – un château en l'occurrence, construit d'après des modèles suisses, mais légèrement plus grandiose une fois adapté aux goûts de Harry et Adele – cette incapacité de la station de sports d'hiver à produire des bénéfices d'un bout de l'année à l'autre le chagrinait doublement. Mais que faire ? Contre mauvaise fortune bon cœur.

À partir du moment où, dans son bureau à bord de l'*Orgueil du Votskojek*, tandis qu'il observait d'un air affligé un Diddums entêté, Hradec s'était dit : « C'est une idée folle, mais ça peut marcher », il était devenu une sorte de nécromancien, un mage, le magicien du Vermont : « Ne faites pas attention à l'homme derrière le rideau. »

Par le passé, Hradec avait eu l'occasion de faire quelques faveurs à Harry Hochman, tout comme Harry avait pu fournir quelques artisans de talent pour aménager les appartements de Hradec à bord de l'ambassade. Harry tenait énormément, et activement, à ce que le Votskojek obtienne le siège qu'il méritait à l'ONU. Lorsque, après que Diddums eut été mis KO par l'élixir magique du Dr Zorn, Hradec téléphona à son pote Harry pour évoquer la visite que lui, Hradec, avait effectué un jour dans le château du Vermont, avant de lui exposer la situation – « il est entre nos mains, nous devons l'obliger à parler; cette histoire doit rester confidentielle, je n'ose pas informer mes supérieurs à Novi Glad que j'ai perdu la relique » –, Harry fut immédiatement emballé par le projet. « On va lui en foutre plein la vue », beugla-t-il dans le téléphone, de sa grosse voix rocailleuse.

Il avait fallu un certain délai pour transformer le mont Kinohaha en un Votskojek de rêve, délai pendant lequel la première partie de la supercherie s'était déroulée dans la grange d'une ferme voisine, un terrain acheté il y a quelque temps déjà par les Relais du Bonheur, mais qui n'avait pas encore été mis à profit. Pour cette partie du travail, deux étudiants votskojeks, inscrits à l'université de Yale, avaient accepté de jouer aux petits soldats (l'un d'eux était d'ailleurs étudiant en art dramatique; pas celui que Diddums avait finalement assommé, celui-ci était étudiant en économie), pendant que deux des employés de maison travaillant au château de Harry Hochman incarnaient le rôle de prisonniers/serfs avec une conviction acquise après des années de répétition. (Le gros type en uniforme, qui s'était malencontreusement adressé aux « soldats » en anglais devant Diddums, était en fait le seul véritable militaire engagé dans le projet, le major Jhamelk Kuur, attaché militaire du Votskojek à l'ambassade, arraché pour cette mission à Washington et à sa quête incessante de véhicules de combat et de missiles à moyenne portée.)

Le théâtre estival se révéla fort utile pour la phase numéro deux. Comme chacun le sait à travers le monde, si vous voulez que votre théâtre estival connaisse le succès, vous devez offrir au public trois choses : des comédies musicales, des comédies musicales et des comédies musicales. La troupe du Mount Kinohaha Music Theater, à laquelle s'étaient joints quelques talents locaux, fut ravie d'accepter une prime inattendue sous forme de petites sommes en liquide, afin de jouer les figurants dans un film d'entreprise pour la société des Relais du Bonheur, qui serait tourné dans la station de sports d'hiver. Des caméras cachées, leur expliqua-t-on, enregistreraient toutes les scènes à la manière du « cinéma vérité ». (Les semi-professionnels figurant parmi les acteurs échangèrent des regards incrédules en apprenant qu'une idée aussi éculée que le « cinéma vérité » était encore utilisée quelque part dans le monde, même pour des réalisations aussi médiocres que les films d'entreprise.) Les costumes des *Sept femmes de Barberousse*, *Brigadoon*, *Annie la reine du cirque*, *La Vallée du bonheur* et *Barnum* remplirent à merveille le rôle de tenues folkloriques.

La Lada à bord de laquelle Diddums fut conduit à travers le « Village alpin » revu et corrigé appartenait véritablement à l'ambassade, c'était une voiture construite par les Russes dans une usine installée dans l'ex-Union soviétique par le constructeur italien Fiat. Elle avait été offerte à un ex-ambassadeur soviétique, à l'époque où les Soviétiques essayaient encore de se faire des amis et de gagner de l'influence dans les divers marécages du globe. (Une blague européenne : Comment fait-on pour multiplier par deux la valeur d'une Lada ? On fait le plein.) La plaque d'immatriculation de la Lada était un carton peint à la bombe. Malheureusement, le nombre d'acteurs dont disposait Hradec, capables de parler le magyar-croate et dignes d'être mis au courant du projet, était si restreint, qu'il en avait été réduit à utiliser Terment, incarnation même de l'employé de bureau, dans le rôle du chauffeur. Heureusement, Diddums n'avait pas semblé s'en apercevoir.

Il est vrai que Diddums semblait ne s'apercevoir de rien, n'est-ce pas ? Toute cette préparation méticuleuse – le laboratoire du savant fou fait de bric et de broc au sous-sol du château était une *pure merveille*, quel dommage qu'ils n'aient pas eu à s'en servir – l'avait apparemment laissé de marbre.

Le problème, c'était que Hradec n'avait jamais compris Diddums. Il ignorait et ne comprenait pas que Diddums *était* un prisonnier, et qu'il savait exactement *comment* être prisonnier. Depuis le début, Hradec se comportait comme s'il avait affaire à un amateur, or Diddums était un véritable pro, en partant de son visage dénué de toute expression jusqu'à ses pieds qui bougeaient à peine, et rien ne pouvait l'impressionner.

Tous ces discours, ces visions de tours de refroidissement et de paysans joyeux... L'homme que Hradec appelait Diddums se moquait totalement de tout cela. Un prisonnier ne fait que deux choses : 1. il coopère ou 2. il s'évade. C'est l'un ou l'autre. Ses gardiens donnent des ordres et il obéit. Il ne pense pas ; il ne discute même pas, il ne se lance pas dans des discussions philosophiques. Il fait exactement ce qu'on lui dit de faire, et toutes ses pensées restent concentrées sur une seule chose : saisir l'occasion de passer au comportement 2. Dès qu'il aperçoit une ouverture, il assomme l'économiste de Yale et il fiche le camp.

Heureusement, Hradec Kralowc était un homme de ressources. Il possédait plus d'une corde à son arc.

Chapitre 26

La seule chose qui jeta un froid sur l'événement fut le manque d'enthousiasme apparent de Grijk. Peut-être n'était-il pas habitué à se lever de si bonne heure le matin. Ou peut-être faisait-il partie de ces gens qui préfèrent la chasse à la capture, à l'image de ces types qui passent leur temps à courir après les femmes, ou des chiens qui poursuivent les voitures. Toujours est-il que, lorsqu'ils arrivèrent à la boutique, Grijk se montra beaucoup moins enthousiaste qu'il ne l'avait été au téléphone.

Mais seul comptait l'instant premier. Et celui-ci avait eu lieu à trois heures vingt-deux du matin, lorsque Andy Kelp et Stan Murch avaient fait irruption dans l'appartement de Tiny en agitant l'os, avec de grands sourires jusqu'aux oreilles. Tiny ne leur en voulut pas du tout d'écourter ses heures de sommeil réparatrices. Il brandit l'os au creux de ses paumes immenses en le couvant d'un sourire attendri comme s'il contemplait un bébé, et il dit :

– Voilà donc ce fameux truc, hein ?

– Ah ! si John était là, dit Kelp.

– Il n'est pas là, répliqua Tiny.

Assez de sentiments.

Ils téléphonèrent ensuite à l'ambassade de Tsergovie, et Grijk étant le chef de la sécurité, c'est Grijk qu'ils réveillèrent. Tiny lui annonça, en toute simplicité :

– On l'a.

La réaction initiale de Grijk correspondait à ce qu'on pouvait attendre.

– Fous l'afez ? Fous l'afez ?

Le trio réuni dans le living-room de Tiny entendait brailler la voix de Grijk dans le téléphone. Tiny grimaça et éloigna le combiné de son oreille.

– Oui, oui. Arrête de hurler comme ça, Grijk. On l'a. On arrive tout de suite.

Voilà, ils étaient arrivés, et, tout à coup, Grijk n'était plus aussi enthousiaste. Il semblait surtout résigné quand il vint leur ouvrir la porte. Peut-être venait-il de se souvenir qu'il allait maintenant devoir débourser les quinze mille dollars restants. Les cinq mille dollars de Dortmunder reviendraient à May, bien entendu, car personne ne pouvait dire s'il réapparaîtrait un jour.

Enfin bref, ils étaient dans la boutique tsergovienne dans la 2e Avenue, où seule la petite lampe sur le bureau de Drava Votskonia venait s'ajouter à la lumière pâle des lampadaires, qui entrait en biais par la vitrine, et celle d'un taxi parfois. Grijk Krugnk, curieusement, semblait avoir la tête ailleurs. Dans la lumière blême, son sourire avait quelque chose de maladif, tandis que Tiny déposait sur le bureau de Dr ava, sous le halo fluorescent, l'étui à violon qu'il avait un jour confisqué à un type qu'il soupçonnait de ne pas être musicien – à juste titre –, et l'ouvrait pour exhiber l'os sacré, niché dans le velours bleu.

– Alors, qu'est-ce que t'en dis ? demanda-t-il.

– Ach, formidable, déclara Grijk, mais bizarrement, il ne paraissait pas convaincu.

Heureusement, son adjoint était là pour pallier le manque d'enthousiasme de Grijk.

– Fichtre, commenta celui-ci avec admiration et respect, en contemplant d'un air ébahi l'intérieur de l'étui à violon.

Le type en question se nommait Haknal Vrakek ; peut-être. Quelque chose comme ça en tout cas. Comment savoir avec l'accent de Grijk ? « Foici mon chef adchoint de la sécuridé, Haknal Vrakek », avait dit Grijk au moment où il leur ouvrait la porte, en désignant d'un air sombre ce grand type efflanqué et souriant, avec de longues dents et un air carnassier, qui acquiesçait et acquiesçait, sans cesser de sourire, jusqu'à ce que Tiny ouvre l'étui à violon, et alors, il s'exclama : « Fichtre ! » Comme un individu victime d'une expérience religieuse.

– Et voilà, vous avez ce que vous vouliez, dit Tiny.

– Comme vous dites, répondit Haknal Vrakek en se frottant les mains.

Il n'avait pas véritablement d'accent, plutôt une sorte de chambre d'écho intérieure, comme si sa voix avait été préenregistrée, ou comme s'il s'apprêtait à vous annoncer l'heure et la température, ou un truc du genre « si vous avez besoin d'aide, enfoncez la touche 1 ».

Tous les regards étaient tournés vers Grijk, qu'on ne pouvait pas qualifier de démonstratif. En aucune manière. Non seulement il n'était pas aussi excité qu'il aurait dû l'être, étant donné que son rêve le plus cher venait de se réaliser, mais il ne semblait pas décidé à cracher au bassinet. À tel point que Tiny – qui n'était même pas intéressé aux bénéfices dans cette affaire – dut lui rafraîchir la mémoire.

– Faut payer ces gars maintenant, Grijk.

– Oh !

Se pouvait-il qu'il ait réellement oublié ? Possible. Grijk observa son adjoint, qui le couvait du regard, puis il observa Tiny, puis il observa Kelp et Murch, avant de se laisser rejoindre par la réalité.

– Je fais chercher l'argent, dit-il.

Grijk fit un pas en avant, les mains tendues, comme s'il espérait s'emparer de l'étui à violon ou de son contenu, mais Tiny referma le couvercle, posa sa large paume sur l'étui et dit :

– On surveille l'os pendant que tu t'absentes.

– Oh ! oui, oui, drès bien. (Grijk se tourna de nouveau vers son adjoint, puis adressa un signe de tête à Tiny.) D'accord, dit-il, et il franchit la porte du fond, suivi immédiatement par l'adjoint.

Se retrouvant seuls, les trois hommes s'interrogèrent du regard, en disant : « Qu'est-ce qui lui prend ? Aucune idée. »

Ils attendirent un peu trop longtemps peut-être, mais Grijk réapparut enfin avec deux enveloppes blanches de format standard ; il en tendit une à Kelp et l'autre à Murch, en déclarant :

– La nation de Dsergovie fous remercie mille fois. Fous nous avez saufés.

Mais il dit ça comme si c'était un truc appris par cœur, comme s'il voulait juste se montrer poli.

Une fois encore, ce fut l'adjoint qui sut traduire la joie de l'instant.

– Quel bonheur de voir la relique sacrée ! dit-il avec sa voix semblable à une chambre d'écho. Comme c'est émouvant et impressionnant de la toucher avec cette main. Quel travail formidable vous avez accompli !

– Merci, répondit Tiny, ravi, mais il aurait préféré que le compliment vienne de Grijk.

Kelp adressa un sourire à Grijk. Il leva son enveloppe et dit :

– Y a cinq mille dollars là-dedans ?

– Exacd.

Kelp montra l'enveloppe de Murch.

– Et là-dedans aussi ?

Avant que Grijk ne réponde, Tiny intervint :

– Grijk, vas-tu encore me faire honte ? Aboule les cinq mille dollars restants. Ne joue pas au malin.

Grijk ne paraissait même pas honteux, juste un peu plus morose qu'avant.

– Je safais pas, dit-il en sortant de sa poche intérieure une troisième enveloppe, quoi faire afec...

– Oui, bien sûr, le coupa Tiny en lui arrachant l'enveloppe des mains. Mais je vais te dire une bonne chose, Grijk. Me demande plus jamais un service.

– Fous afez édé super, les gars, dit Grijk d'un ton dramatique, en souriant malgré tout. Je suis sincère et drès reconnaissant. Fous afez édé fraiment super.

– Merci, dit Tiny. Et maintenant, on rentre à la maison.

– OK Diny.

L'adjoint déverrouilla la porte de la boutique pour les laisser sortir.

– Adieu, Diny, dit Grijk.

– Ouais, salut, répondit Tiny en sortant le premier dans la 2e Avenue.

Rares étaient les taxis vides à cette heure tardive peut-être un peu plus haut vers la 34e Rue... Ils s'éloignèrent en traînant les pieds, les mains dans les poches, mécontents, avec un sentiment d'insatisfaction d'une certaine façon, et Kelp dit :

– Franchement, ton cousin m'a surpris, Tiny.

– Il m'a fichu la honte. Je veux même pas en parler.

Stan Murch marchait à leurs côtés, sans rien dire, le front plissé et, soudain, il demanda :

– Dis, Tiny, comment ça se fait que t'avais jamais rencontré cet adjoint ?

– Je sais pas, répondit Tiny, exaspéré et impatient de changer de sujet. Peut-être qu'il l'a fait venir pour des raisons de sécurité, à cause de l'os.

– Venir d'où ?

– Comment je peux le savoir, moi ? De Tsergovie, j'imagine.

– Après notre coup de téléphone ?

Cette fois, Tiny s'immobilisa. Il regarda Murch en fronçant les sourcils, et Kelp dit :

– Grijk paraissait vachement plus heureux au téléphone, non ?

– Ah ! nom de Dieu ! dit Tiny.

Ils avaient parcouru deux blocs dans la 2e Avenue, en direction du nord ; le voyage du retour fut beaucoup plus rapide. Il fallut ensuite quarante secondes à Kelp pour forcer la porte de la boutique. Ils parcoururent la longue pièce vide ; la lampe de Drava était toujours allumée. Ils traversèrent le bureau obscur et vide.

Et gravirent l'escalier. Là-haut dans le petit salon, ils découvrirent Grijk, Drava et Zara Kotor, ligotés et bâillonnés, allongés sur les tapis. L'os et l'étui à violon avaient disparu.

Chapitre 27

Ils buvaient du champagne dans le donjon, en admirant les instruments de torture soigneusement alignés sur la table de réfectoire, les chaînes et les fers empreints de réalisme accrochés sur le faux mur, lorsque un domestique entra avec un téléphone sans fil posé sur un plateau en argent, s'inclina avec cette obséquiosité qui avait ajouté tant de véracité à son rôle d'opprimé dans la petite comédie du prisonnier et annonça à son employeur, l'hôtelier milliardaire Harry Hochman :

– Pardonnez-moi, sir. Un appel pour monsieur l'ambassadeur Kralowc.

– Merci, dit Hradec.

Faisant passer son verre de champagne dans l'autre main, il s'exprima en magyar-croate dans l'appareil, pendant que les autres écoutaient sans rien comprendre, les autres étant Harry Hochman lui-même, sa femme adorée, Adele, et Tatiana Kuzmekistova, ex-star du cinéma soviétique, une grande et mince femme brune, sensuelle, qui étudiait actuellement l'anglais avec acharnement dans le but de devenir la nouvelle Greta Garbo, ignorant qu'il n'y aurait *jamais* une autre Greta Garbo. (Ses recherches dans le domaine de la culture populaire occidentale étaient malheureusement incomplètes et inégales.) En attendant, Tatiana avait accompagné Hradec ici dans le château de Harry Hochman dans le Vermont, pour cette supercherie ayant malheureusement tourné court.

Mettant fin à sa conversation, reposant le téléphone sur le plateau en argent (le domestique ressortit en s'inclinant de manière sinistre, comme lorsqu'il quittait au trot la cellule du prisonnier en remportant la table), Hradec se retourna vers les autres en souriant et annonça :

– La relique est à nouveau en sécurité à bord de l'ambassade.

– Félicitations, Hradec, dit Harry en levant son verre de champagne.

– Je suis ravie pour vous, dit Adele l'épouse adorée de Harry.

– Brafo, excellence, dit Tatiana, dont la prononciation était presque parfaite.

Ils portèrent un toast à la réussite de Hradec, mais Harry secoua sa grosse tête rousse et, l'espace d'un court instant, il parut chagriné.

– Quel dommage quand même qu'on n'ait pas pu utiliser cet endroit ! dit-il en désignant leur petit décor de théâtre avec son verre à demi rempli. (Les verres de Harry étaient toujours à demi pleins, jamais à demi vides.)

Eh oui, c'était dommage, sincèrement. Cet endroit accueillait habituellement la galerie d'art située au rez-de-chaussée du château, dotée de sa propre et gigantesque entrée des livraisons creusée dans les fondations de pierre de la bâtisse, à l'arrière, face à la pente de la colline. Avec l'aide du décorateur du théâtre estival et de l'équipe de machinistes, les lieux avaient été transformés en un paradis de tortionnaire tout à fait crédible et qui aurait certainement frappé d'effroi le très réservé Diddums, s'il avait eu l'occasion de l'admirer.

Voici ce qu'ils avaient fait subir à cette pièce sans fenêtre et climatisée. Les bronzes de Braque et les torses grecs du IIIe siècle avaient été mis dans un coin et cachés derrière des cloisons peintes en vert-de-gris, disposées devant les murs couverts de tableaux de Matisse et de triptyques du Moyen Âge. Les vieilles planches d'une grange avaient été étendues sur le sol à la manière d'un vieux plancher brut, par-dessus la moquette grise, puis légèrement aspergés d'hémoglobine. Le plafond insonore couvert de protubérances, qui avait bien besoin d'un coup de peinture de toute façon, avait été badigeonné de noir mat, pour retrouver ensuite sa véritable couleur après le grand événement.

Hélas ! de grand événement il n'y aurait point. Premièrement, n'osant pas s'arrêter pour faire le plein d'essence, et ayant mal calculé leurs besoins en carburant, ils étaient tombés en panne sèche, tandis que Diddums surprenait tout le monde en s'échappant de façon plutôt brutale – il était tellement *amorphe* jusqu'alors – et, au bout du compte, Hradec avait récupéré sa relique. Alors, tout était bien qui finissait bien. Malgré tout, ça aurait été amusant d'utiliser ce décor.

Surtout avec l'uniforme de Harry. Malgré les doutes non formulés de Hradec, Harry avait fait venir de Novi Glad, à bord d'un de ses avions privés, un uniforme de général de l'armée du Votskojek, taille 52, joyeusement décoré de toutes les médailles connues au Votskojek, y compris ces médailles de guerre qui, l'armée du Votskojek n'étant jamais entrée en conflit avec une autre armée, n'avaient jamais été distribuées à quiconque.

Mais elles faisaient de l'effet sur le torse large de Harry, coulant telle de la lave sur son ventre proéminent. C'était Harry qui avait eu l'idée d'incarner le général Kliebkrecht, qui se contentait de faire les gros yeux sans dire un mot (la pratique du magyar-croate ne figurait pas dans la liste de ses talents) à l'arrière-plan, en ricanant de temps à autre, ainsi que l'exigeaient le scénario de la pièce en un acte et son sens inné de la dramaturgie. Dommage.

Heureusement, il pouvait toujours porter son uniforme pour la célébration de la victoire, et ne s'en était pas privé. Vêtu de cet uniforme vert sombre couvert de médailles, cet homme court sur pattes et au torse bombé ressemblait à une prise de vue nocturne, en pose, des voitures circulant sur les nombreuses voies d'une autoroute au sommet d'une immense montagne. Amusant !

À soixante-six ans, Harry Hochman avait envie de s'amuser. Il avait toujours été un homme court sur pattes au torse bombé, avec un large et épais visage rouge, et une tignasse de cheveux fins, rouges eux aussi (blancs ensuite, puis rouges de nouveau), qui se considérait comme un self-made-man, étant donné, n'est-ce pas ? qu'il avait repris le petit groupe d'hôtels, de motels et de compagnies de cars appartenant à son père, et ne valant pas plus de trois ou quatre millions de dollars, pour en faire ce multi-machin-chose : empire multinational, multimilliardaire, multidirectionnel. Conglomérat à lui seul, Harry Hochman donnait l'impression d'avoir avalé le monde et de l'avoir trouvé à son goût. Son visage rougeaud ruisselait d'émotions, toutes lyriques : la rage, l'avidité, le triomphe, l'allégresse. Il avait raison d'arborer cet uniforme, car il lui allait parfaitement, autant que quelque chose puisse lui aller. (Secrètement, il rêvait de pouvoir le porter en permanence. Hélas ! même pour un titan tel que lui, il restait des désirs interdits. Humiliant.)

Pour un homme comme Harry Hochman, l'Europe de l'Est, dans son état actuel de confusion post-soviétique ressemblait à une sorte de magnifique cadeau de Noël, un train électrique attendant que quelqu'un l'assemble. Et le Votskojek était l'élément moteur. Une fois soigneusement calé au fond de son siège légitime à l'ONU, une fois que les traités économiques avec ses voisins seraient en place, ce petit bloc de roches arides au cour des Carpates deviendrait le tremplin de Harry Hochman vers l'Europe. *Toute* l'Europe.

Rapidement, le Votskojek rejoindrait d'autres anciennes nations du Comecon au sein d'une nouvelle alliance économique. Ce Comecon rebaptisé et réaménagé rejoindrait ensuite la Communauté européenne, n'en déplaise à la France et à l'Angleterre. Et, au bout du compte, des montagnes Rocheuses à l'Oural, Harry Hochman serait le *monsieur* hôtellerie. (Il avait déjà suggéré un slogan à son agence de publicité : « Des montagnes Rocheuses à l'Oural, vous poserez votre tête sur un oreiller Hochman. » Les types de l'agence y réfléchissaient.)

Bien évidemment, les hôtels n'étaient qu'un début. Une fois installés, ils constitueraient la base d'un développement horizontal dans toutes sortes de domaines. Les assurances en Hollande, la production télévisuelle en France, l'agriculture en Italie, les pompes funèbres en Angleterre... les possibilités étaient infinies.

Que ce futur tout rose pour cet homme tout rose dépende désormais d'un *os* était tellement ridicule que cela en devenait exaspérant. Pour la première fois depuis bien longtemps, Harry avait été obligé de remettre la protection en plastique dans sa bouche la nuit, pour s'empêcher de grincer des dents dans son sommeil. Un *os* ! Encore heureux que je ne sois pas un homme violent, s'était dit Harry plus d'une fois, sinon j'aurais fait assassiner ce vieil archevêque sénile.

Mais évidemment, le fait que la relique de sainte Ferghana ait acquis une telle importance dans la politique internationale du XXe siècle (même si c'était grotesque) et que le Votskojek soit en possession de la petite merveille ne pouvait être traité par-dessous la jambe (pardonnez le jeu de mots). Voilà. Le fémur de sainte Ferghana portait les futurs espoirs du Votskojek, l'ambassadeur Hradec Kralowc était responsable du fémur, et Kralowc était dans la poche de Harry Hochman. Voilà pourquoi ce dernier avait fait preuve d'une telle générosité pour organiser cette mise en scène. Et, en plus, c'était amusant.

Harry balaya du regard sa galerie reconvertie ; les six millions de dollars d'œuvres d'art totalement cachés derrière le faux donjon, et il en vint presque à regretter de ne pouvoir laisser les choses en état. Descendre ici avec son uniforme de temps à autre, et se pavaner, en écoutant résonner ses bottes sur le plancher.

– Ah ! quel dommage ! répéta-t-il.

– Harry, tu n'es qu'un grand enfant, lui dit sa femme adorée, Adele, en le couvant d'un sourire rempli d'indulgence.

Plus grande que son mari, et un peu plus jeune que lui chaque année, elle était aussi imposante qu'une figure de proue de frégate ; là où Harry était rouge, elle était entièrement noir et blanc : des cheveux aussi noirs que ceux de Ronald Reagan, une peau aussi blanche qu'un golem. Elle était presque toujours habillée de noir, persuadée, à tort, que cette couleur la faisait paraître plus mince. En vérité, cela la faisait ressembler à la tante de Dr acula, mais personne ne se risquerait à le lui dire.

Harry rendit son sourire à son épouse effrayante, mais adorée.

– Reconnais-le, Adele. Tu aurais aimé voir la tête de ce type en entrant ici.

– Pauvre Diddums, dit Hradec, avant d'éclater de rire.

Le visage rougeaud de Harry se fit interrogateur.

– Pauvre Diddums ? Pourquoi donc ?

– Un rouage si infime de la machine ! expliqua Hradec. Un fantassin, rien de plus. Et le voilà qui se retrouvait soudain au centre de cette vaste machination. Ah ! comme j'aurais voulu voir sa tête moi aussi en découvrant qu'il était en réalité dans le Vermont !

Tous s'esclaffèrent à cette idée, et Tatiana dit :

– Quelle drôlerie !

Ils vidèrent leurs verres de champagne ; Harry sortit la bouteille de Dom Perignon du seau à glace, en lui serrant le cou, et servit ses invités.

– Au pauvre John Diddums, dit-il en levant son verre. Le pauvre *schmuck.*

Chapitre 28

Quand le rôdeur se cogna dans une chaise de la cuisine, May se réveilla et sut immédiatement ce qu'elle devait faire. Une femme seule devait être prête à se défendre, et May était prête. Le tiroir de la table de chevet s'ouvrit sans bruit. Sa main se referma d'abord sur la torche électrique, ce n'était pas ce qu'elle cherchait, mais elle trouva ensuite l'objet voulu et se leva sans bruit, en tenant la chose devant elle. Dans la chambre obscure, elle avança vers l'obscurité plus grande encore de l'encadrement de la porte, hésita sur le seuil et entendit le rôdeur avancer à pas feutrés dans le couloir. Elle retint son souffle, puis franchit la porte et aspergea le visage du rôdeur avec une giclée de gaz lacrymogène.

– Bordel de merde !

– *John ?*

– Ouille ! Ouille Ouille !

Bang, bing, bing, bang, bing.

Horrifiée, May recula dans la chambre, en tâtonnant frénétiquement sur le mur, trouvant enfin l'interrupteur pour allumer la lumière. John était là devant elle, recroquevillé sur le sol, à côté de sa boîte de bière renversée, en s'agitant dans tous les sens comme un insecte frappé par un jet de Raid. Ce qui, d'une certaine façon, était un peu le cas.

Chaque fois qu'il remontait à la surface pour faire le plein d'air, John lui racontait un autre bout de l'histoire, et May s'excusait encore pour tout, y compris d'avoir laissé la chaise trop loin de la table de cuisine. Puis, agenouillé sur le sol de la salle de bains, John se penchait de nouveau en avant, comme ces gadgets avec les oiseaux qui boivent, pour plonger son visage enflammé dans la baignoire remplie d'eau.

Et ainsi, morceau par morceau, May apprit l'histoire de la capture et de l'emprisonnement de John, son évasion ensuite, la manière dont il avait découvert la vérité, et son long voyage pour revenir du Vermont, une succession de sauts de puce d'un camion à l'autre, les routiers étant les seuls conducteurs en Amérique qui n'avaient pas peur de prendre un auto-stoppeur ressemblant à Dortmunder, étant donné que la plupart d'entre eux ressemblaient à John Dortmunder.

Quand enfin la sensation de brûlure s'apaisa sur le visage, le cou et les oreilles de John, quand enfin il put ouvrir les yeux sans répandre des larmes dans toute la maison, et quand le goût vraiment infeeeeect dans sa bouche se fut quelque peu atténué, May l'abandonna un instant et se rendit dans la cuisine pour aller leur chercher à chacun une bière, et pour John un vrai sandwich américain avec du fromage en tranches, du beurre, de la mayo, de la moutarde et du ketchup sur du pain de mie soigneusement coupé en triangles, qu'elle emporta dans le salon, où John s'était installé. La serviette de toilette blanche drapée autour de son cou faisait ressortir sa peau et ses yeux rougis, et il ressemblait à un animal qu'on vient de tondre.

Il fit des grimaces en mangeant, le gaz lacrymogène ayant apparemment altéré le goût des choses qu'il aimait en temps ordinaire, mais il s'abstint de tout commentaire, à l'exception d'un « Tu parles d'un accueil » murmuré, et il écouta bien sagement May lui narrer les événements survenus ici, en ville, pendant qu'il dévalait les pentes glissantes du Vermont. Les gars s'étaient fait piquer l'os par la brigade des stups, mais ils étaient certains de pouvoir le récupérer et, en ce moment même, le fémur était certainement entre les mains des Tsergoviens, et Andy Kelp appellerait sans doute – non, certainement – demain pour leur annoncer une bonne nouvelle ; il serait heureux d'apprendre que John était sain et sauf, et il lui apporterait ses cinq mille dollars.

– Donc, tout est bien qui est fini bien, conclut John de manière erronée, mais c'était une pensée agréable avant d'aller se coucher, et elle l'aida à dormir d'une traite jusqu'à ce que Kelp débarque vers dix heures le lendemain matin.

Chapitre 29

Dortmunder contemplait les billets qu'il avait fait glisser de l'enveloppe, sur la table basse du salon.

– Je pige pas, dit-il.

Kelp haussa les épaules.

– Tiny dit que le fric est à nous, et tu sais bien que les gens discutent rarement avec Tiny. Pour lui, on a récupéré l'os et on l'a livré. On l'a déposé directos dans les mains de son cousin, on a été payés, et voilà. On a fait notre boulot.

– Oui, mais, objecta Dortmunder, ils n'ont pas leur os.

– C'est bien ce qui m'a semblé à moi aussi, avoua Kelp, mais Tiny m'a expliqué les choses autrement et, pendant ce temps, Grijk restait assis dans son coin, comme ces baleines échouées qu'on voit des fois dans le journal, et il disait : « OK, Diny. OK, Diny » avec sa façon bizarre de prononcer. Tiny lui a suggéré de retourner à la Citybank pour emprunter du fric ; il veut qu'on recommence.

– Et qu'a répondu Grijk ?

– J'ai l'impression qu'ils sont tous découragés là-bas, dit Kelp. Lui et toute sa bande, je crois bien qu'ils se sont fait couper l'herbe sous le pied comme on dit.

Dortmunder regarda l'intérieur de la tasse à café qu'il avait rapportée de la cuisine, elle était vide. Il secoua la tête et déclara :

– Quelque chose m'échappe dans cette histoire. D'où viennent ces autres types ?

– Si tu veux mon avis, répondit Kelp, on dirait bien que les Votskojeks ont collé un mouchard sur le téléphone des Tsergoviens, et quand Tiny les a appelés pour leur dire qu'on avait l'os et qu'on arrivait avec, les autres se sont grouillés pour nous devancer, à trois. Deux sont montés pour ligoter ceux qui étaient à l'étage, et le troisième est resté avec Grijk pour vérifier qu'il nous faisait pas un signe en douce, et l'obliger à dire que c'était son adjoint à la sécurité. Alors, on lui a refilé l'os et on s'est barrés, et les types l'ont piqué.

– C'est vraiment très agaçant, déclara Dortmunder.

Il regarda dans sa tasse ; elle était toujours vide.

– C'est la vie, dit Kelp. On a fait notre boulot, on a été payés.

Dortmunder observa l'argent étalé sur la table. Il regarda ensuite autour de lui dans la pièce, mais May était partie tenir la caisse au Safeway, et il n'y avait personne d'autre à consulter.

– Je me demande, dit-il.

– Qu'est-ce que tu te demandes, John ? C'est notre plus beau coup depuis... aussi longtemps que je m'en souvienne. Il fallait récupérer un truc, on est allés le chercher, et on a été payés. Bon d'accord, on l'a un peu perdu en route...

– Moi aussi, vous m'avez perdu en route, fit remarquer Dortmunder.

– Allons, John, dit Kelp d'un ton plus attristé que furieux, en regardant Dortmunder comme si celui-ci venait de décocher un coup bas. « Saute, John ! Saute ! » on t'a crié. Tu t'en souviens ? Stan et moi, on t'a crié tous les deux : « Saute ! »

– C'était juste une remarque en passant, dit Dortmunder. Tu dis que vous avez perdu l'os, je fais remarquer que vous m'avez perdu moi aussi.

– Bon, comme tu veux, dit Kelp. En tout cas, on a *retrouvé* l'os, et toi... tu t'es retrouvé tout seul, je veux dire... toi-même...

– Dans le Vermont.

(Ça faisait encore mal.)

– ... et on a été *payés.* Réussite complète. Victoire. Succès. Fin de l'histoire.

– Hmm. Je me demande.

Kelp secoua la tête. Il sentait monter l'exaspération.

– Qu'est-ce que tu te demandes ?

En guise de réponse, Dortmunder décrocha le téléphone et composa un numéro. La sonnerie retentit six fois, puis il y eut un déclic, et le bruit d'un ours qu'on réveille prématurément de son hibernation, mélange de grognement, de toux et de grincement de dents.

– Tiny, c'est John.

Le grognement se transforma en une bouillie de mots :

– J'croyaaaisqu't'étaispeeeerdu.

– Je me suis retrouvé, expliqua Dortmunder. Dis-moi Tiny, je voudrais aller...

– Tu sais quelle heure il est ?

– Hein ? Euh, non, je... Attends un peu. (Dortmunder se tourna vers Kelp.) Il veut savoir quelle heure il est.

Pendant que Kelp fouillait vainement ses poches à la recherche d'une montre, Tiny rugit dans l'oreille de Tiny :

– Je me *fous* de savoir l'heure qu'il est !

– Ah bon !

– Attends, je vais trouver, dit Kelp en se levant pour se rendre dans la cuisine.

– Et je me *fous* de savoir où tu étais, ajouta Tiny. Si c'est pour ça que tu m'appelles, laisse tomber.

– J'étais dans le Vermont, dit Dortmunder, mais là n'est pas la question.

– Hein ? Tu étais dans le *Vermont* ?

– Là n'est pas la question. La question...

– Le *Vermont* !

– Tu as dit que tu t'en foutais, Tiny, souviens-toi. Je t'appelle parce que j'aimerais aller faire un tour chez les Tsergoviens, et je me disais que tu pourrais m'y conduire.

Tiny marmonna quelque chose, comme un métro qui passe, très profondément dans le sol, puis demanda :

– Qu'est-ce que tu veux aller foutre là-bas ? T'as touché ton fric, non ?

– On m'a mené en bateau, dit Dortmunder. (Et il n'aimait pas le bateau.) Je veux connaître le fin mot de l'histoire.

– Quelle histoire ? Il n'y a pas d'histoire. On t'a engagé, tu as fait ton boulot, t'es allé dans le Vermont et t'as été payé. Il ne manque pas un dollar, hein ? C'est pas des draffs, hein ?

Kelp revint de la cuisine en annonçant :

– Il est dix heures et quart.

– Il est dix heures et quart, répéta Dortmunder dans le téléphone.

Il y eut un silence. Qui s'éternisa. Longtemps. Tiny s'était-il rendormi ?

– Tiny ?

Un long soupir serpenta le long de la ligne téléphonique. Et Tiny répondit :

– Si tu veux aller voir ces gens, Dortmunder, pourquoi t'y vas pas tout simplement ? Tu as besoin de l'adresse ?

– Je ne connais que Grijk, expliqua Dortmunder. Toi, tu es leur cousin, disons que tu peux te porter garant de moi.

– J'aime pas les réunions de famille, dit Tiny. J'ai fait tout ce que je pouvais pour ces types, maintenant c'est fini.

– Je te demande pas grand-chose, Tiny, dit Dortmunder, et il s'en tint là, attendant la suite.

Un long silence, encore plus long que le premier. Mais Tiny ne s'était pas rendormi, Dortmunder en était certain. Alors, il attendait.

De nouveau, un long soupir. Et Tiny dit :

– OK, Dortmunder, j'accepte pour cette fois.

– Merci, Tiny.

– Je les appelle, je te rappelle.

– Merci.

– Tu sais, Dortmunder, ajouta Tiny, tu risques d'aller trop loin un jour.

– Oh ! je ferai attention, Tiny.

– T'as intérêt.

Chapitre 30

– Zara Kotor et Drava Votskonia, je vous présente John Dortmunder et Andrew Kelp, dit Tiny.
– Salut !
– Comment ça va ?
– Appelez-moi Andy.
– Asseyez-vous, asseyez-vous.

Ils étaient réunis dans le petit salon du premier étage de l'ambassade de Tsergovie, au milieu des rideaux à pompons et des assiettes commémoratives. Tous les fauteuils et les canapés étaient recouverts de mohair ; on s'y enfonçait profondément, et ça grattait. S'asseyant dans le grand canapé bordeaux, sous le tableau entouré d'un cadre surchargé et représentant le fond d'une impasse à minuit durant une panne d'électricité, Zara Kotor tapota le coussin en mohair à ses côtés – paf, paf, la poussière s'éleva paresseusement – pour faire signe à Tiny de venir s'installer près d'elle, mais, curieusement, Tiny parvint à ignorer cet appel et il s'installa sur le canapé d'en face. Sur *tout* le canapé.

Pour finir, ce fut Kelp qui s'assit à côté de Zara, mais elle ne lui prêta aucune attention. Elle n'avait d'yeux que pour Tiny, tandis qu'elle déclarait :

– Je suis bien contente que vous soyez venus, les gars. J'avais peur qu'on n'ait plus l'occasion de se revoir et qu'on se perde de vue.

Tiny s'agita nerveusement sur le canapé, qui gémit de manière pitoyable, et dit :

– C'est Dortmunder qui veut vous parler. Lui là-bas.
– Ah ! oui, fit Zara en jetant un regard méfiant à Dortmunder. C'est vous qu'on a capturé.
– Et à qui on a raconté des salades.
– Mais vous vous êtes évadé.
– Ils m'ont pris pour un plouc, dit Dortmunder.

Il se sentait déprimé et gêné d'être obligé de se justifier de cette façon. On l'avait pris un plouc, oui. Et s'il restait sans réagir, c'est qu'ils avaient eu raison, non ?

Elle le dévisagea et hocha la tête, avec un petit sourire compréhensif.

– Et vous voulez vous venger.

– Je veux leur faire payer ça, en effet. Mais d'abord, j'aimerais savoir comment, si le Votskojek et vous êtes aussi pauvres que vous le dites, ils ont pu monter une arnaque aussi énorme ?

– Oh ! facile, répondit-elle, et son sourire se transforma en rictus. La réponse s'appelle Harry Hochman.

– Jamais entendu parler, dit Dortmunder.

– Il possède une chaîne d'hôtels. Les Relais du Bonheur.

– Ah ! oui, s'exclama gaiement Kelp. J'ai un tas de serviettes de chez eux chez moi.

– Moi, je leur garde un chien de ma chienne, dit Dortmunder. (Grijk parut intéressé par cette remarque.) Mais attendez un peu..., ajouta-t-il, Harry Hochman, ça ressemble pas à un nom votskojek.

– En effet, il est américain, expliqua Zara. Il a débarqué un jour à Novi Glad, il y a longtemps, avec de l'argent plein les poches, pour soudoyer les gens et les gouvernements, et, quand notre pays s'est scindé en deux, Hochman a décidé de miser sur le Votskojek. S'ils gagnent, il sera encore plus riche.

– C'est donc lui qui a tout financé, hein ? Ma petite balade dans le Vermont.

– Je crois qu'il possède une maison là-bas. (Elle se tourna vers Grijk.) Allez me chercher le dossier Hochman. Il est dans le tiroir noir.

Tandis que Grijk s'exécutait, en s'éloignant d'un pas pesant – boum, boum, boum dans l'escalier –, Dortmunder demanda :

– Vous possédez un dossier sur ce type ?

– Nous collectons des renseignements sur tous nos ennemis, répondit Zara, avec une étincelle dans le regard. Quand notre jour viendra, nous nous vengerons.

– S'il vient un jour.

– Il viendra.

Dortmunder acquiesça, songeur. Et il demanda :

– Qu'allez-vous faire maintenant, au sujet de l'os ?

– Impossible de le voler une deuxième fois, dit-elle. Ils se méfient maintenant.

– Il y a une autre solution ?

D'un air grave, digne d'un ambassadeur, elle déclara :

– Nous allons déposer une réclamation officielle auprès de l'Assemblée générale des Nations unies relative à la composition de la commission consultative.

– Vous voulez parler de l'archevêque ?

– Oui.

– Vous affirmez qu'il est partial ou je ne sais quoi et vous exigez son retrait ?

– Oui.

– C'est pas un peu trop tard ?

– Je déplore qu'on ne l'ait pas fait avant, en effet, avoua-t-elle.

Dortmunder acquiesça une fois encore.

– Et ça n'a aucune chance de marcher, pas vrai ? Parce que c'est trop tard. L'archevêque a déjà des préjugés religieux contre vous, à cause de l'os, et maintenant il vous en voudra à titre personnel, car vous avez osé dire qu'il ne pouvait pas se montrer équitable.

– Il ne *peut pas* être équitable !

– Maintenant moins que jamais, fit remarquer Dortmunder.

Zara soupira. Elle ressemblait moins à une ambassadrice tout à coup, et davantage à une étudiante de la fac du Bronx.

– Oui, on le sait bien, dit-elle. Mais nous avons essayé l'autre méthode et nous avons échoué. Désormais, ils se méfient de nous, et nous n'avons plus d'argent...

– Il vous en reste un peu, dit Dortmunder.

Immédiatement, elle redevint soupçonneuse, l'œil perçant et la mâchoire crispée, mais avant qu'elle ait le temps de répliquer, le boum boum de la démarche de Grijk résonna, et tous se retournèrent vers la porte. Grijk entra dans la pièce d'un pas pesant, en tenant deux gros classeurs à soufflets bordeaux soigneusement fermés par des rubans. Il les apporta à Zara qui en tendit un à Kelp, assis à ses côtés, pour qu'il le garde précieusement, tandis qu'elle ouvrait l'autre et passait en revue son contenu. En regagnant son fauteuil en mohair, Grijk s'arrêta devant Dortmunder, et lui glissa :

– Je foudrais bien un chien moi aussi.

Sous le regard sceptique de Dortmunder, Grijk reprit sa place, et Zara émit un grognement en se penchant pour déposer devant elle sur la table basse en bois sombre quelques documents provenant du dossier.

– Harry Hochman possède une station de sports d'hiver dans le Vermont, déclara-t-elle.

– Oh ! vraiment ?

Dortmunder prit sur la table basse une brochure tout en couleur sur la station de Mount Kinohaha. En la feuilletant, il tomba sur une éclatante photo de la rue commerçante en hiver.

– Le village, murmura-t-il. C'est exactement ça, le village qu'ils m'ont fait traverser.

Kelp se leva pour jeter un coup d'œil à la photo par-dessus l'épaule de Dortmunder.

– Bon sang, John. Avec tous ces skis et ces machins dans les vitrines, tu n'as pas pigé ?

– Il n'y avait pas de skis dans les vitrines, répliqua Dortmunder avec un semblant de patience. Ils avaient mis de la bouffe et des trucs comme ça. Et tous les gens étaient habillés en... Ah ! ah !

Kelp sursauta.

– Ah ! ah ?

– « Animation théâtrale estivale », lut Dortmunder en pointant le doigt sur l'expression utilisée dans la brochure. Voilà d'où venaient ces foutus villageois et leurs foutus costumes traditionnels.

– La vache ! s'exclama Kelp. On peut dire qu'ils t'ont sorti le grand jeu !

– Exact, dit Dortmunder. Pour que je finisse par craquer et leur avouer où était l'os, s'ils promettaient de me ramener aux États-Unis. En partant du Vermont !

Le front plissé, il se tourna vers Zara qui continuait à parcourir le dossier, le front plissé elle aussi.

– Mais le château de Dracula ? demanda-t-il. Là où ils voulaient me conduire quand je me suis enfui ?

– Hochman possède une baraque dans le coin, dit-elle. Je cherche une... Ah, voici !

Cette fois, elle sortit du dossier une liasse de feuilles découpées dans un magazine et agrafées. Elle les tendit, et Kelp s'avança pour les prendre et les remettre à Dortmunder, mais il s'attarda en route pour feuilleter les pages du magazine, absorbé par ce qu'il voyait.

Dortmunder dut intervenir :

– Andy ? Tu permets ?

– Hein ? Oh ! oui, pardon. Tiens.

Andy lui tendit les feuilles.

Celles-ci provenaient d'une revue d'architecture ; tout un article consacré au château flambant neuf de Harry Hochman, situé dans les

Green Mountains du Vermont. Avec des photos de l'extérieur et de l'intérieur, et tout un charabia qui utilisait abondamment le mot *volume*, comme dans « volume d'air », « volume d'espace », « volumes contrastés de lumière et d'obscurité ». Quant aux « volumes qui flanquaient la cheminée », il s'agissait de livres en l'occurrence, ce qui compliquait les choses.

– Ça ressemble pas au château de Dracula, commenta Kelp. Je trouve ça plutôt chouette à vrai dire.

Dortmunder montra une photo de l'édifice vu du pied de la colline, en contre-plongée, sur laquelle les volumes architecturaux se découpaient en une silhouette sombre sur le volume bleu clair du ciel.

– C'est comme ça que *je* l'ai aperçu, OK ?

Kelp plissa les yeux, pour mieux voir, et il contempla si longuement la photo que, finalement, Dortmunder tourna la page d'un geste brusque pour découvrir le reste de l'article. Il le parcourut brièvement et tourna ensuite les pages, dans un sens puis dans l'autre, avant de lever les yeux vers Zara Kotor.

– Peut-être, dit-il, qu'on pourrait s'aider mutuellement dans cette affaire.

Chaque fois qu'elle avait des doutes, Zara Kotor replongeait inévitablement dans la paranoïa.

– Je ne vois pas comment, répondit-elle avec un regard glacial, qui curieusement épargna Tiny, occupé à se faire le plus discret possible si c'était possible. Je ne vois pas du tout comment.

– Eh bien, dit Dortmunder en tapotant l'article de magazine étalé sur ses genoux, nous voulons l'un et l'autre quelque chose, il me semble. Vous, vous voulez votre siège à l'ONU, autrement dit, vous voulez votre os, et moi, j'ai un compte à régler avec quelques aubergistes qui jouent aux malins.

– Je vous l'ai dit, nous avons renoncé à cette tactique, répliqua-t-elle. Les mesures de sécurité seront *beaucoup* plus strictes désormais. De toute façon, c'est presque trop tard maintenant. Ils ont déjà des photos de la relique, des radios, des résultats d'examens.

– Pas assez pour prouver que c'est la bonne, dit Dortmunder.

– Non, pas encore, concéda-t-elle. Mais ça ne saurait tarder. Et ensuite, même si on récupère l'os, ils pourront prouver qu'il était en leur possession autrefois.

– Mais pas encore.

– Mais bientôt.

– Mais pas encore. D'ailleurs, rien ne nous empêche de piquer aussi les résultats des examens pendant qu'on est dans le coin.

Zara laissa échapper un soupir d'exaspération.

– D'accord. Très bien. Mais ça ne se passera pas comme ça.

– Pourquoi donc ? demanda Dortmunder. À condition d'agir vite, on peut gagner sur tous les tableaux. Vous, vous serez enfin admis dans ce club très privé dont vous rêvez, et moi, je pourrai coller mon poing sur la figure de ce Hochman. À condition d'agir vite, et de nous entraider.

– Comment ?

– Je n'ai pas encore réglé les détails, admit Dortmunder, mais je vais m'en occuper, du moment que je suis sûr de pouvoir compter sur vous.

– Pourquoi faire ?

– Eh bien... derrière vous, vous avez tout un pays. Vous avez... (Dortmunder cherchait le mot juste)... des moyens que nous n'avons pas, en tant que pays.

– Par exemple ?

– Des armées, des avions de combat...

Zara sursauta, choquée, et se redressa d'un bond sur le canapé.

– Seigneur, pas question de déclarer la guerre au Votskojek ! Pas ici en plein New York !

– Oh ! les gens ici le remarqueraient à peine, répondit Dortmunder. Mais je ne parlais pas de ça. Je voulais simplement dire que vous pourriez nous apporter une sorte de soutien, quoi qu'on décide de faire, n'importe quoi.

– *N'importe quoi ?* dit-elle, l'air méfiant. Vous savez, vous me rappelez de plus en plus ces types à la fac, ce genre de gars un peu crétins qu'on ne remarque pas – il y en avait tout un tas comme ça à Bronx Science –, et, un jour, ils vous disent : « J'ai une super-idée », et ils s'en vont, en parlant tout seul, et qu'est-ce qu'on apprend tout à coup ? Le labo a pris feu.

– Non, pas cette fois, déclara Dortmunder. Si quelque chose prend feu, ce sera pas à vous. (Se tournant vers Tiny, il demanda :) Tu as quelque chose de prévu ces prochains jours ?

– Oui, désolé.

Dortmunder parut surpris.

– Ah bon ? On peut savoir ce que tu as l'intention de faire.

– J'ai l'intention de vous éviter tous autant que vous êtes, répondit Tiny.

Dortmunder acquiesça.

– Je comprends ce que tu ressens.

– Laisse-moi quand même t'expliquer. Franchement, tu m'étonnes, Dortmunder. Peut-être que *toi* tu peux te nourrir du plat froid de la vengeance, mais moi, je serais plutôt du genre repas complet.

– Je suis d'accord.

– Alors, je te réponds aujourd'hui ce que tu m'as déjà répondu la première fois, quand je suis venu te parler de cette histoire d'os. Tu t'en souviens ?

– Tu fais allusion à ma devise familiale ?

– Exactement. C'est comment déjà ?

– *Quid lucrum istic mihi est ?*

– Ouais, c'est ça, dit Tiny. « Où est mon intérêt là-dedans ? » Désolé, Dortmunder, je suis obligé d'être d'accord avec tes ancêtres.

– Ne sois pas désolé, Tiny. Écoute plutôt ceci. (Dortmunder baissa la tête pour lire les pages du magazine posées sur ses genoux.) « ... Dans cette galerie dépourvue de fenêtre et climatisée, située sous le bâtiment principal, taillée de manière impressionnante dans le volume de la paroi rocheuse de la montagne elle-même, sur laquelle se dresse le château, les Hochman ont installé leur immense collection d'œuvres d'art, modernes et anciennes. Ici, les Matisse et les Impressionnistes côtoient dans une atmosphère détendue des statues crétoises et des vestiges de l'art religieux primitif italien. À l'intérieur des volumes de cet espace complexe, au plafond bas et à l'éclairage tamisé, loin des regards curieux de la foule exaspérante, les Hochman peuvent se retrouver seuls avec leurs œuvres chéries, prudemment évaluées à plus de six millions de dollars. »

– Nom de Dieu ! s'exclama Tiny, et Kelp, lui, semblait aux anges.

Dortmunder leva la tête. Le rictus autour de sa bouche ressemblait presque à un sourire.

– Finalement, déclara-t-il, il semblerait qu'il y ait quelques bénéfices à retirer de cette affaire. Mes ancêtres seraient fiers de moi.

Chapitre 31

Cette fois-ci, la réunion eut lieu chez Dortmunder, et par conséquent, les deux sacs à provisions de May, contenant les bénéfices en nature du Safeway étaient remplis de quatre-vingt-dix pour cent de bière et de dix pour cent de chips. Éparpillés dans le living-room, qu'ils remplissaient à ras bord, levant le coude et mastiquant bruyamment, May, Kelp, Tiny et Stan Murch attendaient tous que Dortmunder dise quelque chose, mais Dortmunder était plongé dans ses pensées, affalé dans son fauteuil préféré, les yeux fixés sur sa boîte de bière, le regard sombre. Et, en attendant que Dortmunder parle, tous les autres parlaient.

– Je l'avoue, déclara Tiny, ces gus m'ont donné envie de vérifier si le sang est *vraiment* plus épais que l'eau, mais c'est peut-être mieux comme ça finalement. Avoir un pote à l'ONU, ça peut servir des fois. Pour les billets d'avion, ou des trucs comme ça.

– En ce qui me concerne, dit Kelp, j'ai l'impression d'avoir des sortes de liens intimes avec cet os maintenant, comme si je connaissais cette gamine. C'est quoi son nom déjà ?

– Ferghana, répondit Tiny.

– Ouais, exact, dit Kelp en levant les paumes comme s'il soupesait une pastèque. J'ai tenu cet os dans les mains. Je l'ai trimbalé d'un endroit à un autre. Je l'ai libéré des stups. Je me sens attaché à lui.

– Vous savez à quoi je pense moi ? dit Stan. Aux montagnes du Vermont... Si j'ai bien compris, le moyen le plus rapide pour les descendre, c'est de tout dévaler au point mort.

May intervint :

– Pourquoi ne pas couper le moteur tout simplement ?

– On pourrait, dit Stan. Mais, de temps à autre, tu risques d'avoir besoin de freiner quand même Et pour freiner, faut que le moteur marche. Mais d'un autre côté, s'il y a pas de virages *vraiment* raides dans la...

– Le problème c'est..., dit Dortmunder.

Tout le monde la boucla et se tourna vers lui. Mais il n'ajouta rien d'autre ; il resta assis dans son fauteuil, à regarder le genou gauche de Kelp à l'autre bout de la pièce, en fronçant les sourcils.

Le problème, c'était le temps. Dortmunder n'avait pas l'habitude de réfléchir sous la pression comme ça. Habituellement, vous décidez du truc que vous voulez prendre, vous réfléchissez à l'endroit où il se trouve et aux mesures de sécurité que vous pouvez rencontrer, vous réfléchissez à la main d'œuvre et à la géographie, à la météo éventuellement ou tout autre facteur susceptible d'entrer en jeu, et après un certain temps, vous trouvez un moyen pour entrer, prendre le truc et ressortir, sans faire d'histoires. Mais là, dans la situation présente, il avait perdu son calme, il n'avait pas supporté d'être traité avec un tel dédain dédaigneux, et devant tout le monde il avait juré de se venger, et il avait inclus la Tsergovie et leur foutue côtelette dans l'équation, en partie à cause du soutien tactique qu'ils avaient foutrement intérêt à lui fournir, et tout ça impliquait *une date limite.* Si ce coup devait être fait, mieux valait qu'il soit fait le plus tôt possible. Voilà donc quel était le problème ; n'importe qui peut réfléchir rapidement, mais comment réfléchir rapidement quand il le faut impérativement ?

Comme Dortmunder n'exprimait rien de tout cela à voix haute car comment exprimer ce qui est davantage une sensation qu'une pensée cohérente ? –, les autres se lassèrent d'attendre et recommencèrent à bavarder entre eux.

– Le bon côté, déclara May, c'est qu'on n'est pas obligés d'aller dans le Vermont en hiver. Je crois savoir que le climat peut être rude là-haut.

Kelp confirma d'un petit hochement de tête.

– Glisser et dévaler les pentes des montagnes avec des peintures sous le bras, dit-il. Tu imagines le tableau !

– Oh ! pas d'accord, dit Tiny. Y a des machins modernes qui sont chouettes. Josie et moi, on aimerait bien accrocher un truc dans notre salon, au-dessus du canapé. Un truc dans les différents tons de vert, vous voyez. C'est Josie qui dit ça. Peut-être que je prendrai ma part du gâteau sous forme de tableau.

– Dans ce cas, dit May, t'as intérêt à laisser J. C. le choisir.

– Oh ! oui, dit Tiny. Je sais bien.

Stan dit :

– Je me demande de quelle façon ma mère va réagir dans le Vermont, si elle doit aller là-bas. Vous savez bien comment elle devient dès qu'elle quitte New York. Vous croyez qu'on aura besoin d'elle ?

– Difficile à dire, répondit May.

Kelp intervint :

– Si elle considérait ça comme des vacances, peut-être que...

– L'autre problème, c'est..., déclara Dortmunder, et il s'arrêta, en contemplant sans la voir une tache sur le mur opposé, là où un policier importun avait un jour appuyé sa paume, pendant que May lui expliquait qu'elle ne pouvait faire aucune suggestion concernant l'endroit où se trouvait présentement son conjoint.

L'autre problème, c'était qu'il y avait deux boulots en un, à trois cents kilomètres de distance. Les mesures de sécurité autour de l'os seraient bien plus strictes que la dernière fois, et comment savoir de quelle façon Harry Hochman avait protégé son château dans le Vermont ? N'y avait-il pas dans l'Histoire un exemple prouvant qu'il ne fallait jamais mener une guerre sur deux fronts ? Et tout d'abord, où trouver la main d'œuvre, hein ? Comment faire pour contrôler en même temps ce qui se passe à New York et dans le Vermont ?

En ne faisant pas les deux choses en même temps ?

Y avait-il un moyen de les regrouper ?

Les observateurs attendaient, et attendaient, en se demandant quel était donc cet autre problème, et également quel était le premier problème, mais apparemment, Dortmunder n'avait rien à ajouter. On le vit ensuite pousser un soupir et boire une gorgée de bière... non. La boîte était vide. Il lui jeta un regard lourd de reproches, la secoua – pas de vagues – et se leva. Il quitta la pièce, et Kelp dit :

– Je me demande, May, si cette fois John n'a pas eu les yeux plus...

La tête de Dortmunder réapparut dans la pièce.

– Tiny, dit-il.

– Ouais ?

– Appelle tes potes et demande-leur s'ils peuvent nous dégoter un hélico.

Sur ce, la tête de Dortmunder disparut de nouveau.

– Alors là, j'ai des doutes, dit Tiny, mais il décrocha le téléphone malgré tout.

Avec un sourire enjoué, Kelp dit :

– Ça fait longtemps qu'on n'est pas montés dans un hélico. Tu te souviens, Stan ?

Stan semblait d'humeur légèrement maussade.

– Je te parie, dit-il, que ces gens-là ont leur propre pilote.

Dans la cuisine, debout devant le réfrigérateur ouvert, Dortmunder réfléchissait.

– Et l'*autre* autre problème, dit-il à voix haute, c'est l'ONU, finissant sa phrase pour une fois.

Le problème avec l'ONU, c'était que si les Tsergoviens récupéraient un os douteux, à cause de la façon dont il était entré en leur possession, par exemple, un truc dans ce genre, ça risquait de leur faire du tort au lieu de les aider, lorsqu'il s'agirait d'influencer les gens des Nations unies pour qu'ils leur refilent leur siège. Conclusion, quelle que soit la méthode utilisée pour faire le coup, l'os devait ressortir intact. Comme une voiture volée avec des papiers en règle. D'une manière ou d'une autre, ils devaient trouver l'équivalent d'une belle carte grise pour cet os.

Dortmunder commençait à frissonner ; il faisait vachement froid ici. Il s'aperçut alors qu'il était toujours debout devant le réfrigérateur ouvert, et il ferma la porte, fit demi-tour, revint sur ses pas, rouvrit la porte du frigo, prit une bière, referma la porte, ouvrit la bière (en se retournant l'ongle du pouce, aïe, ça faisait mal) et, en se suçotant le pouce, l'air songeur, il retourna dans le living-room, où Tiny déclara :

– Pas d'hélico.

– Quoi ?

Tiny secoua la tête ; il s'attendait à un truc comme ça.

– Tu as oublié, hein ?

– Oh ! l'hélicoptère ! dit Dortmunder, en renversant de la bière sur lui au moment où il se rasseyait. (Sans y prêter attention, il but une gorgée.) OK, pas d'hélicoptère.

– Ça ne fout pas tout ton plan en l'air ? demanda Kelp.

– Quel plan ? demanda Dortmunder, très intéressé.

– Je pensais que tu avais imaginé quelque chose.

Dortmunder acquiesça, il comprenait. Et il continua de hocher la tête pendant un moment, si bien que les autres reprirent leur conversation. Stan disait à Tiny :

– Si ce pays ne possède pas d'hélicoptère, pourquoi pas utiliser un bateau ? On pourrait maquiller un porte-avions ou un machin comme ça, plus petit sans doute, et remonter en douce l'East River, pour prendre le bateau des autres à l'abordage.

Tiny secoua la tête ;

– Ils n'ont pas de marine.

– Allons, dit Kelp, tout le monde a une marine. Tous les pays, je veux dire.

– Non, pas la Tsergovie, répondit Tiny. Et les autres non plus, d'ailleurs. Le Votskojek. Ils n'ont pas de côtes, donc ils n'ont pas de marine.

Stan semblait déçu.

– Donc, dit-il, ils n'ont pas de bateaux ?

– Ils auraient foutrement du mal à les mettre à l'eau, expliqua Tiny.

May intervint :

– C'est peut-être pour ça que les Votskojeks ont installé leur ambassade sur un bateau. Peut-être que pour eux, c'est romantique, une sorte de dépaysement.

– Possible, répondit Tiny, indifférent.

– Andy, dit Dortmunder.

Tout le monde se tourna vers lui.

– Oui, John ?

– Tu connais un tas de gens.

Kelp sourit.

– Je connais pas *tout le monde*, mais j'en connais pas mal, c'est vrai.

– Je pense à des receleurs.

– Pigé.

Tiny demanda :

– C'est pas un peu prématuré, Dortmunder ? Il vaudrait mieux pas récupérer la marchandise d'abord ?

– Non, pas pour ce coup-là. (Dortmunder tendit la main droite devant lui et mima quelques petits gestes avec le bout des doigts, comme s'il tentait de saisir quelque chose.) Pour l'instant, je tiens le bout d'une idée. Je *crois* que je tiens le bout d'une idée et, si j'ai vu juste, on doit être sûr d'avoir le receleur à l'avance. Mais un receleur très particulier.

Kelp déclara :

– Tu connais les mêmes personnes que moi, John.

– J'espère que non, répondit Dortmunder. Par contre, j'espère que tu connais un type qu'on n'utiliserait pas en temps normal, qu'on utiliserait uniquement si on faisait un gros coup énorme, un casse à tout casser, un type qui s'intéresse pas à un vulgaire cambriolage de bijouterie.

Kelp acquiesça.

– Oui, je vois. Un recel du genre collection d'œuvres d'art estimée prudemment à six millions de dollars, c'est ça dont tu parles ?

– Oui, répondit simplement Dortmunder.

– Tu sais, John, dit Kelp, j'ai pas souvent eu l'occasion dans ma vie de contacter des gars comme ça, mais il se pourrait que je connaisse des gars qui connaissent des gars. Laisse-moi me rencarder, OK ?

– Vas-y, dit Dortmunder.

– C'est pas le genre de questions qu'on pose au téléphone, fit remarquer Kelp. Faut que j'aille voir des gens.

– Très bien, dit Dortmunder, sans le quitter des yeux.

Kelp regarda autour de lui ; tout le monde dans la pièce avait maintenant les yeux tournés vers lui. Il croisa de nouveau le regard de Dortmunder, et dit :

– Oh ! tu veux dire *maintenant* ?

– Ça peut pas faire de mal.

Zut. Kelp aimait bien cette ambiance, être assis là avec les potes autour du cerveau en ébullition de Dortmunder, bavardant de choses et d'autres.

– Oh ! d'accord, John, dit-il, et il se leva. S'il est pas trop tard, je repasserai par ici.

– Il ne sera pas trop tard, déclara Dortmunder.

– Dans ce cas, je repasserai, dit Kelp, et Dortmunder hocha la tête.

Mais sa tête continua de s'agiter de cette façon, lentement, de haut en bas, de bas en haut, de haut en bas, et Kelp comprit que le dernier contact entre John Dortmunder et la planète Terre venait de s'interrompre, alors il dit au revoir aux autres, puis s'en alla et, six minutes plus tard, Dortmunder interrompit la conversation générale en disant :

– Stan.

– Présent ! dit Stan.

Dortmunder posa sur lui un regard perçant.

– Tu connais un bon chauffeur ?

Stan se cabra.

– En voilà une question ! *Je* suis un bon chauffeur !

– Quelqu'un d'autre.

– Ma maman !

Dortmunder laissa échapper un petit soupir.

– Est-ce qu'on pourrait s'écarter légèrement de ton cercle familial ?

Stan demanda :

– Combien de chauffeurs il te faut ?

– Je sais pas encore. Qui sont les bons ?

– Bah, y a toujours Fred Lartz, dit Kelp. Il est très bon, ajouta-t-il à contrecœur.

– Je croyais qu'il avait renoncé au volant, dit Dortmunder.

– Euh, oui, exact, dit Stan, mais maintenant, c'est sa femme, Thelma, qui conduit. Lui, il reste assis à côté d'elle.

– Donc, c'est Thelma le chauffeur.

– D'une certaine façon. Je croyais que tu le savais.

– Elle est comment ?

– Elle est bonne, John, dit Stan, quelque peu surpris. En fait, elle est même meilleure que l'était Fred.

May intervint :

– J'ai jamais compris pourquoi Fred Lartz avait abandonné le volant.

Stan se chargea des explications, étant donné que le regard de Dortmunder se perdait de nouveau dans le vague.

– Apparemment, en rentrant chez lui après un mariage, il s'est trompé de sortie sur l'autoroute, à la hauteur de Kennedy Airport, et il s'est retrouvé sur la piste 17, et il a percuté un avion d'Eastern Airlines venant de Miami ; il a passé plusieurs mois à l'hosto et, depuis, il fait plus confiance à son instinct. Alors, c'est Thelma qui conduit, et Fred s'assoit à côté d'elle.

Dortmunder revint sur terre.

– On peut l'avoir ?

– Tu veux parler de Thelma ? dit May.

– Euh, les deux.

– Pour quand ? s'enquit Stan.

Ah ! voilà la grande question. Dortmunder semblait souffrir le martyre, comme s'il subissait une opération dans la région du bas-ventre, sans anesthésie. Finalement, il dit :

– Aujourd'hui, on est...

– Mercredi, dit May.

Dortmunder soupira. On aurait dit qu'il souffrait maintenant d'un mal de dent, un abcès.

– Samedi, décréta-t-il.

À la surprise générale.

– Si vite ? dit May.

– C'est déjà tard, répondit Dortmunder. Ça leur laisse... euh, la journée du mercredi est finie ou elle commence à peine ?

– Quoi, aujourd'hui ? (May dut réfléchir un instant.) La journée est terminée.

– Donc, ça leur laisse deux jours pleins avec l'os. Pour le photographier, le mesurer, prendre des radios, et tout le tintouin. Si on pouvait agir dès demain, ce serait mieux, mais on peut pas.

– Sur ce point, tu as raison, dit Tiny.

– Alors, demanda Stan, tu veux que je prévienne Fred ou pas ?

– Thelma, tu veux dire ? rectifia May.

– En fait, dit Stan, c'est Fred qui s'occupe du planning.

– Va les voir, dit Dortmunder avec un tact inattendu, et demande-leur s'ils sont libres samedi *éventuellement*.

Stan se renversa au fond de son siège pour réfléchir.

– Ils ont déménagé dans le Bronx afin de s'éloigner de l'aéroport, dit-il en réfléchissant à voix haute. Avec les travaux sur le Bruckner, je crois que je vais rester sur le Henry Hudson. Certes, y a un péage pour traverser Spuyten Duyvill, mais ça vaut quand même le coup.

– Parfait, dit Dortmunder.

Et il observa Stan, attendant que celui-ci s'en aille. Stan termina sa bière sans se presser et jeta un regard circulaire autour de lui.

– Je dépose quelqu'un ?

– Il y a que toi qui t'en vas, dit Dortmunder.

– Je reviendrai, décida Stan, puis il se leva et s'en alla.

Tiny prit la parole :

– Ne m'envoie pas quelque part, Dortmunder.

Mais ce dernier n'écoutait pas. Au lieu de cela, renversant encore un peu de bière sur lui, il farfouilla par terre près de son fauteuil et se redressa finalement en brandissant les pages déchirées dans le magazine qu'il avait emprunté à Zara Kotor. (« Tiny n'aura qu'à me les rapporter, avait-elle suggéré. Quand vous aurez terminé. ») Observant d'un air concentré les jolies photos en couleur de l'intérieur du château de Harry Hochman dans le Vermont, il ordonna :

– Appelle-les autres, pour savoir s'ils ont du matériel d'espionnage.

Tiny et May étaient les deux seules personnes restantes dans la pièce, et tous les deux supposèrent que c'était à Tiny que s'adressait Dortmunder. Tiny occupait quasiment tout le canapé ; le téléphone était posé sur la table d'angle, dangereusement proche de son coude droit. En décrochant et en composant le numéro, il dit :

– Si vous aviez un téléphone avec la touche « bis », ce serait quand même plus facile.

– N'imite pas Andy, rétorqua Dortmunder.

Apparemment, le téléphone sonna longuement. Puis Tiny se mit à parler, et, au bout d'un moment, ils l'entendirent qui disait : « Non, je savais pas qu'il était si tard », comme s'il s'en fichait complètement. Après quoi il posa sa question et se retourna vers Dortmunder.

– Grijk dit qu'il y a pas de problème. Ils ont plein de matériel d'espionnage. Quel genre de matériel tu veux ?

Dortmunder haussa les épaules.

– Des téléobjectifs, suggéra-t-il. Des micros miniatures qu'on envoie avec des flèches. Tous les gadgets à la James Bond.

« Les gadgets de James Bond », répéta Tiny dans l'appareil, avant de revenir sur Dortmunder.

– Ils disent qu'ils ont des tonnes de saloperies de ce genre. Malheureusement, c'est du matos de troisième main. Ils l'ont racheté au Pakistan et à Chypre, qui eux-mêmes l'avaient acheté au Mexique, à l'Australie et au Koweït.

– Il marche encore ?

– Oh ! oui, évidemment. Mais il n'est plus sous garantie depuis longtemps, tu comprends.

Dortmunder se tourna vers May.

– Parfois, soupira-t-il, c'est décourageant. Ne jamais travailler avec du bon matériel. J'ai l'impression d'être brimé dans mon élan.

– Tu feras de ton mieux, lui dit May pour le réconforter.

– Oui, oui, bien sûr. (Il se retourna vers Tiny.) Dis-lui que nous passerons demain vers... je ne sais pas... onze heures, pour voir ce qu'il a.

– Le matin ou le soir ?

– Hein ?

Dortmunder fit marche arrière dans la conversation, retrouva l'endroit qui correspondait à la question et dit :

– Le matin. Demain matin à onze heures.

Pendant que Tiny discutait au téléphone, Dortmunder observa May avec un froncement de sourcils colossal et, finalement, il demanda :

– Est-ce qu'on a une carte ?

Habituée à un tel comportement dans de telles circonstances, et donc nullement déroutée, May répondit d'un ton rassurant :

– Je suis sûre que oui. Tu voudrais voir quelque chose de particulier sur cette carte ?

Il fit un geste des deux mains, et les pages du magazine voltigèrent.

– Eh bien... disons... ici et là-bas. Le Vermont.

– Le Vermont, dit-elle en se levant.

– Et ici aussi.

May quitta la pièce, et Dortmunder observa les feuilles dans sa main, comme s'il tenait une lettre d'insultes anonyme. Au bout d'un moment, Tiny raccrocha et déclara :

– Ils t'attendent demain, à onze heures, avec tout leur matos, mais j'ignore ce que c'est.

– Ils *nous* attendent, rectifia Dortmunder.

Tiny secoua la tête, rejetant cette rectification.

– Non, *toi* seulement. Zara est déjà au courant, j'ai rendez-vous chez le dentiste demain. Impossible d'annuler.

– Ah ! Je ne savais pas.

– Eh bien maintenant, tu sais, répliqua Tiny avec emphase. (Il regarda autour de lui.) Où est-ce que tu as envoyé May ?

– Dans le Vermont.

– Quoi ?

May revint au même moment, avec les résultats de ses recherches dans la chambre et la cuisine : deux cartes routières et un almanach vieux de quinze ans. Une des deux cartes concernait New York et ses environs ; l'autre, la Nouvelle-Angleterre. L'almanach contenait lui aussi des cartes, mais principalement de zones beaucoup plus étendues, comme des continents.

– Ce qui est bien avec la carte de la Nouvelle-Angleterre, expliqua-t-elle en lâchant le tout sur les genoux de Dortmunder, c'est qu'on voit New York tout en bas dans le coin à gauche.

En effet. Et, après une longue et exaspérante recherche, il découvrit également Middleville, dans le Vermont, la chiure de mouche correspondant à l'adresse postale de la station de sports d'hiver du Relais du Bonheur de Mount Kinohaha, avec son centre artistique estival, et non loin de là, quelque part, se trouvait le château de Harry Hochman. Tout cela était sacrément haut sur cette carte, très loin de New York. Dortmunder s'efforça de calculer la distance, du point A au point B au point C, et ainsi de suite, et ainsi de suite, pour finalement en conclure que Mount Kinohaha se trouvait entre quatre cents et cinq cents kilomètres de New York. Cinq heures de voiture disons. La ville de Bennington, dans le Vermont, possédait un aéroport – un *aéroport international,* excusez du peu – mais, compte tenu du motif de leur voyage, peut-être était-il préférable de mettre de côté les transports publics.

Donc, il fallait aller d'ici à là, puis de là à ici...

Et après ?

Dortmunder releva la tête pour regarder d'un œil perçant, à travers le front de Tiny, un objet qui se trouvait un pâté de maisons plus loin.

– Est-ce qu'ils ont une photo ?

– Évidemment, répondit Tiny. Qui et de quoi ?

– Eux, expliqua Dortmunder. Quand *il* est dans l'église.

– Oh ! tu parles de l'os ? Comment il est exposé tu veux dire ? Quand il est chez lui ?

– Dans la cathédrale des Rivières de Sang, dit Dortmunder qui n'avait pas oublié le boniment de Hradec Kralowc, lorsqu'il incarnait Diddums le touriste. À Novi Glad.

– Grijk va être fou de joie, dit Tiny, avant de reprendre le téléphone.

Pendant ce temps, Dortmunder regarda autour de lui, mais May avait disparu. Il essayait de s'expliquer ce phénomène quand elle réapparut avec des bières toutes fraîches pour tous les trois, déjà ouvertes. Elle posa celle de Tiny près du téléphone – il marmonnait avec quelqu'un dans l'appareil, sans doute Grijk –, la sienne à côté de son fauteuil, et s'approcha de Dortmunder pour prendre la boîte vide dans sa main libre et la remplacer par une pleine. Maintenant, il avait les cartes dans une main, sa bière dans l'autre, l'almanach et les pages du magazine sur les genoux. Il leva les yeux vers May, et déclara :

– J'ai oublié.

– Oublié quoi ?

Il secoua la tête.

– Je ne sais pas. Quelque chose.

Tiny dit :

– Grijk dit qu'ils ont des tas de photos.

Dortmunder dit :

– Demande-lui de te les décrire. Où est-ce qu'ils conservent le machin ? Est-ce que les gens peuvent le voir ?...

Tiny relaya la question et la réponse :

– Ouais.

– Mais comment ? Il est dans quelque chose ?

Questions ; réponse.

– Il est dans un coffret en verre, comme un petit cercueil transparent, sur une nappe d'autel, sur un autel, dans un des renfoncements sur le côté de la cathédrale. Attends une minute... (Tiny écouta ce qu'on lui disait au bout du fil.) Un coffret en ferre... *en verre* avec des pierres précieuses dessus.

– Est-ce qu'il sait où il est maintenant ?
– Pourquoi tu ne t'adresses pas à lui directement, Dortmunder ?
– C'est ton cousin. Et, de plus, tu es juste à côté du téléphone.
Tiny grommela, mais il posa la question malgré tout et répéta la réponse :
– Il dit qu'il appellera Osigreb demain matin.
– Qui ça ?
– C'est pas le nom d'une personne, Dortmunder. C'est la capitale de la Tsergovie.
– OK.
Tiny écouta encore, hocha la tête et dit :
– Grijk dit que si tu as d'autres questions, pourquoi tu n'attends pas demain matin ?
– Le Dr Zorn, dit Dortmunder.
Tiny le regarda en fronçant un sourcil, mais il répéta le nom dans le téléphone, attendit, puis répéta à Dortmunder ce qu'on lui avait dit :
– C'est un très sale type. Si tu as besoin d'un médecin, Grijk dit qu'il peut te recommander un excellent toubib, le médecin officiel de l'équipe olympique de Tsergovie. Mais ne va pas voir le docteur Zorn ; il tue les bébés.
– Il ne les mange pas ensuite ? s'étonna Dortmunder.
– J'avais laissé ce détail de côté, avoua Tiny. À cause de May.
– Merci, Tiny, dit May.
Tiny avait toujours l'oreille collée contre le combiné.
– Il n'a aucune morale, il se vend au plus offrant... (Il intervint, en plaquant sa main sur l'appareil.) On parle toujours du docteur Zorn.
– J'avais compris, dit Dortmunder.
– Ah ! d'accord. Ah bon ? fit Tiny dans l'appareil d'un ton surpris et intéressé. (Il s'adressa à Dortmunder ensuite.) Il habite dans un grand château au Votskojek, qu'il a racheté à la famille Frankenstein.
– C'est bien lui, on dirait, commenta Dortmunder. Grijk sait où il est ?
Tiny posa la question, et la réponse suivit :
– À New York. Il travaille sur la lutte contre la famine pour le compte des Nations unies. Grijk dit que c'est un trafesti ? C'est quoi un trafesti ?
– Un truc qu'on trouve là-bas en Europe de l'Est.
– Oh ! (Tiny écouta, hocha la tête, leva les yeux de nouveau vers Dortmunder.) C'est *lui* qui a une question à te poser maintenant. (Il écouta.) Il voudrait savoir s'il peut retourner dormir ?

– Pourquoi pas ? (dit Dortmunder).

Tiny lui jeta un regard mauvais, dit encore quelques mots dans le téléphone, sur un ton rassurant, et raccrocha, mais au même moment le téléphone sonna. Alors, il décrocha de nouveau, lança un « Ouais » agressif et se retourna vers Dortmunder pour dire :

– C'est Kelp.

– Parfait.

Tiny lui tendit le combiné.

– Tu veux bien prendre cet appel ?

Dortmunder secoua la tête, en disant :

– Tu es juste à côté.

– Il se pourrait que je déplace le téléphone, répliqua Tiny. À vrai dire, il se pourrait même que je déplace le mur ! (Dans l'appareil, il demanda d'un ton grinçant :) Alors, c'est quoi ta bonne nouvelle ? (Il écouta.) Ah oui ? (Il écouta encore.) OK. (Il écouta encore.) Bien sûr. (Il écouta encore.) Attends, je vais lui dire.

– C'est pas trop tôt, dit Dortmunder.

– Kelp dit qu'il a trouvé un gars. Un receleur. Il lui a parlé, et le gars est peut-être intéressé, mais il veut te rencontrer.

– Très bien. Il passe me chercher ?

– Hé, Dortmunder, c'est le milieu de la nuit !

– Oh ! d'accord. Il est tard, hein ?

– Le type propose de te rencontrer demain à une heure, dit Tiny. Et Kelp passera ici vers midi et demi.

– Non, dit Dortmunder. Il n'a qu'à me retrouver à la boutique à onze heures.

– C'est une ambassade.

– Il comprendra de quoi je parle.

Quoi qu'il en soit, quand il transmit le message, Tiny employa le mot *ambassade*. Puis il raccrocha et dit :

– C'est bon, il y sera. *Lui, mais pas moi.*

Et le téléphone sonna. Tiny lui jeta un regard dépourvu d'amour.

– Je commence à en avoir marre de ce truc.

– Généralement, dit May, on ne reçoit pas autant d'appels la nuit.

– Personne n'en reçoit autant, à part les hôpitaux, répliqua Tiny.

Et il décrocha le téléphone, en mordant dedans à pleines dents. Enfin, pas tout à fait ; mais son *Allô* était capable de vous faire une oreille en choux-fleur. Après quoi, il modula légèrement sa voix pour dire :

– Salut, Stan. Non, tout va bien.

– Ah ! je savais que c'était Stan, dit Dortmunder.

– Oui, je vais lui dire, dit Tiny, et il le fit : Fred est partant, dit-il.

– Thelma, tu veux dire, rectifia May.

– Les deux, dit Tiny. Ils sont disponibles. (Il écouta ce qu'on lui disait, acquiesça, et dit :) Compte sur moi pour transmettre le message.

Sur ce, il raccrocha d'un geste brutal et dit :

– Il dit qu'il faut pas prendre le pont Henry Hudson, parce que les cabines de péage sont en travaux.

– Je m'en souviendrai, promit Dortmunder.

– Parfait. Dernière chose : si ce téléphone sonne encore une fois, Dortmunder, tu seras obligé d'en acheter un autre ! Et tu auras peut-être besoin aussi d'un proctologue.

Heureusement, le téléphone resta muet, pendant que Tiny se relevait péniblement, en disant :

– Fini pour ce soir.

– Oui, je crois, dit Dortmunder.

Il avait commencé à retrouver son comportement normal, déprimé, mais le cerveau intact.

– Je te raccompagne, dit May à Tiny, en joignant le geste à la parole, pendant que Dortmunder sirotait sa bière, assis dans son fauteuil. Quand elle revint, il avait ouvert l'almanach et l'examinait en plissant les yeux.

– Y a vraiment un tas de pays bizarres, tu sais.

– Au moins, tu as un plan maintenant, dit May.

Il la regarda d'un air hébété.

– Ah bon ?

Chapitre 32

– Et foilà, dit Grijk.

Dortmunder regarda la première photo de la pile de clichés sur papier brillant. Celle-ci montrait, apparemment, en couleurs éclatantes, mais délavées, une niche dans une cathédrale, un vieux mur de pierres grises tout au fond et, au-dessus, une voûte qui s'effritait au premier plan. À l'intérieur de la niche se dressait un autel enveloppé d'étoffes de toutes les couleurs. Au centre de l'autel était posé un coffret en verre cerclé d'or et de cuivre, et surmonté d'une poignée en or très travaillée qui semblait capable de vous entailler la peau si vous ne faisiez pas attention. Les points scintillants rouges, verts, bleus ou d'un blanc éclatant étaient soit des pierres précieuses fixées sur le métal, soit des reflets indésirables ; à vrai dire, l'éclairage de la photo était carrément dégueulasse. À l'intérieur du coffret en verre se cachait un objet pâle non identifiable.

– J'avais espéré quelque chose d'un peu plus net, dit Dortmunder.

– Faut regarder les audres.

– Attendez une minute, dit Kelp. J'ai pas fini.

Penchés l'un et l'autre au-dessus du bureau de Grijk dans la boutique de la Tsergovie, Kelp et Dortmunder observaient ce cliché amateur très amateur. Sur leur gauche, Drava Votskonia, au téléphone, vantait les vertus de la pierre tsergovienne à un nouveau monde aveugle. Dortmunder se tourna vers le profil de Kelp et demanda :

– Pas *fini* ? Il n'y a rien à regarder !

– Oui, d'accord. Mais je voulais que tout soit bien clair, voilà.

– Dommage que le photographe n'ait pas raisonné comme toi, rétorqua Dortmunder, et il écarta ce cliché pour passer au suivant.

La même chose, mais de plus près. Là encore l'éclairage faisait disparaître certains détails, tandis que d'autres ressortaient comme des objets en 3D. Mais au moins, quiconque avait déjà vu l'os était capable de le reconnaître sur cette photo, derrière les plaques de verre, derrière les projecteurs et les reflets superflus. (On apercevait même l'appareil photo qui se reflétait sur le devant du coffret.)

OK, celle-ci au moins pouvait servir.

– C'est de l'or, hein ? dit Dortmunder en promenant son doigt sur les contours du coffret.

– Oh ! éfidemment, confirma Grijk.

– Et ça, c'est un rubis ?

– Ça aussi.

– Et là, des émeraudes ? Et ça, c'est quoi ? Des saphirs ?

– Oh ! fous connaissez drès bien les pierres, Chon.

– J'en ai vu pas mal dans ma vie, dit Dortmunder, et il examina la photo suivante qui était une vue de l'intérieur de la cathédrale, *de loin*, gravement sous-exposée.

Grijk désigna une tache noirâtre en disant :

– Dans ced abside.

– L'os n'y est plus en ce moment, fit remarquer Dortmunder. Je n'ai pas besoin de voir cette photo. (Il se tourna vers Kelp en fronçant un sourcil.) Et toi non plus, Kelp !

– Je la regarde même pas.

– Très bien.

Dortmunder continua à passer les photos en revue. Les trois suivantes étaient aussi inutiles et dénuées d'intérêt. Vint ensuite une photo de l'os lui-même, tout seul, sur du velours noir.

– Ah ! le voici, commenta Kelp.

– Hmm.

Dortmunder passa à la suivante, qui montrait le coffret en verre uniquement, ouvert, posé sur le même rectangle de velours noir, ou un semblable, à l'intérieur duquel l'empreinte laissée par l'os formait une ombre sur le velours d'un bleu très sombre qui en tapissait le fond. Cette photo était bien meilleure que la plupart ; on distinguait nettement les vieilles charnières, travaillées mais robustes, et les fines lanières de cuir qui retenaient le couvercle.

– Ah ! enfin, dit Dortmunder, en se penchant pour examiner le cliché de plus près.

Mais soudain, il fronça les sourcils et demanda :

– Où a été prise cette photo ?

– Dans les cafes de la cadédrale. Afant que la relique sacrée parte à New York.

– Mais où est ce coffret maintenant ? Il n'est pas ici, avec l'os ?

– Non, non, Chon ! Fous safez, le ferre c'est drès....
– Fragile, suggéra Kelp.
– Oui, drès.
– Zut et merde ! s'exclama Dortmunder. Je peux pas monter le coup sans ce foutu coffret. Ça me fait *trois* boulots maintenant. Je me demande si je ferais pas mieux de tout laisser tomber, tiens.
Grijk semblait mécontent.
– Non, impossible, dit-il.
Dortmunder le regarda.
– Comment ça « impossible » ?
– Zara Kotor, expliqua Grijk, elle a faxé ce que fous faites à nodre gouvernement à Osigreb. Mais, fous foyez, elle a fait comme si c'était pas notre faude à nous la première...
– Hé, attendez une minute ! dit Dortmunder. Je fais tout ça parce que je me sens responsable, c'est ça l'idée ?
– Exacd, Chon. Mais c'est pas *mon* idée, Chon, fous safez bien.
– Et si jamais le coup foire... ?
– Dout un pays sera en colère après fous, dit Grijk avec un hochement de tête compatissant. Ach, je suis désolé, Chon, mais fous connaissez Zara Kotor, c'est une bureaucrade, elle se prodège.
Kelp intervint :
– Tout le pays en colère après Chon, et alors ? C'est vrai, Chon, si tu fous jamais les pieds là-bas...
– Pas uniquement après Chon, précisa Grijk. Fous dous.
– Ah ! la vache ! dit Kelp, qui commençait à trouver ça moins drôle, finalement.
– Et chez nous, dans les Carpades, il y a une longue dradition de fendeda.
– Écoutez, dit Dortmunder, on a déjà deux boulots à faire en même temps, un à New York et l'autre dans le Vermont. Faut aussi qu'on aille faire un casse au Votskojek ?
– Chon, dit Grijk, fous n'afez pas besoin de cette boîde en ferre.
– Si, j'ai besoin de cette boîde en ferre, rectifia Dortmunder. Si j'ai pas cette boîde en ferre, vous n'afez pas le siège à l'ONU. Fous pigez ?
– Non, dit Grijk.
Dortmunder réfléchit. Ses joues le démangeaient, son regard se perdait parfois dans le vide, ses genoux fléchirent légèrement.
– Très bien, dit-il. Vous connaissez des gens là-bas en Tsergovie,

ils peuvent pénétrer dans ces caves, piquer le coffret et foutre le camp ensuite ?

– Oh ! oui, oui, aucun problème.

– Vous semblez trop sûr de vous, fit remarquer Dortmunder.

– Non, non, drès facile, promit Grijk. C'est une fielle cadédrale, des cendaines d'années, réfoltes, soulèfements des paysans, émeudes anticléricales, et ainsi de suide. Alors, sous la cadédrale, il y a beaucoup de dunnels, des endrées secrèdes, des endroits pour se cacher, des faux murs aussi. On pourrait même insdaller un médro là-dessous, et pas le redrouver ensuide. On peut endrer n'imporde quand.

– Parfait, dit Dortmunder. Nous sommes jeudi. Vous pouvez passer le mot à vos hommes aujourd'hui, et faire en sorte que le coffret soit ici dimanche matin ?

– Oh ! pas problème, Chon. Fous foulez les deux ?

Dortmunder et Kelp affichèrent la même expression stupéfaite.

– Oh ! oh ! fit Kelp.

– Comme tu dis, répondit Dortmunder, avant de se retourner vers Grijk.

– Il y en a deux, c'est bien ça ? Deux coffrets ?

– Il y a cent cinquande ans, expliqua Grijk, ils ont fabriqué un faux coffret, qui ressemble au frai. Pour des raisons de sécuridé. Mais il n'a pas serfi depuis cinquande ans.

– Il est au même endroit que l'autre ?

– Sous la cadédrale, ya, mais dans une audre cafe. Moins prodégée. Tout le monde s'en fout de celui-ci, c'est que des fausses pierres.

– OK, dit Dortmunder. Je déteste déléguer mes pouvoirs, Grijk, car la plupart des gens sont des incapables, mais dans cette affaire, j'ai pas le choix. Ce que je veux, c'est que vos hommes s'introduisent dans les caves, qu'ils mettent la fausse boîte à la place de la vraie, et qu'ils apportent la vraie ici, sans se faire pincer, et sans que personne soit au courant. C'est pigé ?

– Pigé.

– Je veux la *vraie* boîte, dit Dortmunder.

Kelp renchérit :

– Attention, Grijk, c'est très important. Personnellement, je sais pas ce que Chon a dans la tête, mais s'il dit qu'il veut la vraie boîte, c'est qu'il peut pas utiliser la fausse.

– Sans la vraie boîte, précisa Dortmunder, on fait pas le coup. Demandez à Zara Kotor de faxer *ça.*

– Et comme ça, ce sera sa faute à elle, ajouta Kelp. Et la vôtre. Et celle de tout le pays.

– Je prends node, dit Grijk. Regardez !

Ils le virent prendre note, en effet, avec un feutre à bille sur un bloc de feuilles blanches, et ils remarquèrent que l'alphabet tsergovien était si proche de l'alphabet américain que c'en était exaspérant.

– OK ? demanda Grijk en brandissant le bloc pour bien montrer son message codé.

– Parfait, dit Dortmunder. Le matériel d'espionnage maintenant.

– OK, Chon.

– C'est pour le château, là-haut dans le Vermont. J'ai besoin de *voir* l'intérieur, j'ai besoin d'*écouter* l'intérieur, avant d'*aller* à l'intérieur.

– Ah ! oui, je fois. Nous afons dout ce madériel.

– Très bien. Et, en tant que chef de la sécurité ici, vous savez comment l'utiliser évidemment ?

Grijk réagit à retardement.

– Oh ! oui, oui, Chon, répondit-il, avec un peu moins de conviction que précédemment.

Mais Dortmunder n'était pas ici pour avoir pitié de qui que ce soit.

– Demain, déclara-t-il, nous partons dans le Vermont. Vous apporterez tout votre matériel d'espionnage.

– OK, Chon, répondit Grijk, en réussissant à produire un sourire courageux. C'est un peu l'afendure, hein ? On va chouer les espions.

– Exact.

Dortmunder désigna le téléphone.

– Je peux téléphoner ? C'est un appel local.

– Oh ! oui, oui.

Dortmunder composa le numéro et, presque aussitôt, il entendit la voix désagréable d'Arnie Albright qui demandait :

– Quoi encore ?

– John Dortmunder.

– Pourquoi tu m'appelles ?

– Je me demandais si tu n'aurais pas quelques bouts de plastique.

– Ah ! je vois, toujours le boulot, hein ? Personne n'appelle jamais Arnie Albright juste pour *bavarder*.

Dortmunder leva les yeux au ciel.

– J'aimerais bien bavarder avec toi, Arnie, mentit-il, mais je suis comme qui dirait pressé. Peut-être qu'on pourra bavarder quand je passerai te voir, si tu as du plastique.

– Tu seras encore plus pressé quand tu viendras ici, répondit Arnie. M'écouter, c'est déjà moche. Quand tu seras devant moi, tu t'enfuiras aussitôt. Évidemment que j'ai ce qu'il te faut. Passe donc me voir en coup de vent.

– Merci, Arnie.

En raccrochant, Dortmunder se tourna vers Kelp.

– Je sais que c'est pas charitable, dit-il, mais j'aimerais ne pas être obligé de traiter avec Arnie Albright.

– Tu vas aller le voir tout seul, hein ? dit Kelp. Et moi, je te retrouve à une heure chez l'autre type.

– Pas question, répondit Dortmunder.

Dans le métro qui les conduisait vers le nord de la ville, Kelp demanda :

– À ton avis quelles sont les chances pour qu'ils fauchent le mauvais coffret ?

Dortmunder réfléchit un instant.

– Cinquante-cinquante, je dirais.

Le visage de Kelp s'éclaira.

– Ah ! tu vois ! Tu n'es pas si pessimiste en fin de compte !

Chapitre 33

– Tiens, vous êtes deux ! dit Arnie Albright lorsqu'il ouvrit la porte et découvrit Dortmunder et Kelp devant lui, affichant l'un et l'autre des sourires forcés. Eh bien, Dortmunder, tu as amené quelqu'un avec qui parler, pour ne pas être obligé de me parler à moi ?

– Non, pas du tout, répondit Dortmunder.

Et Kelp ajouta :

– C'est moi qui ai demandé à l'accompagner, Arnie. Ça fait longtemps que je t'ai pas vu.

– Tu as de la chance de ne pas avoir un nez qui s'allonge, répliqua Arnie, et il recula pour les faire entrer dans son appartement malodorant.

L'appartement d'Arnie ressemblait beaucoup au Arnie grisonnant et grincheux qui y vivait. Les petites pièces avaient de grandes fenêtres qui donnaient, au-delà d'un escalier de secours en métal noir, sur le mur en briques sales de l'arrière d'un garage, à moins de deux mètres. En guise de décoration, les murs étaient recouverts d'une partie de la collection de calendriers d'Arnie. Des jolies photos, des photos sexy, des photos débiles, et une infinité de mois de janvier, des mois de janvier débutant tous les jours de la semaine, sous des photos d'automobiles de toutes les époques de l'automobile, de pin-up de toutes les époques de permissivité, et suffisamment d'adorables chiots, chatons, biches et canetons et autres sucreries pour provoquer une crise de diabète. Afin de lutter contre la monotonie, quelques calendriers débutaient en octobre ou en mars.

Devant les fenêtres avec vue sur le mur du parking était disposée une vieille table de bibliothèque qu'Arnie avait entièrement recouverte avec ses calendriers ayant le moins de valeur, des doubles généralement, et ceux dont les filles étaient ornées d'additions faites au crayon. Sur cette table se trouvait présentement un petit sac en papier brun, qu'Arnie désigna du doigt, en disant :

– C'est pour ça que vous êtes venus. Pas pour *me voir*. Personne ne vient jamais pour me voir, vous pouvez me croire.

– Tu es injuste envers toi-même, Arnie, dit Dortmunder en s'approchant de la table et du sac en papier.

S'asseyant à la table, Arnie rétorqua :

– Ne gaspille pas ta salive, Dortmunder. Je sais bien que je suis un type répugnant. Les gens de cette ville, quand ils téléphonent dans un restaurant pour réserver, ils demandent d'abord : « Est-ce qu'Arnie Albright sera là ? » Je le sais bien, Dortmunder.

C'était difficile de discuter avec Arnie. Comment être d'accord avec lui et, d'un autre côté, comment ne pas être d'accord ? Préférant esquiver le problème, Dortmunder dit :

– Donc, tu as du plastique pour nous ?

– Assieds-toi, Dortmunder, proposa Arnie. Si tu es capable de supporter d'être aussi près de moi, à cause de l'odeur.

Dortmunder et Kelp prirent les deux chaises libres autour de la table. Pendant que Dortmunder essayait d'adopter un air purement professionnel, Kelp, lui, affichait un sourire de dément, débordant de camaraderie et de fraternité.

– Voilà, dit Dortmunder, on est assis.

– C'est mon estomac, expliqua Arnie. Mon estomac me hait ; il est tellement furieux après moi qu'il me donne cette haleine. D'ailleurs, vous pouvez sentir par vous-même ; je pue les chiottes.

– Allons, ce n'est pas aussi terrible, Arnie, dit Dortmunder.

En effet, c'était encore pire.

Caché derrière son masque de kabuki symbolisant la fraternité, Kelp demanda :

– Alors, tu as des cartes pour nous, il paraît, Arnie ?

– Vous êtes ici pour ça, non ? dit Arnie, et il fit tomber du sac en papier une demi-douzaine de liasses de cartes de crédit, retenues par un élastique, avec chacune un bout de papier griffonné sur le dessus. Et voilà, dit-il.

– Combien ? demanda Dortmunder.

– Ça dépend de combien de temps vous en avez besoin, et pour quoi faire, répondit Arnie. S'il vous faut une carte que vous pouvez utiliser six mois, sans aucun risque, même à l'étranger, c'est beaucoup plus cher.

– Non, on n'a pas besoin du premier choix.

– Trois mois, c'est...

– Non, moins que ça encore.

Arnie hocha la tête.

– Oui, évidemment, les grosses affaires, c'est jamais pour moi, soupira-t-il. Moi, j'ai le droit qu'aux petites combines à deux sous ; les gens savent bien que j'ai de la merde, car qui viendrait dans un trou à rats comme ici pour voir un trou du cul comme moi, hein ? Quand ils veulent de la qualité, ils vont directos chez Stoon. Pour acheter, pour vendre, Stoon est leur homme.

– Il est sorti de prison ? demanda Dortmunder, incapable de masquer une note d'intérêt dans sa voix.

– Tu es comme les autres, Dortmunder. Me dis pas le contraire. Toi aussi tu préférerais traiter avec Stoon plutôt qu'avec un minable puant comme moi.

– Arnie, répondit Dortmunder, tu sais bien que je m'adresse toujours à toi en premier. Alors, qu'est-ce que tu me proposes ?

– On parle de quoi là ? Juste un week-end de débauche ?

– Ce week-end-ci.

– Évidemment, quel autre week-end ? (D'un large geste, Arnie remit tous les paquets de cartes de crédit, sauf un, dans le sac en papier et désigna le paquet restant sur la table.) Celles-ci sont bonnes jusqu'à mardi.

– Parfait, c'est exactement ce qu'il nous faut.

– Quand je dis mardi, c'est mardi. D'ici là, pas de problème, vous n'aurez aucun ennui. Mais dès mardi, si jamais vous essayez de les utiliser, ça va faire des étincelles et de la fumée, et ça risque de sentir mauvais, encore pire qu'ici.

– Mardi, j'en aurai plus besoin, dit Dortmunder. Combien ?

– Combien il t'en faut ?

Arnie hocha la tête.

– Deux.

– Cinquante dollars pièce.

– Allons, Arnie, dit Dortmunder, tu viens de nous expliquer que ces cartes étaient foutues mardi. Combien tu espères en refourguer d'ici là ?

Arnie réfléchit un instant. Puis il dit :

– Je vais te poser une question, Dortmunder. Est-ce que tu préfères passer une demi-heure ici, à marchander avec moi, à rester près de moi, dans cette fosse septique qui me sert d'appartement, afin d'économiser vingt dollars, ou bien tu préfères payer tout de suite les cent dollars ?

Chapitre 34

– Cent dollars, c'est pas cher pour un week-end à la montagne, dit Kelp tandis qu'ils traversaient Central Park, en surveillant mutuellement leurs arrières. Tout bien considéré.

– Même en considérant Arnie Albright, précisa Dortmunder.

– C'est sûr.

– Parle-moi un peu de ce type qu'on va voir, demanda Dortmunder.

– En fait, j'ai entendu parler de lui par un type qui connaît un type...

– Je m'attendais à un truc comme ça.

– Ce type, dit Kelp, s'intéresse uniquement aux trucs qui sont recherchés par Interpol. Sa spécialité à lui, c'est ce qu'on pourrait appeler les grosses commissions.

– Exactement ce qu'il me faut, confirma Dortmunder. Est-ce qu'il acceptera de traiter avec nous ?

– C'est le but de cette rencontre. Les yeux dans les yeux, histoire de voir si on convoque le prêtre pour les noces ou si on remballe tout.

– Et le type lui-même ?

– Ça, j'en sais rien, avoua Kelp. Au téléphone, on aurait dit un comédien.

– Un comédien ?

– Tu sais, ces comédiens anglais qu'on voit à la télé dans les « talk-shows », tard le soir, sous prétexte qu'ils jouent dans un film dont on n'a jamais entendu parler.

– Non, je ne vois pas, dit Dortmunder.

Non pas qu'il ne regarde jamais la télé, mais la télé ne s'imprimait pas dans son cerveau, elle le traversait comme de l'eau stérile dans un tuyau chromé, sans laisser aucune trace, sans rien enlever non plus. Mais elle l'aidait à garder les yeux ouverts jusqu'à l'heure du coucher.

– Enfin bref, reprit Kelp, il est convenu qu'on se fasse passer pour des menuisiers.

– Avec ce type ? (Dans l'esprit de Dortmunder, cela n'avait absolument aucun sens.) Il croit que nous sommes menuisiers ? Comment on peut lui parler d'un casse s'il croit qu'on est menuisiers ?

– Non, non, c'est à son *bureau* qu'ils croient qu'on est menuisiers. À cause de notre dégaine, tu comprends ; il fallait bien expliquer ce qu'on venait faire là.

– Je connais pas encore ce type, dit Dortmunder, et déjà il m'insulte.

– Tu voulais un gars prudent, pas vrai, John ? Ce gars est un gars prudent. Pour le moment, on s'en fout d'être menuisiers.

Dortmunder leva sa main droite devant ses yeux, tandis qu'ils avançaient au milieu des chiens en liberté, des enfants en liberté, des dingues en liberté, qui tous folâtraient ensemble dans le parc, sous le soleil éclatant du printemps. Il observa sa paume. Elle était délicieusement lisse et douce. Les outils qu'utilise un cambrioleur sont des outils délicats, des outils de gentleman, les mains de leur utilisateur restent d'une compagnie agréable. Rien à voir avec les menuisiers et *leurs* outils.

– Très bien, décida-t-il, je ferai de mon mieux. Mais pas question de faire une démonstration.

– Non, non, c'est juste une couverture pour le personnel.

– C'est un receleur qui emploie du personnel ?

Dortmunder était plutôt habitué à des receleurs du genre Arnie Albright, ou un type comme Morris Morrison qui se grattait tout le temps, et qui possédait autrefois un immense entrepôt rempli d'un tas de trucs douteux à Long Island City, jusqu'à ce qu'il prenne sa retraite dans une prison de Floride.

– John, dit Kelp, c'est un receleur de la haute... C'est un receleur avec des bureaux à Londres et à Paris. C'est un receleur qui possède le numéro de téléphone confidentiel du musée Getty.

– Je me demande, dit Dortmunder, s'il voudra traiter avec nous.

– Tout ce qu'on peut faire, c'est de nous présenter, en toute honnêteté et en toute franchise.

– Oh ! on n'est pas obligés d'aller jusque-là, dit Dortmunder. Comment s'appelle ce type, au fait ?

– Guy ?

– Qui ? Ce type !

– Oui, Guy.

– C'est son nom ?

– Guy Claverack.

Étant sorti du parc, ils entamaient avec succès la traversée de la 5e Avenue.

– Ça me fait tout drôle de me retrouver dans ce quartier en pleine journée, commenta Dortmunder.

Chapitre 35

– J'ai bien peur de devoir m'absenter un instant au cours de ce déjeuner, s'excusa Guy Claverack auprès de ses invités, tandis que ceux-ci prenaient place à table. J'attends des menuisiers pour discuter avec eux de quelques rénovations dans les caves.

– Inutile de vous excuser.

– Nous comprenons.

– Pauvre Guy.

Évidemment, il ne s'agissait pas de n'importe quel déjeuner. C'était un déjeuner avec Guy Claverack, marchand d'art éminent, auprès des derniers représentants de l'aristocratie dans ce monde plébéien. Guy Claverack était l'homme qu'il fallait rencontrer si les exigences du destin vous obligeaient à vendre cette tapisserie de 4,50 x 4,75 m représentant la bataille de Tronfahrt, appartenant à votre famille depuis 1486, et sur laquelle on reconnaît nettement votre ancêtre Murphyn l'Impénitent au milieu à droite, juste derrière le groupe d'archers.

Inversement, Guy Claverack était également l'homme qu'il fallait rencontrer si les tables à Monte-Carlo avaient été favorables à untel – mon Dieu, ça arrive de temps en temps – , et qu'untel était disposé à acheter une tapisserie de 4,50 x 4,75 m représentant les ancêtres de quelqu'un d'autre, pour occuper cet espace vide exposé aux courants d'air sur un des murs du château d'untel. Bref, un coup de téléphone de Guy Claverack était aussi important dans le monde des prétendants à des trônes depuis longtemps disparus, un même symbole de reconnaissance, que, dans un monde plus vulgaire, le fait de recevoir un appel de votre sénateur, votre banquier ou votre agent.

Non content d'être riche, puissant et important, Guy Claverack pouvait également se vanter d'être séduisant et mystérieux, ce qui ne gâchait rien. Séduisant dans le genre imposant et bourru, un mètre quatre-vingt-douze, avec un front haut et large, des yeux noisette, d'épais cheveux châtains ondulés et une barbe luxuriante soigneusement taillée en un ovale qui soutenait son visage bien nourri. Et mystérieux dans un genre assez excitant, ayant la réputation de posséder des « associés » dans l'univers louche des voleurs, des faussaires et des hommes de confiance, mais aussi des contacts dans la police, et des relations avec des contrebandiers, passant pour une sorte de Raffles, aux yeux de ceux qui n'ont jamais lu Raffles, c'est-à-dire quasiment tout le monde de nos jours. Très souvent, des œuvres d'art volées pouvaient être récupérées, moyennant quelques honoraires, évidemment, grâce aux efforts et aux contacts de Guy Claverack. En d'autres termes, il avait la réputation d'être un receleur, mais uniquement dans le sens le plus chic, le plus acceptable, et nul n'aurait jamais osé associer son nom à un mot aussi misérable.

Guy avait également la réputation d'être un arbitre de la reconnaissance sociale à l'intérieur de son monde exigu. Chaque fois que ceux qui se considéraient comme faisant partie du sérail – des huiles du monde de l'art, ou des individus de noble extraction – se trouvaient à New York, ils téléphonaient immanquablement à Guy, et si celui-ci les invitait à déjeuner, leur authenticité était reconnue, et ils pouvaient croire qu'on les croyait être, dans le monde extérieur, ce qu'eux-mêmes croyaient être chez eux. (Si, pensée effroyable, ils n'étaient *pas* invités à déjeuner, ils quittaient la ville en douce à la première occasion, en priant pour que jamais personne n'apprenne qu'ils étaient venus.)

Outre son importance sociale, le déjeuner de Guy Claverack était également une expérience culinaire à ne pas manquer. Il se déroulait dans la petite salle à manger située derrière ses bureaux de la 86e Rue Est, près de Madison, et les plats provenaient directement du restaurant français quatre étoiles situé au coin de la rue (dans lequel Guy possédait quelques intérêts). La nourriture était toujours savoureuse, et les ragots aussi très souvent ; l'expérience aussi agréable et satisfaisante pour l'ego qu'un bon soin du visage.

Les convives du jour, au nombre de trois, formaient une sorte d'assortiment. Sur le plan commercial, la plus intéressante était Mavis, princesse Orfizzi, récemment divorcée du repoussant prince électeur Otto de Toscane-Bavière, les poches pleines de butin de mariage à dépenser. L'invité le plus utile à long terme était assurément le jeune Alex Leamery du siège londonien de Parkeby-South, l'étude de commissaires-priseurs la plus prestigieuse au monde. Parkeby-South possédait des bureaux et des salles de vente à New York, Paris et

Zurich, mais les corniauds du siège de Londres étaient les seuls qui comptaient véritablement et, parmi eux, le svelte Leamery était peut-être le plus prometteur.

Le troisième convive, Leopold Grindle, se rapprochait davantage de cet autre versant, mystérieux, de la vie de Guy. Expert en œuvres d'art, individu trapu et voûté, avec des cheveux blancs rebelles et d'épaisses lunettes, Grindle émargeait auprès d'un certain nombre de musées, d'émirats, de banques et d'acheteurs privés à travers le monde, afin d'authentifier ou de répudier leurs acquisitions. Très rarement ses attributions étaient ensuite contredites. Malgré tout, quand les circonstances ou l'argent le permettaient, Guy le savait, Leopold était capable de s'élever au-dessus des questions de véracité. Une excellente qualité, parfois.

Le repas était servi par des Hispano-Américains habiles et presque nains – on trouve de moins en moins de bons serveurs français à New York, hélas ! – dont la principale qualité, outre le savoir-faire silencieux de leur service, était de ne parler aucune langue connue autre que, quand ils parlaient entre eux, un quelconque cousin mongolien de l'espagnol, et par conséquent, tous les ragots échangés à la table de Guy – quelle autre raison avait-on de se réunir ? – ne quitteraient pas cette table, pour se retrouver ensuite dans les oreilles en feu des personnes concernées ou dans la gueule ouverte des journaux.

Aujourd'hui, les ragots du déjeuner concernaient essentiellement les qualités animalières du prince électeur Otto bête comme un âne, têtu comme une mule et sale comme un cochon, ex-mari de Mavis depuis peu, prétendant au trône d'un royaume si obscur qu'Otto lui-même ne pouvait se vanter de savoir exactement où il se trouvait, et qui seraient ses sujets si ceux-ci avaient un jour la mauvaise idée d'accepter ses références. Outre le plaisir de rire aux dépens de l'absent, Guy avait une autre raison de contenter le désir évident de Mavis de critiquer son ancien époux ignoble. Parmi les trésors qu'elle avait sauvés de l'épave de leur mariage se trouvaient deux œuvres qu'il convoitait particulièrement, l'une et l'autre ayant beaucoup voyagé à travers le monde de l'art, d'acheteur en acheteur, au cours de ces dernières années, deux œuvres d'artistes majeurs, deux œuvres possédant des pedigrees juste assez obscurs pour rendre les négociations intéressantes. L'une était un tableau de Veenbes, ce peintre flamand primitif, contemporain de Bruegel, mais plus sombre dans sa vision du monde et dans sa peinture ; sa *Folie conduisant l'homme à sa perte* était maintenant entre les mains de Mavis. Ainsi qu'un bronze de Rodin, d'un peu plus d'un mètre de hauteur, une jeune ballerine assise sur une souche. Évidemment, aucune de ces deux œuvres ne serait même mentionnée au cours du déjeuner, néanmoins une forme discrète de négociations préliminaires avait déjà débuté.

Ils venaient juste de terminer la sole, et les Hispano-Américains servaient maintenant avec grâce et légèreté un divin mélange de sept sortes de feuilles de salades immatures, quand le petit téléphone posé sur le ravissant guéridon Chippendale derrière Guy fit entendre son tintement joyeux. Décrochant le combiné et le collant contre son oreille, Guy dit simplement « Guy », et écouta sa secrétaire lui annoncer :

– Les menuisiers sont arrivés.

– Oh ! parfait, faites-les descendre à l'entrée des livraisons. (Il raccrocha.) Le devoir m'appelle ; ce sont les menuisiers, annonça-t-il à ses invités, puis il se tamponna les lèvres avec sa serviette en lin blanc, but une petite gorgée de Sancerre et quitta la pièce.

Guy Claverack & Co occupait une maison de ville du côté nord de la rue, avec des jardinières parfaitement entretenues accrochées aux fenêtres, et juste un nom discret, en lettres dorées, sur le verre cathédral de la porte d'entrée pour suggérer que cette maison abritait un lieu d'échanges et de commerce. On atteignait cette porte en gravissant une large, mais raide, volée de marches en pierre qui s'effritaient, flanquée de deux balustrades en fer forgé ouvragé. Les bureaux et la salle à manger de Guy se trouvaient à ce niveau, les salles d'expositions à l'étage supérieur, ses appartements privés occupaient les deux étages supérieurs.

La maison possédait toutefois une autre entrée, indiquée par une plaque en fer avec des lettres émaillées blanches, fixée sur la balustrade de droite de l'escalier principal. LIVRAISONS, lisait-on, au-dessus d'une flèche pointée vers le bas. De ce côté-ci, à côté du grand escalier en pierre qui montait, des marches plus plébéiennes, en ardoise, descendaient en pente raide et formaient un coude brutal pour s'achever sous l'escalier principal, devant une porte sans fenêtre en métal gris. Derrière cette porte s'étendait le sous-sol, une ruche de pierre et de béton divisée en un tas de petites cellules remplies d'objets d'art et de beaux meubles invendus, partagées d'un bout à l'autre par un long couloir central bas de plafond.

C'est dans ce couloir que Guy avançait maintenant ; son ombre noire dans la lumière des néons au plafond flottait derrière lui comme une cape. Il ouvrit les différents verrous de la porte métallique grise – grise aussi de ce côté-ci, les délices de la décoration n'ayant pas cours au sous-sol –, et il la tira vers lui, faisant apparaître deux hommes qui attendaient dehors, et à qui, s'ils avaient été de vrais menuisiers, Guy n'aurait même pas confié la réalisation d'une cage à oiseau.

Mais ce n'étaient pas des menuisiers, hein ? Avachis, méfiants, douteux, individus délabrés, vêtus comme pour un long trajet en car dans un pays du tiers monde, ils étaient à peu près aussi éloignés de l'image de Raffles, le gentleman-cambrioleur, qu'on peut l'être sans se retrouver directement en prison.

– Entrez, gentlemen, dit Guy, ce qui était sa façon de faire de l'humour. (Il se recula, avec un large geste, comme Errol Flynn ôtant son bonnet de Robin des Bois.) Entrez.

L'un des deux était plus grand, plus lugubre ; l'autre avait un visage plus émacié et le regard plus vif. Ce fut celui au regard vif qui dit, au moment où il franchissait le seuil :

– On vient de la part de...

– Oui, je sais qui vous envoie, l'interrompit Guy, avec douceur mais fermeté, avant qu'un nom soit prononcé. Le *chantier* est par là, ajouta-t-il, puis il referma la porte et rebroussa chemin dans le couloir nu et violemment éclairé, leur faisant confiance pour lui emboîter le pas (la seule chose pour laquelle il était disposé à leur faire confiance.)

Arrivé au milieu du couloir, Guy s'arrêta pour ouvrir une porte fermée à clé sur sa gauche, glissa la main à l'intérieur de la pièce pour allumer les néons au plafond, et fit signe à ses hôtes d'entrer. Ce qu'ils firent, suivis de Guy, et tous les trois se retrouvèrent dans un cube de béton, éclairé de manière brutale par de longs tubes blancs au-dessus de leurs têtes, et rempli à craquer de divans de style victorien, dont le velours se désagrégeait et dont les couleurs de pierres précieuses, autrefois éclatantes, les rubis, les émeraudes et les saphirs, étaient aujourd'hui décolorées par la lumière, tachées par le temps, avec des hauts de dossier en bois sombre, des accoudoirs en volute, des pieds entaillés et profondément éraflés, comme s'ils avaient servi jadis dans un manège d'autotamponneuses.

Il y avait énormément de divans dans cette pièce. Des divans posés sur des divans, avec des divans par-dessus. Certains divans avaient la tête en bas ; leurs pieds boudinés en l'air, comme s'ils se jetaient dans l'oubli. Mais deux divans, les plus près de la porte, demeuraient inoccupés et accessibles, et c'est un de ceux-là que Guy désigna, après avoir refermé la porte, et, pendant que les menuisiers prenaient place bien sagement l'un à côté de l'autre, il alla s'asseoir dans le second.

– Eh bien, dit-il, je crois savoir que vous auriez éventuellement besoin de mes services.

Il faisait de son mieux pour masquer une légère note d'incrédulité dans sa voix, sans véritablement y parvenir.

Le type au regard vif s'exprima de nouveau :

– On va avoir des trucs à vendre. Morris nous a dit que...

– Oui, oui, le coupa Guy, qui préférait exposer la situation à sa manière. Si j'ai bien compris ce que m'a expliqué notre ami commun, dit-il d'un ton précieux, quelqu'un a perdu quelque chose, et vous êtes en position de croire que je peux intervenir pour aider le propriétaire à retrouver son bien.

– Un truc comme ça.

– Sauf que, ajouta le type lugubre d'une voix lugubre, la perte dont vous causez a pas encore eu lieu.

Guy n'aimait pas ça, pas du tout.

– Oh ! Seigneur, dit-il. Si vous avez l'intention de m'inviter à participer à une quelconque activité illégale, j'ai peur de ne...

Le type lugubre leva la main pour faire signe à Guy de se taire, et Guy se surprit à se taire. Avec la même main, le type lugubre sortit quelque chose de sa poche intérieure de veste et le lui tendit.

Des feuilles, un genre de feuilles. Curieux, prudent, Guy prit les feuilles et constata qu'il s'agissait de photos en couleur découpées dans un magazine, sans les légendes, et montrant l'intérieur d'une sorte de musée ou de collection privée. Difficile de dire exactement quoi et où, mais il devinait déjà que certaines de ces œuvres, si elles étaient réellement ce qu'elles semblaient être, possédaient une très grande valeur.

Où était donc cet endroit ? Qu'était-ce donc, et à qui appartenait-il ? Ce qui figurait au dos de ces photos devrait pouvoir l'aider à deviner dans quel magazine elles avaient été découpées, il n'aurait aucun mal ensuite à retrouver le numéro correspondant. Alors, il retourna les pages et, derrière, il y avait... du papier à maroufler.

Levant les yeux, Guy vit le type lugubre qui l'observait avec une satisfaction lugubre, ayant deviné longtemps à l'avance quelle serait sa réaction. Conclusion, ne pas sous-estimer ces gens. Se penchant en avant, Guy tendit les pages du magazine.

– Je suppose que vous voulez les récupérer ? dit-il.
– Exact.
Le type lugubre les reprit et les fit disparaître.
Celui au regard vif demanda :
– Alors ? Ça vous intéresse ?
– Je ne sais pas, répondit Guy. Il est rare que je sois contacté *avant* que l'incident regrettable ait eu lieu, voyez-vous. L'éthique de la situation me laisse quelque peu perplexe.
– Voilà ce qu'on va faire, reprit le type lugubre, ignorant le dilemme éthique de Guy. Lundi, on vous apportera d'autres photos. Meilleures que celles-ci. Des gros plans, pour que voyez bien que c'est pas du toc. Des photos prises sur place, et des photos prises dans un autre endroit. Vous les montrerez à la compagnie d'assurance...
Guy s'étonna.
– Pas au propriétaire ? Parfois, un propriétaire peut...
– Non, pas là. Cette fois, c'est la compagnie d'assurance, et personne d'autre.
– Très bien, dit Guy. *Si* nous traitons ensemble.
Le type au regard vif dit :
– Oui, bien sûr.
Le type lugubre balaya cette remarque d'un hochement de tête.
– Vous leur filerez toutes les photos qu'on vous donnera, j'ai bien dit toutes. Ensuite, vous faites votre petit marchandage habituel, vous gardez la moitié de ce que vous obtenez, et nous, on rend la marchandise.
Guy sentait croître son inquiétude. S'agissait-il d'un piège ? La moitié, c'était beaucoup plus qu'il pouvait normalement espérer dans ce genre de situation ; sa commission – c'était le mot qu'il utilisait– se situait généralement entre un quart et un tiers de ce que le propriétaire, ou son représentant, versait pour récupérer l'objet volé. Ces types étaient-ils des novices ou essayaient-ils de l'appâter, ou quoi ?
– Je vois, dit-il, prudent.
Le type lugubre l'observa d'un œil morne exaspérant.
– La moitié, c'est OK ? demanda-t-il.
Fallait-il répondre, ou pas ?
– Si nous traitons ensemble, répéta Guy pour temporiser.
Se souvenant tout à coup de sa décision récente de ne pas sous-estimer ces hommes, il dit :
– C'est plus que le tarif habituel.

Était-ce un sourire sur le visage du type lugubre ? Si oui, il ne parvint pas à dissiper son air lugubre, tandis que le gars répondait :

– Oui, on sait que c'est beaucoup. C'est pour que vous fassiez ce qu'on vous demande, et rien d'autre.

Ce n'était pas un piège. Ces deux types n'offraient à Guy aucun détail, ils ne lui demandaient aucun encouragement. À coup sûr ils travaillaient pour le propriétaire lui-même ; c'était un cambriolage bidon pour toucher le fric de l'assurance ; ce ne serait pas la première fois qu'on utilisait cette combine dans ce vieux monde. Se sentant en terrain familier, et désireux de tester sa théorie, il dit :

– Rien d'autre ? Comme par exemple prévenir la victime, au cas où je la connaîtrais ?

Le type lugubre demeura de marbre.

– Ça veut dire « rien d'autre », répondit-il, impassible. Vous prendrez simplement les photos lundi, vous les refilerez à la compagnie d'assurance, vous ferez votre marchandage, on vous contactera ensuite et, quand le prix sera satisfaisant, vous irez chercher le fric, on vous dira où est planquée la marchandise, et on viendra chercher la moitié du fric.

La moitié. La moitié de combien ? À en juger par les expériences antérieures de Guy, la compagnie d'assurance ne verserait pas plus que vingt pour cent de la valeur reconnue des œuvres volées, surtout si elles étaient trop célèbres pour être revendues facilement. La part de Guy, donc, *s'il décidait de traiter* avec ces types tournerait autour de dix pour cent. De combien ?

Avec une décontraction très travaillée, Guy se laissa aller au fond du canapé et demanda :

– Avez-vous une estimation de la valeur des articles de ce lot ?

– Six millions, répondit le type lugubre.

Guy était un marchand ; il savait garder le visage impénétrable d'un joueur de poker. Dix pour cent de six millions, ça faisait six cent mille dollars.

– À quelle heure puis-je espérer avoir les photos lundi ?

Chapitre 36

Marchant en direction de l'ouest, dans Central Park, s'en retournant vers des territoires plus familiers, Dortmunder et Kelp partageaient un silence d'une compagnie agréable, jusqu'à ce que Kelp demande :

– Alors. Qu'est-ce que t'en penses ?

– Je pense, répondit Dortmunder.

– Je vais te dire ce que *moi* je pense. Je pense que cet endroit est une vraie mine ! Bourrée de trucs de valeur. Et on pourrait y entrer avec le manche d'une cuillère...

– On ne cambriole pas un gars avec qui on fait affaire, déclara Dortmunder d'un ton où perçait un certain reproche.

– Pas *maintenant*, expliqua Kelp. Plus tard, je voulais dire.

Dortmunder opina, il acceptait cette nuance, et ils continuèrent à marcher sous le soleil, au milieu de toute cette verdure, dans les poumons de la cité, jusqu'à ce que Kelp demande :

– Ça veut dire oui alors ?

– Qu'est-ce qui veut dire oui ?

– On traite avec lui. Est-ce qu'on traite avec lui ?

– Qui ? Claverack ? (Dortmunder semblait surpris.) Pourquoi, tu as une meilleure idée ?

– Non, mais je pensais, dit Kelp, que c'était à ça que tu pensais.

– Pourquoi penser à ça ? C'est le receleur qu'il nous faut pour ce coup. Je savais que tu me trouverais un type, et tu l'as trouvé.

– Merci, répondit Kelp en toute modestie, avant d'en revenir à sa préoccupation. John, dit-il, si tu pensais pas à ça, à savoir si oui ou non on traite avec ce type... à quoi tu penses alors ?

– À l'organisation, dit Dortmunder. Cette fois, il faut une organisation en béton.

– On peut s'en charger, toi et moi, dit Kelp. Avec tous les gars qu'on connaît ? Fastoche.

– Sauf, répondit Dortmunder, que j'ai un autre truc à faire. Qu'on est déjà jeudi, et qu'on doit passer à l'action samedi soir. Il faut donc que toi, moi et Tiny on se réunisse, tout de suite, et ensuite, faudra que je mette des trucs au point avec Grijk, et ensuite...

– Tu sais, dit Kelp, je crois que c'est exactement comme ça qu'il prononce son nom. Excellent, John.

– Merci. Quoi qu'il en soit, je passerai le chercher, ou on s'arrangera autrement, et on foutra le camp aussitôt. Toi et Tiny, vous devrez rassembler tous les gars dont on a besoin ; réunion prévue demain soir chez O. J. Je serai rentré d'ici là.

– Rentré ? Où vous allez Grijk et toi ?

– Faire du ski, répondit Dortmunder.

Kelp observa autour de lui l'herbe verte, le soleil et les gens en bras de chemise.

– Je crois, dit-il avec prudence, que c'est la mauvaise saison.

– Ça dépend de la façon dont on skie, répliqua Dortmunder.

Chapitre 37

– Hé, c'est plutôt chouette, tu trouves pas ? dit May.

– Ça ressemble à un motel, répondit Dortmunder.

– Oui, c'est ça qu'est chouette justement, expliqua May en balayant du regard la moquette rose, les murs tapissés de tissu beige, les meubles en placage avec les tiroirs qui s'ouvrent et se referment sans effort, les deux grands lits avec leurs couvre-lits couleur crème bien tendus, sans faire de pli, les appliques murales, le lustre avec sa chaîne dorée et l'énorme téléviseur installé dans la partie supérieure d'un grand meuble de rangement qu'on pouvait dissimuler derrière des portes qui semblaient provenir d'une cathédrale. Une cathédrale brillante comme un sou neuf.

– C'est pas du tout comme chez nous ; voilà ce que je voulais dire, expliqua May.

Debout devant la porte-fenêtre coulissante, Dortmunder contemplait à travers la vitre et au-delà du balcon – leur balcon particulier, avec une table en plexiglass et deux chaises de jardin blanches – les vertes collines du Vermont, avec ces immenses prés tout en longueur qui étaient en fait, il l'avait compris, des pistes de ski sans neige.

– Grijk devrait être arrivé maintenant.

– Détends-toi, John, dit May. Tu ne voulais pas qu'il te contacte dès son arrivée, et tu ne peux rien faire avant ce soir de toute façon.

Dortmunder acquiesça. Sans cesser de contempler le paysage, il dit :

– Il y a trop de trucs qui ne me plaisent pas dans cette histoire.

Sous le lustre se trouvait une table ronde en bois de placage sombre, flanquée de deux chaises rembourrées. S'asseyant sur l'une d'elles, et la trouvant moins confortable qu'il n'y paraissait, May demanda :

– Tu as envie d'en parler, John ?

En avait-il envie ? Il y eut un court silence pendant qu'il réfléchissait à la question ; finalement, il soupira.

– Premièrement, dit-il en observant son propre reflet vert et sombre dans la vitre, il y a toute cette précipitation, la pression, le délai.

– Mais tu as tout organisé, non ?

– Comment savoir ? Je suis même pas sur place. Deux endroits différents en même temps, voilà encore un problème. Et surtout, ajouta-t-il, en se détournant de la vitre et de son triste reflet pour s'offrir le spectacle plus joyeux de sa compagne assise devant lui, avec un avant-bras posé sur la table, ses doigts s'agitant à peine autour d'une cigarette imaginaire. Et surtout, reprit-il, j'ai toujours pensé, j'ai toujours dit, qu'un boulot ne devait jamais devenir trop complexe.

– C'est juste, confirma-t-elle.

– S'il faut plus de cinq personnes pour monter un coup, ça vaut pas le coup. Voilà ce que j'ai toujours dit.

– C'est vrai, je t'ai entendu le dire.

– Résultat, on se retrouve avec ce truc sur les bras, dans deux endroits à la fois – non *trois,* en comptant cette bande de types, Dieu sait combien ils sont, et s'ils savent même ce qu'ils font, qui doivent pénétrer dans le sous-sol de cette église là-bas, ce machin des Rivières de Sang, pour piquer un coffret en verre – et ça nous fait combien de types tout ça ? Des centaines ?

– Oh ! moins que ça, dit May.

– Beaucoup plus que cinq en tout cas.

Dortmunder se retourna vers la porte-fenêtre et décida qu'il n'avait plus envie de regarder le paysage à travers son propre reflet, alors il saisit la poignée, tira d'un coup sec, ressentit une vive douleur dans la main et le poignet, comprit comment déverrouiller la porte, tira sur la poignée encore plus violemment que la première fois, et la vitre recula sur son rail bien huilé, rebondit avec fracas contre le butoir et revint tranquillement se refermer devant lui, en glissant. Délicatement, cette fois, il l'écarta de son chemin et put enfin contempler sans aucun obstacle tout le paysage et sentir le véritable air des montagnes sur son visage.

– Et faut encore que je trouve où habite Hochman, dit-il.

– Tu trouveras, dit May, rassurante. Jusqu'à présent, c'était plutôt fastoche, non ?

Oh ! oui, c'est certain ; parce que, jusqu'à présent, il s'agissait d'un coup classique. Après avoir transmis ses instructions à Tiny et à Kelp, après avoir pris des dispositions de dernière minute avec Grijk, Dortmunder n'avait eu qu'à décrocher son téléphone afin de réserver, pour

May et lui, une chambre à Kinohaha pour cette nuit et deux places à bord du car spécialement affrété par l'hôtel, qui quittait la gare routière de New York à quatorze heures et arrivait devant la porte de l'hôtel à dix-huit heures quinze. Pendant ce temps, May avait préparé leurs bagages et pris ensuite un taxi pour se rendre à la gare routière, où ils s'étaient retrouvés à deux heures moins deux minutes « *largement* à temps », comme l'avait fait remarquer May, pour prendre le car quasiment vide. Ils purent même s'asseoir au premier rang à droite, d'où vous voyez où vous allez.

Supposant qu'un type qui effectuait ce trajet deux fois par jour pour gagner sa croûte connaissait sans doute l'itinéraire le plus rapide, Dortmunder décida de griffonner sur un bout de papier toutes les routes empruntées par le chauffeur du car, en sachant que Stan Murch ne cesserait de critiquer ces choix durant tout le trajet. Quoi qu'il en soit, il remplissait sa mission. Et il ne perdit même pas le bout de papier,

Il était maintenant dix-huit heures trente ; la longue journée de juin se poursuivait au-dehors ; ils se trouvaient ici dans la chambre 1202, grâce à une des cartes de crédit d'Arnie Albright, à consommer avant mardi, et il était temps pour Dortmunder de passer à l'étape suivante. Il inspira une pleine bouffée d'air pur de la campagne, toussa, tourna le dos à la fenêtre et demanda :

– Tu veux que je ferme ou que je laisse ouvert ?

– Oh ! laisse ouvert, répondit May. J'adore le grand air.

– Ouais, c'est chouette. Bon, je vais faire un tour, voir si je peux dégoter des renseignements.

– Je serai dans mon bain, dit May qui, contrairement à Dortmunder, savait profiter des vacances.

Ce dernier acquiesça vaguement, fouilla ses poches, trouva enfin la clé de la chambre et sortit.

Le hall était *immense.* Pas haut de plafond, non, uniquement long large et étendu, des hectares de moquette neutre et des tas de canapés vides regroupés en carrés dans des enclos entourés de cordes et des zones de plantes tropicales. De vastes espaces de ce hall restaient inutilisés, en jachère, et ceci pour la raison suivante : la plupart des établissements hôteliers construits après la Seconde Guerre mondiale ont été conçus dans l'espoir qu'un jour, un beau jour, l'État dans lequel se trouvait cet établissement pourrait *éventuellement* légaliser le jeu, et pourquoi pas, hein ? Et c'est *là* qu'on installerait les machines à sous.

Sans le savoir, Dortmunder marchait ainsi au milieu de plusieurs rangées de machines à sous fantômes, en jetant des regards autour de lui. Mais pas pour chercher Grijk. Conformément au plan, Grijk viendrait jusqu'ici en voiture, tout seul comme un grand, en empruntant un véhicule de l'ambassade, avec tout le matériel d'espionnage de l'ambassade planqué dans le coffre, il se trouverait un bed-and-breakfast quelque part dans les environs – le Vermont regorge de charmants petits bed-and-breakfasts avec plein d'anecdotes intéressantes et d'authentiques détails architecturaux, d'aimables propriétaires, de robustes meubles anciens et du Laura Ashley *partout,* vous pouvez vérifier – et il s'arrangerait pour dîner quelque part, pendant que Dortmunder et May projetaient de savourer à Kinohaha le dîner qu'ils avaient payé d'avance (façon de parler, étant donné le mode de paiement) dans le forfait choisi. Ensuite, après le dîner, Grijk se rendrait à Kinohaha et il déambulerait dans le hall de l'hôtel – ce grand hall dont on parlait – jusqu'à ce que Dortmunder et lui s'aperçoivent. Alors, sans le moindre signe de reconnaissance ou de connivence, Dortmunder suivrait Grijk dehors, jusqu'à sa voiture, ils monteraient à bord tous les deux, et ensemble ils iraient...

Où ça ? Voilà ce que Dortmunder cherchait à découvrir. Où était donc situé le château de Harry Hochman ? Et par quelle méthode subtile, indirecte, diaboliquement astucieuse Dortmunder pourrait-il dénicher ce renseignement ? Seul le temps le dirait.

Là-bas. Là-bas, dans un coin du hall qui, présentement, en attendant l'arrivée du jeu, semblait à l'écart et délaissé, se trouvait un petit bureau sophistiqué, derrière lequel était assise une petite femme sophistiquée, qui s'efforçait de donner l'impression de ne pas s'ennuyer à mourir. ACCUEIL CLIENTÈLE proclamait la plaque de cuivre sur le bureau, et si vous pensez que ça signifie qu'elle est ici pour accueillir la clientèle, vous faites erreur, monsieur, vous vous égarez, et si vous ne partez pas *immédiatement,* nous allons être obligé d'appeler le chef des grooms. Allez, hop !

– Excusez-moi, dit Dortmunder.

La petite femme sophistiquée lui adressa un regard extrêmement perplexe, mais pas la moindre parole.

Il y avait une petite chaise sophistiquée devant le petit bureau et la petite femme sophistiqués, mais, curieusement, Dortmunder sentait qu'il valait mieux ne pas s'y asseoir. Debout à côté de la chaise, sans même la toucher, légèrement plié en deux, il dit :

– Ma femme et moi, euh...

Et le soleil fit son apparition à travers les nuages ! Soudain ragaillardie, l'intendante de la clientèle s'exclama :

– Mais certainement, *monsieur* ! Asseyez-vous, asseyez-vous !

Elle agita un tas de faux ongles écarlates en direction de la chaise. Alors, Dortmunder s'assit.

– On vient d'arriver, expliqua-t-il, et on se disait qu'on aimerait bien... euh, faire une petite balade, voir des trucs dans... euh...

– Les environs, suggéra-t-elle. Dans le coin. Aux alentours.

– Oui, un truc comme ça, répondit Dortmunder. On se disait que... vous voyez, on veut pas passer tout notre temps...

– À l'hôtel, proposa-t-elle. Ici. Dans l'établissement.

– Oui, c'est ça. (Dortmunder posa sa main à plat sur le bureau, tout près de la redoutable plaque en cuivre.) Alors, on pensait à un truc loin d'ici. Un truc... euh...

– Intéressant, conclut-elle. Différent. Inhabituel.

– Oui.

Elle pointa un des ongles écarlates derrière elle, en demandant :

– Avez-vous consulté toutes nos... euh...

– Brochures ? Dépliants ? Prospectus ? (Non, il ne l'avait pas fait.)

– Oui, mentit-il. Mais tout cela est trop... euh... euh...

– Banal, dit-elle. Sans surprise. Stéréotypé.

– Oui !

Elle lui adressa un large sourire.

– Que diriez-vous du château de Harry Hochman ?

Dortmunder demeura bouche bée.

– Savez-vous qui est Harry Hochman ? demanda-t-elle. C'est le propriétaire de Kinohaha. Savez-vous quelle est sa société ? C'est la troisième plus grande chaîne d'hôtels dans le monde. Savez-vous ce qu'il possède à moins de vingt kilomètres d'ici ? Un magnifique château qu'il a construit lui-même, d'après ses propres directives, rien que pour lui et son épouse adorée, Adele.

– Ça alors, dit Dortmunder.

– Évidemment, personne n'a le droit d'y entrer, dit-elle, même quand il est inoccupé, comme en ce moment...

– Oh ! il est inoccupé ?

– Oui, mais personne n'a le droit d'y entrer quand même, dit-elle avec un petit sourire compatissant. Malgré tout, on nous encourage à encourager les clients à aller voir le château, juste pour admirer le... euh...

– Le goût de M. Hochman ? devina Dortmunder. Son talent. Son argent.

Le visage de la femme rayonnait.

– Aimeriez-vous voir ce château ?

– Oui.

– Savez-vous où il se trouve ?

– Non.

Elle ouvrit un tiroir de son bureau et sortit vivement une carte routière, dessina un premier cercle autour de l'hôtel, un second cercle autour du château, et traça une ligne pour indiquer le meilleur chemin entre les deux. Puis elle tendit la carte à Dortmunder, avec un large sourire, en lui souhaitant une bonne journée.

– Merci, dit Dortmunder.

Chapitre 38

Dans la lueur ambrée des lumières du tableau de bord de la Hyundai, Grijk contemplait la carte routière avec des yeux écarquillés.

– Fous afez même une carde, dit-il.

– Évidemment, dit Dortmunder.

– De frais professionnels, dit Grijk de sa voix rendue encore plus grave par l'admiration. Je sais pas comment fous faides dout ça.

– Ça s'apprend ces trucs-là, au fil du temps, répondit Dortmunder, avec un petit haussement d'épaules modeste. Comment savoir tout ce qu'il faut savoir pour faire un coup.

Grijk n'en revenait pas.

– Fous afez découfert où est le châdeau, dit-il, et aussi le chemin pour y aller, et vous safez même que l'endroit est fide...

– Ah ! ce sont les combines du métier. Et si justement on y allait maintenant, hein ?

– OK, Chon.

– Je m'appelle John.

En faisant démarrer le moteur de machine à laver de la Hyundai, Grijk avoua d'un ton empreint de regrets :

– J'aimerais prononcer fodre nom aussi bien que fous safez dire le mien.

– Eh oui.

En secouant la tête, Grijk enclencha bruyamment la marche avant et quitta d'une manière branlante l'immense parking public de Kinohaha – presque aussi grand que le hall de l'hôtel – pour déboucher sur la route nationale déserte.

Totalement déserte. Il n'était pas encore onze heures, mais déjà tous les Vermontois et leurs visiteurs estivaux étaient au lit. C'était une partie du monde où le jour s'éteignait tôt, en effet. De fait, quand Dortmunder et May s'étaient rendus à la salle de restaurant pour dîner à vingt heures trente, les cuisines se préparaient déjà à fermer, et on leur avait fait clairement comprendre que les gens convenables avaient *fini* de dîner à cette heure, ils ne commençaient pas leur repas. Conscient qu'on le pressait de toutes parts pour qu'il avale en quatrième vitesse son poulet, ses petits pois et ses pommes de terre sautées, et quitte ensuite cette horrible salle à manger trop éclairée, pour que le personnel puisse rentrer chez lui, Dortmunder avait à ce point ralenti son ingurgitation qu'il semblait posséder le métabolisme d'un cobra royal, et May elle-même avait fini par devenir nerveuse en sentant l'air glacial qui flottait au-dessus de toutes ces tables vides.

– Peut-être qu'on ferait mieux de pas prendre de dessert, avait-elle dit.

– Au contraire, avait répondu Dortmunder.

Dortmunder avait commandé la tarte au pecan avec la glace à la vanille, et c'était sacrément bon. D'ailleurs, elle reposait confortablement dans l'estomac de Dortmunder maintenant, tandis qu'il traversait, en compagnie de Grijk, l'obscurité verte du Vermont, à bord de la Hyundai orange de l'ambassade qui, avec ses plaques diplomatiques ressemblait à une fillette ayant enfilé les chaussures à hauts talons de sa mère.

Bien qu'ils ne connaîtraient jamais le véritable responsable, la vérité exigeait de dire que c'était un étudiant de Darmouth qui avait chapardé, pour apporter une touche décorative à son dortoir, cet unique panneau routier crucial à cause duquel Dortmunder et Grijk parcoururent inutilement certaines parties du Vermont pendant vingt minutes, avant finalement de retrouver leur chemin ; mais à l'exception de ce clin d'œil en passant de la Ivy League, qui forme l'élite de l'Amérique, le trajet se déroula sans encombre, et, assez rapidement, ils se retrouvèrent devant le château.

Même de nuit, même vu du haut de la colline, le château était impressionnant, « folie » tentaculaire et hautaine, dotée de tourelles et de pignons, qui s'accordait à ce paysage montagneux, sans toutefois s'y fondre ; comme une mouche sur la joue d'une danseuse de cancan, il accentuait la beauté environnante sans paraître naturel une seule seconde.

Une autre caractéristique de ce château leur apparut immédiatement : lorsque la petite femme sophistiquée de l'hôtel avait qualifié cet endroit d'inoccupé, elle ne voulait pas dire *inhabité.* En réalité, le château se composait, non pas d'un bâtiment, mais de trois : la splendeur centrale flanquée de deux autres constructions, versions de poche du même style architectural, celle de gauche semblant combiner les fonctions de garage/entrepôt/débarras, celle de droite étant une maison plutôt modeste, mais spacieuse, de deux étages, plus un grenier, et habitée

Très habitée. Devant cette annexe étaient garés un pick-up, un véhicule break, une moto de cross, trois bicyclettes, un tricycle et une poussette. Des lumières étaient allumées dans deux des pièces du haut, et la lueur bleutée de la télévision tremblotait derrière quelques fenêtres voisines au rez-de-chaussée.

Évidemment. Naturellement. Des gens comme les Hochman avaient forcément du personnel à demeure, une grande famille pour s'occuper de la maison en leur absence, et veiller à ce qu'aucun vandale ne pénètre dans le château. Vandale ou autre.

– Voyons les choses sous cet angle, dit Dortmunder. S'ils nous facilitaient trop la tâche, je finirais certainement par me lasser, et j'aurais même pas envie de continuer.

Grijk le regarda d'un drôle d'air.

– C'est frai, Chon ?

– Non, dit Dortmunder.

– OK.

– Trouvons un endroit pour planquer la bagnole.

le château et ses dépendances se dressaient au nadir d'un large chemin goudronné et sinueux traversant les bois en partant d'une route de campagne à deux voies. L'allée goudronnée se déversait dans plusieurs ruisseaux de voyelles tout en bas, formant un O à l'entrée du château, un I au milieu de la seconde résidence, et un E qui s'appuyait contre le garage.

Derrière le château, un a-pic offrait la vue. À droite et à gauche se dressaient des promontoires boisés. Avec les feux de position de la Hyundai pour seul éclairage, Grijk les conduisit jusqu'au bout du bâtiment utilitaire, à l'extrémité du E, c'est-à-dire aussi loin que possible de la partie habitée du complexe, et là, ils descendirent de voiture pour faire le point.

Le matériel d'espionnage de Grijk incluait une lampe torche, et c'est grâce à elle qu'ils découvrirent le chemin de terre qui s'enfonçait dans la forêt, en partant du sommet du E, dans le coin le plus éloigné du bâtiment utilitaire, tournant le dos à toutes les constructions. Ils le suivirent, en pointant le faisceau de la lampe ici et là, et bientôt, ils tombèrent sur la décharge illégale de Hochman. (Pourquoi est-ce que ça ne nous étonne pas ?) Des piles de journaux, des cartons remplis de bouteilles vides, des sacs d'ordures, des ballots de vieux vêtements, tous les détritus habituels dégoulinant dans la pente. Le chemin de terre, deux traces de pneus en réalité, longeait en serpentant le bord supérieur de cette émanation pestilentielle, avant de se fondre dans un sentier qui descendait la colline sans entrain.

Dortmunder examina les lieux.

– OK, dit-il. Amenez la voiture jusqu'ici.

– OK, Chon.

– John !

– Oui, oui, je sais, dit Grijk d'un ton désespéré.

Et il s'éloigna en emportant la lampe électrique, laissant Dortmunder seul dans le noir, avec pour seul réconfort les bruits de mastication des rats, des ratons laveurs, des écureuils et autres habitants du monde naturel, qui accomplissaient, en contrebas, leur lente et tenace métamorphose du dépôt d'ordures de Hochman.

Ah ! voilà qu'apparaissaient les phares faiblards de la Hyundai, suivis par la Hyundai faiblarde. Avec force gestes et autres encouragements, Dortmunder aida Grijk à garer la bête le plus près possible du bord, tout au bout, où elle piquait légèrement du nez, comme si elle était sur le point de plonger dans le vide. Et alors que Grijk descendait de voiture, Dortmunder déclara :

– Avant toute chose, il faut enlever les plaques.

– Ah bon !

– Oui.

– Je ne pige pas, Chon, mais OK.

Le coffre de la voiture était joliment pourvu en matériel d'espionnage, y compris tous les tournevis et les pinces dont on pouvait avoir besoin. En deux coups de cuillère à pot, les plaques d'immatriculation furent enlevées – la rouille n'était pas de taille à lutter avec la force de Grijk– et planquées dans le coffre avec les outils. Après quoi Dortmunder et Grijk rebroussèrent chemin, en suivant le halo dansant de la torche, jusqu'aux bâtiments, où ils découvrirent que l'allée goudronnée formait également une consonne : un J qui se glissait entre l'habitation principale et le bâtiment utilitaire, avant de bifurquer vers la large porte découpée dans le mur de pierre à l'arrière, un niveau plus bas que l'entrée.

À en croire le magazine, il s'agissait là de l'entrée de la galerie d'art de Hochman. Dortmunder s'abstint de faire quoi que ce soit à cette porte pour le moment, mais il l'examina longuement et, finalement, il dit :

– OK. Voyons maintenant s'ils ont oublié de verrouiller une fenêtre.

– Chon, ils ont des alarmes, c'est sûr.

– Évidemment. On va voir si elles sont efficaces, et si la riposte l'est aussi.

– C'est fraiment une bonne idée, Chon ?

– La meilleure, Grijk.

Alors, ils firent le tour de la maison, à pas lents, utilisant la lampe électrique avec parcimonie, et, enfin, ils découvrirent une petite fenêtre de toilettes au rez-de-chaussée, qui n'était pas verrouillée.

– Très bien, dit Dortmunder. Quelle heure est-il ?

Le matériel d'espionnage de Grijk incluait également une montre à cadran lumineux

– Onze heures quarande-deux.

– OK. (Dortmunder ouvrit la petite fenêtre, compta lentement jusqu'à cinq, puis la referma.) Maintenant, on fiche le camp par là-bas, dit-il en désignant le bâtiment utilitaire, et on voit la réaction.

– OK, Chon.

La réaction fut bonne, très bonne. Dortmunder et Grijk eurent à peine le temps de se cacher à l'extrémité du bâtiment avant que deux types, brandissant leur fusil d'une main, pendant qu'ils enfilaient leur deuxième bras dans leur veste, jaillissent de la résidence située à l'autre bout pour se diriger vers le château au trot. En outre, un chien se mit à aboyer ; bizarre qu'il n'ait pas aboyé pendant qu'ils furetaient dans les environs. Mais c'est comme ça avec les chiens. Ils n'aboient pas pour mettre en garde, ou pour communiquer ; ils aboient simplement quand il se passe quelque chose d'excitant. Quoi qu'il en soit, c'était bon de savoir qu'il y avait un chien.

Ainsi, la réaction non officielle en provenance de la maison voisine, suite à la violation du système d'alarme du château, était inférieure à une minute. La réaction officielle – trois voitures de patrouille des forces de police locales avec gyrophares et sirènes hululant – nécessita onze minutes de plus. Tandis que les trois véhicules en question grimpaient jusqu'au sommet de la colline en hurlant, Dortmunder dit :

– C'est le moment de se planquer.

Ce que Grijk et lui firent aussitôt, s'éloignant en petites foulées sur le chemin de terre, dépassant la décharge et la Hyundai, avant de bifurquer à l'intérieur des bois, où le faisceau fantasque de leur lampe électrique offrait une protection insuffisante contre les branches basses et les racines hautes. Après la seconde chute, ils restèrent où ils étaient.

Cinq minutes plus tard, ils durent se tapir dans les broussailles quand un des hommes du shérif, suivant le chemin de terre, s'approcha avec sa lampe, pointa le faisceau sur la décharge sauvage, éclaira brièvement la vieille voiture abandonnée et fit demi-tour.

L'inspection du château désert fut longue et minutieuse ; Grijk et Dortmunder en suivirent la plus grande partie à l'autre extrémité des dépendances. Ils virent les faisceaux des lampes se déplacer à l'intérieur du château plongé dans l'obscurité, sautant d'une fenêtre à l'autre. Ils virent un des hommes du shérif ressortir et parler longuement, avec animation, dans sa radio. Et enfin, trente-cinq minutes après que Dortmunder eut soulevé et rabaissé la fenêtre des toilettes, les voitures de police repartirent, plus calmement qu'elles étaient arrivées, les deux types armés de fusils retournèrent regarder la télévision dans l'autre maison ; la paix et la tranquillité retombèrent sur le paysage.

Il était maintenant zéro heure dix-sept.

– Prévenez-moi quand il sera une heure dix, dit Dortmunder.

– Qu'est-ce qu'on fait pendant ce demps, Chon ?

– Je vais piquer un roupillon.

Dortmunder retourna dans la Hyundai, et il commençait tout juste à plonger dans un doux sommeil réparateur, quand Grijk lui tapota le genoux, en disant :

– Une heure dix.

Dortmunder se redressa en bâillant.

– OK. On recommence.

– La même chose ?

– Oui, pareil

Dortmunder en tête, ils retournèrent jusqu'à la fenêtre des toilettes – toujours pas verrouillée, les autres ne l'avaient pas repérée – et là, ils récidivèrent.

Deuxième épisode : temps de réaction en provenance de la maison encore plus rapide que la première fois, à peine plus de trente secondes. Temps de réaction du shérif plus rapide également : neuf minutes.

Ah ! mais l'inspection du château fut elle aussi plus rapide que la première fois, et personne ne vint reluquer la décharge et la Hyundai.

– Parfait, commenta Dortmunder quand tout fut redevenu calme. Avant de recommencer...

– On fa recommencer, Chon ?

– Nous sommes ici pour ça, Grijk.

– Ah bon ?

– Oui. Mais avant de recommencer, on va se servir de votre matériel.

Et cette fois, tandis qu'ils faisaient le tour des bâtiments, ils utilisèrent une partie du matériel d'espionnage. Grijk avait apporté, par exemple, de tout petits micros avec des ventouses. Il suffisait d'en fixer un sur une vitre, à un endroit discret, et votre radio, une fois réglée sur la bonne fréquence, vous permettait d'entendre tous les bruits qui se produisaient dans cette pièce.

Pour la galerie, une pièce dépourvue de fenêtres, il y avait même un micro plus sensible et plus puissant qui se fixait à l'aide de deux... aie !... griffes pointues dans le bois de la porte. Un autre appareil se connectait aux quatre lignes téléphoniques qui sortaient du château et de la dépendance. Tous ces machins étaient reliés à du matériel radio installé dans le coffre de la Hyundai. Tout était vieux, usé et de troisième main, comme la Hyundai, mais tout avait été testé par Grijk, avant de partir de New York, et tout fonctionnait encore.

Il était déjà deux heures cinq quand ils eurent terminé. Toutes les lumières étaient maintenant éteintes, ainsi que la télévision là-bas dans la maison occupée. La montagne était silencieuse et calme quand Dortmunder se dirigea de nouveau vers la petite fenêtre des toilettes pour recommencer... et s'apercevoir qu'elle était fermée.

– Ils l'ont vue cette fois, dit-il.

Grijk ne cessait de bâiller et de bâiller.

– On rendre à la maison maindenant ?

– Non, pas encore.

À pas feutrés, Dortmunder retourna vers l'entrée du château et utilisa sa propre petite plaque de métal souple pour ouvrir la porte principale sans laisser aucune trace d'effraction, compta lentement jusqu'à cinq, puis referma la porte et s'éloigna paisiblement en compagnie de Grijk, tandis que, derrière eux, des lumières s'allumaient ici et là dans l'autre maison.

Ah ! c'était déjà moins rapide. Presque deux minutes avant que les deux types armés de la baraque voisine réagissent, et seize minutes avant l'arrivée des trois voitures du shérif. Une rapide inspection du château, suivie à distance par Dortmunder et Grijk qui passaient d'une fréquence à l'autre, d'un micro à l'autre, tandis que les gardes et les policiers examinaient les lieux, en passant d'une pièce à l'autre.

Tous étaient d'ailleurs fort agacés.

– Ça peut être qu'un court-jus ! se disaient-ils les uns aux autres.

Les types de la maison voisine ne cessaient de répéter aux hommes du shérif qu'ils appelleraient l'installateur du système d'alarme à la première heure demain matin.

Dortmunder était très curieux d'entendre ce qu'ils avaient à dire au moment où ils arrivaient devant l'entrée de la galerie.

– Attendez une minute, faut d'abord que je déconnecte l'autre, dit une voix qu'il identifia maintenant comme appartenant à un des gardiens.

– Laissez tomber, répondit un des adjoints du shérif. Je vois très bien d'ici, pas la peine d'entrer : il n'y a rien ni personne. Pas de doute, c'est un court-jus quelque part.

– Alors je fais quoi, moi ? Je la coupe ou pas ?

– Non, laissez tomber.

– Si vous le dites.

L'inspection du château fut extrêmement brève cette fois-ci ; les types se contentant de jeter un coup d'œil dans les différentes pièces en restant à la porte, comme ils l'avaient fait à l'entrée de la galerie. En moins de deux, ils avaient effectué le tour, ils étaient ressortis et se souhaitaient bonne nuit.

Une fois tout ce petit monde parti, une fois la porte d'entrée refermée (violemment), Dortmunder et Grijk coupèrent les micros du château, mais restèrent branchés sur les lignes téléphoniques.

– Ils devraient pas tarder à passer un coup de fil maintenant dit Dortmunder, et, à cet instant même, ils entendirent les bruits caractéristiques d'un appel interurbain.

Il y eut une demi-douzaine de sonneries, avant qu'une voix d'homme endormie, quelque part dans le monde, déclare :

– Résidence de M. Hochman, j'écoute.

– C'est encore Simmons, dit la voix locale, et son propriétaire semblait vraiment agacé. Cette foutue alarme arrête pas de se déclencher. Pourtant, y a absolument personne, ni rien qui...

– Que voulez-vous donc que *je* fasse, hein ? demanda la voix interurbaine, visiblement très agacée elle aussi. Je ne vais certainement pas réveiller M. Hochman à cette...

– Dites-lui simplement, demain matin, que le système...

– Je vous ai déjà dit que je le ferais, la dernière fois que vous avez appelé.

– Il faut qu'il appelle l'installateur, à la première heure.

– Il le *fera*, Simmons, OK ?

– Ça arrête pas de se déclencher.

– Inutile, dit la voix interurbaine sur un ton extrêmement glacial, de me rappeler si cela se reproduit. Pas ce soir en tout cas. Bonne nuit, Simmons !

Bing ! On avait raccroché.

– Parfait, commenta Dortmunder. On peut replier tout le matériel maintenant.

Ce qu'ils firent, avant de refermer le coffre de la Hyundai, et Grijk demanda :

– Et maindenant, Chon ?

– Maintenant, dit Dortmunder, on en refait une petite.

Au trot, il reprit le chemin de terre jusqu'au château, pour rouvrir et refermer la porte d'entrée, et regagner ensuite le poste d'observation habituel.

La réaction, cette fois, fut pathétique : un seul type, sans son fusil, mais avec sa lampe électrique, sortit d'un pas lourd, trois bonnes minutes après que Dortmunder eut déclenché l'alarme. Une seule voiture de patrouille, sans sirène, sans gyrophare, arriva cinq minutes plus tard, mais, évidemment, l'adjoint du shérif n'avait pas encore eu le temps de rentrer au quartier général quand s'était produit le nouvel appel, et ses deux collègues avaient poursuivi leur route, sans prendre la peine de faire demi-tour.

Cette fois, apparemment, quelques paroles enflammées furent échangées dans l'air de la nuit, devant le château, entre le gardien et le représentant de la loi, avant que la voiture de patrouille redémarre sur les chapeaux de roues, en laissant du caoutchouc, pendant que le gardien rentrait chez lui d'un pas énergique et claquait sa porte.

– Quelle heure est-il ? demanda Dortmunder.

– Drois heures moins dix minudes. Du madin.

– Réveillez-moi, dit Dortmunder, à quatre heures cinq.

– Chon ? Je fais quoi moi pendant que fous dormez ?

– Allez récupérer tous vos trucs d'espions. On n'en a plus besoin.

Sur ce, ignorant le regard blessé de Grijk, Dortmunder se recroquevilla sur la banquette arrière de la Hyundai et piqua un roupillon fort agréable pendant plus d'une heure ; il se releva presque sans douleurs ni spasmes quand Grijk le réveilla à quatre heures cinq.

Il se gratta et s'étira devant un Grijk abattu.

– Cette fois, ça devrait être la bonne, prédit-il et il s'en alla gaiement ouvrir et refermer la porte du château.

Ce fut la bonne. Aucune lumière ne s'alluma dans la dépendance. Aucune voiture de patrouille n'apparut.

– Maintenant, déclara Dortmunder, on peut rentrer se coucher.

Chapitre 39

La dernière fois où l'arrière-salle de chez O. J. avait été aussi bondée, c'était lorsque tout le monde essayait de savoir qui parmi eux avait volé le Feu byzantin, un rubis d'une valeur inestimable appartenant à la Turquie, ou aux États-Unis, ou bien à quelqu'un d'autre peut-être, et dont la disparition avait déclenché une telle colère officielle, une telle pression ininterrompue, qu'il y avait des types qui purgeaient *encore* des peines de prison dans le nord, uniquement parce qu'ils avaient en leur possession des trucs qu'il ne fallait pas au moment où ils avaient été pris dans les mailles du filet. Nombreux étaient ceux qui avaient tenu Dortmunder pour responsable de cette situation, jusqu'à ce que le véritable coupable soit découvert. D'un naturel pacifique, Dortmunder avait depuis longtemps pardonné à tout le monde.

Malgré tout, il ne put s'empêcher d'éprouver un petit pincement de terreur ancienne en se retrouvant dans ce même décor devant tous ces gens. Heureusement, il était frais et dispos après ses vacances d'hier et de ce matin à la montagne, et il savait que plus personne ici ne nourrissait le moindre soupçon concernant ses liens avec ce misérable rubis, aussi parvint-il à surmonter sa peur instinctive pour présider la séance.

– Tiny Bulcher et Andy Kelp vous ont expliqué la situation, il me semble ? demanda-t-il en balayant l'assistance du regard pour recevoir la confirmation générale de ces visages familiers.

Quels visages familiers ? Il y avait là-bas Wally Whistler, bronzé et en forme, de retour d'un long séjour au Brésil. Un séjour plus long que prévu à vrai dire. Wally Whistler avait l'habitude de voyager par extradition. C'est simple : vous avouez à la police avoir commis un crime dans le pays où vous souhaitez vous rendre, et ensuite, vous vous rétractez en présentant un alibi en béton une fois l'extradition effectuée. Malheureusement, il n'existe aucun accord d'extradition entre le Brésil et les États-Unis, ce que Wally avait appris trop tard. Au début, cette histoire l'avait humilié, mais finalement, reconnaissant son échec, il avait commis suffisamment de cambriolages là-bas, dans la région de São Paulo, pour s'offrir un billet d'avion en 1re classe. Le plus affreux, expliquait-il, ce n'était pas de dépenser du fric pour voyager, c'était de voyager seul sans une escorte de policiers qui généralement se mettaient en quatre pour vous aider à tuer le temps.

Il y avait également Jim O'Hara, qui venait de ressortir de prison, le teint encore pâle et grisâtre. Dortmunder avait l'impression que chaque fois qu'il voyait Jim O'Hara, celui-ci entrait ou sortait de prison. Leur dernière rencontre, quelques années plus tôt, s'était terminée sur le toit d'un immeuble du centre, quand Jim avait commis l'erreur d'emprunter un escalier d'incendie pour se jeter dans les bras de la police qui l'attendait en bas, alors que Dortmunder avait eu l'intelligence de filer dans l'autre direction.

Là-bas, il y avait Fred Lartz, le chauffeur, presque aussi bon que Stan Murch (ne le dites pas à Stan surtout). Certes, c'était son épouse, Thelma, qui tenait le plus souvent le volant désormais, mais c'était toujours Fred qui assistait aux réunions.

Et voici Gus Brock, solidement assis sur sa chaise, l'air renfrogné, comme si sa moustache était trop lourde à porter. Et aussi Harry Matlock et Ralph Demrovsky, un duo de cambrioleurs inséparables, si expérimentés et opiniâtres, qu'ils se déplaçaient toujours à bord d'une camionnette au cas où ils tomberaient sur un truc trop lourd ou encombrant à transporter. Et Ralph Winslow, un crocheteur de serrures débonnaire, qui avait toujours dans la main un verre où tintaient joyeusement des glaçons, et c'est pourquoi, par nécessité, il était devenu expert dans l'ouverture des serrures d'une seule main.

– En fait, expliqua Dortmunder à tous ces gens, il ne s'agit pas d'*un* coup, mais de *deux* coups différents. Trois même, en réalité, mais on s'occupe pas du troisième, c'est une bande de types, là-bas en Europe, qui s'en charge. D'ailleurs, il paraît que c'est déjà fait, n'est-ce pas, Grijk ?

Avec un large sourire, Grijk brandit son poing énorme, autour duquel s'enroulait une feuille de papier brillant, glissant et dégueulasse.

– Nous afons reçu un fax ! annonça-t-il. Nous afons pénédré dans la cadédrale des Rifières de Sang, et nous afons le coffret en ferre ; il arrifera ici biendôt à bord de l'afion Coca-Cola.

Dortmunder fronça les sourcils.

– Je croyais que c'était Pepsi ?

– Peu imporde, répondit Grijk en balayant cette remarque d'un geste de la main, celle autour de laquelle était enroulé le fax.

Car après tout, pour un Européen de l'Est, tous les logos américains se ressemblent.

Voici ce qui se passe : Alors que les grandes compagnies américaines se précipitent pour apporter la culture occidentale aux marchés de l'Europe de l'Est qui s'ouvrent – Pizza Hut, Kleenex, Budweiser – toutes les parties intéressées se rendent de menus services. (Sans que cela atteigne nécessairement la profondeur des liens unissant Harry Hochman et Hradec Kralowc, mais quand même.) Des avions privés sillonnent en permanence le globe, emportant des dirigeants d'une importance vitale vers des réunions d'une importance vitale, et il y a toujours une petite place à bord pour l'envoyé diplomatique d'un pays récemment ami, c'est-à-dire acheteur. Le Boeing d'une marque de soda qui volait présentement en direction de New York n'aurait pas à subir l'humiliation des contrôles de douane et d'immigration lors de son atterrissage, pas plus que l'envoyé diplomatique qui convoyait une caisse pour animal domestique de petite taille, portant cette étiquette :

MITZI
Loulou de Poméranie de Mme l'ambassadrice Zara Kotor
Attention chien méchant

Et très calme également, semble-t-il.

– Très bien, reprit Dortmunder. La première partie du plan a été accomplie. La deuxième partie maintenant. Et je dois vous prévenir, j'en suis désolé, croyez-moi, que cette deuxième partie est ridicule. Il s'agit de voler un os. Oui, je sais, ça ne vaut rien du tout pour vous et pour moi, mais ça compte énormément pour Grijk ici présent et pour tout son peuple, et nous allons faire ça pour eux. *Car* c'est la troisième partie du plan qui nous intéresse. La troisième partie concerne des œuvres d'art très rares et très chères, d'une valeur de plus de six millions de dollars, et Grijk et ses compatriotes vont nous aider à tout rafler. Pas vrai, Grijk ?

– Frai !

Grijk agita brièvement son fax encore une fois, en jetant des sourires à la foule.

Harry Matlock, qui parlait pour lui-même et son partenaire Ralph Demrovsky, demanda :

– Dortmunder ? Six millions, tu dis ?
– Environ.
– Et pour nous, ça fait combien ?
– On a un receleur de première classe, expliqua Dortmunder. Rien à voir avec les types habituels. C'est lui qui négociera avec la compagnie d'assurance à notre place.
– Mais... ? intervint Gus Brock, l'air inquiet.
– Mais il prend la moitié.
Voilà qui ne plaisait à personne dans la salle. En fait, ceux qui étaient embarqués dans cette affaire depuis le début – Tiny Bulcher, Andy Kelp et Stan Murch – comprenaient la situation, sans se donner la peine d'être d'accord ou pas, mais les sept nouveaux, eux, n'étaient pas du tout d'accord, et ils le firent comprendre avec des grognements, des mouvements de tête et autre langage corporel. Ralph Winslow se racla la gorge, fit tinter les glaçons dans son verre et demanda :
– Il se goinfre la moitié, mais le gâteau est plus gros ? C'est pour ça que ça vaut le coup ?
– On l'espère, répondit Dortmunder. Pour l'instant, disons qu'il pourra sans doute obtenir un million.
– Il pourrait faire mieux que ça, dit Ralph.
– Oui, possible, concéda Dortmunder. Mais on envisage le pire pour le moment. Dans le pire des cas, il obtient un million, il en garde la moitié, nous on se partage un demi-million en onze parts, et ça nous fait...
– Quarante-cinq mille quatre cent cinquante-quatre dollars, dit Ralph Demrovsky. Environ.
– C'est pas si mal, fit remarquer Dortmunder, pour un week-end de boulot.
– Ça devrait faire plus, dit Ralph Winslow.
Et Ralph Demrovsky dit :
– Ralph a raison.
Et Ralph Winslow dit :
– Les Ralph ont toujours raison.
Et Ralph Winslow et Ralph Demrovsky échangèrent un sourire de parfaite connivence conviviale.
Dortmunder demanda :
– Ça veut donc dire que vous vous retirez tous les deux ?
Les Ralph cessèrent de sourire. Ralph Demrovsky répondit :
– Qui a dit une chose pareille ? Moi j'ai dit ça ?

– John, ajouta Ralph Winslow, si tu as la possibilité de renégocier avec ce formidable receleur, je sais que tu le feras. Si tu peux pas, et si on touche ce qu'on touche, eh bien, c'est ce qu'on touchera. Moi, je suis partant.

– Naturellement, renchérit Ralph Demrovsky.

Dortmunder balaya l'assemblée du regard.

– Tout le monde est partant ?

Il y eut de nouveaux raclements de pieds, divers langages du corps, de nouveaux grognements de mécontentement, mais pour finir, tout le monde tomba d'accord avec les deux Ralph ; tout le monde était partant.

– Parfait, dit Dortmunder.

Harry Matlock demanda alors :

– Tu as parlé d'un week-end de boulot, et tu as parlé de deux coups. C'est quand que ça se passe ?

– Eh bien, répondit Dortmunder, le gros truc c'est demain soir, mais ça exige une certaine préparation d'abord. On a besoin d'endroits pour planquer des choses, et des véhicules, des trucs dans ce genre. De plus, on doit envoyer une équipe dans le Vermont dès ce soir, sous les ordres de Grijk ici présent, afin de déclencher les alarmes.

– Ah ! c'est un boulot fait pour moi ça, dit Fred Lartz.

– Exact, confirma Dortmunder. Je te filerai une carte de crédit ; Thelma et toi vous pourrez loger à l'hôtel de la station. Je vous le recommande.

Wally Whistler, qui semblait parler avec un léger accent portugais depuis son séjour prolongé au Brésil, dit :

– Tu as trouvé un truc dans le Vermont, parfait. T'as rien à New York, par hasard ? Pour ce soir je veux dire ?

– Non. Comme je vous le disais, le gros casse c'est demain soir, mais ce soir, on a un petit boulot préliminaire à faire, ici en ville.

– Quoi ?

– Un kidnapping, dit Dortmunder.

Chapitre 40

Karver Zorn, titulaire d'un MD, FACS, FRCS, PC, RN, CNM, DDS et d'un DMD (tous douteux), était assis devant le vieil orgue dans le chœur de l'église désaffectée qui était sa maison, sur lequel il exécutait une version épouvantable de *Ainsi parlait Zarathoustra.* Mais bon, premièrement, il est de plus en plus difficile de nos jours de trouver un accordeur d'orgues compétent ; à vrai dire, dans certaines parties du monde c'est même impossible. Aussi, quand le doigt récuré du Dr Zorn enfonçait telle ou telle touche en ivoire, la note qui sortait en geignant ou en braillant de la puissante machine qui l'enveloppait de toutes parts, tel un croissant de lune art déco, ne ressemblait pas nécessairement à la note qui était censée jaillir à ce moment-là. Deuxièmement, le Dr Zorn était un fort médiocre musicien, et il y avait de fortes chances pour que la touche qu'enfonçait son doigt récuré ne soit pas la bonne. Mais tout cela n'avait aucune espèce d'importance, franchement, car troisièmement, le Dr Zorn n'avait aucune oreille.

Compte tenu de tous les éléments sus-mentionnés, il était heureux pour les voisins du Dr Zorn qu'il n'ait pas de voisins. Le projet de destruction des taudis qui avait rendu cette église indésirable s'était abattu sur cette communauté autrefois animée et gaie du South Bronx comme une version contemporaine de la peste noire, qui remontait à la génération précédente ; il s'agissait de démolir, d'aplanir, de raser, de tout aplatir, et puis de pulvériser les restes sous les semelles de puissantes machines jaunes aussi intelligentes que leurs maîtres.

Et pourquoi l'église Saint-Crépinien n'avait-elle pas succombé, alors qu'autour d'elle tout disparaissait sous la faux des urbanistes ? Le bâtiment devait être sécularisé avant d'être démoli, un très ancien rituel qui ne nuisait en aucune façon à l'édifice, mais qui, s'il n'était pas pratiqué, pouvait avoir de lourdes conséquences politiques dans tout le secteur. Le temps que les deux bureaucraties, divine et séculière, aient accordé leurs violons, on avait procédé à un nouvel examen déchirant de la société, et on s'aperçut à retardement, qu'il n'était pas bon de détruire inutilement des communautés vivantes dans le simple but d'ériger ensuite des cités mortes, et le projet d'urbanisation fut abandonné. On dressa une clôture tout autour de la zone en question, et les urbanistes expédièrent leurs bataillons de crétins diplômés et affairés vers un nouveau coin à égayer.

En épargnant Saint-Crépinien. L'Église ne voulait plus de cette église, sécularisée et vidée de toutes ses ouailles. La ville ne voulait pas en entendre parler elle non plus – bien qu'elle en soit désormais propriétaire – car les erreurs du passé ne sont pas seulement embarrassantes ; elles suggèrent également, de manière douloureuse, que les projets en cours ne sont peut-être pas parfaits eux non plus. Mais l'abandonner là, seule au milieu de pâtés de maisons détruits, de tous côtés, même en condamnant efficacement les issues avec des planches, c'était une invitation lancée aux vandales, aux drogués, aux criminels de tout poil, aux adeptes de diverses sectes, et à toutes sortes d'indésirables.

Nombreux sont les petits arrangements conclus entre l'organisation de l'ONU à Manhattan et la municipalité de New York. Chacun juge l'autre insupportable, mais indispensable et, de temps en temps, chacun trouve l'autre utile. C'est ainsi que les Nations unies reprirent, un beau jour, la gestion de Saint-Crépinien à la ville de New York, avec un bail à long terme et gratuitement, dans le cadre d'un projet d'assistance oublié depuis, déposé par un représentant du tiers-monde dont le gouvernement, malheureusement, fut renversé, mijoté à petit feu et mangé, avant que le projet, quel qu'il soit, ait dépassé le stade de la signature du bail. Depuis lors, les Nations unies bataillaient pour restituer l'église à la municipalité, qui refusait de la reprendre, et, pendant ce temps, l'organisation internationale essayait tous les moyens – les chiens de garde, les vigiles, les casques bleus suédois et finlandais – pour maintenir les vandales susnommés à l'écart de Saint-Crépinien, mais rien n'avait jamais *véritablement* marché, jusqu'à l'arrivée du Dr Zorn.

Ce n'était pas uniquement son amour de la musique qui protégeait de la peste l'environnement du Dr Zorn. C'était aussi une question de personnalité ; curieusement, les gens ne parvenaient pas à sympathiser avec lui, pas même les individus vraiment pourris, capables de s'introduire dans une église désaffectée la nuit dans l'espoir d'y découvrir quelque objet du culte oublié qu'ils pourraient revendre pour s'acheter de la drogue. Et surtout, il y avait son travail pour le compte de l'ONU.

La lutte contre la famine. Que les autres se chargent de transporter de la nourriture à travers le monde, entre les endroits où elle se trouvait et ceux où on en avait besoin. Que les autres bâtissent des projets à long terme, avec des histoires de cultures alternées, de préventions des inondations, de densité de population, et ainsi de suite. Le Dr Zorn, lui, s'était juré de répondre à une question beaucoup plus simple et beaucoup plus primaire : que pouvaient donc manger les gens quand il n'y avait rien à manger ?

L'abside et les chapelles absidales de l'ancienne église, des alcôves de pierre, voûtées et arrondies, découpées dans le mur du fond, derrière l'autel, avaient été aménagées en une sorte de mélange entre une cuisine et un laboratoire, avec des cornues et des vases à bec d'où s'échappait de la vapeur et où bouillonnaient des liquides, avec des arcs électriques courant entre différents points, des guirlandes de lumières qui s'allumaient et s'éteignaient, d'immenses tubes de verre en forme de colimaçon qui se dressaient et plongeaient comme des montagnes russes pour cafards, ainsi que de hautes étagères remplies de bocaux contenant des objets étrangement déformés, et qui auraient pu être – c'était parfois le cas – des balles de tennis malades. C'est ici que le Dr Zorn expérimentait le potentiel nutritif des choses qui n'étaient généralement pas considérées comme comestibles : chaussettes, herbe, classeurs, rognures d'ongles. (Résoudre d'un seul coup le problème de la faim dans le monde et celui du traitement des déchets, voilà qui serait une sacrée réussite, digne du prix Nobel !)

Évidemment, l'autre élément indispensable pour mener toutes ces expérimentations, c'étaient quelques authentiques êtres humains. Il fallait bien que *quelqu'un* mange toutes ces choses qui sortaient de la cuisine du Dr Zorn. Dans les premiers temps, le voisinage lui fournissait un nombre suffisant d'humains de laboratoire, des gens qui entraient dans l'église avec des motivations personnelles, mais qui finalement restaient pour seconder le bon docteur dans ses recherches dignes du Nobel. (Plusieurs pièges et trappes qu'il avait installés autour du narthex, accompagnés de fléchettes soporifiques et autres procédés d'altération de la conscience, veillaient à ce que ses invités ne repartent pas inopinément.)

Mais depuis quelque temps déjà, à mesure que la réputation du docteur se propageait dans les basses classes, les récoltes étaient devenues maigres, et il envisageait maintenant de passer des petites annonces dans des gazettes de second ordre, si seulement il parvenait à trouver la bonne formulation. C'était tellement difficile de décrire des activités scientifiques à l'homme du peuple.

Ce qui rendait ce lieu parfaitement adapté aux travaux du Dr Zorn, outre l'église elle-même et les réserves de cobayes humains à proximité, c'était l'environnement. Autour de l'église, tout avait été réduit à des tas de décombres roses, joliment teintés par la poussière de briques, puis toute la zone avait ensuite été entourée par un grillage de presque trois mètres de haut. Destiné initialement à empêcher les gens d'entrer, il était tout aussi efficace pour les garder à l'intérieur, surtout après que le Dr Zorn l'eut électrifié. Oh ! pas un courant mortel, évidemment ; juste de quoi décourager les départs prématurés.

Comme c'était agréable, par une nuit de lune, de grimper dans le beffroi pour contempler tout en bas le troupeau qui évoluait mollement au milieu des décombres. Parfois, il s'amusait même à emporter son pistolet à air comprimé là-haut pour canarder le troupeau tout en bas ; ça l'obligeait à se remuer un peu, c'était bon pour la digestion.

Mais en ce moment, malheureusement, il n'y avait pas de troupeau. Le Dr Zorn n'ayant pas encore découvert de substitut satisfaisant pour la nourriture, ses assistants avaient une fâcheuse tendance à atteindre un stade d'amaigrissement tel que leurs réactions aux stimuli n'étaient plus adaptées à ses besoins et, à ce moment-là, il leur permettait de s'échapper en rampant (ou bien il les emmenait lui-même dans une brouette, en profitant d'une nuit de brouillard, s'il le fallait.)

Ainsi parlait Zarathoustra se poursuivait, magnifique dans son atrocité. Le Dr Zorn était à ce point captivé par l'ampleur et la complexité de ce qu'il créait, le volume de son exécution, la riche confusion des accords en cascade, qu'il remarqua à peine l'ampoule blanche sur la colonne de pierre à sa gauche quand elle se mit à clignoter.

Il avait installé ce système il y a quelque temps déjà, car il n'entendait rien quand il jouait de l'orgue, et ne pouvait donc savoir si le narthex avait piégé un nouveau consommateur. La lumière clignotante signifiait que quelque chose était tombé dans un des pièges ; parfait. Il souhaitait justement tester un certain nombre de non-aliments sur des sujets neufs.

Mais rien ne pressait. Le ou les visiteurs – l'installation du narthex était capable de capturer et de retenir jusqu'à quatre nouveaux venus – pouvaient attendre. Il avait le temps d'achever son exécution.

Ce qu'il fit. Et il poussa un soupir de satisfaction quand le dernier accord s'éleva avec fracas dans les hauteurs de l'église. Se retournant sur son banc, il découvrit alors les regards de *huit* individus à l'air mauvais.

Oh ! seigneur. Jamais ils n'étaient venus aussi nombreux. Le narthex avait sans doute emprisonné les quatre premiers, mais les quatre autres les avaient libérés, pendant que le bon docteur, ignorant ce qui se passait, continuait de jouer.

Et maintenant, ils étaient là tous les huit, dans le chœur, l'observant sans tendresse. De loin lui parvenait le bruit de l'eau qui goutte, une fuite dans le columbarium qu'il n'avait jamais pris la peine de réparer. Il n'y avait pas d'autre bruit, tandis que les intrus continuaient de le regarder fixement, sans bouger, attendant apparemment que les derniers échos de *Zarathoustra* s'éteignent à l'intérieur de leur crâne avant d'essayer de faire un geste ou de parler.

Et maintenant ? Il s'agissait assurément d'êtres frustes. Il fallait négocier, essayer de savoir ce qu'ils voulaient, et ensuite les renvoyer chez eux ou bien retourner la situation à son avantage. Le Dr Zorn songea, pendant les quelques secondes de silence dont il disposait pour réfléchir, à tout l'arsenal de médicaments et de produits de laboratoire en sa possession, et il se demanda comment faire pour reprendre tout seul l'avantage sur huit personnes, et, tandis qu'il réfléchissait à cette question, il s'aperçut soudain qu'un de ces visages patibulaires ne lui était pas totalement inconnu.

Diddums ! John Diddums de l'ambassade du Votskojek !

Le Dr Zorn était svelte et vif. Bondissant du banc de l'orgue, il avait déjà parcouru la moitié du déambulatoire avant que des mains s'abattent sur lui. De nombreuses mains. De nombreuses mains brutales.

L'individu assis sur le Dr Zorn était gigantesque. Dans un contexte différent, le docteur se serait réjoui d'avoir ce type pour assistant de recherches, dehors dans l'enclos ; un pareil monstre pourrait certainement survivre pendant plusieurs *mois* à un régime non alimentaire. Malheureusement, le contexte n'était pas différent, le contexte était *celui-ci*, et, dans ce contexte, les nombreuses mains avaient saisi le Dr Zorn pour le ramener dans le chœur et l'allonger, à plat ventre, sur un des derniers bancs restants, destinés initialement aux chanteurs. Et puis, ce type énorme s'était assis sur lui, l'immobilisant de manière fort efficace, pendant que les autres fouillaient l'église.

Dans quel but ? Que cherchait donc Diddums, au-delà de la simple vengeance ? De toute évidence, cet homme avait une autre idée en tête, car sinon il ne serait pas venu avec sept camarades. En fait, si Diddums était ici, c'était parce qu'il voulait quelque chose, et c'était plutôt bon signe pour le Dr Zorn, car cela signifiait qu'il avait encore la possibilité de survivre à cette rencontre.

Quoi que veuille Diddums, décida Zorn, il le lui donnerait, immédiatement et sans tergiversation. Trahir Hradec Kralowc ? Accordé. Participer à un quelconque plan ourdi par Diddums ? Pas de problème. Lui fournir des poisons, une arme ou un alibi ? Il suffisait de demander. Que Ta volonté soit exaucée, comme on disait autrefois entre ces murs.

Quelque part au loin, on traînait un gros et lourd objet en bois sur le sol de pierre de la nef, avec un bruit que le Dr Zorn lui-même trouvait désagréable. Le bruit se poursuivit, avançant tout d'abord, puis reculant, pour finalement s'arrêter, cédant place une fois encore au ploc, ploc, ploc irrégulier en provenance du columbarium.

Voulaient-ils simplement le voler ? Fouiller dans ses délicates expériences avec leurs doigts illettrés. Bien qu'il lui soit difficile de respirer et quasiment impossible de bouger, réagissant à l'appel des vérités éternelles de la science, le Dr Zorn se débattit pour relever la tête et leur ordonner de ne pas toucher à son laboratoire !

– Surtout, ne...

Le monstre humain assis sur le dos du docteur lui asséna une grande claque derrière la tête.

– Ferme-la ! dit-il, et il changea de position.

Oh, non ! Pas ça ! Le Dr Zorn la ferma et rabaissa sa tête qui résonnait encore, il demeura parfaitement immobile et sage, il ne fit absolument rien susceptible d'inciter l'énorme créature posée sur lui à changer encore une fois de position.

– OK, dit la voix de Diddums quelque part, et le monstre se releva, laissant un Dr Zorn quelque peu aplati couché à plat ventre sur le banc. Voulaient-ils qu'il aille quelque part ? Il ne pensait pas être en état de bouger, certainement pas de se lever, et encore moins de marcher.

Mais cela n'avait aucune importance. Des mains fermes l'agrippèrent par les coudes et les genoux ; on le décolla du banc et on l'emporta dans cette position horizontale à travers le chœur et la nef, la tête ballante, observant d'un œil trouble le sol en pierre qui défilait sous lui et les mouvements de ciseau des jambes tout autour.

Ils pénétrèrent dans le columbarium. Les niches servant à recevoir les cendres des morts étaient vides désormais, et le Dr Zorn n'avait pas trouvé d'autre usage pour cette salle en pierre, nue et haute de plafond. Le bruit de l'écoulement d'eau était plus net ici, amplifié par le décor. Il y eut une courte pause, pendant laquelle le Dr Zorn continuait de pendre comme un baldaquin au milieu de ces types, sans rien voir, sentant l'odeur de la pierre humide et le goût de son dîner dans la bouche – il continuait personnellement à manger de la vraie nourriture –, puis on le retourna comme une crêpe pour l'allonger sur un grand banc en bois – c'était donc *ça* qu'ils traînaient sur le sol ! –, avant de l'attacher avec un tas de cordes et de rallonges électriques.

Se tenant en retrait, Diddums assistait à la scène avec une satisfaction lugubre. Demandez-moi n'importe quoi ! criait le Dr Zorn par télépathie en direction de ce front osseux. Je ferai tout ce que vous voulez. Vous n'avez qu'à demander !

Non. On souleva le banc, et lui avec, maintenant couché sur le dos et ficelé. On le conduisit à l'autre bout de la pièce, et on le reposa ; on le déplaça de ce côté-ci, de ce côté-là, jusqu'à ce qu'il soit à la bonne place. C'est-à-dire avec le front juste sous la fuite. Ploc. Une goutte d'eau froide sur son visage blême. Ploc.

Diddums s'approcha et se pencha au-dessus de lui.

– À plus tard, dit-il.

Distrait par les gouttes d'eau, le Dr Zorn mit une seconde de trop à comprendre ce qui se passait. Ils s'en allaient !

– Hé ! attendez ! leur cria-t-il. Je le ferai ! Je ne sais pas quoi, mais je le ferai !

Mais ils étaient déjà partis. Ploc.

Oh ! c'est ridicule, songea-t-il, en tirant sur ses liens, en agitant la tête dans tous les sens. Je vais finir par être trempé, je vais attraper froid, et, de toute façon, le supplice chinois... ploc... ne marche pas, vous perdez votre temps, Diddums, vous n'aviez... ploc... qu'à me poser la question.

Les gouttes ne sont pas... ploc... régulières ; elles ne tombent pas toutes... ploc... au même rythme, on ne peut jamais savoir quand la prochaine va tomber.

Ploc.

La lumière du jour teintait les vitraux, et pourtant, il était toujours seul. Le Dr Zorn avait hurlé à s'en casser la voix, puis il s'était tu, avant de se remettre à hurler et de se taire de nouveau, en gémissant simplement par moments. Il avait tourné la tête dans un sens et dans l'autre, remplissant ses oreilles d'eau, sans le moindre effet. Il avait tiré sur les cordes et les rallonges électriques. Et une terrible conviction avait fini par s'imposer : c'était *cela* la vengeance ; ils ne reviendraient jamais.

L'action capillaire est ce phénomène qui permet à l'eau de se répandre, de l'endroit où elle se trouve jusqu'à vous. Le Dr Zorn était trempé. Ses vêtements étaient trempés. Sa tête semblait ravagée par une brûlure glacée, partout où les gouttes frappaient. Chacune d'elles, quand elle entrait en contact avec sa peau, résonnait dans tout son cerveau, faisait fondre son cerveau, plongeait son cerveau dans un bain d'acide. Il frissonnait, sa respiration était haletante, il était épuisé, mais incapable de... ploc... dormir.

Et vous ne saviez jamais quand allait tomber la prochaine goutte ; vous attendiez, crispé, vous attendiez et rien ne se produisait et soudain, *ploc,* et vous vous disiez *enfin*, et... *ploc* tout de suite après, et vous étiez encore plus crispé qu'avant, et ainsi de suite, ainsi de suite...

– Comment ça va, docteur ?

C'était durant une des périodes où le docteur fermait les yeux de toutes ses forces, car la douleur de l'eau glacée qui s'y répandait était insoutenable. Il ouvrit grand les yeux – PLOC ! – et découvrit Diddums.

– Par pitié, murmura le docteur.

– Je vais vous expliquer ce qu'on attend de vous, dit Diddums.

– Je le ferai !

– C'est pas très difficile.

– Je le ferai !

– La seringue pleine de saloperie que vous m'avez injectée dans le bras...

– Je suis désolé, Diddums. Je suis sincèrement désolé.

– Je veux que vous prépariez d'autres seringues exactement pareil.

– Comptez sur moi. Pas de problème.

– Exactement la même chose.

– Oui, oui.

– Ne changez rien surtout !

– Non, non !

– On vous demandera deux ou trois petits trucs en plus au fur et à mesure. Des trucs faciles.

– Tout ce que vous voulez !

Penché au-dessus de lui, Diddums observait en fronçant les sourcils le Dr Zorn aux yeux écarquillés ; une autre goutte tomba, faisant voler en éclats le cerveau du docteur et lui accordant juste assez de temps pour rassembler les morceaux épars avant qu'une autre goutte...

Une deuxième personne apparut aux côtés de Diddums, penchée elle aussi au-dessus du docteur. C'était un type au nez busqué, au regard pétillant et doux.

– Tu sais, John, dit-il. Je crois qu'il est à point.

Mon sauveur ! Le Dr Zorn aimait cet homme ; il l'admirait, il l'estimait, il lui faisait une entière confiance, il le suivrait jusqu'aux portes de l'enfer ; jamais il ne trahirait cet être divin.

– Oh ! oui, murmura-t-il. Ploc – Je suis à point.

Chapitre 41

CONTINENTAL
DETECTIVE
AGENCY

pouvait-on lire sur le flanc de la camionnette bleu métallisé conduite par un ex-flic corpulent, Joe Mulligan, et transportant les six autres membres de l'équipe de gardiennage : Fenton, le vieux chef d'équipe, petit et sec, perché sur le seul bon siège du véhicule, à côté du chauffeur ; Garfield et Morrison assis sur la banquette juste derrière ; Block et Fox sur la banquette suivante, et Dresner enfin, étendu (mais subissant toutes les bosses) à l'arrière.

À eux tous, ils formaient l'équipe de nuit, minuit-huit heures du matin, en route pour une nouvelle mission de troisième zone, médiocre et humiliante. Quand, oh ! quand les bêtises parfaitement compréhensibles du passé seraient-elles enfin oubliées, pour qu'ils puissent à nouveau goûter à la *belle* vie, là-bas à Long Island ? Le mariage d'un entrepreneur de travaux publics, la fête de fin d'études de la fille d'un imprésario de rock, les inaugurations de centres commerciaux, les croisières d'un cabinet d'expertises comptables dans Great South Bay. Des boulots dont un homme pouvait être fier, des boulots sans aucun danger, aucune complication, des boulots où tout le monde pouvait y trouver son compte.

Mais non. Ces sept gars qui descendaient la 2e Avenue à bord de cette camionnette cahotante, en route vers une sorte d'ambassade d'Europe de l'Est à la noix, sur un *bateau* vous imaginez un peu, ces sept types capables, tous anciens flics ou anciens de la police militaire, tous parfaitement qualifiés pour un boulot satisfaisant et peinard chez les braves habitants de Long Island – loin de l'enfer « boschien » de New York – ces types-là avaient été victimes d'une succession de coups du sort, voilà tout, ça aurait pu arriver à n'importe qui, et maintenant regardez le résultat. La Sibérie.

Ils travaillaient tous à Long Island *autrefois*, ces sept gars. Mais voilà qu'une nuit ils avaient perdu une banque. Personne ne l'a *jamais* retrouvée, ni les forces de police conjointes des comtés de Nassau et de Suffolk, ni les fédéraux, ni personne, alors pourquoi fallait-il que l'opprobre s'abatte si lourdement, et exclusivement, sur l'équipe du sergent Fenton, de la Continentale ?

Eh bien, c'était comme ça, voilà tout. Et la situation ne s'était pas améliorée deux ans plus tard, lorsque la même équipe assurait la surveillance au cours d'une soirée donnée par un homme très riche dans sa maison de l'East Side – l'East Side chic –, et qu'une bande de voleurs, des voleurs extrêmement bien armés, avaient fait irruption dans la maison, volé tout ce qu'il y avait à voler, enfermé les gardes dans les placards, avant de repartir tranquillement. (L'hôte de la soirée, une sorte de sale snobinard nommé Chauncey, avait refusé de payer l'agence de gardiennage, vous vous rendez compte ?)

Conclusion, ils étaient toujours là, au bas du pied de l'échelle. Obligés de travailler à Manhattan, ce lieu dangereux et minable où un type en uniforme risquait de recevoir un mauvais coup à tout moment, au lieu de se prélasser dans le paradis luxuriant de Long Island. Obligés de travailler de nuit *en plus*.

Le samedi soir ; le soir le plus craignos de la semaine. Encore heureux que ce ne soit pas la pleine lune. Ils partaient relayer la première équipe, de repos jusqu'à mercredi ; ils devaient donc arriver quelques minutes en avance ce soir pour recevoir les consignes des types du seize heures-minuit.

D'après l'horloge du tableau de bord, ils étaient largement dans les temps, bien que la 2e Avenue soit encombrée de véhicules qui se déversaient du pont de la 59e Rue et traversaient le Midtown Tunnel en venant du Queens, de Brooklyn et (il fallait bien le dire) de Long Island. (Les voitures qui roulaient vers ces cieux plus cléments encombraient les rues perpendiculaires). Plein d'autorité derrière son volant, le gros Joe Mulligan pilotait la camionnette de la société au milieu de la circulation dense, avec prudence, et sans s'énerver. Fini les conneries.

Il tourna dans la 28e Rue Est sans encombre, continua à rouler vers l'est conformément aux indications, jusqu'à la voie express FDR, puis en dessous de la voie express, et là un peu plus loin, il y avait la grille devant laquelle il devait s'arrêter. Ce qu'il fit, et il déclara :

– On y est !

– Tout le monde descend, les gars ! lança Fenton, inutilement, car tout le monde s'était déjà levé pour se glisser vers la porte latérale de la camionnette.

Mais Fenton aimait jouer les chefs, et sans cesse il faisait des petits bruits de chef, auxquels personne ne prêtait attention généralement. De même, il aurait bien voulu que les gars de l'équipe l'appellent Chef, mais inutile de rêver.

Les types de l'équipe seize heures-minuit étaient là, de l'autre côté de la grille ; ils attendaient. Les deux groupes étaient vêtus de manière similaire : uniformes bleu foncé comme ceux de la police, avec l'écusson triangulaire sur l'épaule gauche qui rappelait le logo peint sur la camionnette. Des insignes comme ceux de la police, accrochés sur leur cœur, étaient gravés des trois initiales CDA, avec un matricule, et, pour compléter la panoplie, ils portaient tous à la ceinture des étuis contenant des Smith & Wesson calibre .38 ... comme ceux de la police. De vrais revolvers.

Le sergent de l'équipe précédente était un gros type décontracté nommé Edwards, qui déverrouilla la porte pour les laisser entrer, et la referma ensuite derrière eux, en disant :

– Croyez-moi, les gars, c'est du gâteau !

– Tant mieux, dit Fenton. Personnellement, j'aime les missions pépères. Les trucs animés, c'est bon pour les paras, voilà c'que j'dis !

– J'suis bien d'cet avis, dit Edward. Venez, j'vais vous dresser le topo.

Les sept membres de l'équipe lui emboîtèrent le pas, et ce que leur montra Edwards ressemblait effectivement à du gâteau. Un navire et un vieil embarcadère de ferry. Un accès par la porte de la grille du côté terre. Accès théorique par voie maritime du côté East River. L'équipe se diviserait en trois paires, une première paire de gardes à la porte, une deuxième à l'extrémité du ponton, et la troisième à l'intérieur de la porte d'accès au bateau. Des chaises pliantes à l'aspect confortable étaient disposées à leur attention aux trois emplacements susnommés, si bien qu'ils ne seraient pas obligés de rester debout pendant leurs huit heures de surveillance. Fenton, en tant que chef, effectuerait la navette entre les trois paires, pour vérifier que tout demeurait calme.

Edwards tendit sa planchette à pince à Fenton, en disant :

– Aucun souci à se faire. Y a que trois occupants à bord, et vous avez leurs photos là-dessus. Ça, c'est les deux employés, Lusk et Terment, ils sont déjà rentrés, vous les verrez plus. Et voici l'ambassadeur. Il s'appelle Hradec Kralowc ; c'est une sorte de débauché. Il va se pointer sur les coups d'une heure du mat' avec une jeune personne appétissante à son bras. Repérez-la bien quand elle entre, vous la verrez sûrement ressortir.

Fenton prit l'écritoire.

– Rien d'autre ? Pourquoi tant de mesures de sécurité dans ce cas ?

– Ils ont un truc à l'intérieur, expliqua Edwards. Me demandez pas c'que c'est ; j'en sais rien et j'veux pas le savoir. C'est un truc qu'a de la valeur, c'est tout c'que j'sais.

– Alors, j'ai pas besoin d'en savoir plus, répondit Fenton. (Quel dommage ! Mulligan, lui, aurait aimé en savoir plus.)

– Apparemment, ajouta Edwards, y a des types qu'ont déjà essayé une fois de s'emparer du truc en question, et les autres ont peur qu'ils recommencent.

– Oh ! aucun risque pendant qu'on est là, déclara Fenton avec fermeté, et Mulligan espérait de tout son cœur qu'il avait raison.

– Vous recevez uniquement des ordres de l'ambassadeur, précisa Edwards. Personne peut entrer ou sortir sans son feu vert.

– J'aime les choses simples, dit Fenton.

– Dans ce cas, vous allez vous plaire ici.

Mulligan remit les clés de la camionnette à son collègue de l'autre équipe, un grand Jamaïquain tout maigre nommé Kingsbury, et tous les gars de l'équipe seize heures-minuit montèrent en voiture pour regagner le quartier général au nord de la ville, pendant que Fenton distribuait les feuilles de route : Block et Fox à l'extrémité du ponton au bord de l'eau ; Morrison et Garfield à l'entrée du bateau ; Mulligan et Dresner à la grille.

– Gardez l'œil ouvert, les gars, dit Fenton, inutilement. Mais ça m'étonnerait qu'il y ait quelque chose à voir.

Ce qui, durant le premier quart, se révéla parfaitement exact.

Assis sur les chaises pliantes près de la porte de la grille, Mulligan et Dresner pouvaient, en levant la tête, voir défiler les voitures là-haut sur la voie express FDR, mais aucune ne descendait jusqu'ici, vers ce cul-de-sac. Ce n'était pas un coin susceptible d'accueillir les promeneurs après le coucher du soleil. Une nuit paisible donc, exactement ce que leur avait conseillé le médecin. Installés confortablement sur les chaises pliantes, Mulligan et Dresner tuaient le temps tant bien que mal avec un *gameboy*.

Des phares de voiture. Qui approchent. Qui s'arrêtent. Était-ce l'ambassadeur qui rentrait à la maison ? Mulligan avait hâte de reluquer la jolie fille censée l'accompagner.

Eh bien, non. Ce n'était pas l'ambassadeur, à moins que l'ambassadeur ne travaille au noir en livrant des pizzas. Ce véhicule là-bas, c'était une camionnette blanche avec des bandes rouges de chez Dominick's Pizza, une célèbre marque américaine, et d'ailleurs, voilà qu'approchait un type à l'air joyeux, avec un nez étroit, portant l'uniforme blanc des livreurs de chez Dominick, et tenant dans les mains ce qui ressemblait à *deux* cartons de pizza.

Prudence, se dit Mulligan. Ça pourrait être un piège. Ou une ruse. Ou des ennuis. Dresner et lui se levèrent en même temps, en adoptant une pose menaçante, la main sur l'étui de leur arme, tandis que le livreur joyeux avançait vers eux, en demandant :

– C'est bien l'ambassade du Votskojek ici ?

Mulligan et Dresner échangèrent un regard. Le Votskojek ? Ah bon ? Pour temporiser, Mulligan répondit :

– C'est l'ambassade.

– Parfait, dit le livreur. Et ça, c'est les pizzas. Commandées par M. l'ambassadeur... euh... c'est comment déjà ?... Attendez une minute... (Il tourna les cartons dans tous les sens jusqu'à ce qu'il trouve le bon de commande collé sur le couvercle.) La vache ! c'est quoi ce nom ?... Hradec Kralowc ! (Il regarda les deux hommes à travers la grille, avec ses yeux pétillants.) C'est bien votre bonhomme ?

C'était lui, en effet. Mulligan se souvenait du nom, et il se souvenait d'avoir vu une photo du type en question sur la planchette avec laquelle Fenton se dirigeait vers eux présentement

– Exact, répondit Mulligan.

Et Fenton arriva sur ces entrefaites pour demander :

– C'est pour quoi ?

– Des pizzas, lui répondit Dresner.

Pendant que Mulligan demandait au livreur :

– Une pizza pour l'ambassadeur ?

– Non, non. C'est l'ambassadeur qui les a commandées, pour vous... Pour vous souhaiter... comment a-t-il dit déjà ?... la bienvenue à bord. C'est votre première nuit, c'est bien ça ?

L'odeur de pizza flottait à travers les mailles de la grille. Ça sentait rudement bon.

– Ah ! voilà c'que j'appelle un patron moi ! dit Dresner.

– On dirait que notre situation s'améliore, les gars, commenta Fenton, avant de s'adresser à Mulligan : Ouvre la porte, Joe, on te couvre.

– OK.

Mulligan déverrouilla la porte et l'ouvrit, pendant que Dresner et Fenton scrutaient l'obscurité, guettant le moindre adversaire susceptible de se jeter brusquement à l'assaut de la grille, et le livreur franchit la clôture, seul, avec un large sourire. Il déposa les deux cartons sur une des chaises pliantes, en jetant des regards pétillants à tous ces gars.

– Bon appétit, messieurs !

– Pas de problème, répondit Mulligan, debout près de la porte demeurée ouverte.

Voyant que le livreur restait planté là, nullement décidé à s'en aller, le regard pétillant, avec un sourire jusqu'aux oreilles, comme s'il attendait quelque chose, Mulligan se raidit un court instant, en songeant : *C'est un piège !* Mais soudain, Fenton comprit, et il plongea la main dans sa poche revolver. Extirpant son mince et vieux portefeuille, il en sortit deux billets qu'il tendit au livreur, en disant :

– Merci, l'ami.

– À vot' service, répondit le livreur, et il franchit la porte en sens inverse, sans se départir de son grand sourire.

Alors que Mulligan refermait le verrou de la porte grillagée, le livreur sauta dans sa camionnette et repartit ; Fenton et Dresner, eux, inspectaient le contenu des boîtes.

– C'est les deux mêmes, déclara Dresner. Saucisse-fromage.

– C'est pas mal, saucisse-fromage, commenta Mulligan.

Fenton prit un des cartons.

– Je vais distribuer celle-ci, dit-il. Vous les gars, vous pouvez attaquer l'autre. Mais attention, hein, mangez pas tout à vous deux.

– Qui ça, nous ? demanda Mulligan, et il s'esclaffa, car il aurait été capable sans aucun doute de manger toute cette pizza à lui seul, sans l'aide de Dresner.

C'était quand même chouette, une chouette façon de commencer un boulot. Mulligan déposa le carton de la pizza par terre entre Dresner et lui ; chacun détacha une part et commença à manger. C'était une excellente pizza. Ils n'avaient aucune raison de se méfier.

Chapitre 42

La quatrième fois où Hradec alla voir *Nana*, « la comédie musicale », ce spectacle n'avait toujours aucun sens, mais maintenant, il était habitué. Cette importation britannique connaissait un énorme succès sur Broadway, un vrai malheur, dans tous les sens du terme, mais qui pouvait encore dire à quoi ressemblait le public de Broadway, et ce qui avait un sens à ses yeux ? Les éclairages verdâtres, la fumée et les miroirs, l'évocation naturaliste des bouges parisiens, les sans-culottes qui passaient leur temps à chanter, danser et tournoyer, les fioritures vocales, le désespoir tout en Technicolor du dernier tableau, tout cela était bruyant, tape-à-l'œil et coûteux, chaque « penny » dépensé était visible sur la scène, dans les décors tournants et les trucages insensés, et sans doute était-ce là que résidait l'intérêt du spectacle. Les spectateurs applaudissaient les décors et ressortaient du théâtre sans rien fredonner, en semblant persuadés d'avoir passé un bon moment.

Quant à Hradec, il se contentait, personnellement, d'observer la quatrième sans-culotte en partant de la gauche. Krystal Kerrin, comme elle disait s'appeler, et quelle puissante, mais magnifique, paire de jambes elle possédait ! Dire que, dans quelques heures seulement, ces jambes seraient nouées autour de *lui*. Pendant que le récit de la sombre histoire de Nana se poursuivait de manière baroque, Hradec Kralowc, assis au fauteuil d'orchestre que sa trépidante Krystal lui avait obtenu – au quatrième rang, légèrement décentré sur la gauche – la regardait trottiner.

Puis le spectacle s'acheva, et comme des légions d'admirateurs avant lui, Hradec se rendit d'un pas énergique devant l'entrée des artistes, dans une ruelle derrière le théâtre, où Krystal apparut rapidement, ses jambes puissantes et gainées d'argent scintillant sous une courte jupe noire. Peu de temps après, autour d'un homard et d'un pouilly-fuissé Chez Bernardin, elle dressait l'inventaire de ses activités récentes : auditions, essais de costumes, cours (elle se débrouillait particulièrement bien en escrime), séances de coiffeur, problèmes d'imprésario, ragots dans les coulisses de *Nana*, « la comédie musicale », et pendant qu'elle babillait, Hradec demeura assis dans l'ombre, en face d'elle, avec sur son visage un demi-sourire d'inattention. Elle possédait une bouche adorable, qui n'était pas sans intérêt, mais il pensait surtout à ses jambes.

Puis un taxi jusqu'à l'ambassade, et le retour à la maison un peu après une heure du matin, pour découvrir que tout allait bien. Il y avait ce soir une nouvelle équipe de gardes, rassurants avec leur accoutrement semblable à celui de la police. Les deux hommes postés à l'entrée évoquaient Laurel et Hardy, le gros et le maigre, mais là s'arrêtait leur goût du comique apparemment, à moins qu'on ne fasse entrer dans cette catégorie le temps qu'il fallut à Hardy pour comparer Hradec avec la photo du même Hradec qui se trouvait sur sa fiche. Mais l'ambassadeur ne fit aucune remarque ; la sécurité absolue prenait parfois un peu plus de temps mais, à long terme, le jeu en valait la chandelle. En effet.

Quand Hardy sentit qu'il pouvait enfin accepter l'idée que l'homme qui se trouvait devant lui et la photographie faisaient référence au même individu et, quand Laurel, sur ses ordres, eut ouvert la porte de la grille, ce fut Hardy qui le gratifia d'un sourire huileux en désignant des sortes de déchets par terre.

– Ça nous a fait plaisir, m'sieur.

Comprenne qui pourra. Toutes les pensées de Hradec étaient tournées vers les guibolles de Krystal.

– Parfait, dit-il, et il prit sa compagne du soir par le coude pour la conduire vers l'entrée de l'ambassade.

En chemin, ils croisèrent le sergent de l'équipe, un petit bonhomme tout sec qui les accompagna un court instant, commença à dire « Bonsss... » et dut étouffer un gigantesque bâillement. Les yeux remplis de larmes, il essaya une seconde fois :

– Bonsoir, monsieur l'ambassadeur. Je m'appelle Fenton. Tout est calme.

– Parfait, dit Hradec. Continuez comme ça.

– Les gars ont apprécié votre geste, monsieur, dit Fenton, s'arrêtant dans le sillage de Hradec et lui adressant une sorte de salut plus ou moins militaire.

– Oui, oui, fit Hradec sans écouter, en continuant d'avancer.

Les jambes argentées crissaient à ses côtés dans la douce obscurité, en marchant vers le bateau.

Les gardes assis à l'entrée se levèrent de leurs chaises pliantes lorsque Hradec et Krystal montèrent à bord. Les deux hommes sourirent et saluèrent d'un hochement de tête, et l'un d'eux dissimula prestement un bâillement, dont les contours apparurent derrière sa main. Hradec se surprit à vouloir répondre de la même manière, par solidarité, mais s'obligea à se contrôler. Non, pas de ça. Il y avait encore des choses à faire ce soir avant de dormir, oh ! oui, des tas de choses.

En effet. Le réveil indiquait deux heures bien tassées quand Hradec éteignit enfin la lumière pour goûter un repos mérité entre les bras de la chère Krystal, et il n'indiquait pas encore trois heures quand des mains brutales rallumèrent les lumières, secouèrent les épaules et la tête de Hradec, et qu'une voix brutale ordonna :

– Debout là-dedans !

Hradec ouvrit brusquement les yeux. À ses côtés, la bouche de Krystal s'ouvrit de la même manière, et un cri voulut en jaillir, mais une autre main brutale se plaqua sur son visage, et le cri rentra dans sa coquille. Cette main tenait un bout de tissu blanc ; l'odeur âcre du chloroforme fourmilla dans l'air, et les yeux de Krystal devinrent vitreux.

La chambre était envahie d'hommes portant des passe-montagnes. Au mois de juin ? Hradec, qui continuait à se débattre pour s'arracher à un rêve de jambes argentées, regarda autour de lui d'un air hébété et ne découvrit qu'un seul visage découvert et familier.

– Karver ! s'écria-t-il en direction de la silhouette craintive du Dr Zorn près de la porte.

Zorn refusait de lever les yeux. Il se tordait nerveusement les mains, en tremblant de tous ses membres.

– Karver ! cria Hradec à son ancien camarade de l'école polytechnique d'Osigreb. Que se passe-t-il ?

Ce ne fut pas son vieil ami Karver Zorn qui répondit à cette demande. Non, Zorn regardait d'un air pathétique, en clignant des yeux, la série de seringues hypodermiques contenue dans la boîte que lui tendait maintenant le plus costaud et le plus inquiétant des intrus. Non, ce fut un autre, le plus proche du lit, un type aux épaules tombantes, dont le visage était dissimulé par un épouvantable passe-montagne mauve, orné d'ignobles flocons de neige verts, et qui déclara :

– On prend possession du bateau.

Diddums ! Hradec eut l'intelligence de ne pas crier ce nom. Au lieu de cela, les yeux fixés sur la seringue qui approchait, il s'exclama :

– C'est de la piraterie !

– Tant mieux, répondit le flegmatique Diddums derrière son passe-montagne. J'ai encore jamais fait ça.

Chapitre 43

Samedi soir venu, quand Stan Murch et l'équipe de monte-en-l'air composée de Harry Matlock et Ralph Demrovsky débarquèrent dans le Vermont, le château était aussi prêt qu'un adolescent de quinze ans après deux jours de préliminaires. Le château, lui, avait connu deux *nuits* de préliminaires, et il suppliait maintenant qu'on le détrousse.

Grijk Krugnk s'amusait énormément sur place. Il était arrivé en voiture la veille, vendredi donc, à la tête de l'équipe de chauffeurs : Fred Lartz et, au volant, son épouse Thelma ; avec également Ralph Winslow le crocheteur de serrures, qui tenait toujours à la main son verre où tintaient des glaçons, même dans la voiture, et Gus Brock, l'homme à tout faire aux moustaches pesantes. Fred et Thelma logèrent dans la chambre de Dortmunder à Kinohaha ; Grijk reprit sa chambre dans le bed-and-breakfast ; quant à Ralph et Gus, ils prirent leurs dispositions pour loger dans un motel au pied de la montagne, en utilisant la seconde carte de crédit à retardement d'Arnie Albright. Vendredi soir, pendant qu'ils titillaient les alarmes du château et guettaient les réactions, ils en avaient profité pour installer un grand nombre de trucs d'espionnage de Grijk, à la fois dans le château et dans l'autre maison, et avaient commencé quelques manœuvres destinées à déconnecter totalement le système d'alarme.

Pendant que ce groupe s'échinait là-haut en Nouvelle-Angleterre, là-bas à New York le Dr Zorn avait été ligoté sur un banc à l'intérieur de son église, afin d'étudier les lois de l'hydrodynamique. À peu près au moment où Andy Kelp testait le docteur et le jugeait à point, Grijk, Fred et Thelma, Ralph et Grus se mettaient au lit, là-bas dans le Vermont, pour une bonne journée de sommeil.

La tombée de la nuit ce samedi soir déclencha de nouvelles réjouissances au château. Les lignes téléphoniques qu'ils avaient mises sur écoute étaient chauffées à blanc par les appels furieux. Les écrans de contrôle qu'ils avaient installés dans les deux bâtiments montraient les gardiens de la propriété courant en cercles de plus en plus réduits, en perdant la raison. Les alarmes déjà démontées rouillaient tranquillement désormais au pied de la décharge sauvage de Harry Hochman. Un silence absolu et fécond allait bientôt faire son arrivée.

Pendant ce temps, là-bas à New York, le Dr Zorn droguait des pizzas, et Andy Kelp les livrait. Après quoi, Kelp inspecta plusieurs parkings d'hôpital et immeubles de parkings avant de trouver ce qu'il cherchait : une grande fourgonnette avec des sièges qui se rabattent et un caducée sur le pare-brise. Intimement convaincu que les médecins sont les mieux placés pour comprendre les notions de confort et d'inconfort, Kelp opérait toujours ses choix automobiles en fonction d'un avis médical. Et, une fois de plus, il avait raison : le véhicule roulait bien, l'intérieur était douillet et bien aménagé, et il pourrait sans peine transporter huit personnes, dont trois inconscientes.

Tout est dans le minutage. Les gardes étaient assoupis, mais pas encore endormis, quand Hradec Kralowc et son amie regagnèrent l'ambassade un peu après une heure du matin, à peu près au moment où Stan Murch, au volant de son camion d'emprunt, descendait en marche arrière l'allée en courbe du château, pour s'arrêter devant la large porte qui s'ouvrait sur la galerie d'art de Hochman. Ralph Winslow, tout en sirotant son verre, ouvrit d'une main cette porte, peu de temps avant que, là-bas à New York, le second spécialiste du crochetage de serrures de l'équipe, Wally Whistler, exerce ses talents sur la porte grillagée protégeant le territoire du Votskojek, et la porte céda avec un petit soupir.

Wally, Dortmunder, Kelp, Tiny, Jim O'Hara, et le sombre Dr Zorn pénétrèrent sur ce sol souverain, passèrent d'un pas nonchalant devant les gardes affalés sur leurs chaises pliantes, et annoncèrent – de manière physique – leur présence à l'ambassadeur et à son amie. Zorn n'offrit aucune résistance quand ils l'obligèrent à inoculer son vaccin antilucidité à Kralowc tout d'abord, puis à la jeune femme déjà chloroformée. Comme le docteur ne faisait pas de difficultés, ils l'autorisèrent à regagner la fourgonnette par ses propres moyens, et là, il accepta sans protester de s'expédier lui-même dans les bras de Morphée avec cette même substance.

Là-haut dans les Montagnes Vertes, les trésors de la collection de Harry Hochman avaient subi quelques modifications d'agencement et de disposition. Grijk Krugnk, marchant aussi délicatement qu'un éléphant dans une pièce pleine de souris, apporta à l'intérieur de la galerie le coffret en verre incrusté de pierres précieuses provenant de la cathédrale des Rivières de Sang et expédié au-dessus de l'Atlantique, et le déposa sur le piédestal libéré à son attention par un buste de Brancusi relégué dans une position moins glorieuse.

Se déplaçant sans bruit, mais de manière efficace, Thelma Lartz, qui n'avait pas quitté son bonnet, prenait des polaroïds de la collection in situ ; pour l'instant, le coffret en verre n'apparaissait pas sur les photos, ou bien dans le flou de l'arrière-plan. Et tandis que Thelma achevait l'inventaire photographique complet de chaque section de la galerie, Harry Matlock, Ralph Demrovsky, Ralph Winslow, Gus Brock et Grijk Krugnk emportaient les œuvres une par une pour les déposer soigneusement à l'intérieur du camion. (Les chauffeurs ne portent jamais d'objets lourds.) À chaque stade de l'opération, Thelma prenait également quelques photos de l'intérieur du camion, en faisant attention à ne photographier aucun être humain, ni aucune plaque d'immatriculation.

Là-bas, à bord de l'*Orgueil du Votskojek*, Wally Whistler se déplaçait tel un fantôme à travers plusieurs serrures, sans laisser de trace, permettant ainsi à Andy Kelp de poser une fois encore des mains criminelles sur le fémur de sainte Ferghana.

Je te tiens !

Chapitre 44

Des lueurs annonciatrices de l'aube auréolaient les montagnes et, *pourtant,* ils roulaient vers le nord.

– Franchement, rouspéta Dortmunder, je me demande pourquoi ils ne foutent pas leurs stations de sports d'hiver et leurs châteaux en ville.

– Y a pas beaucoup de montagnes en ville, John, expliqua Kelp. (C'était encore lui qui conduisait, car il aimait conduire tout le temps quand c'était une voiture de médecin.) C'est tout plat là-bas en ville, ajouta-t-il. Près des côtes.

– Justement, rétorqua Dortmunder. C'est moins dangereux pour skier.

Kelp acquiesça.

– J'avais jamais vu la chose sous cet angle, avoua-t-il.

Tous les deux partageaient la banquette avant de la voiture du médecin, avec l'os magique installé entre eux, sanglé par la ceinture de sécurité. Tiny se prélassait, seul, dans une magnificence étalée, sur le siège de derrière ; Jim O'Hara et Wally Whistler occupaient la banquette suivante, et les trois voyageurs endormis étaient étendus sur le plancher rembourré à l'arrière du véhicule, dans l'espace créé par l'abaissement de la dernière banquette. Les dormeurs tressautaient parfois, quand il y avait un trou ou une bosse sur la chaussée, mais dans l'ensemble la route était lisse, et ils reposaient tranquillement à l'arrière, comme les cosses dans *L'Invasion des profanateurs de sépultures*, le vrai film, le premier.

Il y a *toujours* de la circulation aux abords de New York, mais après avoir roulé pendant environ une demi-heure en direction du nord, le trafic devint plus fluide, et ils avaient quasiment la route pour eux seuls. Malgré tout, Kelp roulait en dessous de la vitesse autorisée, ne voulant pas se trouver dans l'obligation d'expliquer à un policier de la route trop curieux que les trois passagers à l'arrière n'étaient ni saouls ni défoncés, mais simplement endormis. *Profondément* endormis. Kelp conduisait raisonnablement et intelligemment.

Au sud de Rutland, au nord de Bennington, dans les environs de

Mount Tabor, Western et Perou (non, un autre Perou), s'étendant à l'intérieur du parc national de Montagne Verte, en partant d'une base située juste à la lisière de la forêt, se trouve le complexe touristique des Relais du Bonheur de Mount Kinohaha. La ville la plus proche est Middleville, quant à savoir au milieu de quoi se trouve Middleville, plus personne ne s'en souvient. Au milieu de nulle part, certainement.

Quoi qu'il en soit, c'est à Middleville que Dortmunder demanda à Kelp de tourner, non pas à l'endroit bien indiqué, bien fléché et engageant vers Kinohaha, mais dans l'autre sens, sur une route goudronnée obscure et raide qui serpentait, s'égarait et flemmardait un peu, mais qui, dans l'ensemble, continuait de grimper, jusqu'à ce que Dortmunder indique la bifurcation suivante, qui était le cul-de-sac menant au château.

– À partir de maintenant, déclara-t-il, il faut rester silencieux, et il faut rester dans le noir.

Kelp éteignit les phares du véhicule et s'arrêta totalement ; Dortmunder et lui scrutèrent le monde à travers le pare-brise. Tout d'abord, ils ne virent absolument rien, jusqu'à ce que leurs yeux s'habituent à la vie sans phares, alors Kelp déclara :

– C'est par là !

Dortmunder, lui, ne voyait toujours rien.

– Tu es sûr ?

– John, John. Aie donc confiance.

– Un jour, grommela Tiny sur le siège derrière eux, tu nous as foutus dans le réservoir.

– Non, c'est faux, protesta Kelp, en redémarrant.

L'environnement extérieur était un camaïeu de noirs : du noir foncé avec un peu de vert des deux côtés du véhicule, un noir plus clair, avec un soupçon de bleu et de rose au-dessus, et une sorte de ruban gris-noir devant. Ça, c'était la route, et Kelp la suivit au ralenti, continuant de grimper, jusqu'à ce qu'au sommet d'une colline ils aperçoivent de grands monticules noirs et bosselés, incrustés de quelques éclats lumineux : le château et ses dépendances.

Suivant les directions que lui chuchotait Dortmunder, Kelp tourna sur la gauche, s'éloignant de la deuxième résidence pour se diriger vers le grand garage, où il faillit, faillit seulement, écraser Stan et Fred, penchés au-dessus du coffre ouvert de la Hyundai de Grijk, en train de contrôler le matériel d'espionnage audio et vidéo. Fort heureusement, la lumière bleutée de l'écran de surveillance se refléta sur le front large de Fred, juste à temps pour permettre à Kelp de freiner brusquement, et les trois bûches endormies à l'arrière roulèrent sur elles-mêmes, avant de revenir en position initiale.

Quelque chose brisa la concentration de Fred, fixée sur les minuscules écrans vidéo alignés au fond du coffre. Tournant la tête, il découvrit alors le pare-chocs chromé du van *juste* à côté de son coude droit, et il fit un bond – un bond énorme – , bousculant et renversant Stan dans son élan.

Avant même la fin de la scène, un tas de chuchotements hystériques fusèrent de toutes parts, avec ce refrain de Fred : « Ça se fait pas de *sauter* sur les gens comme ça ! », et le contrepoint de Kelp : « Il faut rester *silencieux*, Fred, c'est ça le *but* ! » « Pour l'instant, vous n'êtes pas silencieux, » telle fut la contribution de Dortmunder au débat.

Finalement, tout le monde se calma. Un regard jeté vers les écrans et une oreille tendue vers les micros les rassurèrent ; personne dans la maison n'avait été alerté, et tous se remirent au travail. Pendant que Kelp récupérait l'os béni et l'emportait vers la galerie, en bas de la pente, Tiny emportait l'ambassadeur Kralowc, Wally Whistler emportait la fille, Dortmunder et Jim O'Hara emportaient le Dr Zorn. Dortmunder ouvrit la route jusqu'à la porte d'entrée principale du château, car c'était un habitué des lieux.

En bas, dans la galerie d'art, les déménageurs, ayant déménagé tout ce qui pouvait l'être en l'absence de l'os, se reposaient, assis en rond sur le sol, dans la faible lumière d'un groupe de spots indirects réglés au minimum. Harry, les deux Ralph, Gus, Grijk et Thelma, qui portait toujours son bonnet, dressèrent tous la tête quand Kelp franchit la porte restée ouverte, en tenant au creux de ses mains l'objet sacré. Ils se levèrent, s'étirèrent et se saluèrent à voix basse, puis Thelma récupéra son Polaroïd et déclara : « Au boulot, les gars ! » Elle était devenue plus agressive depuis qu'elle tenait le rôle de chauffeur à part entière.

Kelp déposa l'os dans le coffret en verre, dans l'empreinte même qui creusait déjà le velours. Puis tout le monde s'écarta pour que Thelma puisse prendre une demi-douzaine de clichés, montrant clairement l'os dans son coffret, au centre de la galerie, au milieu des autres œuvres.

Simultanément, à l'étage supérieur, Wally Whistler couchait délicatement la fille sur un petit lit dans une chambre d'amis située au rez-de-chaussée, et la couvrait avec l'édredon en plumes, pendant que Tiny, Dortmunder et Jim O'Hara transportaient Kralowc et Zorn dans le grand escalier, jusque dans la chambre principale. Après quelques arrangements, les dormeurs furent abandonnés, puis Dortmunder et les autres redescendirent et ressortirent par la grande porte, puis firent le tour du château pour rejoindre l'entrée de la galerie, alors que Thelma prenait les dernières photos de l'intérieur du camion désormais presque plein, où l'os dans sa boîte de verre figurait en bonne place.

(Là-bas à New York, à l'intérieur et autour de l'ambassade du Votskojek, sept vigiles se réveillèrent de leur petit somme, séparément, reposés et repus. Fenton, le plus âgé d'entre eux, et qui avait dormi en chien de fusil dans l'escalier moquetté, entre le rez-de-chaussée et le premier, fut le dernier à se réveiller, et le plus déboussolé. Combien de temps avait-il dormi ? Difficile à dire. Les autres avaient-ils remarqué son absence ? Ajustant rapidement son uniforme, ravalant un goût de vieille pizza, il s'empressa de descendre l'escalier, pour découvrir Garfield et Morrison montant la garde à la porte avec vigilance, et les autres, l'œil vif, tous à leurs postes. Fenton, comme ses six collègues, pensait être le seul à s'être endormi, et pas question de s'en assurer par quelques commentaires risquant de le trahir. Il était simplement soulagé que rien de fâcheux ne soit survenu au cours de ce relâchement temporaire, et que tout soit toujours en ordre à bord de l'ambassade. Ouf !)

Là-haut dans le Vermont, tout était presque terminé. Deux bustes mineurs et un tableau de Dine furent chargés à bord du camion désormais plein, dont on ferma ensuite les portes. Tout le matériel d'espionnage fut récupéré dans les deux maisons et rangé n'importe comment dans la Hyundai de Grijk, à bord de laquelle Grijk rentra à New York. Stan, en compagnie de Jim O'Hara comme passager, repartit à bord du camion. Fred, avec Thelma au volant, ramena Ralph Winslow et Gus Brock dans la même voiture avec laquelle ils étaient venus. Et Kelp, ayant repris les commandes du van du médecin, avait pour passagers Dortmunder, Tiny, Wally Whistler, Harry Matlock et Ralph Demrovsky.

L'aube véritable peignait le ciel de teintes pastel, tandis que les quatre véhicules fuyaient la montagne, laissant dans leur sillage un calme temporaire.

Il ne restait plus qu'à passer le coup de téléphone anonyme.

Chapitre 45

Jambes d'argent, jambes d'argent. Non, des bruits violents. Des lumières vives, du vacarme tout autour, des pas lourds dans l'escalier. Quel escalier ? Migraine. Bouche sèche, nez pris. Jambes d'argent ?

Émergeant à contrecœur d'un sommeil enchanteur, Hradec fronça les sourcils ; pour chasser le bruit, la douleur, et la lumière qui appuyait avec insistance sur ses paupières, refusant de se réveiller. Luttant pour replonger dans les délices de l'oubli, il se blottit contre Krystal, frottant son visage contre son épaule velue, un bras autour de...

Hein ?

Aussi terrorisé qu'un personnage de Stephen King, Hradec se réveilla en sursaut, pour découvrir le profil endormi et désagréable de Karver Zorn, à dix centimètres de lui. La bouche ouverte, d'où s'échappait un léger ronflement. Je suis nu, songea Hradec. Je suis dans un lit avec Karver et je suis nu. Et lui aussi !

– Aaaahh !

Hradec ramena ses genoux sous son menton, les bras noués autour des jambes dans une posture de défense, au moment où la chambre était envahie d'hommes en uniforme qui pointaient leurs armes. Sur lui.

L'horreur succédait à l'horreur. Des deux, laquelle était la plus terrifiante ?

– Pas un geste ! Restez où vous êtes ! hurlèrent un tas d'hommes en uniforme.

Pas un geste ? Rester *là* ? Dans ce lit, avec ce... cette personne ?

La mémoire fondit sur lui, tel un aigle géant aux serres empoisonnées. Diddums ! Où suis-je ? Que m'a-t-il fait ?

Quelque part, une fille hurla.

Chapitre 46

Habituellement, Guy Claverack débutait sa journée par la lecture du *New York Times*, mais ce lundi matin fit exception à la règle. Ayant vu à la télévision la veille au soir les premiers reportages concernant le vol de la collection d'œuvres d'art de Hochman, et ayant compris immédiatement qu'il s'agissait là du travail que projetaient d'accomplir ses menuisiers, il voulait en savoir plus sur ce qui s'était réellement passé. Beaucoup plus. En fait, il voulait savoir *tout* ce qu'il y avait à savoir, et il lui semblait que les journaux à scandales étaient les plus aptes à extraire toute la sève de ce genre d'histoires. Une totale absence de retenue journalistique, voilà ce dont il avait besoin ce matin, c'est pourquoi, avant toute chose, il envoya sa secrétaire acheter le *Daily News,* le *Post* et *Newsday,* et tous les trois se montrèrent à la hauteur de ses espérances.

Le *Post* :

6 MILLIONS DE DOLLARS D'ŒUVRES D'ART
DÉROBÉS DANS UN NID D'AMOUR HOMOSEXUEL

Newsday :

ENDORMIS, ILS N'ONT RIEN ENTENDU
Des invités de l'hôtelier étaient présents durant le cambriolage.

Le *Daily News :*

DEUX HOMMES ET UNE FEMME SARCASTIQUE
DORMAIENT PENDANT LE VOL DES ŒUVRES
La femme dormait seule.

Les articles qui suivaient ces gros titres racontaient à peu près ceci :

À la suite d'un coup de téléphone anonyme, la police d'État du Vermont et les hommes du bureau du shérif de Widham County ont investi hier matin la résidence de montagne, supposée vide, de l'hôtelier milliardaire Harry Hochman, pour y découvrir une scène ainsi décrite par l'adjoint Buell Rondike : « J'avais jamais rien vu de pareil. »

Au rez-de-chaussée de la somptueuse demeure en forme de château, la police a découvert que la collection d'œuvres d'art de Hochman, connue dans le monde entier, estimée à plus de six millions de dollars, avait été entièrement subtilisée. Ne restaient que les murs nus. À l'étage, la police et les adjoints du shérif ont trouvé un diplomate d'Europe de l'Est, Hradec Kralowc, ambassadeur aux États-Unis du Votskojek, une nation récemment créée, dormant dans un lit avec un autre citoyen du Votskojek, chercheur auprès des Nations unies, chargé des problèmes de famine dans le monde, le Dr Karver Zorn. Les deux hommes affirmèrent ignorer absolument tout de ce cambriolage, car ils dormaient au moment de l'opération.

Dans une autre partie de la maison, la police a retrouvé une jeune comédienne de Broadway, Krystal Kerrin (voir photo), qui se produit actuellement dans *Nana*, « la comédie musicale » au Mark Time Theater. Les déclarations de Miss Kerrin selon lesquelles elle aurait été enlevée de force et droguée par un groupe important d'homosexuels ont été violemment démenties par les deux Européens de l'Est.

Quant à leur propre version des faits, l'ambassadeur Kralowc aurait réclamé, selon certaines sources policières, l'immunité diplomatique, même si « Je ne vois pas dans cette affaire matière à solliciter l'immunité diplomatique », a déclaré le porte-parole du ministère des Affaires étrangères Rondike Buell à Washington hier soir.

Guy était encore en train de digérer tout ça – le *Post* insistait particulièrement sur l'aspect homosexuel et *Newsday* sur la valeur des œuvres volées, alors que le *Daily News* s'intéressait surtout à la fortune de Hochman, aux liens de Krystal avec le show-biz, et au vernis aristocratique de Kralowc (le chic avant tout !) – quand sa secrétaire l'appela par l'interphone pour lui annoncer :

– J'ai le menuisier en ligne.

– Ah ! je me doutais qu'il appellerait. (Guy se brancha sur la ligne extérieure.) Voilà une sacrée lettre de recommandation, dit-il.

– Nous nous effaçons derrière notre travail, répondit la voix flegmatique au téléphone, avec toutefois un soupçon de fierté bien compréhensible. On pensait venir vous voir aujourd'hui, pour vous montrer des photos de notre boulot.

– Venez, venez, dit Guy avec impatience. J'ai hâte de les voir.

Chapitre 47

Dortmunder et Kelp laissèrent Claverack baver sur les photos aussi longtemps qu'il le souhaitait. Celui-ci les avait conduits de nouveau dans le débarras au sous-sol, au milieu de tous les canapés victoriens emprisonnés, et ils tuèrent le temps en examinant les lieux, dans l'optique d'une future visite éventuelle.

Enfin, Claverack poussa un soupir, et l'œil qu'il posa sur ses hôtes brillait d'émotion.

– Magnifique, dit-il. Magnifiques objets. Magnifique travail. Magnifique documentation.

– Merci, dit Dortmunder.

– Notre but, c'est la satisfaction du client, ajouta Kelp.

– Et ces autres photos là, où l'on voit le chargement du camion, demanda Claverack en déployant les clichés en éventail dans ses mains. C'est là que se trouve la marchandise maintenant ? Toujours dans le camion ? Ou bien l'avez-vous transportée quelque part ?

– Elle est en sécurité, dit Dortmunder.

– Oui, je m'en doute.

En sécurité ? Dortmunder l'espérait bien. D'ailleurs, il ne voyait pas pourquoi elle ne serait pas en sécurité, étant donné la décision qu'ils avaient prise. Laisser toute la marchandise à l'intérieur du camion pour pouvoir la transporter aisément et laisser le camion dans un endroit où personne ne risquait de le repérer.

Et donc, quand ils avaient quitté les lieux du crime le dimanche matin, aux premières heures, Stan, Murch et Jim O'Hara avaient d'abord suivi les petites routes secondaires vers l'est jusqu'à la nationale 91, qu'ils avaient empruntée en direction du sud, dépassant Brattleboro, et quittant le Vermont pour traverser le Massachusetts du nord au sud, pénétrer ensuite dans le Connecticut et quitter enfin la 91 à la hauteur de Hartford, pour prendre la route 2 en direction du sud-est et de l'autoroute du Connecticut, puis rouler vers le sud jusqu'à la côte à New London, où ils étaient arrivés largement à temps pour le ferry de midi qui effectue la traversée de la baie de Long Island jusqu'à Orient Point, à la pointe est de la rive nord de Long Island, plus chic et plus résidentielle. Enfin, ils étaient repartis vers l'ouest, vers New York, mais en empruntant les petites routes locales pour atteindre la côte sud de l'île, moins chic et plus industrielle. Ayant déniché une zone de fret remplie de camions en stationnement, à proximité de la gare de chemin de fer de Long Island, Stan avait garé leur camion parmi tous les autres sur la plate-forme d'un entrepôt, après quoi, Jim et lui avaient pris le train pour rentrer à New York et appelé Dortmunder chez lui, un peu après dix-huit heures, pour lui annoncer que le boulot était fait. Tous les deux jours, jusqu'à ce que la transaction soit conclue avec la compagnie d'assurance, Stan reprendrait le train pour retourner sur l'île et déplacer le camion d'une ville à l'autre, pour éviter qu'on le repère. Étant donné qu'il s'agissait d'un banal semi-remorque d'International Harvester, gris, avec une cabine verte, d'un certain âge déjà, portant la mention TRANSPORTS J&L peinte au pochoir en lettres noires sur la double porte arrière, il en faudrait *beaucoup* pour rendre ce camion repérable. En sécurité ? Oui. On pouvait le dire.

– Je pense, déclara Claverack, qu'il ne devrait pas y avoir trop de problèmes avec la compagnie d'assurance. Ces photos indiquent clairement que vous êtes bien les voleurs, et que vous êtes véritablement en possession de la collection. Nous n'aurons guère besoin de marchander, il me semble. Comment ferai-je pour vous contacter ? demanda-t-il pour conclure, tandis qu'il s'apprêtait à glisser l'épais paquet de photos dans sa poche intérieure de veste.

– Pas si vite ! dit Dortmunder en désignant les photos. Pas question de les embarquer.

– Ah bon ?

Déconcerté, Claverack interrompit son geste. Il regarda les photos dans sa main, puis leva les yeux vers Dortmunder et dit :

– Je ne peux pas négocier sans ces clichés, vous le comprenez bien.

– Je sais, dit Dortmunder. Filez-moi ça.

– Comme vous voulez.

Un peu froissé, Claverack rendit les photos, et Dortmunder les rangea dans sa propre poche intérieure de veste, en disant :

– En vérité, il a fallu pas mal de monde pour réussir ce coup, et on a eu pas mal de frais.

Claverack prit un air méfiant. Prudemment, il dit :

– Je ne vois pas en quoi cela *me* concerne.

– Nous avions estimé, quand on a parlé de ça la première fois, vous vous en souvenez ?...

– Oui, évidemment.

– Nous avions estimé qu'on toucherait environ vingt pour cent de la valeur des œuvres, versés par la compagnie d'assurance, exact ?

– C'est juste.

– La moitié pour vous, précisa Dortmunder, et la moitié pour nous.

– C'est ce qui était convenu, en effet.

– Bon. En temps normal, lui rappela Dortmunder, vous toucheriez seulement un quart, peut-être un peu plus. Mais cette fois, on vous file la moitié, et, en échange, vous faites exactement ce qu'on vous dit de faire, OK ?

– Parfaitement. Nous étions d'accord sur ce point. Je montre ces photos uniquement à la compagnie d'assurance concernée, ou plutôt aux différentes compagnies, car je suppose qu'elles sont plusieurs compte tenu de la valeur de la marchandise.

– Et vous nous versez une avance, ajouta Dortmunder.

À ses côtés, Kelp sourit.

Claverack, lui, ne souriait pas.

– Vous ne m'aviez pas parlé de ça.

– Il n'y avait pas matière à discuter, souligna Dortmunder.

Tapotant la poche contenant les photos, il ajouta :

– Maintenant, c'est du concret. Maintenant on a quelque chose, on peut discuter. Pour l'instant, c'est nous qui avons tous les frais, les déplacements, les ennuis et ainsi de suite, et on prend que la moitié. Pour l'instant, tout ce qu'on a en échange, c'est vous qui hochez la tête, qui souriez et qui nous dites que c'est super, et vous empochez la moitié. Alors, on se dit que vous devriez apporter votre contribution.

Claverack hocha la tête, mais il ne sourit pas cette fois, et il ne dit pas que c'était super. Au lieu de cela, il demanda :

– Combien ?

– On avait pensé à cinq pour cent, répondit Dortmunder. Notre part devrait être, au minimum, de six cent mille, même si on aimerait avoir plus, vous vous en doutez.

– Je ferai de mon mieux, dans notre intérêt mutuel, répondit Claverack, plutôt sèchement.

– J'en suis sûr. Cinq pour cent de six cent mille, ça fait trente mille.

Claverack regarda fixement Dortmunder, d'un air hébété, le temps d'absorber ça.

– Trente mille dollars ? C'est ce que vous me demandez ?

– Une avance simplement, répéta Dortmunder. Vous la déduirez de notre part quand les gars de l'assurance vous paieront.

– Trente mille dollars, c'est... comment dire ?...

– Notre dernier prix.

– Hmm. (Claverack secoua la tête.) Pensez-vous vraiment que j'aie sous la main trente mille dollars *en liquide* ? Car je suppose que vous ne voulez pas de chèque ?

– Je vais vous dire ce que je pense, répondit Dortmunder. Je vous appellerai demain, à moins que ce soit trop tôt, à vous de me le dire, et si vous avez l'argent, on reviendra vous apporter les photos, et vous nous filerez les trente mille dollars.

Kelp était resté muet jusqu'à présent, laissant à Dortmunder le soin de marchander, mais il intervint à cet instant pour jouer un peu au bon flic :

– Si demain ça vous fait trop tôt, pas de problème. On veut surtout pas vous bousculer.

Claverack ruminait. Il se mordilla la jointure du pouce, poussa un soupir et dit :

– Non, demain ça ira.

Chapitre 48

Enfin de retour à la maison, avec une fausse barbe et coiffé d'un turban, entouré de vigiles en uniforme bleu de la Continentale, tout ça pour échapper à la presse vorace. Les journalistes braillaient et grouillaient autour de l'*Orgueil du Votskojek* comme des chiens autour d'une charogne ; le contingent terrestre étant renforcé par leurs collègues venus de la mer, dans toutes sortes d'embarcations qu'ils avaient pu louer ou voler, sans oublier l'hélicoptère du *Star* qui survolait le bateau.

Mais la presse n'était pas le principal souci de Hradec, et il le savait bien, même s'ils étaient extrêmement enquiquinants. Le coup porté à sa réputation de virilité n'était pas non plus son souci principal, même si les articles publiés dans les journaux l'avaient profondément meurtri. Et depuis le voyage éclair de Harry Hochman dans le Vermont, afin de vérifier le récit concocté en hâte par Hradec, affirmant être l'hôte légitime de cette maison – « Hradec, savez-vous où sont toutes mes saloperies ? » « *Non !* » « Votre parole me suffit. » – les poursuites judiciaires ou les soupçons de Harry n'étaient plus des considérations dominantes.

Quant aux fax, aux télégrammes et aux messages téléphoniques qui l'attendaient certainement à bord de l'ambassade, émanant de son épouse restée là-bas à Novi Glad, et exigeant de savoir qui était cette Krystal Kerin (car *elle* ne pouvait avoir le moindre doute sur ses penchants sexuels), ce n'était qu'une simple dermite parmi cette quantité d'afflictions dont il souffrait. Non, son souci principal, son problème principal, le désastre principal qui l'attendait maintenant, il le savait, c'était... la relique.

Le fémur sacré de sainte Ferghana. D'une manière ou d'une autre, d'une façon ou d'une autre, il avait disparu. Il le savait, tout comme il savait que l'avenir du Votskojek, l'avenir de Harry Hochman, et son propre avenir dépendaient de la présence à bord de ce bateau de la relique. Mais elle ne serait plus là, il le savait. Il n'y avait aucune chance qu'elle y soit, en dépit des assurances des types de la sécurité de la Continentale qui affirmaient que la nuit du samedi à bord de l'*Orgueil du Votskojek* s'était déroulée sans aucun incident d'aucune sorte.

Bon. Il était enfin à bord, même s'il n'était pas entièrement seul. Un hélicoptère toussait bruyamment au-dessus de sa tête, des objectifs d'appareils photo et de caméras étaient braqués sur tous les hublots, des journalistes étaient repoussés de toutes parts. (Ah ! le bon temps de l'huile bouillante !) Arrachant son turban, qu'il lança sur ce bon à rien de Terment, frappant Lusk avec sa fausse barbe, Hradec se dirigea à grands pas vers le labo, glissa sa clé dans la serrure, ouvrit la porte, et...

– Vous vous êtes évanoui, monsieur, dit Lusk.

– Hein ? Oui, évidemment !

Hradec se redressa. Inquiets, Lusk et Terment étaient penchés au pied du lit. Ils l'avaient transporté ici dans sa chambre, dont on avait fermé tous les panneaux métalliques à l'épreuve de la tempête devant les fenêtres, et où toutes les lumières étaient allumées. Minuit à midi, la métaphore parfaite. Le crépuscule de Hradeck.

Je ne peux pas déclarer le vol, à cause des sept gardes, engagés par mes soins, et qui continuent d'affirmer qu'il ne s'est rien passé. Un simple téléphone sur écoute ne m'aidera pas à récupérer la relique, comme la première fois ; les Tsergoviens ne sont pas bêtes à ce point. Où est cet os ? Puis-je remettre la main dessus sans que le monde extérieur ne soit au courant ? Puis-je remettre la main dessus *tout simplement* ? Il n'y a pas le moindre indice, le moindre soupçon, la moindre piste. À l'instar de la collection d'œuvres d'art de Harry, et de manière tout aussi invraisemblable, la relique s'est volatilisée !

Ce diable de Diddums ! Il est mon Moriarty, songea Hradec, mais Hradec n'avait jamais *désiré* particulièrement un adversaire de sa trempe. Tout ce qu'il voulait, lui, c'était une vie aisée et confortable, être le représentant de son pays auprès des Nations unies et à Washington, être l'ami de Harry Hochman, et le cavalier d'une succession ininterrompue de jeunes et douces créatures. Était-ce trop demander ?

Apparemment oui. La vengeance de Diddums... Cette phrase aurait mérité de sonner mieux.

Réfléchis, Hradec, réfléchis. Ce n'est pas terminé. Que mijote encore ce Diddums ? Que va-t-il se passer maintenant ?

– Monsieur ?

Il foudroya du regard ses fidèles serviteurs. Il ne pouvait compter que sur une seule chose sur cette terre, et c'était sur *eux*.

– Laissez-moi. Je dois réfléchir.

– Oui, monsieur, murmurèrent-ils, et ils quittèrent la chambre en s'inclinant, refermant doucement la porte derrière eux.

– Et pas de coups de téléphone ! hurla-t-il en direction de la porte.

– Très bien, monsieur, lui répondit une voix faible.

Hradec arrangea ses oreillers et se rallongea pour méditer. Le vol de la relique et le vol des œuvres de Harry Hochman étaient liés, d'une certaine façon. Et la vengeance de Diddums n'était pas achevée, hein ?

Bien sûr que non.

Et maintenant ?

Chapitre 49

– Voici ce que vous devriez faire, à mon avis, dit Dortmunder à Zara Kotor, de retour dans le salon au-dessus de l'ambassade, si vous permettez que je vous donne un petit conseil...

– Je permets, répondit Zara, d'un ton plutôt brutal. Je vois ces photos de la relique sacrée, je vois que vous avez fait apparemment ce que vous aviez promis de faire, et même plus, alors je vous permets de me donner un conseil. Mais ce que j'*aimerais* surtout, c'est que vous me donniez la relique.

Outre Dortmunder et Zara, assistaient à cette réunion Grijk et Andy Kelp. (Une fois de plus, Tiny avait été malheureusement retenu ailleurs, malgré lui, bien que Zara eût longuement insisté pour qu'il soit présent, et sa mauvaise humeur du moment était sans doute due en bonne partie à cette absence. Dortmunder ignorait quel problème Tiny avait avec ces gens – après tout, c'était *sa* famille (à lui et à personne d'autre) –, mais il regrettait lui aussi que le colosse ne soit pas là, ne serait-ce que pour lui éviter de répéter plusieurs fois les mêmes choses à cette tête de mule de Zara.

– Si je vous donne l'os, dit-il, faisant preuve d'une patience feinte, qu'allez-vous en faire, hein ? Vous pouvez pas le montrer à quiconque, ni même avouer que vous l'avez, car sinon, on va vous demander comment vous l'avez eu, depuis combien de temps vous l'avez, pourquoi vous ne l'avez pas montré avant, comment il est arrivé aux États-Unis, et un tas de questions dans le même genre. Le plus important dans cette histoire d'os, c'est que le jour où vous annoncerez que vous le possédez, vous devrez avoir les mains parfaitement propres, ou sinon, cet archevêque risque de vous faire des ennuis. J'ai pas raison ?

– Ça peut se concevoir, admit Zara.

– Très bien. Alors, concevez-le, dit Dortmunder. Voici mon conseil. Aujourd'hui même, cet après-midi, vous allez publier un communiqué ou bien organiser une conférence de presse, libre à vous, pour annoncer que vous avez fait effectuer en douce des tests sur votre os de sainte Ferghana, celui que vous affirmez détenir depuis le début, celui qui a obligé le Votskojek à faire examiner le *leur,* et ces tests que vous avez faits sur le vôtre ont prouvé de manière formelle que c'était un faux. Vous présentez vos excuses au Votskojek...

– Jamais ! s'écria Zara, et Grijk se leva d'un bond, cherchant du regard une pique ou une hallebarde.

– Attendez un peu, OK ? dit Dortmunder. Asseyez-vous, Grijk, ça devient chouette à la fin.

Le front plissé comme un glissement de terrain, Grijk se rassit, pendant que Zara déclarait :

– Jamais je ne m'excuserai auprès du Votskojek, pour quoi que ce soit.

– D'accord, très bien, dit Dortmunder. Présentez vos excuses aux Nations unies dans ce cas, c'est encore mieux. Vous vous excusez devant le monde entier, OK ? Vous regrettez d'avoir provoqué ce retard et tous ces ennuis, mais vous étiez persuadé d'avoir le véritable fémur et, aujourd'hui, vous êtes obligé de reconnaître que c'est le Votskojek qui le détient ; ils n'ont qu'à le montrer publiquement, et vous retirerez votre demande d'admission à l'ONU.

Zara le regardait avec des yeux écarquillés de stupeur.

– Et qu'est-ce que j'y gagne ?

– Votre siège à l'ONU, répondit Dortmunder.

Chapitre 50

– Tiens, tiens, dit l'archevêque.

Ayant regagné directement son bureau situé à l'intérieur du bâtiment des Nations unies à New York dans la 1re Avenue, de retour d'une nouvelle commémoration, l'archevêque arborait encore les vêtements sacerdotaux de circonstance : la soutane et les parements mauves de la chape, qui mettaient joliment en valeur la blancheur éclatante de l'étole et de la chape, le tout sanglé par un ensemble de ceintures en étoffe. Le rochet en dentelle sous l'étole contrastait avec l'imposante, sombre – et pesante – croix pectorale en acajou qui reposait sur son torse creux, comme la pierre devant la tombe de Gethsemane. Il avait ôté sa grande mitre blanche pour la poser sur un coin de son bureau et s'était ensuite laissé tomber comme une feuille morte dans son fauteuil pivotant, pour s'offrir juste quelques minutes de repos. Mais à peine s'était-il assis, petit vieillard décharné cherchant de l'air à l'intérieur de cette panoplie, qu'un de ses clercs lui apporta un fax, le déroula tel un parchemin et le tendit vers l'archevêque pour que celui puisse le lire. C'est à ce moment-là que l'archevêque dit :

– Tiens, tiens.

– Oui, monseigneur ? dit le clerc.

– Appelez donc ce... euh... vous savez... ce type-là... euh... celui qu'on ne doit pas appeler.

Le clerc hocha la tête, visiblement songeur. Après un très bref silence, il demanda :

– Voulez-vous parler de l'ambassade du Votskojek, monseigneur ?

– Je ne peux pas les appeler, dit l'archevêque, en appuyant un doigt décharné sur le côté de son nez décharné pour indiquer la ruse. Je ne dois montrer aucun favoritisme. Aucun signe de favoritisme.

– Bien entendu, monseigneur.

– Mais ce n'est plus un problème maintenant, hein ? Appelez pour moi, ce... euh...

– Je crois, monseigneur, qu'il s'agit de l'ambassadeur Kralowc.

– Oui, c'est bien lui. Appelez-le.

Au moment où le clerc pivotait sur ses talons, en tenant toujours le fax à deux mains, l'archevêque agita ses doigts osseux dans sa direction.

– Et laissez ça ici.

– Très bien, monseigneur.

Le clerc lâcha une des extrémités du fax, et celui-ci s'enroula sur lui-même comme une palourde. Il tendit le tube à l'archevêque puis regagna son antichambre, pendant que monseigneur étalait le fax sur son bureau, en coinçant les coins du document à l'aide d'une agrafeuse, d'un distributeur de ruban adhésif, d'une calculette et d'une statuette en plastique représentant l'Enfant Jésus de Prague. Tandis qu'il accomplissait ses gestes, en ahanant sous l'effort que nécessitaient les déplacements à l'intérieur de ces habits de cérémonie, pour tendre les bras d'un bout à l'autre de la surface luisante de son bureau en teck, il ressemblait à un grand maître mythologique du jeu d'échecs, en train de prendre, une fois de plus, une raclée contre le diable.

L'archevêque relut le fax, en le savourant, et, soudain, le téléphone posé près de son coude droit sonna, et en voulant se retourner pour décrocher ce foutu appareil, il fit s'écrouler toute la construction.

– *Quoi ?*

– L'ambassadeur Kralowc, monseigneur.

– Hein ? *Ici ?*

– Non, en ligne, monseigneur. Je l'ai appelé de votre part.

– Oh ! oui, oui. (L'archevêque, enfonça une touche sur l'appareil, puis une deuxième.) Allô ?

– Monseigneur ?

– Oui, évidemment. Que voulez-vous ?

– Monseigneur, c'est Hradec Kralowc, du Votskojek, vous vous souvenez de moi, votre clerc m'a dit que vous...

– Oui ! oui, bien sûr ! Eh bien, mon garçon, vous savourez la bonne nouvelle ?

– La bonne nouvelle, monseigneur ?

Kralowc n'avait pas la voix d'un homme qui croit aux bonnes nouvelles.

– Le communiqué de pressé, voyons ! Ces gens ne vous ont donc pas envoyé le communiqué de presse ?

– Qui donc, monseigneur ?

– Qui ? Mais *eux* ! Vos sales petits concurrents prétentieux dans ce... enfin, vous comprenez... la compétition.

– La Tsergovie ?

– Oui, voilà ! Ils ne vous ont pas envoyé le communiqué de presse ?

– Personne ne m'a rien envoyé, monseigneur, répondit l'ambassadeur, mais son ton d'autoapitoiement échappa totalement à l'archevêque, distrait qu'il était par son combat pour capturer de nouveau les quatre coins du fax sans lâcher le téléphone.

Posant violemment l'Enfant Jésus de Prague sur le dernier coin, il s'exclama :

– Voilà ! Et toi, tu ne bouges plus maintenant !

– Pardon, monseigneur ?

– Attendez, je vais vous le lire. Vous êtes toujours là ?

– Oui.

– Parfait. Écoutez bien. Vous m'écoutez ?

– *Oui,* monseigneur. Je suis toujours là et je vous écoute.

– Parfait. Écoutez-moi bien alors. (Plissant les yeux derrière ses lunettes cerclées de métal, et projetant son regard au-delà de son vieux nez aquilin, pâle et étroit, l'archevêque entama sa lecture :) « Communication immédiate. Le major général Zara Kotor, ambassadrice de l'État libre et souverain de Tsergovie aux États-Unis a reçu aujourd'hui même de son gouvernement d'Osigreb l'autorisation d'annoncer les résultats de certains tests pratiqués à l'école polytechnique d'Osigreb, à Osigreb, en Tsergovie, et destinés à authentifier une certaine relique, connue sous le nom de relique de sainte Ferghana, constituée d'un fémur ayant prétendument appartenu à sainte Ferghana la martyre des Carpates. Sachant qu'une relique similaire se trouve depuis quelque temps dans la cathédrale des Rivières de Sang à Novi Glad, dans notre république sœur du Votskojek, et sachant en outre que la question de l'authenticité de ces deux reliques supposées n'a servi qu'à compliquer et exacerber les relations entre ces deux républiques sœurs, et aussi à compliquer et exacerber plus encore la question de l'attribution à un de nos deux pays, et pas à l'autre, du dernier siège disponible aux Nations unies ici à New York aux États-Unis d'Amérique, nous avons aujourd'hui le triste devoir d'annoncer que les résultats des tests scientifiques pratiqués sur la relique de sainte Ferghana en notre possession à Osigreb prouvent, en fait, que c'est une copie. Par conséquent, nous...

– *Quoi ?*

– Alors, vous voyez, mon garçon ? dit l'archevêque en gloussant et en respirant bruyamment au-dessus du fax. Les bonnes nouvelles arrivent quand on ne s'y attend pas, pas vrai ? Laissez-moi continuer, dit-il, et sans entendre le long gémissement rauque émanant de la gorge de l'ambassadeur Kralowc, à l'intérieur du système téléphonique baptisé NYNEX parce qu'il est géré par des Vénusiens, il continua à lire :

– « Par conséquent, nous renonçons à proclamer l'authenticité de la relique en notre possession, et nous n'exigeons plus du Votskojek qu'il produise les preuves, scientifiques, historiques ou autres, leur permettant d'affirmer que la relique en leur possession est la relique authentique. Nous savons maintenant que la véritable relique se trouve actuellement ici-même à New York, sous la protection et aux bons soins du gouvernement du Votskojek, dans l'intérêt du peuple du Votskojek. Quand le gouvernement du Votskojek, ou ses représentants, exposera cette relique devant l'assemblée générale des Nations unies à New York aux États-Unis d'Amérique, nous, nation souveraine de Tsergovie, nous renoncerons, abandonnerons et abjurerons pour toujours, dès cet instant et jusqu'à la fin du monde, toutes nos prétentions d'autrefois à l'attribution de ce siège des Nations unies. Et nous adressons nos prières à cette auguste assemblée pour qu'elle pense à nous dès qu'un nouveau siège se libérera, le plus tôt possible. Par la grâce de Dieu et sur l'ordre du gouvernement démocratique librement élu, installé à Osigreb, de l'État souverain de Tsergovie. Signé : Zara Kotor, major général.

Ricanant et haletant, l'archevêque demanda :

– Eh bien, monsieur l'ambassadeur, que pensez-vous de ça, hein ? (Il attendit.) Monsieur l'ambassadeur ?

De très loin lui parvint la voix affaiblie de Kralowc.

– C'est merveilleux, monseigneur.

– Vous êtes sous le choc, je parie ? Bah, je vous comprends, mon garçon ; la bataille a été rude, et ces Tsergoviens ne répugnaient pas aux coups bas. Je peux bien vous le dire maintenant, je peux vous dire que c'est un immense soulagement pour moi de voir cette affaire résolue, car il m'était difficile, je peux l'avouer maintenant, il m'était très difficile de demeurer partial vis-à-vis de ces êtres fourbes, sournois, impies...

– Monseigneur ?

– Oui ?

– Ce communiqué a été expédié à quelqu'un d'autre ?

– Quelqu'un d'autre ? Voyons, mon garçon, il a été faxé à *tout le monde.* Tenez, là tout en bas, je vois la liste... Oui, c'est ça, tous les membres des Nations unies...

– Tous ?

– Tous. Ainsi que les grands organes de presse, sans oublier l'archidiocèse de l'église catholique à New York... Monsieur l'ambassadeur ? Est-ce un râle que j'ai entendu ?

– Non, non, monseigneur, je me raclais simplement la gorge. Euh... comme vous dites, c'est une formidable nouvelle. J'ai hâte de l'annoncer à mes supérieurs à Novi Glad. Euh... monseigneur, voudriez-vous, je vous prie, me faxer ce fax ?

– Mais certainement. C'est un plaisir d'être le porteur de bonnes nouvelles. Je vous faxe le fax immédiatement. J'ai votre numéro de fax ?

– Vos collaborateurs ont mon numéro de fax.

– Ah ! du moment qu'ils ont votre numéro de fax, aucun problème. Nous vous faxons le fax tout de suite. C'est faxile.

– Merci, monseigneur.

– Tout le plaisir était pour moi, répondit l'archevêque, sans savoir à quel point il disait vrai.

Chapitre 51

À peine avait-il raccroché, après sa conversation avec l'archevêque Minkokus, ce vieil imbécile gâteux, que Lusk entra dans le bureau, en annonçant :

– Monsieur l'ambassadeur, le président au téléphone.

– Le président ?

Accablé comme il l'était par l'inquiétude et les soucis, il lui fallut plusieurs secondes pour saisir le sens de ces paroles.

– *Mon* président ?

– Notre président, oui, monsieur, confirma Lusk. Il téléphone de Novi Glad.

– Oh ! Seigneur.

Les mauvaises nouvelles se propagent vite. À moins que ce soient les bonnes nouvelles ? Enfin bref. Et ce foutu *hélicoptère* ! Pourquoi ce bateau n'était-il pas équipé d'une batterie anti-aérienne, bon sang ? C'est l'espace aérien votskojek que tu violes en ce moment, mon gars ! Légalement, j'aurais le droit de t'abattre, de te faire exploser, de te pulvériser...

– Monsieur ?

L'appel de la réalité ; celui du président en l'occurrence.

– Quelle heure est-il à Novi Glad ?

Lusk consulta sa montre-bracelet, fit un rapide calcul et déclara :

– Six heures et quart, du soir.

– Avait-il l'air saoul ?

– Non, monsieur.

Hélas. Que faire ? Impossible d'avouer la vérité au président ; cela se traduirait par un rappel immédiat, un renvoi, l'opprobre publique, et peut-être même l'écartèlement. Y avait-il encore un moyen de sortir de ce mauvais pas ? Temporise, mon vieux Hradec, temporise.

– Laissez-moi.

– Bien, monsieur.

Lusk s'inclina et ressortit du bureau ; Hradec peignit un immense sourire sur son visage, inspira trois fois rapidement, décrocha le téléphone et débita à toute allure :

– Formidable nouvelle, n'est-ce pas ? Je viens de l'apprendre personnellement à l'instant de la bouche de l'ar...

– Quoi ? Hein ? Quoi ?

C'est seulement en entendant la voix rocailleuse du président hurler en magyar-croate dans son oreille que Hradec s'aperçut qu'il lui parlait en anglais. Pourquoi fallait-il que *tout* aille de travers ? Passant immédiatement à sa langue maternelle, il s'exclama :

– Oh ! Excellence, pardonnez-moi, je croyais être en communication avec le *New York Times*. Ici, toute la ville est survoltée par la nouvelle.

– Bien entendu, répondit Son Excellence. Quel genre de cérémonie avez-vous prévu pour l'occasion ?

– Une cérémonie, Excellence ?

– Évidemment ! grinça la voix qui autrefois arrachait des frissons à bien des cœurs et des aveux à bien des lèvres, à l'époque où Son Excellence était à la tête de la VIA, la Votskojek Intelligence Agency. Passer du commandement des espions du pays au commandement du pays lui-même, voilà un itinéraire vers le pouvoir qui semble assez fréquent de nos jours ; comme Andropov dans l'ancienne Union soviétique. D'autres exemples viennent à l'esprit. Il faut offrir à la relique une cérémonie de première classe devant les Nations unies, reprit cette voix qui inspirait la terreur. Le Votskojek attend cela de vous. Le *monde* entier attend cela de vous. Moi aussi j'attends cela de vous.

– Très bien, Excellence. Naturellement.

– Pas question de débarquer là-bas en tendant votre os à l'entrée comme un vulgaire ticket de cinéma !

– Non, bien sûr, Votre Excellence. Mais... (soudain, un rayon d'espoir sembla s'allumer devant lui, un rayon minuscule, et temporaire, mais un rayon tout de même) ... une grande cérémonie ne peut s'organiser si rapidement, Votre Excellence. Celle-ci ne pourra avoir lieu immédiatement.

– Nul n'exige qu'elle ait lieu immédiatement, répliqua Son Excellence d'un ton hargneux. Faites-les donc attendre un peu.

– Vos désirs sont des ordres, Excellence.

– Cette bonne vieille politique d'attentisme, Kralowc, ronronna la voix, chargée d'effroyables souvenirs, elle s'avère utile dans bien des domaines de l'existence.

S'il apprend la vérité, songea Hradec, si cette brute de président l'apprend, il fera rétablir le supplice du fouet dans le code pénal du Votskojek, rien que pour moi.

– Je les ferai attendre, Votre Excellence, promit-il, d'une voix qui tremblait à peine. Je ferai traîner les choses, je vous le promets, le plus longtemps possible.

Chapitre 52

Sans trop savoir pourquoi, Guy n'aimait pas avoir ces menuisiers sous son toit. Ils passaient leur temps à regarder *partout* ; c'était agaçant.

C'est peut-être pour cette raison qu'il ne marchanda pas avec eux, pour les obliger à revoir à la baisse leur exigence de trente mille dollars. Certes, il possédait la somme réclamée, et la certitude de récupérer son investissement, multiplié par dix, mais simplement, il n'était pas dans sa nature, quelles que soient les circonstances, d'accepter le premier chiffre qu'on lui proposait. Mais avec ces deux types, le jeu n'en valait pas la chandelle, d'une certaine façon. Qu'ils viennent, qu'ils repartent et qu'on en finisse.

Et cela se passa ainsi, le mardi matin à la première heure. Ils quittèrent son sous-sol avec trente mille dollars en liquide glissés dans leurs poches, et jetant des regards de tous les côtés sur le chemin de la sortie, tournant la tête à droite et à gauche, promenant leurs yeux avides sur les serrures, les fenêtres, les installations électriques, et Dieu sait quoi encore. Soulagé de pouvoir enfin refermer et verrouiller la porte du sous-sol derrière eux, Guy s'empressa ensuite de remonter dans son bureau, pour téléphoner à Perly.

Jacques Perly était un vieil associé, un élément connu. Détective privé de son état, il était spécialisé dans le vol d'objets d'art et était généralement employé par les compagnies d'assurance ou les banques, c'est-à-dire ceux qui devaient rembourser les objets perdus et assurés, et ceux qui devaient absorber les pertes non assurées. Comme l'avait deviné Guy, il y avait plusieurs compagnies d'assurance impliquées dans la collection d'œuvres d'art de Harry Hochman ; trois précisément, et Jacques Perly les représentait toutes les trois. Guy lui avait téléphoné la veille pour lui faire savoir qu'il pourrait peut-être lui être utile dans le cas présent. « Je m'en doutais », avait répondu Perly, un peu trop sèchement au goût de Guy. Et aujourd'hui, ce dernier le rappelait pour lui annoncer qu'il avait pris contact avec les voleurs et se préparait à servir d'intermédiaire.

– Parfait, dit Perly. On déjeune ? Ou bien avez-vous déjà organisé un de vos fameux déjeuners ?

– Non, pas aujourd'hui, ni toute cette semaine. Je me consacre uniquement à cette affaire.

– On déjeune dans ce cas, décréta Perly.

Ils se retrouvèrent à treize heures au Tre Mafiosi dans Park Avenue, un endroit chic et feutré, dans les tons blanc, vert et or, avec des fleurs jaunes. Arrivé le premier, Perly se leva avec un sourire et la main tendue quand Tony le maître d'hôtel escorta Guy jusqu'à la table. Homme tout en rondeurs, semblable à une belle volaille bien nourrie, Jacques Perly avait conservé un soupçon de son accent parisien d'origine. Ancien étudiant aux beaux-arts, artiste raté, il contemplait le monde avec un pessimisme bénin, la bonne humeur morose d'un riche oncle célibataire, qui n'attend rien et accepte tout.

– Bonjour, Jacques, dit Guy, tandis que Tony le faisait asseoir, qu'Angelo distribuait les menus, et que Kwa Hong Yo leur apportait du pain, du beurre et de l'eau. Vous semblez en pleine forme.

– Vous aussi.

On consulta les menus, on commanda la nourriture et le vin, après quoi, Guy sortit de sa poche intérieure une épaisse enveloppe et, sans un mot, la tendit à Perly. Celui-ci haussa un sourcil, sortit les photos de l'enveloppe, les passa en revue et, avec un sourire triste, commenta :

– Voici un crime bien documenté.

– Ce sont des professionnels, assura Guy. Nous n'avons aucun souci à nous faire concernant l'état des œuvres.

– Je m'en doute. Puis-je garder ces photos ?

– Faites donc.

La nourriture et le vin arrivèrent sur la table ; on les consomma, avec quelques commentaires concernant la vie à New York, le temps qu'il faisait, la saison de Broadway fort décevante – « Sauf, *Nana, “ la comédie musicale ” qui n'est pas mal », déclara Perly– et leurs projets respectifs pour les vacances d'été. Puis, au moment des framboises et du café, Perly dit :*

– Sincèrement, Guy, le professionnalisme extrême de ces gens-là, avec leurs polaroïds et tout ça, m'amène à m'interroger. Ne sommes-nous pas en train de créer nous-mêmes ce monstre, vous et moi ?

Guy lui jeta un regard méfiant.

– De quel monstre parlez-vous, Jacques ?

– De ces voleurs, expliqua Perly. S'ils volaient une miche de pain, ce serait pour manger. S'ils volaient de l'argent, ce serait pour le dépenser ; des bijoux, pour les refiler à un receleur. Mais quand ils volent une collection d'œuvres d'art comme celle-ci (*tap-tap* sur l'enveloppe contenant les photos), c'est uniquement pour *la revendre !* Et comment pourraient-ils s'y prendre si nous n'étions pas là vous et moi ? Nous collaborons sans aucun doute à leurs crimes, mais est-ce que ça ne va pas plus loin ? Et si nous encouragions l'accomplissement de ces crimes, par notre simple existence ? Et si nous les provoquions même ?

– C'est ridicule, voyons ! protesta Guy par pur réflexe. Les gens sont prêts à voler n'importe quoi ; vous le savez aussi bien que moi. Nous n'encourageons pas le vol ; nous encourageons la restitution des objets volés.

– Sans que les coupables soient punis.

Guy rejeta cet argument.

– Parfois oui, parfois non. Arrêter les criminels, c'est le métier de la police. Le nôtre, c'est de récupérer les objets.

– Mais si nous n'existions pas, vous et moi, que feraient donc ces voleurs professionnels de tous ces tableaux, toutes ces sculptures qu'ils ont chargés si soigneusement à bord de leur camion ? S'adresseraient-ils directement à Harry Hochman ? Je parie qu'il les recevrait en leur envoyant ses chiens.

Guy esquissa un sourire.

– À coups de fusil plutôt.

– Exact. Nous sommes les intermédiaires, indispensables à toute transaction. Mais, dans ce cas précis, les intermédiaires ne créent-ils pas eux-mêmes les problèmes qu'ils sont censés résoudre ?

Guy secoua la tête, agacé par cette conversation, et surpris qu'un homme comme Jacques Perly fasse preuve de tels remords.

– Ces voleurs vont vendre la collection de Hochman aux compagnies d'assurance, par notre intermédiaire. Voulez-vous savoir ce qu'ils feraient si nous n'existions pas ? Ou si les compagnies d'assurance n'existaient pas ? Car après tout, ce sont elles qui versent l'argent, et c'est peut-être *elles* qui engendrent le monstre ?

– Oui, c'est bien possible, confirma Perly avec un hochement de tête.

Guy n'avait pas besoin de cette approbation.

– Sans vous et moi, reprit-il, les voleurs trouveraient un moyen d'entrer en contact avec des marchands d'art en Europe. En Suisse, par exemple, ou en Hollande. Ou bien même en Amérique du Sud. Et les marchands achèteraient, sans se poser de questions. Les marchands – certains d'entre eux en tout cas, et vous en connaissez un certain nombre vous-même Jacques – se feraient un plaisir de bricoler quelques certificats d'authenticité tout neufs, et de revendre ensuite les œuvres à des collectionneurs, n'importe où dans le monde. Il existe tout un marché autour de nous, Jacques, et vous faites de la provocation en laissant entendre le contraire, et vous le savez bien. Notre rôle à *nous*, c'est de conserver la collection intacte, ce n'est pas rien, et entre les mains de son propriétaire légitime.

Les yeux pétillants, Perly sirota son expresso, mordit délicatement dans une framboise et dit :

– Si je comprends bien, Guy, nous n'avons rien à nous reprocher ?

– Absolument rien, répondit Guy, dont les joues s'étaient marbrées de taches rouges.

– Ah ! quel soulagement ! murmura Perly.

Chapitre 53

Quand Dortmunder entra chez O. J. Bar & Grill, les habitués discutaient afin de savoir pourquoi la télévision par câble avait besoin de fils.

– C'est à cause des vibrations, expliquait l'un d'eux. Ils envoient les vibrations le long du fil, et ça dit à la télé ce qu'elle doit montrer comme images.

– Comment ça ? demanda un deuxième habitué.

Le premier habitué le foudroya du regard.

– Quoi « comment ça » ? J'viens de te l'expliquer. Avec des vibrations.

Un troisième habitué intervint.

– Tout ça, c'est rien que des conneries ! déclara-t-il en agitant avec force son verre de bière.

Le deuxième habitué adapta sa question aux nouvelles circonstances :

– Pourquoi ?

– Si une télé a besoin de vibrations pour savoir ce qu'il faut montrer, raisonna le troisième habitué d'un ton belliqueux, pourquoi est-ce que la télé *normale* elle en a pas besoin ?

C'est alors qu'intervint un quatrième habitué :

– C'est simple. La télé normale, ça marche comme la radio, sans fils.

– Comment ça ? demanda le deuxième habitué, mais le premier lui coupa l'herbe sous le pied, en disant :

– Sans fils, tu dis ? La *radio* marche sans fils ? Et à ton avis, c'est quoi ce cordon noir qui sort de derrière et qui rentre dans le mur, hein ?

– Ça, c'est pas un câble, déclara le quatrième habitué avec une suprême assurance.

Le premier habitué le foudroya du regard.

– C'est un *fil* !

Le deuxième habitué, qui consolidait les bases de son raisonnement, demanda :

– Et les radios portatives, alors ?

Le troisième habitué reposa violemment son verre de bière sur la table.

– Ah ! je supporte pas ces machins-là ! Les radio-cassettes ! Le seul truc que tu peux capter avec ces appareils, c'est des parasites !

– Moi, je dis que ça bousille le cerveau ! déclara le quatrième habitué, catégorique sur ce nouveau sujet.

– Comment ça ? demanda le deuxième habitué qui revenait à son idée d'origine.

– Les vibrations, répondit le premier habitué, revenant lui aussi à son point de départ.

Mais le troisième s'attaqua soudain au quatrième.

– Qu'est-ce qui te dit que c'est pas l'inverse ?

– Qu'est-ce qu'est pas l'inverse ?

– Qu'ils avaient déjà le cerveau bousillé avant, et c'est pour ça qu'ils ont acheté des radio-cassettes.

– Non, non, non, dit le quatrième habitué catégorique. *Avant,* il leur restait encore assez de cervelle pour entrer dans un magasin, filer du fric au vendeur et repartir avec leur radio.

– Je supporte pas ces machins-là.

– Mais regarde-les se trimbaler avec leurs foutus appareils maintenant, poursuivit le quatrième habitué, on voit bien qu'ils ont même plus assez de cervelle pour garder la bouche fermée.

Les autres, faisant preuve d'un certain niveau d'intelligence, fermèrent la bouche pour méditer cette réflexion, pendant que Dortmunder s'approchait de Rollo, le barman, qui somnolait contre la caisse.

– Y a quelqu'un derrière ?

Les yeux de Rollo firent le point sur son interlocuteur.

– Je dirais même qu'il y a *tout le monde*, répondit-il. L'autre « bourbon » a pris ton verre.

– Merci.

Dortmunder adressa un signe de tête à Rollo, qui s'était assoupi de nouveau, puis il passa devant les habitués, qui clignaient des paupières et fronçaient les sourcils, essayant de se souvenir de leur sujet de conversation, et il se dirigea vers l'arrière-salle.

Qui, comme l'avait laissé entendre Rollo, était pleine. Avec l'arrivée de Dortmunder, les onze participants du casse étaient maintenant réunis : Kelp, Tiny, Stan Murch, Gus Brock, Fred Lartz, Harry Matlock, Ralph Demrovsky, Ralph Winslow, Jim O'Hara, et Wally Whistler. Toutes les chaises étaient occupées, à l'exception de celle qui tournait le dos à la porte, et quelques gars étaient même assis sur des caisses de bouteilles retournées.

Dortmunder retourna lui aussi une caisse de bouteilles pour s'y asseoir, et Gus Brock déclara :

– Dortmunder, il nous reste trois « cents ».

Dortmunder ne s'attendait pas à cela.

– Comment ça se fait ?

Gus expliqua :

– On est onze gars, et on a trente mille dollars. Ce qui nous fait deux mille sept cents dollars par tête de pipe, et il restait encore trois cents dollars. On les a partagés, et ça nous faisait vingt-sept dollars chacun, mais il restait encore trois dollars. Alors, on les a partagés, ce qui nous a fait vingt-sept « cents » chacun et, maintenant, il nous reste encore trois « cents », à partager en onze.

Dortmunder acquiesça. Curieusement, il avait l'impression d'être toujours dans la salle d'à côté avec les habitués.

– Y a qu'à les donner à Tiny, déclara-t-il. Il a rien touché la première fois.

Tout le monde convint que c'était juste, surtout Tiny, après quoi, tout le monde voulut savoir ce qui allait se passer ensuite.

– Rien, dit Dortmunder. On accorde encore deux jours à ce Guy Clav... Guy Machin-chose, le temps de contacter des gens, de discuter avec eux, d'entamer les négociations. Et jeudi, on le rappelle. En attendant... (Il se tourna vers Stan :) Comment se porte le camion ?

– Impec, dit Stan. J'y suis allé aujourd'hui, pour le faire changer de ville. Là-bas, tous les six pâtés de maisons, c'est une ville différente, avec des flics différents ; suffit de déplacer le camion en permanence, et, comme ça, aucun flic ne risque de remarquer toujours le même camion.

Gus Brock demanda :

– Combien de temps on est censé tenir avec ces deux mille sept cents vingt-sept dollars et vingt-sept « cents » ? En d'autres termes, quand est-ce qu'on peut espérer toucher quelque chose de ton gars ?

– Tu veux parler de... Guy ? demanda Dortmunder. J'ai bien compris ta question. Comme je vois les choses, va falloir attendre au moins une semaine, le temps qu'ils puissent tous négocier, peut-être même un mois, mais ça devrait pas durer plus longtemps.

Stan intervint :

– Je vais devoir prendre le train pour Long Island et balader ce foutu camion tous les jours pendant encore *un mois* ?

– Moins que ça, j'espère.

Harry Matlock prit la parole :

– Ralph et moi, on a une proposition à faire.

Il faisait allusion à son coéquipier, Ralph Demrovsky.

Dortmunder n'était pas certain d'avoir envie d'entendre des propositions – après tout, ils suivaient le plan préétabli et accepté par tous, non ? –, malgré tout, il dit :

– Vas-y, je t'écoute.

– Au cas simplement où y aurait un problème avec ton gars, ton Guy Machin-chose, dit Harry, au cas où il semblerait y avoir un problème, ou qu'il pourrait y avoir un problème éventuellement ou n'importe quoi, Ralph et moi, on a fait connaissance il y a quelques années de deux types qui expédient les œuvres d'art en Europe. Au Canada d'abord et en Europe ensuite. On pourrait faire entrer le camion en douce au Canada et trouver des clients en Europe pour acheter ce genre de camelote. Des marchands, je veux dire.

– Oui, c'est une possibilité, dit Dortmunder. Évidemment, ça rapportera moins de fric, parce qu'ils payent moins, et ça fera plus de monde qui fait la manche pour avoir une petite pièce, mais si notre premier plan tombe à l'eau, c'est bon de savoir que vous avez des contacts.

– Quand ? demanda Harry.

– Tu veux dire, quand est-ce qu'on contactera vos contacts ? Quand est-ce qu'on décidera que le plan a foiré ? C'est ça que tu veux savoir ?

– Oui.

Stan déclara :

– Moi en tout cas, je me vois pas prendre ce foutu train tous les jours pendant encore *un mois,* je vous le dis.

Dortmunder réfléchit. L'essence du commandement c'est le compromis. Et savoir également sentir les besoins de ses hommes. Tout en demeurant confiant en apparence. Et deux ou trois autres trucs en plus.

– Deux semaines, dit-il. Ça vous va ?

Tout le monde trouva que deux semaines c'était bien. C'était assez long pour voir si les négociations avec les compagnies d'assurance avaient une chance d'aboutir, et pas assez long pour risquer de rendre tout le monde dingue, surtout Stan.

– Parfait, dit Dortmunder. Quand j'appellerai le gars Guy jeudi, je lui fixerai l'ultimatum. En attendant, on a déjà un petit avant-goût, presque trois mille dollars par personne.

– Et moi, ajouta Tiny, pince-sans-rire, j'ai touché trois « cents » pour le premier coup. Les affaires reprennent.

Chapitre 54

Harry Hochman n'était pas un homme qui s'occupait des détails. Harry était plutôt du genre à *engager* des hommes pour s'occuper des détails, pendant que Harry, lui, gardait l'esprit et les yeux fixés sur la vue d'ensemble. Voilà ce qu'était Harry Hochman, un homme avec des vues d'ensemble.

C'est pourquoi il trouvait si agaçant d'être coincé dans cette chambre d'hôtel avec ces gens, qui lui parlaient de *détails.* Rien à redire sur la chambre elle-même, et heureusement nom d'un chien, vu que c'était la sienne. La sienne *véritablement.* Il s'agissait plus précisément du salon de la suite du Dragon impérial située au dernier étage de l'hôtel de l'Hôte du Dragon dans Park Avenue à New York, juste au nord de Grand Central Station et au sud du monastère de Saint-Crépinien, fleuron de la chaîne de dix-sept hôtels du même nom que possédait Harry, en association avec les Japs, car l'unique façon de fourrer la main dans les affaires des Japs, c'était de les laisser fourrer la main dans les vôtres. Ainsi, l'Hôte du Dragon dirigeait des établissements hôteliers à New York, Washington, Chicago, San Francisco et Los Angeles, et quelques-uns au Çanada et en Amérique du Sud, mais *aussi* à Tokyo, Osaka, Kyoto, Otaru, Yokohama, Nagoya, Kobe. Voilà ce que Harry Hochman appelait une vue d'ensemble. Rien à voir avec ces foutus détails concernant les assurances, les vols d'œuvres d'art et les détectives privés. Pourquoi diable ne pouvait-il pas engager tout simplement quelqu'un pour s'occuper de tous ces détails, quelqu'un qui lui passerait un coup de fil quand tout serait réglé, que les œuvres d'art seraient revenues à leur place et que Harry pourrait retourner visiter son château du Vermont ?

Eh bien, non. Dehors, si quelqu'un avait eu le loisir de se lever pour regarder par la fenêtre, s'étendait toute l'île de Manhattan, ou du moins, toute l'île de Manhattan qu'un homme avec des vues d'ensemble tel que Harry Hochman avait besoin de contempler, mais pouvait-il aller la contempler ? Non. Il était obligé de rester assis ici dans le salon de la suite du Dragon impérial en compagnie d'un tas d'hommes qui s'occupaient de détails pour parler avec eux de *détails*.

Comme par exemple ces polaroïds de sa collection. Des photos qui montraient les œuvres dans la galerie tout d'abord et, ensuite, des photos qui montraient ces mêmes œuvres dans un foutu camion.

– Reconnaissez-vous ces objets, monsieur Hochman ? demanda un des hommes de détails.

Perly, il s'appelait celui-ci, Jacques Perly. C'était le détective privé, bien qu'avec son costume bleu, ses rondeurs et son embonpoint, il ressemblât plutôt, songeait Harry, à un médecin douteux. En tout cas, il ne ressemblait pas aux autres privés que *Harry* connaissait.

– Évidemment que je les reconnais ! répondit-il d'un ton cassant.

Il passa rapidement en revue les clichés, sans prendre la peine de se concentrer, et ceci pour plusieurs raisons. D'abord, c'étaient des détails. D'autre part, tous ces trucs avaient disparu, volé. Et enfin, ces photos avaient été prises par les voleurs !

Si cet infâme petit pédé de Hradec avait pu s'arracher un court instant aux bras de son sale petit amant obséquieux – Ah ! parlons-en des médecins douteux ! – pour entendre une bande de types remplir tout un camion de tableaux et de statues, rien de tout cela ne serait arrivé, et Harry serait tranquillement en train de se préoccuper de vues d'ensemble quelque part, au lieu de regarder ces photos misérables qu'il tenait entre les mains. (Étant donné que Harry refusait de répondre aux coups de téléphone incessants de Hradec, il ignorait la théorie de celui-ci selon laquelle toute cette affaire était l'œuvre de Diddums, et il ne pouvait entendre Hradec affirmer que le bon docteur et lui-même avaient été drogués et n'entretenaient absolument pas de relations sexuelles ; mais de toute façon, même s'il avait écouté ces arguments, Harry n'y aurait pas cru, essentiellement parce qu'il était trop énervé.)

Perly, le détective privé, dit :

– Si nous vous demandons une authentification formelle, monsieur Hochman, c'est parce que vos compagnies d'assurance ne souhaitent pas payer pour des œuvres qui ne vous appartiennent pas.

– En tout cas, elles ont foutrement intérêt à payer pour celles qui *m'appartiennent* ! répliqua Harry en montrant les dents.

Il balaya d'un regard noir les quatre hommes et les deux femmes présents qui représentaient les compagnies d'assurance. Encore des gens de détails, comme ces deux avocats, l'expert-comptable, et les deux types de la police de New York avec leurs cravates froissées. (Comment peut-on porter des *cravates* froissées ?) Les types de la police new yorkaise étaient présents, car même si le vol avait eu lieu dans le Vermont, et si tout le monde supposait que le coup était l'œuvre d'une bande organisée de Boston, et que le butin était planqué quelque part à Boston, la tentative d'extorsion, elle, se déroulait à New York. En outre, si la police du Vermont et la police de Boston n'étaient pas présentes, c'était tout simplement parce qu'elles recherchaient les œuvres d'art volées de Harry Hochman dans tout Boston, et elles n'avaient aucune de chance de les retrouver, voilà ce que se disait Harry. Aucune chance. Pour *lui,* tout avait été envoyé au Canada.

Cet homme de détails, ce détective privé, Perly, n'en avait pas encore terminé avec lui.

– Monsieur, dit-il, voudriez-vous, je vous prie, jeter un œil à ces photos et identifier juste une ou deux œuvres, si ça ne vous ennuie pas ?

Toujours des détails ; on pouvait se noyer dans les détails.

– Très bien, répondit Harry avec mauvaise grâce, et il examina une des photos. Tenez, là, dit-il. Appuyé contre le camion, c'est un Botticelli, les deux anges avec un ruban autour du cou ; j'ai acheté ça il y a onze, non... douze... non, onze, ou peut-être douze ans à Genève. Et là...

– Merci, monsieur. Si vous pouviez identifier autre chose sur une autre photo, ce serait parfait.

Harry poussa un long et fort soupir pour bien leur faire comprendre ce qu'il pensait de cette comédie. Des conneries tout ça !

– Là, dit-il. C'est un de Chirico. Vous voyez la petite colonne dorique blanche, le ciel bleu ?

– Oui, monsieur Hochman, merci.

Se sentant comme un adulte entraîné de force dans un jeu d'enfant, Harry glissa la photo sous le paquet qu'il tenait dans ses mains et regarda la suivante. Et là il tressaillit.

– C'est quoi ce *truc* ?

Personne dans la pièce ne s'était attendu à cette réaction. Il s'agissait d'une simple procédure banale, légalement obligatoire, mais généralement dépourvue de surprises ; la victime se contente d'identifier les objets volés. Toutes les personnes présentes se raidirent ; des gens qui s'occupent de détails et s'aperçoivent qu'un détail cloche.

Jacques Perly, qui était penché au-dessus de Harry pour le guider avec empressement dans le processus d'identification, demanda :

– Qu'avez-vous dit, monsieur Hochman ?

– Ce foutu machin, dit Harry en désignant le foutu machin figurant en bonne place sur la photo. Qu'est-ce que c'est ce truc ?

– Vous ne le savez pas, monsieur ?

– Comment voulez-vous que je le sache, nom d'un chien ? C'est *quoi* ?

– Vous faites allusion, dit Perly en se penchant davantage vers Harry et la photo, à ce coffret ou à cette boîte en verre que voici ? Cette petite cassette ? Non, laissez-moi voir... Plutôt un reliquaire, dirais-je.

– Ne soyez pas stupide ! rétorqua Harry. Je ne possède aucun reliquaire !

– En êtes-vous certain, monsieur ?

Harry n'en croyait pas ses oreilles. Dans sa propre suite, dans son propre hôtel, dans son propre pays, sur sa propre planète, il se faisait insulter.

– Si j'en suis *certain* ?

Perly écarta légèrement sa tête répugnante des genoux de Harry, et tendit la main à la place, en demandant :

– Permettez que j'examine cette photo, monsieur ? Puis-je ?

– Vous pouvez même la garder.

Et Harry fit claquer cette foutue photo dans la foutue main de ce foutu détective.

Imperturbable, Perly examina la photo.

– On voit d'autres objets sur cette photo, dit-il. Les reconnaissez-vous ? N'est-ce pas le tableau de De Chirico dont vous parliez tout à l'heure, là, à l'arrière-plan ?

– Ne me montrez pas cette foutue saloperie, déclara Harry en repoussant la photo d'un geste. Je n'ai jamais dit que le reste ne m'appartenait pas, le reste m'appartient. Ce que je dis, c'est : que fout cette saloperie de boîte en verre sur cette photo ?

– Il y a quelque chose à l'intérieur, ajouta Perly, en examinant de près la photo.

– Ça non plus, c'est pas à moi, dit Harry. Et je me fous de savoir ce que c'est.

Un des crétins des assurances demanda :

– Monsieur Hochman, ne peut-on envisager, compte tenu de tout ce que vous possédez, je veux dire, toutes vos œuvres d'art, est-ce que par hasard... euh... vous n'auriez pas... eh bien, euh...

Ce fut le regard farouche de Harry qui lui coupa la chique, et le doigt pointé de ce même Harry qui le cloua sur son siège.

– Vous dites encore un mot, et vous pouvez chercher du boulot.

Un long silence s'abattit sur la suite. Tout le monde, à l'exception de Harry, était trop mal à l'aise pour oser bouger ; Harry, lui, était trop énervé pour bouger. S'étant assuré que le crétin de la compagnie d'assurance ne prononcerait pas le mot redouté, Harry répondit malgré tout à la question :

– Je connais chaque œuvre qui m'appartient. Et cette boîte en verre ne m'appartient pas. Et ce qui se trouve à l'intérieur ne m'appartient pas non plus.

Perly se racla la gorge.

– Excusez-moi, monsieur Hochman...

Harry abaissa son regard farouche sur Perly, qui, en tant que sous-traitant indépendant, fut moins intimidé.

– Quoi ?

– Je pense, monsieur Hochman, dit Perly en désignant les photos que Harry tenait toujours entre les mains, qu'en parcourant ces clichés vous remarquerez sur certains d'entre eux ce même coffret en verre à l'intérieur de votre galerie, sur un piédestal.

– Conneries.

– Si vous voulez bien regarder, monsieur...

Harry regarda. Harry écarquilla les yeux. Elle était là. Cette foutue saloperie de coffret était bien là, nom de Dieu. Et là encore. Et là aussi, dissimulée à l'arrière-plan.

– Ça veut dire quoi ce bordel ? demanda Harry.

– Ah ! quel dommage, monsieur Hochman, dit Perly, qu'il n'existe pas de catalogue de votre collection.

– Pour quoi faire ? Je n'arrête pas d'acheter et de vendre ; ça change tout le temps. On a fait quelques travaux de peinture dans la galerie, on a déplacé des trucs. Mais cette boîte en verre n'est pas à moi.

– Il semblerait bien que si, osa répondre Perly. Il semblerait même très fortement.

Harry commençait à en avoir assez. Cette foutue boîte en verre était un détail de trop, le détail qui, à cet instant même, faisait déborder le vase. Foudroyant Perly du regard une fois de plus, Harry demanda :

– C'est vous le privé, hein ?

– Nous préférons le terme enquêteur, monsieur Hochman.

– Oh ! je vois. Eh bien, *moi,* je préfère savoir ce qui se passe, et il me semble que votre boulot c'est de me *dire* ce qui se passe. Tenez, voici une photo de cette foutue boîte en verre, monsieur l'enquêteur. Vous pouvez enquêter. Quand vous aurez résolu l'énigme, faites-moi signe. (Il mitrailla l'assistance avec son regard noir.) Quand vous aurez *tous* résolu l'énigme, faites-moi signe. La réunion est terminée. Au revoir.

Chapitre 55

Perly tourna dans Gansevoort Street au volant de sa Lamborghini, tout en actionnant avec le pouce le bip fixé sur le pare-soleil, et à l'extrémité du pâté de maisons, au milieu des entrepôts et des derniers vestiges de l'industrie des abattoirs, la vieille porte verte toute cabossée du garage se leva. Perly s'introduisit à l'intérieur du bâtiment, appuya de nouveau sur le bip pour refermer la porte derrière lui et gravit la rampe de béton.

La métamorphose ne débutait qu'en arrivant au premier étage ; là où les hauts murs de parpaing étaient peints dans les tons beiges, et où des spots fixés à des rails au plafond éclairaient les plantes en pots disposées à l'entrée de ses bureaux. Perly se gara à sa place – l'autre était réservée à un client occasionnel –, marcha vers la fausse cloison de style Tudor, ouvrit la porte grâce aux empreintes de sa main et pénétra dans le hall d'accueil, où Della, occupée à taper à la machine, leva la tête, en s'exclamant :

– Bonjour, patron ! Alors, comment ça s'est passé ?

– C'est un bizarre celui-là, Della, répondit Perly, en lançant à travers la pièce son couvre-chef pour l'accrocher au porte-chapeaux.

– Ils sont toujours bizarres, patron, fit remarquer Della. C'est quoi le topo cette fois-ci ?

Posant une lourde fesse sur le coin du bureau de Della, Perly expliqua :

– Un type plein aux as, Harry Hochman, les hôtels. Une collection d'œuvres d'art volée dans le Vermont. Les voleurs ont pris des photos du butin, pour prouver qu'ils l'ont entre leurs mains (Il sortit plusieurs clichés de la poche intérieure de sa veste ; il les soupesa.) J'ai fait l'identification classique avec ce Hochman, je lui ai montré les photos. (Il en déposa une sur le bureau de Della, en la montrant du doigt.) Vous voyez ce reliquaire ?

– C'est une merveille, patron.

– Hochman affirme le contraire.

– Ah bon ?

Perly étala les autres photos devant Della. Cette dernière examina, l'une après l'autre, les photos de la collection privée de Harry Hochman, avec le coffret en verre. Elle émit un sifflement sans bruit.

– Ouah, patron. Pourquoi dit-il une chose pareille ?

– C'est la question justement, ma petite Della. (Perly descendit du bureau, se brossa le postérieur, tira sur ses poignets de chemise.) Je vous l'ai dit, Della, ce type est bizarre. Appelez Fritz, dites-lui qu'il me faut des agrandissements des meilleures photos du coffret, le plus vite possible. Appelez ensuite Margo, Jerry et Herkimer. Rendez-vous ici à seize heures.

– Branle-bas de combat, hein, patron ?

– Comme vous dites, Della. Je veux savoir ce qu'est ce coffret, je veux savoir ce qui se trouve à l'intérieur, je veux savoir ce que ça vaut, et je veux savoir pourquoi Harry Hochman est si timide tout à coup. Et je veux tout ça pour hier.

– Considérez que c'est déjà fait, patron, répondit Della en décrochant son téléphone.

Chapitre 56

L'archevêque Minkokus lisait rarement, pour ne pas dire jamais, la presse laïque. Celle-ci regorgeait d'informations dérangeantes. « Pour garder votre foi intacte/ Protégez-la des souillures de la réalité. » Aussi ignorait-il tout, lorsqu'il avait téléphoné à Hradec Kralowc lundi au sujet du merveilleux fax d'abdication de la Tsergovie, des autres problèmes de l'ambassadeur du Votskojek : le vol dans le Vermont et les soudaines rumeurs publiques concernant ses habitudes et ses partenaires nocturnes. C'est seulement le mercredi, quand un de ses clercs lui apporta la lettre anonyme et la photo qui venaient d'être remises à l'accueil de l'entrée principale du bâtiment des Nations unies, que l'archevêque prit enfin connaissance des événements qui s'étaient déroulés dans le monde des mortels, pendant que lui se concentrait sur l'éternel.

La photographie, un cliché polaroïd, disposée juste devant lui sur le bureau, représentait sans aucun doute la relique sacrée de sainte Ferghana – il reconnaissait le reliquaire – censée se trouver entre les mains et sous la protection des autorités du Votskojek à Novi Glad, alors qu'elle était visiblement dans une sorte de galerie d'art mal éclairée, quelque part. En outre, on distinguait sur cette photo des statues nues et des tableaux de femmes nues, vision déconcertante qui incita l'archevêque à détourner rapidement le regard pour le reporter sur son clerc.

– Pourquoi me montrez-vous ça ?

– La lettre vous l'expliquera, monseigneur.

Ah ! la lettre. La première version de cette lettre avait été rédigée par John Dortmunder en personne, à la main, le dimanche soir. Elle avait été lue, le lundi et le mardi, par sa fidèle compagne, May, et aussi par Andy Kelp, par Tiny Bulcher, et par Grijk Krugnk, qui tous la trouvèrent formidable, et qui tous proposèrent des solutions pour l'améliorer. Certaines formulations furent ainsi modifiées par l'équipe éditoriale, on mit l'accent sur d'autres points, des phrases entières furent déplacées, de nouvelles considérations furent ajoutées (dont certaines furent retirées par la suite), pour parvenir finalement à une lettre qui recueillit l'approbation générale, sauf celle de Dortmunder. Lui continuait de préférer sa première version.

Mais la lettre que l'archevêque tenait présentement entre les mains était fort éloignée de cette première version. Écrite à la main par May, sur du papier à machine provenant du Safeway, elle disait ceci :

Cher archevêque Minkokus,

Je travaille chez M. et Mme Hochman, les gens des hôtels, et je suis mécontent. Ils se croient mieux que tout le monde. Alors moi, j'ai aidé des gens à leur voler leurs œuvres d'art. Mais je suis une personne très croyante, je prie sans cesse saint Dismas, et j'ai été choqué, j'avoue, quand j'ai vu cette relique sacrée parmi les œuvres d'art vulgaires et sales que les gens comme ça ils aiment. Des tableaux nus, et des tableaux qui se moquent de l'Église. M. et Mme Hochman font un tas de sales magouilles avec l'ambassadeur du Votskojek, Hradec Kralowc, qui les aide par exemple à payer moins d'impôts dans ce pays et en Europe aussi. Ils ont même fait installer une garçonnière pour l'ambassadeur sur le bateau du Votskojek. Et lui, il leur a donné cette relique sacrée, pour qu'ils fassent croire que c'est de l'« art », comme toutes ces choses répugnantes qu'ils ont chez eux, et moi, je dis qu'ils vont trop loin. Monsieur l'archevêque, les gens qu'ont volé toutes ces « œuvres d'art », c'est peut-être des voleurs, mais eux au moins, ils ont du respect. Ils traiteront la relique sacrée comment elle doit être traitée, et quand la compagnie d'assurance paiera pour récupérer les œuvres, j'espère que vous ferez en sorte que la relique sacrée soit bien traitée, comme elle devrait l'être désormais.

Sincèrement
Un pécheur pas totalement égaré.

– Absurde, déclara l'archevêque après avoir lu ce travail de groupe. Ridicule ! Je ne comprends même pas la moitié de ce qui est écrit.
– Monseigneur, dit le clerc, timidement. J'ai pris la liberté de vous apporter ces articles récents découpés dans le *New York Times.* Si vous lisez ces deux comptes rendus, monseigneur, vous comprendrez le sens de cette lettre.

L'archevêque regarda d'un œil méfiant les documents que tenait le clerc.

– Ça ne parle pas de la surpopulation, j'espère ?

– Non, monseigneur. Il s'agit du vol d'œuvres d'art auquel il est fait allusion dans cette lettre.

– Je déteste tous ces articles anticléricaux sur la croissance démographique.

– Il ne s'agit pas du tout de ça, monseigneur.

Demeurant sur ses gardes, prêt à fermer les yeux dès le premier signe de réalité désagréable, l'archevêque prit les documents qu'on lui tendait et se mit à lire. Lorsque, quatre minutes plus tard, il releva la tête, c'était un homme différent, bien qu'il n'ait pas changé d'avis au sujet de la surpopulation du globe.

– Je veux parler à cet individu, ordonna-t-il froidement. Au téléphone.

– Tout de suite, monseigneur.

Le clerc voulut se retirer, mais l'archevêque le rappela :

– Emportez-moi ça, dit-il en agitant ses doigts décharnés au-dessus des articles de journaux et de la lettre.

– Certainement, monseigneur. (Le clerc récupéra les documents, et demanda :) Dois-je transmettre la lettre à la police ?

L'archevêque lui jeta un regard ébahi.

– Pourquoi faire, grand Dieu ? Pour voir cette honteuse révélation étalée dans les journaux ?

– Je pensais simplement, monseigneur, que la police considérerait peut-être cette lettre comme un indice. Concernant le crime commis.

– Les lois séculières ne nous regardent pas, déclara l'archevêque d'un ton sentencieux. Nous devons penser avant tout à l'Église. Classez donc cette lettre dans le dossier « correspondance diverse ».

– Très bien, monseigneur.

– Je conserve la photo.

– Très bien, monseigneur.

Le clerc s'inclina et sortit, et l'archevêque continua d'observer d'un air sombre le cliché, en songeant au triste sort réservé à la relique de sainte Ferghana, jusqu'à ce que le clerc l'appelle par l'interphone pour lui annoncer qu'il avait l'ambassadeur en ligne. L'archevêque enfonça la touche.

– Allô.

– Bonjour, monseigneur, comment allez-vous aujourd'hui ?

Il y avait dans la voix de l'ambassadeur une sorte de nasillement homosexuel répugnant que l'archevêque n'avait jamais encore jamais remarqué. Or s'il y avait une chose que l'archevêque haïssait encore plus que la sexualité normale, c'était la sexualité anormale. Sa propre voix, généralement frêle, râpeuse et rude se fit encore plus glaciale et menaçante quand il déclara :

– Peu importe comment je vais aujourd'hui, monsieur l'ambassadeur. Quand avez-vous l'intention d'apporter la relique de sainte Ferghana ici au siège des Nations unies pour la présenter devant l'Assemblée générale ?

Il y eut un bref silence stupéfait à l'autre bout du fil, ponctué de petits toussotements et de râles. Puis l'ambassadeur dit :

– En fait, monseigneur, je me suis entretenu au téléphone hier avec le président Ka...

– Je veux savoir, le coupa l'archevêque, quand nous aurons la possibilité de voir la relique ici à l'ONU.

– Eh bien, en fait, monseigneur, il faut avant tout organiser une cérémonie afin de...

– Quand ?

– J'avais pensé que... eh bien, disons... quelques semaines...

– Demain, déclara l'archevêque.

Le silence cette fois était abasourdi, et profond.

– Demain, monseigneur ?

– Demain.

– Mais mon président souhaite une cérémonie de...

– Vous pourrez organiser votre cérémonie quand bon vous chante. Quel que soit le genre de *cérémonie* qu'un individu tel que vous est capable d'imaginer. Mais j'exige que la relique soit entre ces murs, dans mon bureau, en sécurité, dès demain.

– Mon... monseigneur..., bredouilla le misérable inverti. Je ne vois pas comment je pourrais, euh, euh...

L'archevêque raccrocha.

Chapitre 57

Finalement, Guy put malgré tout organiser un déjeuner, le jeudi. Il s'avéra qu'il y avait en ville quelques personnes susceptibles d'être utiles ou amusantes s'il les réunissait à sa table, et dont au moins deux annulèrent séance tenante d'autres rendez-vous lorsqu'elles reçurent son invitation, ce qui était extrêmement gratifiant. Le déjeuner se déroula aussi bien que l'avait espéré Guy, et après avoir raccompagné ses invités à la porte, jusqu'à leurs limousines qui attendaient dans la 68e Rue Est – Guy préférait les invités qui repartaient en limousine plutôt qu'en taxi –, il regagna son bureau, pour apprendre qu'il avait reçu deux appels pendant qu'il déjeunait à l'étage : Jacques Perly et les menuisiers.

– Ah ! fit Guy, penché au-dessus du bureau de sa secrétaire, en consultant les deux bouts de papier : « En votre absence. » Les menuisiers n'ont pas laissé de numéro ?

– Ils ont dit qu'ils se trouvaient sur un chantier sans téléphone, expliqua la secrétaire, et qu'ils vous rappelleraient vers quinze heures. Apparemment, ils téléphonaient d'une cabine.

La cabine est au téléphone ce que le taxi est à la limousine.

– Téléphonez à Jacques, demanda Guy, et passez-moi les menuisiers dès qu'ils rappelleront.

– Très bien, monsieur.

Guy pénétra dans son bureau et se rendit directement dans sa salle de bains, juste derrière, où il jeta deux Alka-Seltzer dans un verre d'eau fraîche. L'emportant avec lui, en écoutant le pétillement, sentant sur sa main la petite pluie de bulles, anticipant le soulagement tout proche, il s'assit à son bureau, au moment où une voix disait dans l'interphone :

– M. Perly sur la une.

– Bonjour Jacques. (Guy but lentement son Alka-Seltzer.) Alors, ça avance ?

– Lentement, mais sûrement, répondit Perly. Malgré tout, j'ai peur,

Guy, que cette histoire ne soit pas aussi simple que vous et moi, dans notre innocence, nous l'avons cru.

– Nous avons cru ça ?

– Moi je l'ai cru en tout cas, dit Perly, et je pensais que vous le croyiez aussi. Mais peut-être saviez-vous déjà que cette affaire était compliquée ?

– Oh ! non, répondit Guy. (Il avait l'impression que ses pieds ne touchaient pas le fond de cette conversation.) Je ne peux pas dire que je pensais que c'était *compliqué.*

– Car si jamais il y a une chose que je devrais savoir...

– Non, non, non, dit Guy. Je voulais dire simplement que je ne considère jamais qu'aucune situation est *simple.*

– Ah ! Voilà une sage philosophie ! Car en fait, la situation est tout sauf simple. Je suis en train de mener quelques petites enquêtes ici et là.

– Des enquêtes ? (Guy vida d'un trait son verre d'Alka-Seltzer, il en avait encore plus besoin tout à coup.) Pour *retrouver* la collection, vous voulez dire, au lieu de la racheter ?

Trente mille dollars de perdus à la place d'un million de gagné ; sinistre perspective.

Mais Perly le rassura :

– Non, pas exactement. À vrai dire, je pense que nous avons affaire à un coup commandité de l'intérieur.

– Fascinant, dit Guy. Quelqu'un que je connais ?

– Je serai ravi d'en discuter avec vous une fois que j'aurai résolu le mystère, dit Perly. En attendant, j'ai besoin de temps.

– Oh ! Seigneur. (Guy regrettait qu'il n'y ait plus d'Alka-Seltzer.) Vous ne me demandez quand même pas de faire patienter ces types, hein ? Des criminels prêts à tout !

– Pour être franc, si.

– Nous avons évoqué pendant le déjeuner, vous vous en souvenez Jacques, les autres alternatives qui s'offrent à eux. L'Europe, l'Amérique du Sud. Pour être aussi franc que vous, j'y suis déjà de ma poche dans cette affaire, car j'ai dû mettre la main au porte-monnaie pour ne pas les contrarier...

– Ça vous regarde.

– Oui, je sais, et je ne me plains pas. Mais gagner du temps ? Ils m'ont déjà appelé aujourd'hui, pendant que j'étais absent ; ils vont rappeler vers quinze heures.

– J'ai simplement besoin, dit Perly, de deux semaines.

– *Hein ?* Impossible. Comment pourrais-je demander à ces types d'attendre deux semaines, alors qu'ils risquent à tout moment d'être découverts, arrêtés ?

– Que pouvez-vous faire pour moi, Guy ? J'ai besoin de temps. Dix jours, c'est possible ?

– Une semaine, déclara Guy avec fermeté. En toute honnêteté, je ne peux pas essayer de faire plus.

Perly soupira.

– Bien, dit-il, je m'arrangerai voilà tout. Je vais mettre les bouchées doubles.

Guy comprit alors que, dès le début, Perly espérait obtenir une semaine, et pas plus. Être victime d'un marchandage, *sans même s'en apercevoir* ! L'Alka-Seltzer se transforma en bile et en fiel dans son estomac.

– Je suis sûr, dit-il avec acidité, et en étouffant un rot, que vous trouverez un moyen de vous arranger. Après tout, vous êtes un homme plein de ressources.

Et il raccrocha, pendant que Perly lui adressait un « au revoir » suave.

À quinze heures et une minute, quand les menuisiers rappelèrent, Guy avait retrouvé sa joie de vivre, grâce essentiellement aux autres activités commerciales qui l'avaient occupé pendant ce temps. En entendant résonner dans son oreille, la voix lugubre du menuisier chef, c'est d'un ton enjoué qu'il déclara :

– Non, toujours pas de nouvelles, je suis désolé.

– C'est pas grave, répondit le menuisier. Pour le moment, c'est pas grave. Mais bientôt, ça risque de devenir grave.

– Oui, je comprends.

– On poireaute dans le mauvais temps, nous.

– Croyez-bien que je compatis.

– Plus ça traîne, plus y a des risques que ça tourne mal ; si l'un de nous se fait pincer, tout est foutu.

– Je suis parfaitement de cet avis.

– On pourrait faire un tas d'autres trucs avec la marchandise.

– Tout le monde en est bien conscient, vous pouvez me croire.

– On a besoin d'une date limite et, après cette date, on sera obligés d'envisager d'autres solutions. Une autre solution du moins.

Là se trouvait le point de friction. Serrant le téléphone dans sa main et choisissant soigneusement ses mots, Guy répondit :

– Je ne sais s'il m'est possible d'accélérer le processus. N'oubliez pas que nous traitons avec des compagnies d'assurance et par conséquent...

– Oui, oui, on sait. Vous n'avez qu'à leur transmettre l'ultimatum, s'ils veulent revoir un jour leur camelote. Ou bien, s'ils préfèrent refiler cent pour cent de la somme au type du Vermont, libres à eux.

– Je suis sûr qu'ils n'y tiennent pas.

– Alors, qu'ils respectent l'ultimatum.

– J'ignore dans quel délai nous...

– Deux semaines.

– ..

– Allô ? Vous êtes toujours là ?

– Oui, oui, dit Guy.

– Vous avez entendu ?

– Oui, j'ai très bien entendu. Deux semaines, avez-vous dit.

– Et pas une minute de plus.

Guy était tout sourire.

– Mon cher ami, dit-il, je pense même pouvoir vous assurer que ce pourrait être quelques minutes de moins.

Chapitre 58

La tempête jaillit de nulle part, se déplaçant à toute allure vers le nord, en longeant la côte atlantique, submergeant les petites embarcations, érodant les plages, exposant les vagues frénétiques de l'océan aux regards salaces de ses éclairs. Le vent propulsait la pluie en première ligne, balayant les ponts déserts des ferry-boats de Staten Island ballottés dans le port déchaîné, et qui se dandinaient lentement en direction du rivage. Des rideaux de pluie se jetaient à l'assaut de Broadway, martelant les toits des taxis, les marquises des théâtres, les kiosques à journaux fermés. Sur les gratte-ciel coulaient d'énormes larmes d'eau, les caniveaux bouillonnaient ; dans les parcs, les arbres ployaient et tremblaient devant la fureur des éléments. Tout là-haut dans le Bronx, la tempête se déchaînait et hurlait autour du clocher noir de Saint-Crépinien, où de pâles arcs de courant électrique répondaient timidement aux éclairs qui zébraient le ciel, et où la voix faible de Hradec Kralowc, lacérée par le vent, tentait de crier :

– On ne *peut* pas renoncer ! Pas maintenant !

L'électricité n'avait pas été coupée, c'était déjà ça. De grosses ampoules rondes sous des réflecteurs en fer-blanc circulaires pendaient au bout de longs fils noirs du plafond de pierre obscur, au sommet du laboratoire du Dr Zorn. Les ampoules se balançaient dans le vide, tandis que les doigts crochus du vent se glissaient à travers les fentes dans les murs de l'église, faisant se tordre et se contorsionner de douleur les ombres dans tous les coins, mais au moins la lumière restait allumée. L'expérience pouvait continuer.

Tout défaitisme était interdit. Ils étaient en train de gagner, *c'est sûr !* Hradec n'avait-il pas réussi à quitter l'*Orgueil du Votskojek* incognito, échappant aux journalistes grâce à l'uniforme d'un gardien de la Continentale et abandonnant le bateau au moment du changement d'équipe à seize heures ? N'avait-il pas emporté son téléphone portable et ne s'en était-il pas servi, ici-même dans cette ancienne église, hier après-midi, pour convaincre l'archevêque Minkokus, ce démon de l'Enfer, qu'il avait besoin de vingt-quatre heures supplémentaires pour lui apporter la relique sacrée dans son bureau aux Nations unies ? N'avait-il pas prétexté, pour ce faire, qu'il lui était impossible de déplacer la relique sans l'autorisation de son président, là-bas à Novi Glad, laquelle permission n'était pas encore arrivée, mais cela ne saurait tarder, dès qu'on aurait suffisamment expliqué la situation au président ? Et n'avait-il pas réussi à persuader l'archevêque de déclarer : « Très bien. Vendredi. À midi. »

Vendredi, à midi. C'est-à-dire dans plusieurs heures. Voilà plus de vingt heures déjà que Hradec était ici, vingt heures sans dormir, pour pousser le Dr Zorn vers des sommets d'expérimentation, *exigeant* la réussite de l'opération, et il leur restait encore jusqu'à demain midi, soit presque onze heures. Assurément, assurément, *assurément*, ils avaient le temps d'ici-là de fabriquer un faux os !

– Ça ne trompera *personne* ! répéta une fois encore Zorn, ce défaitiste, ce misérable porc vagissant. Ça ne ressemble même pas à un fémur ! s'exclama-t-il en désignant l'os sur lequel ils travaillaient, un os apporté par Hradec qui l'avait trouvé chez un boucher de Chinatown ; c'était la chose qui se rapprochait le plus de l'image qu'il avait conservée de la relique volée.

– Il ne s'agit pas de tromper tout le monde, fit remarquer Hradec. La seule personne qui verra cet os est l'archevêque Minkokus, ce vieil imbécile sénile et gâteux. Il faut seulement gagner du temps, Karver, seulement gagner un peu de temps.

– En arnaquant un archevêque, soupira Zorn. Ils vont nous jeter en prison pour la vie !

– Personne n'en saura rien ! L'archevêque est à moitié aveugle !

– L'*autre* moitié verra bien que cet os ne provient même pas d'un être humain !

– Qu'en savez-vous ? Peut-être que si ! Personne ne sait ce qui se passe à Chinatown !

Le Dr Zorn prit l'os en question et s'en servit pour frapper sur la table de dissection.

– Ce n'est *pas* un os humain !

– Comment l'archevêque pourrait-il le savoir ? Qu'est-ce qu'il y connaît à l'intérieur du corps humain ?

La dispute continuait à faire rage à l'intérieur, tandis que la tempête continuait à faire rage à l'extérieur. Ils rasèrent l'os, ils le peignirent, ils lui infligèrent de puissantes décharges d'énergie électrique, ils le plongèrent dans différentes solutions, ils l'exposèrent à l'orage, ils l'irradièrent, ils le firent bouillir, sans garder le bouillon, et ils le congelèrent. Le travail se poursuivit ainsi, sans pose ni relâche.

Autour de l'église, la tempête se lamentait et rugissait, mais les deux hommes à l'intérieur restaient penchés au-dessus de leurs expériences. Finalement, la tempête se calma, ses dents cruelles se retirèrent, et l'orage s'enfuit vers le nord pour s'épuiser sur les hautes terres, pendant que Hradec et Zorn persévéraient dans leur labeur. Le jour se leva, et avec lui le soleil ; pourtant, ils continuèrent sans se reposer.

Et soudain, le téléphone sonna.

Hradec leva les yeux du container de neige carbonique. Un nuage de fumée et de vapeur enveloppait sa tête. Il écouta le timbre de la sonnerie.

– C'est mon téléphone, dit-il. Ce doit être Lusk ou Terment, de l'ambassade ; personne d'autre ne connaît mon numéro de portable.

– Vous feriez bien de répondre, suggéra le Dr Zorn.

Le manque de sommeil le rendait hagard ; ses yeux rougis derrière les verres épais de ses lunettes ressemblaient à des cibles ce matin.

– Oh ! Seigneur, gémit Hradec, en se tournant à contrecœur vers sa mallette, à l'intérieur de laquelle le téléphone de mauvais augure retentit une nouvelle fois. Que se passe-t-il encore ?

Il le sortit de la mallette.

Comme il l'avait deviné, c'était Lusk ou Terment ; personnellement, il n'avait pas de préférence.

– Je ne veux pas être dérangé ! aboya-t-il d'une voix rauque et épuisée.

– Un certain Perly a appelé. Il enquête sur le vol de M. Hochman.

– Je m'en fous.

– Il dit qu'il veut vous voir dans la suite de M. Hochman à l'hôtel de l'Hôte du Dragon demain matin à dix heures.

– Hein ? Pour quelle raison, nom d'un chien ?

– Il ne l'a pas dit. Il a simplement dit que M. Hochman serait présent, ainsi que toutes les personnes concernées, et il serait préférable pour vous que vous y soyez aussi.

Offusqué malgré sa fatigue, se drapant dans le manteau en lambeaux de l'immunité diplomatique, Hradec demanda :

– Dois-je comprendre qu'il m'a *menacé* ?

– J'ai eu cette impression. Je lui ai dit que vous seriez là.

– Vous en prenez à votre aise ! s'exclama Hradec, mais Lusk, ou Terment, avait déjà raccroché.

À l'autre bout de la pièce, un vase à bec explosa.

Chapitre 59

Tel un félin, Perly marchait de long en large dans le luxueux salon de la suite de Harry Hochman, tandis qu'autour de lui la tension montait. Parmi les huit personnes qu'il avait réunies dans cette pièce ne figurait aucun des avocats ou des agents d'assurances qui encombraient cette affaire ; les personnes présentes étaient toutes des premiers rôles. Et Jacques Perly, avec leur collaboration – volontaire ou pas – allait enfin résoudre cette énigme.

En fait, il s'apprêtait à prendre la parole, pour ouvrir la réunion, quand Harry Hochman demanda brusquement :

– Eh bien ? On est tous là ?

Perly ne répondit pas immédiatement. Hochman, étant donné qu'il se trouvait dans *sa* suite, tentait de prendre le commandement des opérations, mais Perly voyait les choses différemment.

– Oui, monsieur Hochman, dit-il enfin. Nous sommes tous réunis.

– Dans ce cas, allez-y, mon vieux, dit Hochman, faisant montre d'agacement ou trahissant une certaine nervosité ; difficile à dire. Je suis un homme occupé.

– Nous sommes tous des hommes occupés, monsieur Hochman, répliqua Perly. La question est : Occupé à quoi faire ? Permettez que je me tourne vers vous, monsieur, dit-il en s'adressant à un des autres convives. Voudriez-vous décliner devant le groupe votre nom et votre profession.

L'homme grand et mince, aux cheveux blancs, décroisa et recroisa les jambes. Calme, sûr de lui, il était assis confortablement sur une chaise inconfortable, les bras croisés sur la poitrine, et il dit :

– Je m'appelle Hammond Cash. Je suis le directeur régional de la CDA.

– Autrement dit, la Continental Detective Agency.

– Exact.

– Vous avez depuis quelques mois maintenant reçu pour mission d'assurer la sécurité de l'ambassade du Votskojek, c'est bien cela ?

– Exact.

– Et je crois savoir qu'un cambriolage a été commis à l'ambassade il y a peu de temps ?

L'homme mince esquissa un mince sourire.

– Ça ressemblait à un cambriolage, en effet.

Perly fut satisfait d'apercevoir, du coin de l'œil, la crispation soudaine du visage de Hradec Kralowc en entendant prononcer cette phrase, mais le détective préféra, pour l'instant, faire comme s'il n'avait rien remarqué.

– Ça *ressemblait* à un cambriolage ? Pourriez-vous nous décrire les faits, monsieur Cash ?

– Certainement.

Cash avait posé une vieille mallette toute cabossée par terre au pied de sa chaise. Il se pencha pour l'ouvrir et en sortir une liasse de documents, en disant :

– J'ai ici les déclarations sous serment des agents de sécurité en poste au moment des faits, mais, pour résumer, sachez que monsieur l'ambassadeur ici présent recevait deux invités à bord du bateau ce jour-là, dont l'un a créé une diversion à la grille, pendant que l'autre décampait en agitant un objet quelconque, prétendument la relique de sainte Ferghana.

– Prétendument ?

– Un instant, je vous prie, monsieur l'ambassadeur, dit Perly. Vous aurez votre chance vous aussi.

– S'étant assuré que tous mes hommes avaient bien vu cet « chose », reprit Cash, le complice a ensuite pris la fuite à bord d'un canot à moteur que pilotait un troisième membre de la bande.

– Oh ! très astucieux, commenta Perly.

– Oui, très. (Cash ricana, puis redevint sérieux, et continua :) Naturellement, mes hommes ont suggéré de prévenir la police, mais l'ambassadeur ne voulait pas en entendre parler.

– Vous voulez dire que cette relique venait, apparemment, d'être volée devant les yeux de vos agents de sécurité, et monsieur l'ambassadeur Kralowc a refusé de déclarer le vol à la police ?

– Exactement. Il semblerait également qu'il ait laissé repartir l'autre complice.

Cette fois, Kralowc s'était levé, en hurlant :

– Quoi ? Qu'est-ce que vous insinuez ? Qu'est-ce que vous voudriez faire croire ?

– Chaque chose en son temps, monsieur l'ambassadeur, dit Perly. Si vous voulez bien vous asseoir...

– J'aimerais savoir ce que vous essayez de...

– Assis, Hradec, ordonna Harry Hochman avec un tel mépris glacé dans sa voix bourrue que Kralowc fut propulsé au fond de son siège, comme s'il avait été frappé par un « airbag ».

Perly se retourna vers Cash.

– Pouvez-nous nous dire ce qui s'est passé ensuite ?

– Ils ont fermé l'ambassade, dit Cash. Nous avons continué notre travail, mais ils ont plié boutique, et tous les citoyens du Votskojek ont quitté le pays.

– Je vois.

Perly se tourna alors vers un autre de ses invités, un fumeur de pipe à l'air pensif.

– Monsieur, voulez-vous nous dire votre nom et votre profession ?

– John McIntire, répondit l'homme pensif, en tirant sur sa pipe qui n'était pas allumée. Université Johns Hopkins. Médecine légale.

– Avez-vous eu l'occasion de vous trouver à bord de l'*Orgueil du Votskojek*, autrement dit l'ambassade du Votskojek ?

– Oh ! oui, longuement.

– Dans quel but, monsieur ?

– Il existait certaines interrogations concernant l'authenticité d'une certaine relique, un fémur précisément, cet os-ci.

Il fit courir le tuyau humide de sa pipe le long de sa jambe gauche de pantalon.

– Le jour du cambriolage supposé, étiez-vous...

– Supposé ?

Cette fois, plusieurs personnes présentes jetèrent un regard noir à l'ambassadeur Kralowc, et celui-ci se calma immédiatement. Perly reporta son attention sur McIntire.

– Avez-vous été contacté par l'ambassadeur un peu plus tard ce jour-là ?

– Par un de ses employés. Lusk ou Terment, je ne sais pas. Ils m'ont appelé pour m'annoncer qu'ils mettaient la clé sous la porte pendant quelque temps et que je devais interrompre mon travail. Cette situation s'est poursuivie jusqu'à très récemment, lorsque mes collègues enquêteurs et moi avons de nouveau été autorisés à examiner la relique. Ou du moins *une* relique ; impossible de dire si c'est bien la même.

– Non, impossible, confirma Perly. Savez-vous d'où provenaient, à l'origine, les doutes concernant la relique ?

– Il s'agit, je crois, répondit McIntire, d'une sorte de conflit avec les voisins du Votskojek, là-bas chez eux, un autre petit pays. Désolé, je ne connais pas le nom.

– La Tsergovie, dit Perly, avant de se tourner vers la femme en uniforme vert olive qui avait la silhouette d'un bouledogue. Vous êtes l'ambassadrice de Tsergovie, Zara Kotor, n'est-ce pas ?

– Oui.

– Pourriez-vous nous expliquer pour quelle raison vous avez mis en doute l'authenticité de cette relique ?

– Nous possédions nous aussi une relique sacrée similaire. Jusqu'à très récemment, nous pensions que la nôtre était la vraie, et la leur une vulgaire imitation. Mais nous avons fait subir des tests à la nôtre, et nous avons été honteux d'apprendre que nous possédions la fausse.

– Pourquoi était-ce si capital ?

– Il y avait là des considérations politiques, répondit l'ambassadrice. Du moins, nous le pensions.

Perly se tourna alors vers le vieillard décharné vêtu de noir clérical, et coiffé d'une calotte rouge.

– Vous êtes l'archevêque Minkokus, n'est-ce pas ?

– Exact.

– Vous dirigez une commission chargée d'attribuer un siège vacant à l'ONU aux deux prétendants que sont le Votskojek et la Tsergovie ?

– Exact.

– Existe-t-il une rumeur selon laquelle, pour des raisons de préjugés religieux, vous auriez eu l'intention de considérer d'un œil favorable la demande du pays possédant la véritable relique ?

– Mensonges !

– Mais cette rumeur existait. Était-elle sans fondement ?

– Évidemment ! Quelle idée !

Le visage du vieil archevêque avait viré au cramoisi.

– Oui, évidemment, répéta Perly, compatissant. Mais les gens croient parfois aux idées les plus folles. (Il se tourna vers l'ambassadrice Kotor.) Vous-même avez-vous cru cette rumeur ?

– Je regrette de devoir dire que nous y avons cru, pendant un temps. Jusqu'à ce que nous apprenions à connaître Monseigneur, et découvrions quel homme juste et sensible il était.

– Merci, ma chère, dit l'archevêque en inclinant sa tête calottée dans la direction de Zara Kotor.

Perly se tourna ensuite vers Kralowc.

– Et *vous* ? Avez-vous cru cette rumeur ?

– Jamais de la vie !

– Non, en effet, dit Perly, et il enfonça le clou. Vous l'avez d'ailleurs prouvé, en offrant cette relique à Harry Hochman !

Les yeux de Kralowc lui sortirent de la tête.

– *Hein ?*

– Harry Hochman et vous, enchaîna Perly, vous livrez depuis pas mal de temps au trafic d'influence, aussi bien ici qu'en Europe. J'ai en ma possession des témoignages signés rassemblés par Interpol.

– Hé, attendez une minute ! s'exclama Hochman. Pas si vite, nom d'un chien !

– Eh bien, monsieur Hochman, dit Perly en pivotant vers l'homme d'affaires. Vous vous considérez comme un amateur d'œuvres d'art, un collectionneur, en même temps qu'un capitaine d'industrie.

– En effet, répondit Hochman, comme si tout cela était évident. Je suis toutes ces choses à la fois.

– Amateur d'art, dit Perly, au point de tout essayer, de tout faire, pour entrer en possession d'une œuvre que vous aimez.

– Oh ! je n'irais pas jusqu'à dire ça, répondit Hochman, avec une prudence tardive.

– *Moi* je le dis, déclara Perly. Je possède des déclarations sous serment concernant des activités illégales et immorales pour lesquelles vous avez engagé d'autres personnes, à Genève, Rotterdam et Buenos Aires, afin d'obtenir certaines œuvres d'art que vous convoitiez.

– Sottises que tout ça ! s'écria Hochman. L'univers de l'art est un monde très spécial... Ce M. Guy Claverack qui est assis là est un marchand... posez-lui la question !

– Nous en viendrons à M. Claverack en temps voulu, dit Perly. Contentons-nous, pour l'instant, d'affirmer qu'il vous est arrivé d'avoir recours à certaines extrémités pour obtenir une œuvre désirée.

– Pas plus que quiconque dans ce milieu qui...

– Oh ! beaucoup plus, dirais-je, monsieur Hochman. Rares sont les amateurs d'art qui ont recours au chantage !

La stupéfaction et l'outrage déformèrent le visage de capitaine d'industrie de Hochman.

– Avez-vous perdu la tête ?

– Non, je ne pense pas.

Perly sortit de la poche intérieure de sa veste une feuille de papier pliée en quatre, la déplia et la tendit à Kralowc, qui semblait abasourdi par les événements.

– Monsieur l'ambassadeur, dit Perly, voici la liste des femmes que vous avez... fréquentées au cours de ces douze derniers mois ici à New York. Quarante-neuf noms figurent sur cette liste.

Kralowc la parcourut d'un œil morne. Il secoua la tête.

– Si vous le dites.

– Nous avons volontairement retiré *trois* noms de cette liste, dit Perly. Sauriez-vous dire lesquels ?

– Non, évidemment, répondit Kralowc. Comment pourrais-je m'en souvenir ?

– Trois femmes avec qui vous êtes sorti au cours de cette année. Trois femmes avec qui vous avez passé du temps et dépensé de l'argent. Trois femmes avec qui vous avez couché. Et pourtant, vous ne vous en souvenez pas.

– Je ne sais pas... enfin, je veux dire... je ne comprends pas... à quoi bon ?

– *Elles* se souviennent de vous, dit Perly. Elles et plusieurs autres. J'ai des témoignages sous serment concernant leurs expériences sexuelles avec vous. Toutes ont eu le sentiment que, comment dirais-je ?... vous n'étiez guère motivé. Leur impression générale, c'est que vous ne vous intéressiez pas vraiment à ces relations hétérosexuelles.

– Je ne vous crois pas, dit Kralowc. Où sont ces dépositions ?

Perly désigna un individu athlétique, avec un air bourru et une moustache grise, assis à l'autre bout de la pièce.

– Elles sont en possession de Bill Karnitz que voici. M. Karnitz est inspecteur à la brigade de répression des fraudes de la police de New York.

– La brigade des fraudes !

– J'affirme, monsieur l'ambassadeur, reprit Perly, que le Dr Karver Zorn et vous êtes amants depuis l'époque où vous avez partagé une chambre quand vous étiez encore jeunes étudiants à l'école polytechnique d'Osigreb, que vous vous êtes marié pour dissimuler cette relation, et que vous paradez aux bras de jolies femmes dans New York pour cette même raison, car vous savez bien que la révélation de la vérité mettrait fin à votre carrière diplomatique.

– C'est... ridicule, bafouilla Kralowc. L'ONU est rempli de...

– On vous a suivi, monsieur l'ambassadeur, le coupa Perly, quand vous avez quitté l'ambassade sous un déguisement, avant-hier. Vous avez passé les deux dernières nuits au domicile du Dr Zorn dans le Bronx. Pourquoi ?

– Je ne peux pas le dire !

– Parlez, monsieur l'ambassadeur.

Le regard perdu dans le vague, Kralowc entama plusieurs phrases balbutiantes, gémit, ferma les yeux et enfouit son visage dans ses mains.

Perly le tenait, et il le savait.

– *En outre*, j'affirme, affirma Perly, en pointant un doigt sévère sur le sommet du crâne de Kralowc, que Harry Hochman vous a informé qu'il souhaitait acquérir la relique de sainte Ferghana, ainsi que le sarcophage incrusté de pierres précieuses dans lequel...

– Le reliquaire, dit Guy Claverack.

– Je vous demande pardon, dit Perly, vous avez parfaitement raison, je me suis laissé emporter. Un reliquaire donc. Car c'était le reliquaire que convoitait M. Hochman, *en réalité*, n'est-ce pas ? Et il a menacé de révéler votre liaison avec le Dr Zorn s'il ne l'obtenait pas. Et comment connaissait-il l'existence de cette liaison ? Parce qu'il vous avait prêté son château du Vermont pour abriter en toute sécurité vos amours avec votre cher docteur !

Hochman se leva d'un bond.

– C'est insultant ! Rester assis ici, dans mon propre hôtel, et écouter débiter ce chapelet de grotesques...

– Vous trouvez ça grotesque, monsieur Hochman ? (Perly désigna Bill Karnitz, le flic de la brigade de répression des fraudes.) Après notre petite réunion, vous aurez le loisir d'évoquer cette histoire grotesque avec l'inspecteur Karnitz.

Hochman blêmit.

– Je ne sais pas pour quelle raison vous essayez de me faire porter le chapeau, Perly, dit-il, mais j'ignorais que Hradec Kralowc était une tantouse jusqu'à...

– C'est faux ! C'est faux ! Je ne suis pas une tantouse !

– *Jamais* je ne lui ai prêté cette maison ! Il s'y est introduit sans mon autorisation ! Il est sans doute de mèche avec les voleurs ; je l'en crois capable. Interrogez-le !

Bill Karnitz prit calmement la parole dans son coin.

– Nous le ferons, monsieur Hochman. Nous interrogerons tout le monde.

– Et si vous n'avez rien à cacher, ajouta Perly, avec un petit sourire en coin, tout ira bien.

On put voir Hochman récapituler mentalement toutes les choses qu'il avait à cacher. Sans dire un mot, abandonnant son air bravache, il se rassit.

Perly s'adressa alors à l'assemblée :

– Pour résumer. L'ambassadeur Kralowc a simulé le vol de la relique, mais il n'a pas prévenu la police, car celle-ci aurait immédiatement découvert le subterfuge. Mais le cambriolage figurait dans les archives de la Continentale, si jamais on venait à se demander ce qu'il était advenu de la précieuse relique. Ayant fait croire à ce faux cambriolage, l'ambassadeur a fermé l'ambassade, remis la relique et le reliquaire à Harry Hochman, il s'est procuré quelque part une fausse relique et a rouvert l'ambassade. Tout aurait marché comme sur des roulettes, si, alors que Hradec et son amant Zorn occupaient leur nid d'amour gracieusement prêté par Harry Hochman, des voleurs ne s'étaient introduits dans le château pour y dérober toute la collection d'œuvres d'art, y compris la relique et le reliquaire. Malgré cela, personne sans doute ne serait allé chercher la vérité derrière les apparences si Harry Hochman, dans un moment de panique, n'avait affirmé n'avoir jamais eu en sa possession la relique et le reliquaire. Nous savons maintenant pour quelle raison il a proféré ce mensonge, tout comme nous savons pourquoi l'ambassadeur qui était censé surveiller la relique à New York dormait en réalité dans le Vermont au moment même où cette relique était dérobée sous son nez... *dans le Vermont* !

– Stupéfiante déduction, murmura l'archevêque.

Perly sourit, content de lui.

– Une petite affaire épineuse, je l'avoue. Mais je pense avoir démêlé les fils.

L'air hébété, Guy Claverack demanda :

– Jacques ? Je croyais que nous étions réunis ici à cause du vol. Que sont devenues les œuvres d'art ?

Perly lui jeta un regard surpris.

– Les œuvres volées ? Elles sont encore entre les mains des voleurs, j'imagine, jusqu'à ce que l'assurance verse l'argent. Il ne s'agit pas ici d'œuvres d'art volées, mon cher Guy. Les affaires d'œuvres d'art volées se comptent par dizaines. Il s'agit de l'affaire du reliquaire orphelin.

Chapitre 60

Depuis plusieurs semaines, tout le quartier se plaignait de l'odeur. Les services fédéraux et ceux de l'État, les services du comté, et même les services municipaux, étaient submergés d'appels. Des enfants qui se rendaient à l'école vomissaient, des femmes au foyer, dans un rayon de plusieurs pâtés de maisons, s'évanouissaient, surtout les jours de soleil et de forte chaleur. « Comme si tous les poissons morts du monde entier étaient morts au même endroit », disaient les gens.

Rien n'y faisait. Des véhicules de la protection de l'environnement vinrent effectuer des prélèvements d'air. Des inspecteurs des services d'hygiène firent fermer deux teintureries et un bowling. La police d'État distribua un nombre record de contraventions aux automobilistes. Mais l'odeur continuait de flotter au-dessus du quartier ; la malédiction demeurait.

Finalement, plusieurs hommes du quartier se réunirent et passèrent tout un week-end à inspecter les environs, jusqu'à ce qu'enfin ils découvrent l'épicentre de cette puanteur, le noyau fétide. L'odeur provenait d'un camion stationné au centre du quartier, dans une zone commerciale. Dessus, on pouvait même *lire* que c'était un camion de poissons.

On passa des coups de téléphone. On passa de nouveaux coups de téléphone. « Venez chercher ce camion puant ! » Des semaines encore s'écoulèrent ; l'odeur empira ; dans tout le quartier, les prix de l'immobilier commençaient à chuter.

Et puis, enfin, une remorqueuse de la police arriva. Et vous savez quoi ? Ils se trompèrent de camion.

Chapitre 61

Coups de téléphone

Le lundi matin, Guy reçut un coup de téléphone de Jacques Perly, qui lui demanda :

– Quand pensez-vous avoir des nouvelles de vos « amis » ?

– Sans doute aujourd'hui. Pourquoi ? Que puis-je leur dire ? Je n'ai encore entendu prononcer aucun chiffre.

– Dites-leur que nous voulons d'autres photos, répondit Perly. Une des compagnies d'assurance se fait tirer l'oreille ; ils veulent avoir la certitude que vos « amis » n'ont pas *déjà* expédié la marchandise à l'étranger. Vous voyez le topo : on paye la rançon et l'otage est mort.

– Que dites-vous, Jacques ? Évidemment qu'ils ont toujours la marchandise.

– Je ne fais que transmettre les désirs de la compagnie d'assurance. Une photo du butin, du moins une partie, avec un exemplaire du journal du jour, pour bien montrer que c'est une photo récente.

– Et s'ils refusent ?

– Dans ce cas, cette compagnie d'assurance refusera de payer, et ça fera une sacrée part de gâteau en moins.

– Tout cela n'a aucun sens, Jacques, mais je ferai ce que je peux.

– Je n'en doute pas, Guy. Comme vous l'avez dit vous-même, vous y êtes de votre poche pour l'instant.

– Et ça me plaît de moins en moins.

– Quand tout sera terminé, nous en rirons.

– Heureux de vous l'entendre dire.

Le lundi après-midi, tout juste sorti d'un déjeuner fort distrayant dans sa salle à manger du premier étage, Guy reçut un coup de téléphone des menuisiers. Pour commencer, il expliqua que les négociations en étaient encore au stade préliminaire, puis il annonça :

– Ils veulent une autre photo.

Il y eut un silence au bout du fil, puis le menuisier à la voix lugubre, dit :

– Ah oui ?

– Ils se font tirer l'oreille, si vous voulez mon avis, mais je ne peux rien y faire. Une des compagnies d'assurance insiste pour avoir la preuve que vous ne vous êtes pas déjà débarrassé de la collection. Ils exigent une photo des œuvres, une partie du moins, sur laquelle on aperçoive le journal du jour, pour montrer que c'est une photo récente.

– Hmmm. Ils ont une préférence pour le journal ?

– Pardon ?

– Rien.

– C'était une question sérieuse ?

– Comment savoir ce qui est sérieux ou pas, monsieur Claverack ?

Quand Guy raccrocha, le bruit dans ses oreilles était le battement d'ailes d'un tas de billets de banque, qui s'envolent.

Le lundi matin, Grijk Krugnk reçut un appel d'un ami, qui lui dit :

– Pas de noms.

– Oh ! salut, Chon.

– Pas de noms, j'ai dit !

– Oh ! Pourquoi ?

– Au cas où quelqu'un écouterait la ligne.

– Fodre ligne, ou ma ligne ?

– Peu importe. Écoutez, j'aimerais que vous me rendiez un service.

– Oh ! pas de problème, Cho... Oh ! excusez.

– C'est rien. Demain matin, je dois aller à l'endroit où on a laissé le camion, avec toute la marchandise à l'intérieur ; vous voyez de quoi je parle ? Non, ne dites pas le mot !

– Oh, non, aucun risque.

– Nous n'avons pas de voiture en ce moment, vous pourriez m'y emmener ?

– Fous allez dout resdiduer ?

– Non, ils réclament une autre photo ; me demandez pas pourquoi.

– Oh. OK.

– C'est à Long Island, à Farport, dans Merrick Avenue. Un grand camion gris, avec marqué TRANSPORTS J&L sur les portes à l'arrière.

– Fous fenez pas avec moi ?

– Si, bien sûr, moi ou quelqu'un d'autre, avec un appareil photo. Je vous indique simplement l'endroit. Je passerai chez vous vers huit heures demain matin.

– Je serai là, Chon. Oh ! excusez.

– C'est rien.

Chapitre 62

Le quartier était beaucoup plus agréable maintenant qu'ils avaient enfin emporté le bon camion. En revanche, il était beaucoup plus fréquenté depuis qu'ils avaient rapporté le mauvais camion, en prenant soin de le garer à l'endroit exact où il était garé précédemment.

Des fourgonnettes, avec des hommes à l'intérieur, stationnaient maintenant aux deux extrémités du pâté de maisons. Même après la fermeture de la boutique de locations de cassettes vidéo, au milieu du bloc, on continua à voir des gens se déplacer dans la pénombre, ici et là. Il y avait également des gens qui se déplaçaient sur le toit d'un entrepôt de deux étages situé tout près de l'endroit où le camion avait été garé. Un nombre inhabituel de véhicules circulaient dans les parages, dont beaucoup de voitures quatre portes ordinaires, roulant à faible allure, avec deux types costauds assis à l'avant. Les piétons eux aussi étaient plus nombreux qu'à l'accoutumée dans un quartier résidentiel de la rive sud de Long Island en pleine nuit. Et, d'une certaine façon, on pouvait se poser des questions.

Il était un peu plus d'une heure du matin, et la population active du quartier demeurait étonnamment abondante, tout en restant fort discrète, lorsqu'un véhicule muni de plaques diplomatiques et transportant deux personnes parcourut lentement le pâté de maisons, freina très légèrement à la hauteur du camion revenu à sa place, avant de poursuivre sa route. Huit minutes plus tard, la même voiture passa de nouveau, encore plus lentement cette fois. Et dix-sept minutes plus tard, d'après les enregistrements vidéo effectués sur le terrain, le même véhicule réapparut, frôla le camion, se mit juste derrière et s'arrêta. Les phares s'éteignirent. Il s'ensuivit trois minutes de silence et d'obscurité.

La portière du côté passager s'ouvrit enfin, et une silhouette toute de noir vêtue descendit du véhicule. L'homme approcha avec prudence de l'arrière du camion, fermé par une lourde porte métallique qui se soulevait. L'homme se pencha pour saisir la poignée et, au moment où ses doigts se refermaient dessus, un million de projecteurs s'allumèrent soudain, tous braqués sur lui, et un million de voix s'écrièrent :

– Pas un geste ! Police !

Comme un lapin aveuglé par des phares de voiture, Hradec Kralowc pivota et se plaqua contre le camion.

– Diddums ! gémit-il d'une voix qui se brisa. C'est Diddums !

À l'intérieur de la voiture, la Lada munie de plaques diplomatiques, le Dr Zorn appuya son front contre le volant, en priant pour que la mort l'emporte. Malheureusement, il ne fut pas exaucé.

– Diddums, Diddums..., murmurait sans cesse Hradec d'une voix sanglotante, tandis qu'on lui passait les menottes et qu'on lui lisait ses droits, avant de le fourrer dans une voiture de police. Diddums. Diddums. C'est Diddums.

– Sûr qu'il va plaider la folie, dit un des flics à ses collègues.

Et avec ces enfoirés de juges de gauche, pensèrent-ils, il avait même des chances de s'en tirer.

Chapitre 63

– Et voilà comment ça se termine, commenta Dortmunder en regardant, de derrière la vitre d'une laverie automatique fermée et plongée dans l'obscurité, Kralowc et le Dr Zorn se faire arrêter par la police, dans un flamboiement de lumières.

Tendant la paire de jumelles à Kelp, il ajouta :

– Il n'a pas l'air heureux.

– Personne n'a l'air heureux, John, répliqua Kelp, en collant les jumelles à ses yeux.

– Si, les flics.

Voici en fait ce qui s'était passé. À l'instant même où Guy Claverack avait dit : « Ils exigent une autre photo », Dortmunder avait compris ce que ça voulait dire : Les flics avaient retrouvé le camion et ils planquaient aux alentours. Il le *savait,* de manière aussi précise et instinctive que vous savez à quel endroit vous gratter quand ça vous démange, mais, bien évidemment, les intuitions doivent toujours être vérifiées de façon scientifique, sinon, ça n'a aucune valeur ; le problème consistait donc à pousser la patte d'un autre cobaye dans les mâchoires du piège, pour voir si... *bing !*

Tiny se souvint que Kralowc avait jadis mis sur écoute le téléphone de l'ambassade de Tsergovie, et cela lui était resté en travers de la gorge à Tiny. « Peut-être que le mouchard est toujours là », dit-il.

Et en effet.

Dortmunder et Kelp s'étaient rendus à Farport par leurs propres moyens, beaucoup plus tôt dans la journée, pour connaître le sort réservé à leur cobaye et, maintenant, en attendant que se disperse l'impressionnante présence policière, assis sur deux énormes sécheuses de linge, les pieds ballants, ils discutaient pour savoir si oui ou non Guy Claverack savait qu'il les envoyait dans un piège. Kelp avait tendance à croire que oui et estimait qu'ils devaient se venger en visitant les caves de M. Claverack, mais Dortmunder ne partageait pas cet avis.

– Tu ne lui as pas parlé au téléphone, moi si. Il n'avait pas l'air nerveux, ni sournois, ni coupable, ni rien de tout ça ; il avait juste l'air énervé, comme s'il était pressé de régler cette affaire et qu'il ne comprenait pas pourquoi ça traînait.

– Je continue à penser qu'on devrait lui rendre une petite visite.

– Oui, peut-être, concéda Dortmunder. Mais plus tard. On ferait peut-être bien de pas couper les ponts. Tôt ou tard, il est pas impossible qu'on traite de nouveau avec ce Claverack.

– Je doute d'avoir les moyens, dit Kelp.

Les flics mirent un long moment à quitter le terrain de jeux, assez longtemps pour que Kelp, n'ayant pas le choix, se mette à philosopher.

– Il y a quand même des bons côtés dans tout ça, déclara-t-il.

– Ah ?

– Premièrement, on s'est pas fait pincer.

– Exact.

– Ensuite, Stan, toi et moi, on s'en tire avec huit mille dollars environ, c'est pas mal.

– C'est pas ce qu'on espérait.

– Non, mais c'est mieux que rien.

– Les autres, ça leur fait même pas trois mille.

– N'oublie pas les trois « cents » de bonus de Tiny.

Dans la lumière des voitures de police qui repartaient, Dortmunder regarda son ami.

– Tu as l'intention d'en parler à Tiny, quand on rentrera ?

– Non, peut-être pas, dit Kelp.

Chapitre 64

Zara, Grijk et l'archevêque, debout côte à côte, admiraient la relique sacrée de sainte Ferghana, qui scintillaient à l'intérieur de son reliquaire de verre incrusté de pierres précieuses, posé sur une table en marbre et en fer du XIVe siècle, un ancien autel latéral d'une église moravienne, ou moldavienne pillée, il y a fort longtemps et trônant aujourd'hui à la place d'honneur dans le bureau de l'archevêque aux Nations unies, au centre du mur, juste en face de sa table de travail, et ainsi, chaque fois que monseigneur levait les yeux de son labeur harassant, il la voyait là, à l'abri et en sécurité.

Dans un avenir proche, ce bureau serait la nouvelle maison du fémur, comme cela avait été convenu trois semaines plus tôt, après que la relique et toute la collection d'œuvres d'art de Harry Hochman eurent été récupérées, là-bas à Long Island. Les parties concernées, c'est-à-dire le gouvernement de Tsergovie, le secrétariat des Nations unies, et l'archevêque lui-même (mais pas le Votskojek), étaient tombées d'accord pour dire que c'était l'endroit le plus sûr pour conserver l'objet sacré, compte tenu de la situation encore instable, et qu'en outre il était juste que l'archevêque, qui n'avait pas ménagé sa peine pour protéger les restes de la sainte, se les voit remettre entre ses mains tremblantes mais fermes.

Les nouveaux amis s'étaient réunis dans ce bureau après l'investiture de Zara Kotor comme déléguée auprès des Nations unies du tout nouveau membre de cette organisation, la Tsergovie, qui occupait désormais le siège de cette nation défunte dont elle avait autrefois fait partie. L'archevêque offrit du sherry, dans de *très* petits verres, et ils burent à leur nouvelle entente, et ils continuèrent d'admirer la relique.

– Il est difficile d'imaginer la dépravation d'un homme comme ce Kralowc, commenta l'archevêque. Oser offrir ce symbole de pureté, de beauté et de vérité éternelle à un vulgaire prince éphémère. Notre très chère sainte Ferghana ne peut côtoyer les choses ordinaires de ce monde ordinaire.

– Je suis entièrement d'accord, dit Zara avec un grand sourire adressé à l'archevêque.

Qui le lui rendit, en disant :

– Au moins, nous savons que nous n'avons plus à nous soucier de cet ignoble Kralowc. Quel dommage cependant qu'il n'ait pas eu un juste châtrement.

– Vous voulez dire, rectifia Zara, le châtiment qu'il méritait ?

– Exactement.

– On ne peut pas dire néanmoins que ses crimes soient restés impunis, fit remarquer Zara.

En vérité, Kralowc l'avait échappé belle, ayant réussi à négocier son billet d'avion pour quitter l'Amérique, sans espoir de retour, destination Novi Glad (et Mme Kralowc). La confession qu'il avait enregistrée sur une bande vidéo en échange de cette liberté, et dans laquelle il décrivait son rôle dans la combine montée par Harry Hochman pour escroquer la somme de six millions de dollars aux compagnies d'assurance – combine que lui avaient soigneusement détaillée les procureurs fédéraux au préalable –, promettait de figurer en bonne place dans le procès de Hochman qui devait avoir lieu dans quelques mois, après que ses avocats eurent épuisé toutes les tactiques d'obstruction, et bien que Kralowc eût lâchement renié ses aveux une fois à l'abri des griffes de la justice américaine.

– Je troufe qu'il a l'air plus gros à la lumière du jour, commenta Grijk, en examinant l'os d'un air songeur, à travers le verre.

– Hein ! s'exclama l'archevêque.

Grijk parut soudain terrorisé, mais Zara détourna l'attention de l'archevêque en saisissant l'avant-bras du vieux prélat et en disant :

– Je me faisais justement la même réflexion. Vous savez, les gens comme Grijk et moi ont toujours vu la relique de sainte Ferghana à l'intérieur de la cathédrale de Novi Glad, où elle était conservée dans un petit coin *tout noir*.

– Oui, dout jusde, exacd ! Grijk en hochant vigoureusement la tête. C'est *ça* que je foulais dire.

– Eh bien, les Votskojeks n'auront pas de sitôt l'occasion de reposer leurs sales pattes sur cette précieuse relique, déclara l'archevêque avec une satisfaction peu charitable.

Zara demanda :

– Mais, une fois qu'ils entreront à l'ONU, ne risquent-ils pas de faire une pétition pour la récupérer ?

Avec un gloussement venu du fond de sa pomme d'Adam, l'archevêque répondit :

– Ce n'est pas demain la veille, j'en ai bien peur. Toutes ces choses obéissent à un certain protocole, voyez-vous, une certaine dignité, un cérémonial ; une seule demande d'admission d'un nouveau membre peut être examinée à chaque fois. Vous avez devancé le Votskojek, et je crois savoir que vient ensuite une petite île de l'Atlantique, Maylohda, il me semble, une ancienne colonie, et ensuite ce sera... quelqu'un d'autre. Le monde change, vous savez.

– Et le meilleur de ces changements, monseigneur, dit Zara, c'est notre nouvelle entente.

L'archevêque qui partageait cet avis leur resservit à chacun quelques millilitres de sherry, mais Zara sentait qu'elle ne devait pas abuser de son temps précieux, aussi prirent-ils congé rapidement, et quand ils se retrouvèrent dehors, dans la 1re Avenue, avec cent soixante-trois drapeaux claquant au vent et le bâtiment des Nations unies qui scintillait derrière eux dans le soleil, Zara déclara, comme si cette idée lui était venue subitement :

– Tiens, si on allait voir votre cousin ?

– Fous foulez dire Diny ? (Grijk semblait sceptique.) Peut-être qu'il...

– Ça lui fera une sacrée surprise, prédit Zara. Allons-y.

Chapitre 65

Tiny avait appelé Dortmunder et Kelp pour leur dire : « J. C. est rentrée à la maison. Elle veut nous parler d'un truc ; amenez-vous », alors ils s'étaient amenés, et ils étaient tous là, en train de se dire bonjour, quand on sonna à la porte d'en bas.

– On est tous là pourtant, fit remarquer Tiny.

– Alors c'est quelqu'un d'autre, dit J. C. qui n'avait pas eu le temps d'aborder son sujet, et que cette interruption agaçait quelque peu. Tiny, fais-les entrer et fous-les dehors.

– Tout de suite.

Tiny commanda l'ouverture de la porte du bas et vint ouvrir quand on sonna à la porte de l'appartement. Apparurent alors Zara Kotor et Grijk Krugnk. Zara adressa un immense sourire à Tiny, en s'exclamant :

– Tchochkus !

Pendant que Grijk souriait d'un air gêné.

– Euh..., salut, Diny.

– Qui ça ? demanda Kelp.

– J'ai apporté du champagne ! déclara Zara en brandissant la bouteille comme un drapeau sur les barricades. (Avec un grand sourire adressé à Tiny, elle ajouta :) Vous m'évitez, on dirait, espèce de vilain.

– Euh... Oh ! non, Zara, répondit Tiny. Mais j'étais vachement occupé. Surtout depuis que Josie est revenue.

Il désigna J. C., qui afficha un sourire carnassier.

– Salut, dit-elle entre ses dents.

Grijk, terriblement mal à l'aise, répondit :

– Salut, Chicé.

– Salut, Grijk.

– Chon est le seul qui sait prononcer mon nom.

Zara regarda J. C. et la bouteille de champagne fut mise en berne.

– Salut, dit-elle.

Tiny fit les présentations.

– Zara, voici ma compagne de chambre, Josie. La plupart des gens l'appellent J. C. Josie, je te présente Zara Kotor ; elle a fait ses études à Bronx Science.

– Ah oui ? fit J. C. avec un sourire en coin. Je parie que vous étiez bonne élève.

– Zara, expliqua Tiny, est l'ambassadrice du pays de Grijk, la Tsergovie.

– Et depuis aujourd'hui, ajouta Zara, retrouvant un peu de son enthousiasme grâce à cette pensée, nous sommes membre de la communauté des nations.

– Sans blague ! dit J. C. Moi aussi.

– Je veux dire, précisa Zara que nous sommes devenus membre des Nations *unies*.

– Ah ! pas moi, dit J. C.

– Félicitations ! s'exclama Kelp.

Dortmunder lui fit écho :

– Voilà une supernouvelle !

– Mais j'ai fait ma demande, dit J. C.

– Et tout cela, c'est à vous qu'on le doit, les gars ! proclama Zara.

– Tiny ? demanda J. C. Il nous reste des verres à champagne ? Ou bien tu les as tous cassés durant mon absence ?

– Tu peux me croire, Josie, dit Tiny en se dirigeant vers le joli buffet aux portes vitrées au fond de la pièce. Pas *une fois* j'ai touché à tes verres à champagne durant ton absence.

– Je te crois, dit J. C.

Pendant que Tiny sortait les verres, Kelp s'approcha discrètement de Zara et pointa son pouce par-dessus son épaule pour désigner Tiny, en murmurant :

– *Comment* vous l'avez appelé ?

Zara était sur le point de répondre à cette question quand soudain, avec une fougue brutale et inattendue, Grijk déclara :

– Elle l'a appelé Diny, comme fous et moi.

Zara réfléchit. Kelp l'observa. Finalement, le visage de Zara s'éclaira.

– Oui, c'est ça. Je l'ai appelé Tiny.

Ce dernier apporta les verres, Grijk tordit le cou à la bouteille de champagne, et ils portèrent un toast au tout nouveau membre du club le plus ouvert de la planète. Puis Kelp déclara :

– J. C. a quelque chose à nous dire.

– Mais peut-être n'a-t-elle pas envie d'en parler devant tout le monde, dit Dortmunder.

– Ne vous en faites pas, nous partons, dit Zara. Nous voulions juste que vous sachiez que vous pourrez toujours compter sur la Tsergovie.

– Dans les lifres d'école ! promit Grijk. Incognido, mais dans les lifres d'école !

– Exact, confirma Zara. Au revoir.

– Attendez une seconde, dit J. C. Vous dites que vous êtes reconnaissants à ces types ?

– Pour l'éternité !

– Ils peuvent donc vous faire confiance ?

– À la fie à la mort !

– Pas besoin d'aller jusque là, dit J. C. Asseyez-vous donc. Je vais vous raconter mon histoire.

Tout le monde s'assit, certains passèrent à la bière, d'autres restèrent au champagne, et J. C. dit :

– Quand Grijk est venu ici la dernière fois et quand j'ai vu tous les avantages qu'on avait quand on était un pays je me suis dit : Pourquoi pas ? Alors maintenant, j'ai mon propre pays moi aussi, et je suis prête à toucher les bénefs.

– Josie ? dit Tiny. Ça veut dire quoi ton propre pays ?

– J'ai des agences consulaires à Genève, Amsterdam, Nairobi et Tokyo, et je suis en train d'installer le bureau de l'attaché commercial ici à New York. Prochaine étape, l'ambassade à Washington.

Zara fronçait les sourcils comme une machine à vapeur.

– Euh, excusez-moi, dit-elle. Avec quelle armée ? Et qui sont tous ces gens ?

– Quels gens ?

– Ces agences dans toutes ces villes.

– Des boîtes aux lettres, expliqua J. C. Tout est réexpédié ici au bureau de l'attaché commercial. Vous seriez surprise par le nombre de petits pays qui traitent leurs affaires avec des boîtes aux lettres, dans tous les coins du monde.

– Non, ça ne me surprendrait pas, dit Zara. Le monde est un endroit très cher.

– Tout juste. Je n'ose même pas vous dire depuis combien de temps je fais de la vente par correspondance et, si je peux écrire des chansons, devenir chef de la police ou bien épouse par correspondance, je peux aussi devenir un pays.

Grijk demanda :

– Chicé, où il est ce pays ?

J. C. fit un geste vague, avec la main qui ne tenait pas le verre de champagne.

– Quelque part dans l'Atlantique.

– Combien d'habidants ?

– Eh bien... pour être tout à fait honnête, vu qu'il y a pas vraiment d'étendue terrestre, il peut pas accueillir une grosse population. En fait, la population, c'est moi.

Dortmunder intervint :

– J. C., tu vas te faire pincer.

J. C. le regarda.

– Qui pourrait me pincer ? Avec tous ces pays qu'il y a dans le monde, de plus en plus chaque jour, avec les vieux pays qui arrêtent pas de se séparer en un tas de pays indépendants de plus en plus petits, qui pourra dire que le Maylohda n'est pas un pays légitime ?

– Hein ? Quel nom vous avez dit ? demanda Zara.

– Maylohda, répéta J. C., avant d'expliquer. Avec mon accent new-yorkais, c'est comme ça que je prononce « mail order ».

– Moi aussi ! s'exclama Zara, en riant. Et vous savez quoi ? Vous êtes devant le Votskojek ! Vous avez fait une demande pour entrer à l'ONU, hein ?

– Évidemment. Ça fait partie de la légitimité, mais c'est un truc qui va prendre des années. Car en fait, j'ai pas réellement envie de devenir membre, c'est trop de tracas. Je serais obligée d'engager du personnel diplomatique, peut-être même de trouver une véritable île quelque part. Franchement, je préfère m'en tenir à mes bureaux consulaires et commerciaux, et à toutes mes brochures. Tenez, les voici.

Elle sortit et distribua de jolis dépliants en quadrichromie décrivant les merveilles, les attractions naturelles, la beauté des paysages, le passé glorieux et le potentiel économique du Maylohda, ancienne colonie (sous divers autres noms, évidemment) des Pays-Bas, de la Grande-Bretagne et de l'Espagne.

– C'était vachement plus facile à écrire que le bouquin sur « Comment devenir détective ? », dit J. C. J'ai fait appel à mon imprimeur habituel. Avec cette pub, je peux rafler des mises de fonds pour des études de rentabilité d'exploitations touristiques, de développement des ressources naturelles et des infrastructures. Je peux traiter avec les banques, les gouvernements, les associations professionnelles, l'ONU et le FMI. C'est plus dur au début, évidemment, parce que j'existe pas encore concrètement, c'est pourquoi je voulais demander aux gars de voyager dans des pays étrangers et de m'envoyer des commandes, des trucs comme ça, mais peut-être que vous et moi, on va pouvoir faire des affaires. Vendez-moi quelque chose, ou bien achetez-moi quelque chose. Peut-être que vous seriez intéressés par un million d'exemplaires du manuel de détective, ou bien des hymnes nationaux.

L'air sombre, Grijk dit :

– Ah ! si seulement fous poufiez nous acheder nos pierres.

– Oh ! je me souviens de vos pierres, dit J. C. D'accord, je vous en achèterai, pas de problème.

Zara n'était jamais très loin de la méfiance. Regardant J. C. en plissant les yeux, elle demanda :

– Comment ferez-vous ?

– Nous sommes une île située au-dessous du niveau de la mer, expliqua J. C. *Très* au-dessous. Comme la Hollande, on veut étendre notre territoire, gagner des hectares sur la mer. On vous achètera vos pierres pour construire le littoral. Vous de votre côté, vous nous faites une offre, vous gonflez un peu les prix pour que je puisse me sucrer au passage ; moi je rédige mon projet d'expansion territoriale, et je l'apporte à une des commissions pour le développement, peut-être même directement au FMI. On fait des études de faisabilité...

Dortmunder demanda :

– Ils vont jamais voir sur place ?

– Ils me verront *moi,* répondit J. C. Je suis enregistrée comme groupe de pression pour la défense des intérêts du Maylohda, je m'en suis déjà occupée. Je leur montre des photos, je leur fais lire mon projet, je choisis les mots qu'il faut, je croise les jambes, je leur explique qu'on a *presque* vaincu la malaria et la fièvre tropicale, et je leur dis : « Vous êtes les bienvenus à tout moment, messieurs. » Pigé ?

– Pigé, dit Dortmunder.

– Admettons que ça marche et que vous achetiez les pierres, demanda Zara. Qu'est-ce qui se passe ensuite ?

– Vous livrez.

– On est un pays sans mer, fit remarquer Grijk. On n'a pas de badeaux.

– Parfait, dit J. C. On trouvera un pays qui a des bateaux et des problèmes économiques lui aussi. Dans la Baltique ou les Balkans, par exemple. On trouvera bien un officiel qui sera ravi de traiter avec nous et, alors, le Maylohda existera *forcément*, vu qu'il traite déjà avec *deux* autres pays !

– Mais *où* est-ce qu'ils livreront les pierres ? demanda Zara.

– À un certain point précis dans l'océan.

– Directement dans l'eau, comme ça ?

– Qui sait ? dit J. C. S'ils en livrent assez, peut-être qu'on fera *vraiment* une île. En tout cas, c'est un commencement.

Zara parcourut les brochures.

– C'est exactement l'impression que ça donne quand on lit ça, dit-elle.

– Évidemment.

– Mais... si vous le permettez.

– La critique constructive d'un vrai pays ne peut que nous aider, dit J. C.

– Cet emblème-là, dit Zara, c'est joli avec les lions et tout ça, mais il ne faudrait pas ajouter quelque chose sur le ruban en dessous ?

– C'est aussi ce que je pense, renchérit Tiny. « Liberté et vérité », un machin dans ce goût-là.

– J'aime pas toutes ces devises, répondit J. C. Elles me semblent mal adaptées à la situation.

Kelp fit une suggestion :

– Et pourquoi pas la phrase des armoiries familiales de John ? Hein, John ? C'est comment déjà ?

– *« Quid lucrum istic mihi est ? »* récita Dortmunder, avant d'expliquer à l'attention de J. C. Ça veut dire : « Où est mon intérêt là-dedans ? »

J. C. sourit.

– Je peux l'utiliser ?

– Avec plaisir.

– Dortmunder, dit Tiny, il faut que je te pose une question.

– Ouais ?

– Tu es orphelin, hein ?

– Exact.

– T'as grandi dans un orphelinat à Dead Indian dans l'Illinois, pas vrai ?

– Exact.

– Et c'était bien un orphelinat dirigé par les sœurs de la Misère éternelle au cœur de douleur, pas vrai ?

– Oui, oui, oui, dit Dortmunder. Et alors ?

– Alors, qu'est-ce que tu fous avec une devise familiale ?

Dortmunder le regarda d'un air hébété. Il leva les yeux au ciel et haussa les épaules.

– Je l'ai volée.

Dans la même collection

William Bayer : *Labyrinthe de miroirs*
Marc Behm : *À côté de la plaque*
Marc Behm : *Et ne cherche pas à savoir*
Marc Behm : *Crabe*
Edward Bunker : *Aucune bête aussi féroce*
Edward Bunker : *La Bête contre les murs*
Edward Bunker : *La Bête au ventre*
James Lee Burke : *Prisonniers du ciel*
James Lee Burke : *Black Cherry Blues*
James Lee Burke : *Une saison pour la peur*
James Lee Burke : *Une tache sur l'éternité*
James Lee Burke : *Dans la brume électrique avec les morts confédérés*
James Lee Burke : *Dixie City*
James Lee Burke : *La Pluie de néon*
Daniel Chavarría : *Un thé en Amazonie*
George C. Chesbro : *Bone*
George C. Chesbro : *Les Bêtes du Walhalla*
Robin Cook : *Cauchemar dans la rue*
Robin Cook : *J'étais Dora Suarez*
Robin Cook : *Le Mort à vif*
Robin Cook : *Quand se lève le brouillard rouge*
Wessel Ebersohn : *Le Cercle fermé*
James Ellroy : *Le Dahlia noir*
James Ellroy : *Clandestin*
James Ellroy : *Le Grand Nulle Part*
James Ellroy : *Un tueur sur la route*
James Ellroy : *L.A. Confidential*
James Ellroy : *White Jazz*
James Ellroy : *Dick Contino's Blues*
James Ellroy : *American Tabloid*
Barry Gifford : *Sailor et Lula*
Barry Gifford : *Perdita Durango*
Barry Gifford : *Jour de chance pour Sailor*
Barry Gifford : *Rude journée pour l'Homme-Léopard*
Barry Gifford : *La Légende de Marble Lesson*
James Grady : *Le Fleuve des ténèbres*

James Grady : *Tonnerre*
Vicki Hendricks : *Miami Purity*
Tony Hillerman : *Le Voleur de temps*
Tony Hillerman : *Porteurs de peau*
Tony Hillerman : *Dieu qui parle*
Tony Hillerman : *Coyote attend*
Tony Hillerman : *Les Clowns sacrés*
Tony Hillerman : *Moon*
William Kotzwinkle : *Midnight Examiner*
William Kotzwinkle : *Le Jeu des Trente*
Elmore Leonard : *ZigZag Movie*
Elmore Leonard : *Maximum Bob*
Elmore Leonard : *Punch Créole*
Elmore Leonard : *Pronto*
Bob Leuci : *Odessa Beach*
Jean-Patrick Manchette : *La Princesse du sang*
Tobie Nathan : *Saraka bô*
Tobie Nathan : *Dieu-Dope*
Jack O'Connel : *B.P. 9*
Jack O'Connel : *La Mort sur les ondes*
Hugues Pagan : *Tarif de groupe*
Michel Quint : *Le Bélier noir*
Les Standiford : *Johnny Deal*
Richard Stratton : *L'Idole des camés*
Paco Ignacio Taibo II : *À quatre mains*
Paco Ignacio Taibo II : *La Bicyclette de Léonard*
Ross Thomas : *Les Faisans des îles*
Ross Thomas : *La Quatrième Durango*
Ross Thomas : *Crépuscule chez Mac*
Ross Thomas : *Voodoo, Ltd*
Donald Westlake : *Aztèques dansants*
Donald Westlake : *Faites-moi confiance*
J. Van de Wetering : *Retour au Maine*
J. Van de Wetering : *L'Ange au regard vide*
Charles Willeford : *Miami Blues*
Charles Willeford : *Une seconde chance pour les morts*
Charles Willeford : *Dérapages*
Charles Willeford : *Ainsi va la mort*
Charles Willeford : *L'Île flottante infestée de requins*
Daniel Woodrell : *Sous la lumière cruelle*

Cet ouvrage a été réalisé par la
SOCIÉTÉ NOUVELLE FIRMIN-DIDOT
Mesnil-sur-l'Estrée
pour le compte des Éditions Payot & Rivages
en octobre 1996

Imprimé en France
Dépôt légal : octobre 1996
N° d'impression : 35894